W0288806

Stephan M. Rother

Der Mantel der Winde

GÜNTHER DICKMANN ZUGEEIGNET
NON SCHOLAE SED VITAE DISCIMUS

ISBN 978-3-8339-3627-2

© 2009 Baumhaus Verlag
Frankfurt am Main
Alle Rechte vorbehalten

Coverbild und Illustrationen: Anne Bernhardi
Umschlaggestaltung: Götz Rohloff
Satz: Helmut Schaffer
Ein Projekt der Montasser-Medienagentur

Printed in Germany

Gesamtverzeichnis schickt gern:
Baumhaus Verlag GmbH
Ludwigstraße 33-37
D-60327 Frankfurt am Main
Internet: www.baumhaus-verlag.de

5 4 3 2 1 09 10 11 12 2013

Stephan M. Rother

Der Mantel der Winde

BAUMHAUS
VERLAG

Bruder Lund war stocktaub. Er musste stocktaub sein.

Darek hatte keine andere Erklärung. Peppins Schnarchen übertönte die lauten Rufe der Klosterknechte, die durch die offenen Fenster in das Schulzimmer drangen, ebenso wie das Rattern der Fuhrwerke, und es hätte nicht viel gefehlt, da hätte es selbst die weitschweifigen Ausführungen des Kreuzbruders übertönt. Wie konnte er das nur überhören? Wie konnte er das Balancekunststück übersehen, mit dem Dareks Banknachbar das Kinn auf den hohen Stapel von Folianten und Herbarien stützte, um sich in sitzender Position zu halten?

Doch der Blick des dicken Ordensmannes ging nicht nur über Peppin, sondern über alle Jungen in der Klasse hinweg. Zu sehr war er hingerissen von seinen eigenen Erläuterungen über die Verwendungsmöglichkeiten des Blauen Zwergampfers.

Die meisten der Schüler bemühten sich tapfer, den Worten des Kreuzbruders zu folgen – was nicht ganz einfach war. Bruder Lund war ein Gelehrter, dessen Ruf weit über die Grenzen des Inneren Reiches einen legendären Klang besaß. Selbst am

Hofe des Königs, so munkelte man, schätze man sein unglaubliches Wissen.

Darek konnte sich zwar nicht so recht vorstellen, was der König mit Einzelheiten über den Zwergampfer anfangen sollte, aber Bruder Lund galt nun einmal unter den Gelehrten – ihn selbst eingeschlossen – als der bedeutendste lebende Botaniker diesseits des Öden Meeres. Und von einem Land jenseits des Öden Meeres hatte der Junge noch nie gehört.

„Und schließlich!", verkündete der Kreuzbruder und machte eine Pause, als wolle er prüfen, ob die Jungen ihm noch zuhörten. Die Sägelaute, die Peppin von sich gab, bemerkte er noch immer nicht. Er trat an sein Pult, griff nach einer kupfernen Karaffe und goss sich einen Schluck Wasser ein. Darek war es ohnehin ein Rätsel, wie ein Mensch so lange, so laut und vor allem so viel reden konnte, ohne die Stimme zu verlieren. Bruder Lund nippte an seinem Becher und stellte die Karaffe wieder ab – nicht auf dem Pult, auf dem er jetzt seine Aufzeichnungen zu ordnen begann, sondern auf Dareks und Peppins Tisch in der ersten Bankreihe.

„Schließlich", wiederholte er und strich dabei die Falten seiner nicht ganz sauberen Kutte glatt, „darf der Blaue Zwergampfer auch als ein probates Mittel gelten für jene, denen der Gang des Gehörs verschlossen ist. Drei Unzen gestoßenen Blauen Zwergampfers vermenge man mit demselben Teil vom Gelben Nieswurz und gebe reichlich Schmalz vom borstigen Eber hinzu. Mit dieser Mixtur reibe man drei Tage lang das leidende Ohr ein und – zack!" Donnernd fuhr seine Faust auf das Pult, das an Dareks und Peppins Tisch stieß. Das Holz ächzte. Die Erschütterung übertrug sich – und im selben Augenblick stürzte der Bücherstapel unter Peppins Kinn zusammen.

Der Junge gab einen überraschten Laut von sich und kippte vornüber. Mit einem tiefen Ton knallte sein Schädel gegen die Kupferkaraffe.

Bruder Lund hielt inne und blinzelte: „Schau an, es schlägt zur vollen Stunde. Mir scheint, der Unterricht ist für den Vormittag beendet."

***

„Das war doch Absicht!"

Als die Jungen ins Freie traten, rieb sich Peppin noch immer den Schädel. Schon jetzt zeichnete sich unter seinem rötlichen Haarschopf der Ansatz einer stattlichen Beule ab. Darek verkniff sich ein Grinsen. Peppin hatte Bruder Lunds Unterrichtsstunde verschlafen, und doch würde sie ihm länger im Gedächtnis bleiben als den Jungen, die wach geblieben waren.

Darek hob die Schultern: „Dafür haben wir den Rest des Vormittags frei und können hinaus auf den Markt gehen. Ist doch auch nicht schlecht."

„Schön, dass es dich so freut", giftete Peppin. „Nur schade, dass ich mir den Schädel nicht gleich eingeschlagen habe. Wenn die Kreuzbrüder mich einbuddeln müssten mit all ihrem Brimborium, gäb's für euch bestimmt den ganzen Tag frei!"

„Jetzt hör mal auf", grinste Darek, während sie auf dem gestampften Lehmweg zur Klosterpforte hinüberschlenderten. „Dein Schädel ist doch härter als seine Kupferkanne. Die hat jetzt bestimmt eine Beule, und er wird sich fragen, wo die herkommt."

„Eine Strafe des Heiligen Kreuzes für all jene, die hinweggetragen werden von ihrem Hochmut!", erwiderte Peppin ebenfalls grinsend und ahmte dabei den Tonfall des Vater Abtes nach.

„Ich hoffe mal, unser eigener Hochmut spielt uns keinen Streich", murmelte Darek und deutete auf den Himmel. Die Sonne über den östlichen Bergen war hinter einem dichten grauen Vorhang verschwunden. Bei klarem Wetter konnten die Jungen von der Klosterpforte aus den Verlauf der Handelsstraße beinahe bis zum Schattenpass verfolgen, der die Ländereien der Kreuzbrüder vom Herzen des Inneren Reiches trennte. Heute war das anders: Dunst lagerte über den Ausläufern der weiten Ebene mit ihren Feldern, Wiesen und verstreuten Gehöften, und die föhrenbestandenen Hänge der Alten Berge waren kaum auszumachen. Eine Wand von undurchdringlichem Grau schnitt sie auf halber Höhe ab.

Peppin fröstelte: „Ungemütlich. Sieht nach Regen aus."

„Die Bauern wären bestimmt nicht unglücklich darüber", sagte Darek leise.

Sie hatten die Pforte erreicht und blickten hinaus auf den Markt vor den Toren des Klosters. Es war ein wildes Gewimmel, auf den ersten Blick ohne eine Spur von Ordnung. Man konnte kaum erkennen, wer zu welchem Verkaufsstand gehörte. Eine Gruppe alter Frauen, schwer beladene hölzerne Kiepen auf dem Rücken, setzte ihre Last an einem der vorderen Stände ab. Ein Hirte trieb eine Schar blökender Schafe an den Mauern entlang. Ihre Wolle wirkte schäbig und verfilzt. Man würde sie ausgiebig reinigen müssen, ehe sie zu verarbeiten war. Dazwischen jagte ein flachsbärtiger Zwerg mit wüsten Flüchen einer pechschwarzen Katze hinterher, so schnell, dass ihm die lederne Kappe vom Kopf flog. Nein, erkannte Darek, als das Tier geschickt den Fingern seines Verfolgers entwischte: nicht vollständig schwarz. Ein unregelmäßiger, schneeweißer Fleck zeichnete die Stirn der Katze. In der sonderbaren Sprache seines Volkes laut schimpfend setzte der Zwerg weiter hinterher. Was wollte er von der Katze? Gehörte er zu einem der Stände, und hatte das Tier dort etwas angestellt? Mit finsteren Blicken beobachteten zwei Wächter der Klostergarde, die mit ihren gefährlich aussehenden Spießen zwischen den Marktbesuchern umherschritten, die Szene.

Der Markt war belebt wie eh und je, und doch sah Darek an den verkniffenen Mienen der Menschen, die von Stand zu Stand eilten, dass Korn und Milch schon wieder teurer geworden waren.

„Sie müssen immer teurer werden", murmelte Darek. „Weiter weg von den Bergen beginnen die Brunnen zu versiegen. Sie können ihre Felder nicht mehr bewässern, und das bedeutet weniger Ernte. Und weniger Ernte bedeutet auch weniger Futter für das Vieh. Also müssen sie das, was sie haben, teurer verkaufen. Schau, dort drüben." Er deutete auf eine Gruppe von Bauern, die sich mit demütiger Miene der Klosterkirche näherten. „Sie beten um Regen und bringen in der Kirche ein Opfer dar."

Peppin hob die Schultern: „Mein Vater sagt, in der alten Zeit hätte man sich einfach an einen Zauberer gewandt. Die waren billiger und zuverlässiger als Opfer und Gebete."

Darek warf einen raschen Blick über die Schulter. „Du weißt, was passiert, wenn das die Kreuzbrüder hören. Anstelle deines Vaters wär ich da vorsichtiger. Und du solltest erst recht vorsichtig sein hier im Kloster."

„Du bist ja nur eifersüchtig, weil du …" Er brach ab. „'tschuldigung."

Weil ich selbst nicht weiß, wer mein Vater ist, dachte Darek. Er hat ja recht. Jeder im Kloster hatte Eltern – oder zumindest einmal Eltern gehabt. Sie wohnten vielleicht weit weg, und die Jungen hatten sie lange nicht gesehen, doch alle anderen konnten sich zumindest an eine Zeit mit ihnen erinnern, bevor ihre Eltern sie an die Akademie der Kreuzbrüder gegeben hatten.

Nur ich nicht. Darek warf einen Blick zur mächtigen Holztür der Klosterkirche, die sich jetzt für die Bauern und ihre Opfergaben öffnete. Dort hatte Bruder Lund ihn gefunden, ein winziges Bündel in einer schäbigen Leinendecke. Wer immer seine Eltern waren oder gewesen sein mochten – jedenfalls keine reichen Leute.

„Jetzt lass uns aber auf den Markt gehen", sagte Peppin plötzlich und klopfte ihm aufmunternd auf die Schulter. „Ich hab Kohldampf."

Das hast du immer, dachte Darek. Wenn du nicht schläfst, bist du am Futtern, und wenn du nicht futterst, schläfst du. Doch er stellte fest, dass auch ihm selbst der Magen knurrte. So ging es ihm fast jedes Mal nach den Unterrichtsstunden bei Meister Lund. Vielleicht lag das daran, dass die Zeit während der Vorträge über den Zwergampfer sehr viel langsamer zu vergehen schien als gewöhnlich. Hinterher hatte man dann das Gefühl, als hätte man tagelang nichts gegessen.

Doch Darek wurde abgelenkt. Da war ein neues Geräusch, das sich in den Lärm des Marktes mischte. Hufschlag. Die Hufe eisenbeschlagener Rosse.

Die Jungen sahen, wie am jenseitigen Ende der Marktzeile Unruhe entstand. Angstvolle Rufe, die Menschen liefen auseinander. Der Zwerg, noch immer auf der Jagd nach seiner Katze, tauchte unter einen Verkaufstisch und stieß dabei einen Stapel

Eier um. Der Händler brach in lautstarkes Gezeter aus, bevor er selbst unter dem Tisch Zuflucht suchte. Gleichzeitig scheuchte der Hirte eilig seine blökenden Schützlinge beiseite. Binnen weniger Augenblicke war die Marktgasse menschenleer.

Einzig die beiden Männer der Klostergarde ergriffen nicht die Flucht, sondern zogen sich mit langsameren Schritten zur Pforte hin zurück. Die beiden Jungen eilten rasch zwischen den Wächtern hindurch – eben noch rechtzeitig. Unmittelbar hinter ihnen kreuzten die Männer ihre Spieße und versperrten den Zugang zum Kloster.

Darek lugte zwischen ihnen hindurch und sah eine gewaltige Staubwolke, die aus der Marktgasse aufstieg. Aus ihr heraus wurde das Hufgetrappel immer lauter. Jetzt erkannte er dunkle Wimpel, das matte Metall staubbedeckter Rüstungen. Königliche Panzerreiter! Waren es vier oder gar sechs Paare? Etwas langsamer folgte ihnen eine mächtige dunkle Kontur. Wie ein Sturmwind brausten die Reiter heran. Wenige Fuß vor der Pforte zügelten sie ihre Pferde und brachten die unwillig schnaubenden Tiere zum Stehen.

„Wer stört die Ruhe dieses Heiligen Ortes?“, fragte der ältere der beiden Wächter mit scharfer Stimme.

Darek war beeindruckt von der Ruhe der Gardisten angesichts der bedrohlichen Gestalten. Die Wächter des Klosters waren altgediente Veteranen der Kriege gegen die Barbarescen. Der Vater Abt ließ sich seine Garde etwas kosten – und die Ankunft der unheimlichen Gäste bewies, dass das eine gute Entscheidung war.

Staunend betrachtete Darek die Reiter. Ihre massiven Panzer ließen sie wie Riesen wirken. Der Junge konnte keinen Zoll bloßer Haut erkennen. Selbst die Gesichter waren hinter geschlossenen Visieren verborgen – ihre Augen völlig unsichtbar hinter den schmalen Sichtschlitzen. Auch die Leiber der Reittiere waren schwer gepanzert. Darek hatte noch niemals so mächtige Pferde gesehen. Er wusste, dass sie von den berühmten königlichen Gestüten des Südens kamen.

Die Panzerreiter antworteten nicht auf die Frage des Torwächters, sondern warteten, bis sich in ihrem Rücken die seltsame, mit dunklem Stoff verhängte Konstruktion näherte. Darek sah jetzt, dass es sich um eine Sänfte handelte, die von vier Pferden getragen wurde. Zu ihren Seiten ritten als Ehrenwache weitere Panzerreiter.

„Mein Gruß meinen Brüdern im Kreuze, das wir alle verehren", erklang es aus den geschlossenen Vorhängen. Der Junge spürte, wie sich eine Gänsehaut auf seinen Armen aufstellte. Die Stimme – eine Männerstimme – hörte sich nicht menschlich an, und die Vorhänge schienen sie nicht zu dämpfen. Es war, als stände der Sprecher direkt vor ihm. „Bruder Engelbertus, niederster Diener aller Diener des Kreuzes. Man erwartet uns."

Darek sah, wie die beiden Wächter für einen Augenblick erstarrten, bevor sie ohne ein weiteres Wort ihre Spieße beiseitezogen.

In gemessenem Trab ritten die Lanzenreiter in den umfriedeten Bereich des Klosters ein und warteten darauf, dass die Sänfte zu ihnen aufschloss. Die Konstruktion war so breit, dass die Wache Acht geben musste, damit sie nicht gegen die Torpfosten stieß. Das Sänftenungetüm wuchs vor Darek und Peppin auf und verdunkelte den bewölkten Himmel. Die Jungen legten die Köpfe in den Nacken und gingen Schritt für Schritt rückwärts, bis sie in eine Gruppe ihrer Mitschüler stießen, die neugierig herandrängte.

„Engelbertus", flüsterte Peppin. „Der Hofdomestikus! Mein Vater sagt, der ist gefährlich."

Darek stieß ihm den Ellenbogen in die Rippen. Bruder Engelbertus hatte ihnen eine Probe seiner unheimlichen Stimme gegeben – wer wusste schon, wie es um das Gehör des obersten Kreuzbruders bestellt war.

Wie vermutlich überall im Inneren Reich erzählte man sich auch in der Akademie Geschichten über den Hofdomestikus: Darüber, wie er an der Spitze der ersten Kreuzbrüder in die Königsstadt gekommen war. Wie die Brüder von ihrem Glauben zum Volk gepredigt hatten, misstrauisch beäugt von den Schergen des damaligen Königs – aber doch geduldet, denn jedem Bewohner des Inneren Reichs stand es frei, sich einen Gott oder eine Göttin nach seinem freien Willen zu wählen. Wenn die Kreuzbrüder auch lehrten, es gäbe nur diesen einen Gott, den Gott des Kreuzes, hatte man sie doch gewähren lassen, und so war die Zahl ihrer Anhänger allmählich gewachsen, unmerklich zunächst, doch dann immer rascher.

„Das war vor über vierhundert Jahren", murmelte Darek.

„Dass Engelbertus aufgetaucht ist?", murmelte Peppin zurück und nickte unbehaglich. „So alt wird doch kein Mensch." Auch er flüsterte jetzt. Langsam zog die Sänfte an den Jungen vorüber. Die Gänsehaut wollte nicht von Dareks Armen weichen. Er bemerkte, dass selbst die stolzen Rosse der Panzerreiter unruhig mit den Schweifen zuckten, wenn sie zu nahe an das schwarz verhängte Gerüst kamen, das den Hofdomestikus trug. Einzig die vier Tiere, die die Sänfte trugen, wirkten vollkommen beherrscht und setzten in absolutem Gleichmaß einen Huf vor den anderen. Und das war noch unheimlicher als alles andere.

„Mein Vater meint“, sagte Peppin leise, „die Kreuzbrüder hätten niemals zu jener Macht gefunden, die sie heute besitzen, wenn sie nicht die Unterstützung des Königs gewonnen hätten. Wenn Engelbertus der Königin nicht angeboten hätte, ihren Sohn zu retten, den Prinzen …“

Darek nickte. Auch er kannte die Geschichte: „Er hat ihn aber nicht gerettet. Der Prinz starb, und seitdem ist das Reich ohne Thronfolger. Wofür sollte die Königin Engelbertus dankbar sein?“

Peppin hob die Schultern: „Vielleicht, weil Engelbertus eben alles getan hat, was ihm möglich war. Und du weißt, wie fromm sie ist, gerade weil sie keinen anderen Trost mehr hat als den Gott des Kreuzes. Was die Brüder sagen, und was Engelbertus sagt, das ist Gesetz für sie. Und seitdem der König krank ist, ist es auch Gesetz im Land. Mein Vater sagt …“

„Dein Vater redet viel, wenn du mich fragst“, versetzte Darek. Er blickte dem Hofdomestikus und seinem Gefolge mit unbehaglichem Gefühl nach. Die Besucher näherten sich jetzt der Residenz des Abtes, einem bescheidenen Häuschen im Schatten der Klosterkirche. „Doch was um alles in der Welt will er hier?“

„Darek?“

Die beiden Jungen drehten sich um. Ein junger Kreuzbruder mit zerzaustem braunem Haar stand hinter ihnen. Darek kannte ihn: Sein Name war Libius, und er war einer der älteren Schüler, die sich bereits auf die Prüfungen vorbereiteten, an deren Ende die vollgültige Aufnahme in den Orden stehen würde. Libius ging Bruder Lund zur Hand und sorgte dafür, dass der größte Botaniker diesseits des Öden Meeres nicht versehentlich verhungerte, während er an neuen Anwendungsmöglichkeiten für irgendein exotisches Gewächs forschte.

„Unser Meister möchte dich sehen“, sagte der ältere Junge. „Er wartet in seiner Studierkammer auf dich.“

„Ich ...“, begann Darek und sah ein letztes Mal der Sänfte nach.

„Wir sollen sofort kommen“, unterbrach ihn Libius. „Muss ich dich daran erinnern, dass wir den älteren Brüdern Gehorsam schulden?“

Darek schüttelte den Kopf. Selbst wenn es nicht seine Pflicht gewesen wäre, den Wünschen der Lehrer Folge zu leisten: Bruder Lund war weit mehr für ihn als nur einer seiner Lehrer. Fast wie ein Vater hatte er sich um ihn gekümmert, seitdem er das winzige Bündel in der Decke gefunden hatte. Und Darek mochte den alten Mann, auch wenn er mit jedem Tag verwirrter und sonderbarer wurde.

„Ich komme“, sagte er knapp, nickte Peppin noch einmal zu und folgte dem älteren Jungen dann zur Unterkunft des Botanikers in einem Seitentrakt der Klostergebäude.

***

Bruder Lunds Studierstube befand sich in einem abgelegenen Gebäude im rückwärtigen Teil des Klosterbezirks. Die Räumlichkeiten des Gelehrten stießen unmittelbar an die Umfriedungsmauer, an deren Fuß hier ein kleiner Bach entlangplätscherte. Darek warf einen kurzen Blick über die Mauer: Nach Wochen ohne Regen plätscherte er zurzeit eigentlich nicht, sondern tröpfelte eher dahin, doch das Ganze hatte einen Sinn: Der Junge hatte selbst erlebt, dass Bruder Lunds Experimente ab und an recht geruchsintensiv waren. Im fließenden Wasser ließen sich die Ergebnisse einfach und rasch beseitigen.

„Wo bleibst du?“ Libius hatte bereits die Tür des Gebäudes erreicht und blickte über die Schulter zurück. Sein Blick war … Darek stutzte. Aus den Augen des älteren Schülers sprach mehr als bloße Ungeduld. Der Junge las Sorge aus diesem Blick, ja, Angst.

Beim Kreuz der Brüder, was ist denn nur los, dachte er. So eilig hat Bruder Lund es aber noch nie gehabt, mich zu sehen.

Libius öffnete die roh gezimmerte Holztür und schob Darek so nachdrücklich in das Innere, dass der Junge stolperte und sich an der gekalkten Wand abstützen musste, um nicht zu stürzen.

„He! Du tust mir weh!“

„Sei still!“, zischte der Ältere. „Sei froh, dass ich dich so rasch gefunden habe. Und jetzt komm mit!“

Libius stieg die knarrende Treppe empor, die zu den Räumen des Gelehrten führte. Er nahm zwei Stufen auf einmal, und Darek kam auf seinen kürzeren Beinen kaum mit. Auf dem Treppenabsatz wartete der Ältere kaum einen Augenblick, dann stand er bereits an der Tür, hinter der sich Bruder Lunds Studierkammer befand. Libius klopfte, zweimal kurz hintereinander, dann eine Pause, dreimal kurz hintereinander, wieder eine Pause, dann noch einmal.

Was ist das? Der Junge wunderte sich. Ein geheimes Signal?

Ein zustimmendes Brummen von der anderen Seite, dann öffnete Libius die Tür und zog Darek mit sich hinein.

Die beiden Schüler blickten auf Meister Lunds Hinterteil.

Es befand sich genau auf ihrer Augenhöhe. Der Botaniker stand auf der obersten Stufe einer ziemlich wackeligen Holzleiter. Seine Hand streckte sich nach einem ledergebundenen Folianten, der auf dem höchsten Bord eines mindestens zehn Fuß hohen Regals lag. Der mächtige Schrank war bis zum Bersten vollgestopft mit Büchern, die dem Objekt von Meister Lunds Begierde zum Verwechseln ähnlich sahen. Bei seinem Balancekunststück war dem Kreuzbruder seine dunkle Kutte bis fast zu den Kniekehlen hochgerutscht und entblößte nicht ganz saubere Füße in ausgetretenen Sandalen und hagere, haarige Waden.

„Meister?“, fragte Libius vorsichtig. „Ich bringe den Jungen.“

Ein Brummen. „Ich hab’s gleich“, presste der Gelehrte hervor. Eine letzte Anstrengung, und seine Fingerspitzen bekamen den Band zu fassen. Der Botaniker zog ihn zollweise zu sich heran, und dann – ob er für einen Augenblick das Gleichgewicht verlor oder zu fest gezogen hatte … Das Buch rutschte über die Kante des Regals, glitt Meister Lund durch die Finger und plumpste herab.

Darek stürzte vor, ohne zu überlegen – und einen Augenblick später lag das Buch in seinen Händen.

„Nicht aufschlagen!“, kreischte der Gelehrte unerwartet.

Der Junge hatte das Buch überhaupt noch nicht angesehen. Er war vor allem besorgt, sein Meister könnte unversehens denselben Weg nehmen wie der Foliant. Doch Bruder Lund hielt sich am Regal fest und stieg jetzt eilig die Leiter herunter.

Wortlos nahm er Darek das Buch aus der Hand und packte es auf seinen Studiertisch. Allerdings nicht unmittelbar auf den Tisch, denn dort gab es keinen freien Fleck. Stapelweise türmten sich Bücher, halb beschriebene Manuskripte. Dazwischen lagen mehrere Schreibfedern umher, Bündel getrockneter Kräuter und – was war das? Eine tote Fledermaus? Jedenfalls gab es da einige Gegenstände, von denen der Junge beim besten Willen nicht wusste, was sie darstellen sollten. Vielleicht war das auch besser so. Auf einem der Stapel hockte ein bunt gefiederter

Hahn. Er sah ziemlich lebendig aus, doch Darek wusste, dass er ausgestopft war. Ein anderer Stapel wurde von einem angebissenen Apfel gekrönt. Teil eines Experiments, oder hatte der Gelehrte ihn dort abgelegt und vergessen? Wer konnte das sagen?

Der Botaniker wandte sich zu den beiden Schülern um und musterte sie.

„Es ist mir gelungen“, sagte er. „Es ist mir gelungen. Die Destillation des Blauen Zwergampfers – hier!“ Er beugte sich zu einem kleinen Tongefäß, stutzte, schüttelte dann den Kopf. „Nein. Das ist mein Apfelwein. Aber …“ Er blickte umher und griff dann vorsichtig nach einem identisch aussehenden Becher, den er den Jungen präsentierte. „Blaues Zwergampferdestillat. Es ist zwar nicht blau, was mich etwas enttäuscht hat, und ich weiß auch noch nicht, was man damit anfangen kann, aber es ist mir gelungen!“

„Das … freut uns“, sagte Libius unsicher. „Ich habe … den Jungen …“

Bruder Lund blickte Darek an, als sähe er ihn zum ersten Mal: „Ah“, nickte er. „Gut. – Darek.“

Darek nickte. Die Zerstreutheit seines Lehrers war nicht neu für ihn, aber heute war es besonders schlimm.

„Darek“, wiederholte der Botaniker, als wollte er sich den Namen einprägen. „Was kann ich für dich tun?“

Libius räusperte sich: „Ihr hattet mich gebeten, ihn zu holen, Meister. So schnell wie nur irgend möglich.“ Als er den verwirrten Blick des Bruders bemerkte, fügte er an: „Ich vermute, es hängt mit dem … Besucher … zusammen, der eben gekommen ist.“

„Der …“ Unvermittelt leuchteten die Augen des Gelehrten auf. „Gewiss! Der Besucher!“

Der Hofdomestikus! Darek erstarrte. Wie auch immer Bruder Lund so rasch von der Ankunft des unheimlichen Oberhauptes seines Ordens erfahren hatte – was hatte er, Darek, mit Bruder Engelbertus zu schaffen? Er wollte nichts mit dem Hofdomestikus zu tun haben. Doch er wusste nur zu gut, dass eine Anweisung seines Meisters einem Befehl gleichkam.

Bruder Lund zögerte: „Hat euch irgendjemand …?"

Libius schüttelte den Kopf: „Ich glaube, nein. Oder besser: Ich bin mir sicher."

Der Botaniker nickte: „Das muss genügen."

Der ältere der beiden Schüler sah sich im Raum um: „Wo habt Ihr ihn?"

Bruder Lund lächelte verschmitzt: „Ich hole ihn. Er hatte seit Tagen nichts gefressen. Er musste sich stärken."

Nichts gefressen? Darek starrte ihn an, doch sein Lehrer wandte sich ab und schob sich durch eine schmale Lücke zwischen Arbeitstisch und Bücherregal. Er klopfte an die Wand, zweimal kurz, dann dreimal, dann noch einmal. Dasselbe Zeichen, das gerade eben Libius gegeben hatte! Im nächsten Augenblick klappte ein Teil der Wand mit verhaltenem Knarren beiseite.

Eine geheime Tür, begriff Darek. Unzählige Male hatte er seinen Meister in dessen Studierstube aufgesucht. Hier hatte der Alte ihm das Lesen und Schreiben beigebracht, das die anderen Jungen in ihren Familien lernten, bevor man sie in die Akademie gab. Bis zu diesem Augenblick wäre er niemals auf den Gedanken gekommen, dass … Eine geheime Tür!

Die Tür war kaum vier Fuß hoch, doch die Gestalt, die aus ihr hervortrat, musste sich trotzdem nicht bücken. Ein Zwerg! Nein, nicht ein Zwerg: Es war ebenjener Zwerg, den

Darek vorhin auf dem Markt gesehen hatte, kurz bevor der Hofdomestikus eingetroffen war. Der Zwerg, der seine Katze über die Marktgasse gescheucht hatte. Und ebendiese Katze trug der Mann vom Kleinen Volk der Berge jetzt unter dem Arm: pechschwarz, nur zwischen den Ohren ein scharf abgegrenzter weißer Fleck. Sie machte jetzt einen weit ruhigeren Eindruck als vorhin. Er hatte seit Tagen nichts gefressen, erinnerte sich Darek. Damit konnte sein Lehrer doch nicht den Zwerg gemeint haben. Also die Katze? Aber warum „er"? Ein Kater, dachte er. Nun, das war auf den ersten Blick ja nicht so einfach zu erkennen, wenn man nicht selbst eine Katze war.

Bruder Lund wandte sich an den Zwerg: „Das ist der Junge", sagte er und wies auf Darek. „Ich denke, wir können jetzt zur Sache kommen." Sein Gesicht wurde ernst, fast finster. „Ich glaube nicht, dass wir besonders viel Zeit haben."

***

„Darek." Bruder Lund sah den Jungen an, schüttelte dann den Kopf. Er ließ sich auf den schweren Stuhl an seinem Schreibtisch gleiten und wies auf eine niedrige Bank gegenüber dem Bücherregal. „Bitte setzt euch hin … Ich muss überlegen, wie ich anfangen soll. Es ist etwas verzwickt." Er nickte zu sich selbst. „Ja, verzwickt ist das richtige Wort."

Darek und Libius setzten sich, einen Augenblick später folgte der Zwerg, doch er hielt einen gewissen Abstand. Vielleicht traute er dem Kater nicht. Ein hübsches Tier, fand Darek. Es musterte die beiden Schüler mit großem Interesse. Jetzt, aus der Nähe, konnte Darek die Fellzeichnung auf seiner Stirn deutlicher erkennen. Sie wirkte seltsam regelmäßig: Das war die Form eines vierstrahligen Sterns, vielleicht auch einer Windrose. Welches von beidem, war dem Kater vermutlich gleichgültig.

Der alte Botaniker räusperte sich. „Also“, begann er. Wieder sah er Darek an. „Das wird jetzt alles ein wenig überraschend für dich kommen … Magst du vielleicht ein wenig Apfelwein?“ Er griff nach dem Tonbecher.

Darek schüttelte den Kopf. Er war sich nicht ganz sicher, ob der Kreuzbruder den richtigen Becher erwischt hatte. Solange nicht geklärt war, welche Wirkung das Destillat des Blauen Zwergampfers hatte, wollte er es besser nicht probieren.

„Nun gut.“ Bruder Lund seufzte. „Darek, du kennst die Geschichte, die ich dir erzählt habe? Wie ich dich gefunden habe, vor dem Portal der Klosterkirche? Es war eine eisige Winternacht, zu kalt sogar für Schnee. Ein Meer von Sternen stand am Himmel, so hell, dass ich dieses winzige Bündel in ihrem Licht erkennen konnte. Sonst wäre ich vielleicht über dich gestolpert oder … Nein.“ Er schüttelte den Kopf und seufzte noch einmal. „Nein, ich wäre nicht über dich gestolpert. Ich hätte nicht über dich stolpern können, denn …“ Der neue Seufzer war tiefer als die bisherigen. Darek spürte, wie sich zum zweiten Mal an diesem Tag eine Gänsehaut auf seinen Armen aufstellte. „Denn es ist nicht die Wahrheit“, vollendete der Kreuzbruder den Satz.

Stille. Bruder Lund schwieg, Libius ebenfalls und der Zwerg hatte ohnehin noch kein Wort gesprochen. Darek war zu überrascht, um sprechen zu können. Er starrte den Kreuzbruder an. Seine Gedanken wirbelten. Schließlich brachte er hervor: „Aber wenn … Woher …“

Der Botaniker hob die Hand, bat darum, weitersprechen zu dürfen: „Es ist mir nicht leichtgefallen. Ganz bestimmt nicht leicht. Niemand im Kloster kennt die Wahrheit, außer mir und dem Vater Abt. Und nun ihr beide."

Darek stutzte. „Aber wir kennen sie doch gar nicht", sagte er verwirrt. „Bisher weiß ich nur, dass das, was Ihr mir bisher erzählt habt, nicht die Wahrheit ist. Ich wurde nicht vor der Klosterpforte ausgesetzt? Wie bin ich hierhergekommen? Ich kann mich nicht erinnern, dass ich jemals an einem anderen Ort gelebt habe als hier bei Euch!"

Bruder Lund nickte: „Kein Wunder. Du warst wirklich noch ein winziges Bündel, als du zu uns kamst, nur die Umstände ... die Umstände waren etwas anders. Du siehst den Zwerg?"

So klein ist er nun auch wieder nicht, dachte Darek, dass ich ihn übersehen würde. Doch er nickte nur.

„Er legte dich in meine Arme", sagte der Kreuzbruder. „So ein winziges Bündel. Du musst wissen, ich wollte das nicht. Ich habe mich mit Händen und Füßen gewehrt, aber es war nun einmal eine Entscheidung deines Vaters und ..."

„Meines Vaters?" Darek keuchte. „Meines Vaters? Ihr wisst, wer mein Vater ist? Ihr wusstet die ganze Zeit, wer mein Vater ist?"

Wieder machte Bruder Lund eine abwehrende Handbewegung. „Bitte hör mich zu Ende an. Es ist verzwickt, das habe ich dir doch schon gesagt. Niemand durfte davon wissen. Deine Eltern fürchteten um dein Leben. Es war die einzige Möglichkeit. Hätte ich zu früh mit dir gesprochen, hättest du versehentlich ..."

„Aber warum gerade jetzt?", fragte Darek. Er hatte das Gefühl, als müsste er jeden Augenblick von der Bank kippen. Libius sah ihn besorgt an. Der ältere Schüler war auffallend blass geworden. Darek wollte gar nicht wissen, wie er selbst aussah.

„Es hängt alles miteinander zusammen", sagte der Gelehrte. „Ich sagte dir doch schon, es ist ..."

„Es ist verzwickt", nickte Darek. „Beim Kreuz der Brüder, das habe ich verstanden. – Wer war mein Vater? Oder wer … wer ist mein Vater? Ist er noch am Leben?"

„Das …" Der Kreuzbruder schluckte. „Das kann man so sagen. Er …"

Mit stummer Geste wies der Lehrer auf den Zwerg.

„Also, das … das ist …"

Mit aufgerissenen Augen starrte der Junge den bärtigen kleinen Mann mit der braunen Lederkappe an. Er wusste, dass Zwerge sehr viel älter wurden als Menschen und dass man ihr Alter nur schwer schätzen konnte. Dieser Zwerg schien ihm allerdings auch für einen Angehörigen seines Volkes schon einige Jährchen auf dem Buckel zu haben. Seine Züge wirkten hart wie gegerbtes, altes Leder. Der lange Bart war struppig und von einem schmutzigen Graubraun, die Brauen so buschig, dass sie die kleinen, wachen Augen beinahe verdeckten.

„Das ist mein Vater?", stieß Darek hervor. „Mein Vater ist ein Zwerg?" Er sah den bärtigen Mann vom Kleinen Volk an. „Ihr seid mein Vater?"

Bruder Lund räusperte sich: „Nein." Er schüttelte den Kopf und wies noch einmal auf den Zwerg, der den Kater jetzt vorsichtig auf seinen Knien absetzte. Das Tier legte den Kopf ein wenig schief und betrachtete Darek aufmerksam.

„Nein", wiederholte der Kreuzbruder. „Nicht der Zwerg."

***

Darek spürte, wie ein Becher an seine Lippen gesetzt wurde, und ehe er sich besinnen konnte, schluckte er die Flüssigkeit, die in seinen Mund drang. Sie schmeckte bittersüß und hatte das unverkennbare Aroma von Blauem Zwergampfer.

„Eine der unzähligen Verwendungsmöglichkeiten", murmelte Bruder Lund. „Gleich wird es dir besser gehen."

Der Junge öffnete die Augen. Er lag ausgestreckt auf der Bank. Der Botaniker, sein Schüler und der Zwerg umstanden ihn und musterten ihn besorgt. Der Kater saß jetzt auf dem Arbeitsstuhl des Gelehrten. Der Kater …

Darek starrte das samtpfotige Wesen an. Ja, es war ein hübscher Kater, doch … Mein Vater …

„Wie … Wie kann …"

Bruder Lund sah zwischen dem Kater und dem Zwerg hin und her.

„Euch, mächt'ger Magier, mag's geziemen, dem Knaben klare Kund' zu geben", sprach der kleinwüchsige Bartträger. „Der Zwergen Zunge ist ihm fremd und unvertraut."

Es war das erste Mal, dass der Zwerg etwas sagte – und Darek musste ihm in Gedanken zustimmen. Es kam vor, dass einer vom Kleinen Volk auf seinen weiten Reisen den Markt vor den Toren der Akademie aufsuchte, doch die Zwerge waren wortkarg und scheu. Er hatte sich noch nie mit einem von ihnen unterhalten. Wenn das die Zwergensprache war, dann war sie ihm tatsächlich neu und unvertraut.

Doch da war etwas, das der Zwerg gesagt hatte, etwas, das erst jetzt in seinen Verstand sickerte: „Mächt'ger Magier?", fragte er den Botaniker. „Warum nennt er Euch mächt'ger Magier? Ihr seid ein Bruder des Kreuzes, ein Lehrer der Akademie, ein …"

Meister Lund seufzte: „Ach mein Junge, was glaubtest du denn, wohin wir alle so schnell verschwunden sind, als der Hofdomestikus und seine Missionare auf einmal das Sagen hatten? Ob du es nun Magie nennst oder die Lehre vom Kreuz … es kommt immer darauf an, wie man es betrachtet. Und in die Herzen sehen und in die Köpfe, das kann auch Engelbertus nicht." Er hielt inne und fügte dann etwas unsicher hinzu. „Jedenfalls hoffe ich das."

Darek richtete sich auf. „Ihr seid ein Zauberer? Ihr könnt Menschen in Mäuse verwandeln oder …" Sein Blick fiel auf den Kater. „Oder …"

„Das war ich nicht!" Bruder Lund machte eine abwehrende Geste. „Damit habe ich nichts zu tun. Dazu reicht meine Macht nicht. – Zumindest habe ich das ziemlich lange nicht versucht."

„Ihr seid ein Zauberer", stellte Darek fest. Er blickte auf Libius, dessen Gesicht keine Überraschung verriet: „Du wusstest das", sagte er.

Libius nickte. „Darin besteht die höhere Stufe meiner Ausbildung. Dieses Wissen unseres Meisters zu erwerben. Die Weisheit der Zauberer darf nicht verloren gehen, auch wenn jetzt die Kreuzbrüder herrschen."

„Sie herrschen nicht", sagte der Zauberer streng. „Der König herrscht."

Er trat hinter seinen Arbeitsstuhl und sah Darek über den Kater hinweg an.

„Darek, dies ist dein Vater: Carolus, der König des Inneren Reiches."

Der Junge hörte ein Keuchen. Erst im nächsten Augenblick wurde ihm klar, dass er selbst es ausgestoßen hatte. „Was?", presste er hervor.

„Es ist eine lange Geschichte, aber das Wichtigste ist im Augenblick, dass du der Sohn von Carolus bist, dem König des Inneren Reiches. Der Thronerbe, den alle Welt seit mehr als einem Dutzend Jahren für tot hält. Deshalb ist Engelbertus hierhergekommen und deshalb …"

„Ich bin der Sohn des Königs?“ Darek spürte, wie ihm von Neuem schwarz vor Augen wurde, doch er kämpfte dagegen an. „Ich bin der Erbe des Inneren Reiches?“

„So ist es“, nickte der Zauberer. „Ich weiß, wie oft du dich gefragt hast, wer deine Eltern waren. Wie oft ich dir die zerschlissene Leinendecke zeigen musste, in der ich dich angeblich gefunden hatte. Und den Stein …“

Dareks Hand fuhr an seinen Hals, um den an einem schlichten Lederband ein silbern glänzender Stein hing. Dieser Stein und die Decke, das war sein einziges Erbe. Seine Brücke in eine Vergangenheit, an die er sich nicht erinnern konnte.

„Der Stein stammt tatsächlich von deinen Eltern“, sagte der Zauberer eilig. „Ein altes Erbstück deiner Familie, aber ein unverfängliches Erbstück, deshalb ließ man ihn dir. Was den Rest anbetrifft, die Decke und die Geschichte, wie ich dich gefunden habe …“ Der alte Botaniker stieß einen tiefen Seufzer aus. „Ich wollte dir keine Lügen über deine Herkunft erzählen – also habe ich behauptet, dass ich selbst nichts davon wüsste. Aber die Wahrheit ist: Dieser Mann ist dein Vater. Also dieser Kater im Augenblick.“

„Mein Vater ist der König“, flüsterte Darek. „Mein Vater ist ein Kater.“

„Er ist nicht als Kater geboren“, wiegelte Lund ab. „Und er wird auch nicht den Rest seiner Tage als Kater verbringen. Es ist nicht mehr als eine Möglichkeit, unbemerkt zu reisen. – Das ist doch richtig?“ Fragend sah er den Kater an.

Der Junge wusste nicht, ob er erwartete, der König in Katzengestalt werde jetzt zu sprechen beginnen. Die Augen des pechschwarzen Katers funkelten geheimnisvoll. Oder bildete er sich das nur ein? Sonst sah er kein Anzeichen, dass der verzauberte König dem Kreuzbruder antwortete. Doch der Botaniker nickte verstehend.

„Es war die einzige Möglichkeit, an den Wachen vorbeizukommen“, sagte er.

„Ihr könnt mit ihm … sprechen?“, fragte Darek verblüfft.

Lund nickte: „Das kann ich, und der Zwerg kann es auch. Libius …“ Er sah den älteren Schüler an. „Libius muss noch lernen.“

Darek sah zwischen dem Zauberer, seinem Schüler, dem Zwerg und dem Kater hin und her. Was, wenn das alles nur ein sehr gemeiner Scherz war, den man sich mit ihm erlaubte? Aber Bruder Lund war kein Mann für solche Scherze, und Libius schon gar nicht.

„Doch, von Anfang an.“ Der Botaniker hob den Kater von seinem Sitzplatz auf und setzte sich. Der verzauberte König streckte sich und riss die Schnauze zu einem Gähnen auf.

Er hält die Hand nicht vor den Mund, dachte Darek. Oder die Pfote, besser gesagt. Es gab keinerlei Beweis, dass die Kreatur, die sich jetzt bequem in den Schoß des Kreuzbruders schmiegte, etwas anderes war als eine Katze mit einer außergewöhnlichen Fellzeichnung. Keinerlei Beweis – bis auf die Worte des Kreuzbruders.

Darek hatte sich in eine sitzende Haltung aufgerichtet. Der Zwerg und Libius nahmen jetzt an seiner Seite Platz und hörten zu, was der Zauberer berichtete.

„Als König Carolus vor bald vier Jahrzehnten den Thron des Inneren Reiches bestieg, war der Glaube der Kreuzbrüder einer unter vielen. Das Denken und der Glaube der Menschen war so vielfältig wie die Richtungen, aus denen der Wind weht.“ Ein Schatten legte sich auf sein Gesicht. „Doch ihre Macht wuchs. Sie wuchs von Jahr zu Jahr, und ihre Lehre war anders als das, was man im Inneren Reich bisher gekannt hatte. Die Kreuzbrüder lehrten nämlich, ihr Glaube sei der einzig wahre Glaube, und alles andere sei nichts als … Betrug, eingegeben von Dämonen. König Carolus verwehrte es ihnen nicht, ihre Botschaft zu predigen, doch er ließ auch allen anderen Untertanen ihren Glauben, selbst als seine Königin …“ Der Kater blickte kurz zu ihm auf. „Unterbrecht mich, wenn ich etwas Falsches sage“, bat der Zauberer und sah das Tier an. Es schien ihn nicht unterbrechen zu wollen.

„Die Königin schenkte den Mönchen ihr Ohr“, griff Lund den Faden wieder auf. „Sie war seit bald zwanzig Jahren mit dem König verheiratet, doch noch immer war kein Thronerbe in Sicht. Und da kam Engelbertus ins Spiel.“ Der Zauberer schloss die Augen. „Wenn es ihr gelänge, den König zu bereden, sich selbst auf die Seite des Kreuzes zu stellen, erst dann werde das Kreuz ihm den Erben schenken, den er so sehr ersehnte. Die Königin glaubte Engelbertus. Und wie es schien – behielt sie recht. Kaum hatte der König Engelbertus zu seinem Hofdomestikus ernannt, verbreitete sich die Kunde, die Königin sei schwanger. Und dann wurdest du geboren.“

Er machte eine Pause, griff nach seinem Tonbecher und nahm einen Schluck. Offenbar hatte er den richtigen Becher erwischt. Jedenfalls verzog er nicht das Gesicht.

„Doch die alten Ratgeber des Königs, zu denen auch ich selbst gehörte, wir waren in Sorge. Die Macht der Kreuzbrüder wuchs von Tag zu Tag. Jene, die noch einem anderen Glauben anhingen, verstummten. Jene, die der Macht der Winde vertrauten, die aus so vielen Richtungen wehen. Immer weniger Menschen suchten den ehrwürdigen Schrein der Winde auf, der die Königsstadt überragt.

Es war absehbar, dass Engelbertus versuchen würde, den Erben der Krone in seinem Glauben aufzuziehen. Wenn wir das verhindern wollten, mussten wir rasch handeln. Das Gerücht wurde verbreitet, der junge Prinz sei erkrankt, und schließlich, er sei gestorben. In Wahrheit aber ließ der König seinen Sohn von seinem alten, vertrauten Freund, dem Zwerg Bartholf …"
Der Zwerg machte eine leichte Verbeugung in Dareks Richtung. „… hierher bringen. Hierher, in die Akademie, die unter dem Zeichen des Kreuzes steht, in die sich aber viele der Alten zurückgezogen haben, die das Ohr des Königs besaßen, ehe die Kreuzbrüder kamen."

„Die Zauberer", staunte Darek. „Der Vater Abt, Ihr selber, die anderen Lehrer … Ihr alle seid Zauberer."

„Die meisten von uns", nickte Lund. „Wir sind hier weit weg von der Königsstadt. Der Hofdomestikus war froh, uns aus dem Wege zu haben. Wo wir blieben, kümmerte ihn nicht groß. Vermutlich rechnete er damit, die Sache werde sich bald von selbst erledigen. Schließlich sind wir alle nicht mehr jung. Außerdem …"

Er verstummte, legte den Kopf schief, lauschte: „Habt ihr das gehört?"

Ein neues warnendes Kribbeln überfiel Darek. Ganz gleich, was dieser Tag noch bringen würde: Schon jetzt war es mit Sicherheit der sonderbarste Tag in seinem Leben.

Der Junge hielt den Atem an. Sie lauschten, doch einer nach dem anderen schüttelte den Kopf.

„Dann muss ich mich getäuscht haben", murmelte der Zauberer. Doch Darek sah die tiefe, senkrechte Falte in der Mitte seiner Stirn, die sonst nicht da war. Lund war nicht überzeugt.

„Wo war ich?", fragte der Botaniker.

„Ihr seid alle nicht mehr jung“, half Darek. „Und außerdem …“

„Und außerdem was?“

Der Junge hob die Schultern: „Das wolltet Ihr uns wohl gerade erzählen.“

Der Alte besann sich: „Außerdem …“ Er nickte. „Außerdem glaubt der Hofdomestikus ja nicht an unsere Macht. Selbst wenn sie kein Trug sein sollte, wäre sie ja von Dämonen eingegeben, und das Kreuz seines Glaubens wäre natürlich stärker. Nicht, dass ich ihr Kreuz …“ Plötzlich fuhr er in die Höhe: „Da ist doch was!“ Der Kater sprang von seinem Schoß und verschwand mit zwei raschen Sätzen unter dem Arbeitstisch.

Im selben Augenblick wurde heftig an die Tür gepocht. Drei, vier dumpfe Schläge. Jedenfalls war es nicht das geheime Signal, dessen sich zuerst Libius und dann der Zauberer selbst bedient hatte.

„Öffnet!“ Die Stimme war rau, ihr Tonfall unvertraut. „Öffnet im Namen seiner königlichen Hoheit!“ Es war die Sprache, die im Herzen des Reiches gesprochen wurde, in der Königsstadt.

Darek versuchte, unter den Arbeitstisch zu spähen. Vom dem schwarzen Kater war keine Spur mehr zu sehen.

„Wie können sie im Namen des Königs …“, begann Darek, doch Libius legte den Finger auf die Lippen und deutete auf den Zauberer. Darek verstummte.

Lund war blass wie eine Wasserleiche, doch seine Gestalt straffte sich. Er schloss kurz die Augen, murmelte vor sich hin, machte eine kurze Handbewegung, die Handfläche zu den beiden Menschen in der Kammer und dem Zwerg gewandt.

„Tretet ein“, sagte er mit ruhiger Stimme. „Die Tür ist offen.“

Darek beobachtete, wie sich die schmiedeeiserne Klinke der wuchtigen Holztür senkte. Ohne sich bewusst dazu entschieden zu haben, glitt er von der Bank und bewegte sich rückwärts auf die verborgene Kammer zu, aus der vorhin der Zwerg hervorgekommen war. Er wusste, dass er es nicht schaffen würde, dort zu verschwinden, ehe die Tür sich geöffnet hatte und Engelbertus' Schergen im Raum standen. Auch Bartholf und Libius hatten sich erhoben, doch sie blieben an Ort und Stelle stehen und starrten wie hypnotisiert auf die Klinke.

Unsanft wurde die Tür aufgestoßen und polterte gegen ein niedriges Regal. Zwei kleine Tonschüsselchen klirrten zu Boden, und ein beißender Gestank breitete sich im Raum aus.

„Verflucht!“ Lund blickte den Eintretenden wütend entgegen. „Was erlaubt Ihr Euch!“

Der Mann an der Spitze der gepanzerten Ritter trug einen schwarzen Federbusch auf dem Helm. Er musste sich bücken, um durch die Tür zu kommen. Er achtete gar nicht auf den Schaden, den er angerichtet hatte.

„Wo ist der Junge?!“ Blechern dröhnte die Stimme durch das geschlossene Visier. Die Augen in den dunklen Sichtschlitzen glitten über den Raum, hin zu Libius, zu dem Zwerg, zu Darek, der auf halbem Weg zum Versteck erstarrt war.

Der Junge öffnete den Mund zum Sprechen, doch wieder legte Libius den Finger auf die Lippen.

„Wo führt diese Tür hin?“ Die stählerne Faust deutete auf Darek. Nein, sie deutete durch den Jungen hindurch auf das Geheimversteck.

Mit polternden Schritten trat der Anführer in die kleine Kammer, gefolgt von seinen Männern. Ihre Rüstungen ließen sie übermenschlich groß erscheinen, Furcht einflößend.

Es sind Männer des Königs, flüsterte Darek zu sich selbst. Auch wenn Engelbertus sie schickt. Ich brauche keine Angst vor ihnen zu haben. Es sind die Männer … die Männer meines Vaters …

Unter dem Arbeitstisch erahnte er ein geheimnisvolles Glitzern. Die Augen einer Katze. Die Augen seines Vaters.

Der Anführer stapfte auf Darek zu. Er war drauf und dran, ihn mit seinem schweren Panzer über den Haufen zu walzen. Der Junge wich zur Seite, noch bevor er Libius' Handbewegung bemerkte. Wieder legte der ältere Schüler die Finger auf die Lippen. Darek suchte hinter der Stuhllehne Schutz.

Während die übrigen Krieger die kleine Kammer betraten, wichen auch Libius und der Zwerg zurück. Bartholf duckte sich und kroch zu Dareks Vater unter den Arbeitstisch, während sich der Meisterschüler des Zauberers etwas steif unter die Bank gleiten ließ und dort der Länge nach ausstreckte. Noch einmal legte er die Finger auf die Lippen.

Jetzt endlich begriff Darek: Ein Zauber! Sie können uns nicht sehen. Lund muss einen Zauber gesprochen haben.

„Es ist mir ganz gleich, wer Euch geschickt hat!", sagte der Zauberer streng. „Er wird mir diesen Schaden ersetzen! Was erlaubt Ihr Euch, hier einzudringen! Diese Akademie …"

„Schweigt!", brüllte der Anführer. „Unter dem Deckmantel des Heiligen Kreuzes habt Ihr in diesem Höllenloch Verschwörungen gegen den wahren Glauben geplant! Der Hofdomestikus hat alle Freiheiten Eurer Akademie", er spuckte dem Zauberer das Wort förmlich vor die Füße, „aufgehoben."

Drohend baute er sich vor dem alten Mann auf: „Betrachtet Euch als meinen Gefangenen. Und wenn Ihr mir nicht antwortet, vollständig und ohne verborgene Tricks …" Er machte eine Pause und vollendete: „… dann betrachtet Euch als Futter für die Raben."

Darek sah, wie Lunds Hände sich zu Fäusten ballten, sich öffneten, sich wieder schlossen.

„Wo führt diese Tür hin?!", fuhr der Mann mit dem Federbusch ihn an.

„Das ist meine Vorratskammer", presste der Alte hervor.

Der Anführer gab ein Zeichen, und zwei seiner Männer ließen sich in ihren schweren Rüstungen auf Hände und Knie nieder. Fluchend und auf allen Vieren krochen sie in den versteckten Raum.

Der Anführer ließ den Zauberer nicht aus den Augen – oder besser aus den Sehschlitzen. Darek stand keine zwei Schritte entfernt. Der Kater war ein Stück unter dem Tisch hervorgekommen und betrachtete die Eindringlinge mit funkelndem Blick. Dabei hielt er sich weiter im Schatten. Das war auch besser so. Die magische Geste des Zauberers hatte nur Darek selbst, Libius und dem Zwerg gegolten. Auf der anderen Seite: Ob nun unsichtbar oder nicht – welchen Grund hätten die Panzerritter gehabt, in der vierpfotigen Kreatur etwas anderes zu sehen als eine Katze?

„Hier geht es weiter!", tönte eine Stimme aus dem Versteck hinter Meister Lunds Geheimtür. „Hier ist ein Gang!"

Die schwere, stählerne Pranke des Anführers der Stahlritter traf auf die Wange des alten Zauberers. Lund stolperte und stieß rückwärts gegen den Tisch. Darek wollte ihm zu Hilfe eilen, doch er fing Libius' beschwörenden Blick ein. Rühr dich nicht! Ob der Zauberlehrling bereits eine Spur seiner künftigen Fähigkeiten entwickelt hatte oder nicht: Die Botschaft war so deutlich, als hätte er die Worte laut gesprochen.

Schwankend hielt der Zauberer sich aufrecht, den Rücken gegen den Tisch gestützt. Die Haut an seiner Schläfe war aufgeplatzt, und Blut rann über seine Wange.

„Graf Grass“, sagte der Alte mit leiser Stimme. „Ja, ich kenne Euren Namen. Ihr habt Hand an einen vom Rat gelegt, und ich sage Euch: Das wird auf Euch zurückfallen!“

„Ach, wirklich?“ Darek hatte das Gefühl, dass der geschlossene Helm höhnisch blickte. Die gepanzerte Hand schien sich schneller zu bewegen, als Darek sehen konnte. Ein heftiger Schlag traf die andere Wange des Botanikers. Lund sackte in die Knie. Seine sehnigen Finger umklammerten die Lehne seines Stuhls.

„Doch es wird nicht mein Tun sein“, flüsterte der Alte.

„Ihr seht mich beben vor Angst“, sagte Graf Grass. Er wandte sich an seine Männer im Innern des Verstecks. „Wo führt der Gang hin?“

„Das kann man nicht sehen!“ Die Stimme schien schon weiter entfernt zu sein. „Doch er wird höher. Man kann aufrecht gehen.“

Der Anführer nickte. Er winkte einen seiner Männer zu sich: „Du passt auf den Alten auf. Wenn er irgendetwas anstellt, schlag ihn nieder.“ Er besann sich. „Aber lass ihn am Leben. Er ist vielleicht der Einzige, der alles weiß, nachdem der Abt tot ist.“

Mit äußerster Mühe unterdrückte Darek ein Keuchen. Lund gelang das nicht. Der Alte stieß einen Laut aus, der nicht mehr war als ein Wimmern.

„Erstaunlich genug, wie viel Blut in so einem alten Mann ist“, sagt Graf Grass an den Zauberer gewandt. „Er hat uns viel Zeit gekostet, Euer Spießgeselle, bis er uns bestätigt hat, was wir ohnehin wussten.“

Er trat auf die Tür zum Versteck zu, dann drehte er sich noch einmal um.

„Der Hofdomestikus hat uns angewiesen, Eure Leben zu schonen, Eures und das des Abtes. Doch seid Euch nicht zu sicher: Schließlich ist meinen Männern auch bei ihm ein … bedauerliches Missgeschick unterlaufen.“

Hinter seinem geschlossenen Visier stieß Graf Grass ein schnaubendes Lachen aus. Dann ging er in die Hocke und schlüpfte unter der Tür hindurch. Seine Männer folgten ihm. Es schien Stunden zu dauern, bis sie alle verschwunden waren. Nur jener Krieger, den der Anführer angewiesen hatte, blieb zurück. Mit scheppernder Rüstung ließ er sich auf Lunds Stuhl fallen. Der halb besinnungslose Zauberer konnte eben noch die Finger wegziehen. In kauernder Haltung lehnte er mit dem Rücken an seinem Arbeitstisch. Sein Bewacher nahm ihn nicht weiter zur Kenntnis, sondern stöberte müßig in den auf dem Tisch ausgebreiteten Gerätschaften umher. Nachlässig warf er Lunds kostbare Pergamente beiseite und streckte seine Beine unter dem Tisch aus. Der Zwerg glitt rasch ein weiteres Stück zurück, während der verzauberte König mit katzenhafter Eleganz unter dem Stuhl hindurchschlüpfte.

Allmählich verklang der Lärm, mit dem die Soldaten den geheimen Gang entlangeilten – soweit Eile möglich war in ihren starren Panzern. Darek sah, wie sich der Zwerg in seinem Versteck regte. Er bewegte sich ganz langsam, Zoll um Zoll, und auch Libius kroch jetzt geräuschlos unter der Bank hervor. Wieder legte er den Finger auf die Lippen.

Hören kann er uns, dachte Darek beklommen. Und Bartholf und ich sind ihm viel näher als Libius.

Die glitzernden Augen seines verzauberten Vaters begegneten den seinen. Darek wies wortlos auf die Tür. Er glaubte, dass der Kater ihn verstand.

Ganz langsam trat Darek einen Schritt zurück und stützte sich auf der Tischkante ab.

Im selben Augenblick legte sich die Hand des Wächters schmerzhaft auf seine Finger.

„Schau an. Was haben wir denn hier?"

Der Junge erstarrte. Das war das Ende.

„Was ist in diesem Becher?"

Darek starrte den Mann an und begriff, dass der Gepanzerte ihn überhaupt nicht ansah, sondern auf den Tisch deutete. Er sprach mit dem am Boden kauernden Botaniker. Durch seinen stählernen Handschuh spürte er überhaupt nicht, dass seine Pranke die Finger eines für ihn unsichtbaren Jungen einquetschten.

Der Schmerz in Dareks Hand wurde heftiger, als der Mann sein Gewicht verlagerte und sich zu dem geschwächten Zauberer beugte: „Keine miesen Tricks, verstanden? Was ist in dem Becher?"

Bruder Lund blickte auf. Darek fuhr bei dem Anblick zusammen. Das linke Auge seines Lehrers war bereits zugeschwollen, und auch sein Mund sah schrecklich aus. Graf Grass musste ihm mit seinem zweiten Fausthieb mehrere Zähne ausgeschlagen haben.

„Apfelwein", brachte Lund hervor. Das Wort war kaum zu verstehen.

„Na also." Der Ritter streckte seine freie Hand nach dem Becher aus, setzte ihn an die Lippen und trank.

Ein heftiges Husten, ein Würgen. Dareks Finger kamen unvermittelt frei, und der Junge zog seine vor Schmerzen pochende Hand an sich. Der Wächter keuchte, rang nach Luft.

Das Destillat! Die Essenz des Zwergampfers. Der Mann fuhr schwankend in die Höhe.

„Du verdammter Satan!“, schrie er den Alten an und kam drohend auf ihn zu.

Darek machte einen Schritt, um sich dazwischenzuwerfen, da packte ihn eine Klaue ums Handgelenk. Der Zwerg Bartholf sah ihm fest in die Augen. Dieser Blick war mehr als ein Befehl.

Libius stand jetzt aufrecht in der Tür, die hinaus auf den Flur und zur Treppe führte. Graf Grass' Männer hatten sich nicht die Mühe gemacht, sie wieder zu schließen. Bartholf zog Darek einfach mit sich. Was für eine Kraft in dem stämmigen Kerl steckte, der Darek nicht einmal bis zur Brust reichte. Der Junge wollte widersprechen, doch das hätte sie sofort verraten.

„Dafür stirbst du, du verräterischer Heide!“, keuchte der Ritter. Er baute sich vor Meister Lund auf. Der Kreuzbruder erhob keine Hand, um sich zu wehren.

„Das wird dein Graf dir nicht danken“, sagte der geschwächte Botaniker mit leiser Stimme.

Der Wächter zögerte. Ein neuer Hustenanfall schüttelte ihn, doch er schien seine Schwäche zu überwinden. Der Zwerg hatte die Tür jetzt erreicht, Darek an der Hand.

„Du wirst es büßen“, zischte der Gepanzerte. „Wenn nicht heute, dann später. Irgendwann wird der Graf dich nicht mehr brauchen. Und dann gehört dein Leben mir!“

In dem Moment waren der Junge und seine Begleiter über die Schwelle. Der Kater schlüpfte mit ihnen durch die Tür. Meister Lund und sein Bewacher blieben hinter ihnen zurück.

***

Die Treppe knarrte. Bei jedem Schritt zuckte Darek zusammen. Es schienen viel mehr Stufen zu sein als vorhin. Jede Einzelne von ihnen gab einen Laut von sich, der dem Jungen durch

Mark und Bein ging. Wie sollte Lunds Bewacher das überhören? Oder war er noch mit Dareks Meister beschäftigt?

Das alles konnte nicht Wirklichkeit sein. Es konnte nicht wahr sein, dass sie den alten Mann in den Händen seiner Peiniger zurückließen. Der Botaniker war der einzige Vater gewesen, den Darek je gekannt hatte – wie konnte er ihn jetzt im Stich lassen?

Und doch glaubte er, dass sich der Blick aus dem noch nicht völlig zugeschwollenen Auge seines Meisters auf ihn gerichtet hatte, gerade eben, kurz bevor sie die Schwelle der Studierstube überschritten hatten. Eine Bitte, ein Flehen hatte in diesem Blick gelegen: Flieht! Rettet Euch! Sonst ist alles vergebens gewesen! Aber er war sich nicht sicher. Vielleicht wollte er sich das auch nur einreden.

Die Flüchtlinge erreichten den Eingangsflur des Klostergebäudes und verharrten lauschend, spähten zurück ins Halbdunkel des Treppenhauses. Das Haus wirkte menschenleer, fast friedlich. Die grausame Szene, deren Zeuge sie geworden waren, die Nachricht von der Ermordung des Vater Abtes, das alles erschien wie ein Albtraum. Wenn Darek nur entschlossen genug versuchte, wieder aufzuwachen, seine Lider aufzwang, musste dann nicht alles wieder sein wie vorher? Wie es immer gewesen war? Kein Kater, der in Wahrheit ein König war, der wiederum sein Vater war. Keine königlichen Panzerreiter, die in der Akademie hausten, schlimmer als die Barbarescen.

Doch Dareks Augen waren offen. Er wusste, dass er nicht träumte. Wenn sie jetzt ins Freie traten, würde nicht auf einmal der friedliche Klosterhof vor ihm liegen.

Vorsichtig öffnete Libius einen Spaltbreit die Außentür des Gebäudes. Er spähte hindurch und stieß ein leises Zischen aus.

„Was ist los?“, flüsterte Darek.

Libius legte die Finger auf die Lippen. „Panzerreiter“, wisperte er. „Nicht nur die von heute Morgen. Das ist ein ganzes Heer. Mehr als ich zu Friedenszeiten jemals auf einem Fleck gesehen habe. Und sie …“ Er schüttelte den Kopf, wartete ab. Dann, plötzlich, stieß er die Tür vollends auf. „Kommt! Rasch! Wir wissen nicht, wie lange Lunds Zauber anhält, und er hat mir nicht beigebracht, wie man ihn erneuert.“

Der Meisterschüler stürmte ins Freie, dichtauf gefolgt von seinen Gefährten. Darek bückte sich rasch nach dem Kater und drückte ihn an seine Brust.

Beißender Qualm empfing sie. Rechter Hand züngelten rote Flammen empor. Das war das kleine Haus, in dem der Vater Abt gelebt hatte! Im verwinkelten Hof der Akademie herrschte heillose Verwirrung. Menschen liefen wild durcheinander. Knechte und Mägde schleppten schwere Wassereimer herbei, um das Feuer zu löschen, doch gepanzerte Ritter trieben sie auseinander. Schon standen die Flammen im Begriff, auf die Klosterkirche überzugreifen. Aber das alles geschah ein Stück entfernt. Der Weg vor den Flüchtlingen war frei.

Unruhig regte sich der Kater in Dareks Arm, und er lockerte seinen Griff – doch nicht zu sehr. Der Junge musste an seine Beobachtung von heute Morgen denken, als der Zwerg den verzauberten König quer über den Markt verfolgt hatte. Wenn ihnen der Kater jetzt entwischte, würden sie ihn in diesem Tohuwabohu nicht wiederfinden.

Die Klosterpforte war von hier aus nicht zu sehen. Das Schulgebäude verdeckte sie. Darek sah ein Dutzend Ritter, die mit einem schweren hölzernen Balken gegen seine Türen anrannten. Jemand musste sie von innen verriegelt haben. Durch den

Qualm glaubte der Junge hinter den Fenstern im oberen Stockwerk blasse Gesichter zu erkennen. Andere Schüler? Kreuzbrüder, die vor der Heimsuchung geflohen waren?

Den Panzerrittern gelang es nicht, die Tür einzudrücken. Sie ließen den Balken fallen und griffen stattdessen nach Fackeln, die sie an den bereits lodernden Flammen entzündeten. Unter rauem Gelächter flogen die feurigen Geschosse ins Innere des Schulhauses. Entsetzte Schreie ertönten.

„Sie werden alle verbrennen", keuchte Darek. Er brauchte nicht mehr zu flüstern. In dem Chaos ringsumher achtete niemand auf Flüchtlinge, die sowieso keiner sehen konnte.

„Sie werden die Türen öffnen und versuchen zu entkommen", stieß Libius zwischen den Zähnen hervor. Sie hatten die Schule jetzt fast umrundet. Darek sah, wie die Ritter ihre langen Schwerter zückten und vor dem Eingang des Gebäudes Aufstellung nahmen. Erste Flammen flackerten hinter den Fenstern.

Darek konnte nicht hinsehen. Auf der anderen Seite fasste das Feuer jetzt nach der Klosterkirche. Auch von dort kamen Schreie.

Und diese Männer handeln im Namen des heiligen Kreuzes, dachte Darek. Er versuchte, den Dunst mit seinen Blicken zu durchdringen. Wo war die schwarz verhängte Sänfte? Wo war der Hofdomestikus? Wusste er, was hier geschah? Hatte er selbst diesen Befehl gegeben? Die dunkle Konstruktion war nirgends zu sehen.

Vor ihnen erhob sich die Pforte, und Libius blieb stehen, als wäre er gegen eine unsichtbare Mauer geprallt. Die Sänfte stand quer vor dem Durchgang, und mehrere Reihen von Rittern, dicht hintereinander gestaffelt, hatten davor Aufstellung genommen. Keine Maus konnte dort hindurchschlüpfen – nicht einmal eine unsichtbare Maus.

Libius sah seine Gefährten an. Waren sie überhaupt noch unsichtbar? Die Ritter nahmen sie bisher noch nicht zur Kenntnis. Bartholf löste mit grimmiger Miene eine schwere Axt von seinem Rücken. Der Stiel der Waffe war beinahe ebenso lang wie er selbst. Darek zweifelte nicht daran, dass Bartholf mit diesem Mordinstrument umgehen konnte – doch welche Chance hatte ein Zwerg gegen eine halbe Hundertschaft von Panzerrittern, selbst wenn sie ihn nicht sehen konnten?

„Über die Mauer!", sagte Libius. „Wir müssen über die Mauer."

Darek starrte die zwölf Fuß hohen Mauern an. Die Steine waren mit Mörtel fest aufeinandergefügt und erst im vergangenen Jahr neu verputzt worden. Mehr als einmal hatte er gemeinsam mit Peppin versucht, in der Dunkelheit darüber hinwegzuklettern, um die Welt vor den Toren der Akademie zu erkunden. Doch das war unmöglich für jeden, der weniger Beine hatte als eine Spinne.

„Wir können nicht …", begann er.

Libius gebot ihm zu schweigen und eilte auf die Mauer zu. Der Zwerg und der Junge folgten ihm. Dabei mussten sie zwei Panzerrittern ausweichen, die hinüber zum Schulhaus eilten, wo die Schreie jetzt lauter wurden. Die Eingeschlossenen mussten die Tür geöffnet haben. Peppin, dachte Darek. Peppin muss unter ihnen sein. Ihm wurde übel. Seine Mitschüler liefen in die Klingen der Panzerritter, und er machte sich feige davon, anstatt …

Was könnte ich tun, fragte er sich. Was könnte ich anderes tun, als ihr Schicksal zu teilen? Dann wäre der Vater Abt umsonst gestorben und Bruder Lund hätte uns sinnlos kostbare Zeit erkauft.

Sie mussten versuchen, zu entkommen.

Doch genauso gut, dachte er, als er den Fuß der Mauer erreichte, hätte er sagen können, sie mussten versuchen zu fliegen, denn eine andere Möglichkeit gab es nicht. Nicht ohne Flügel oder ohne Leiter. Die Kreuzbrüder hatten großen Wert darauf gelegt, dass ihre Schützlinge dort blieben, wo sie ein Auge auf sie haben konnten: In den Höfen der Akademie. Jetzt wurde ihnen das zum Verhängnis. Die verwinkelte Anlage war zu einer Todesfalle geworden.

Schwer stützte sich Libius gegen die Mauer. Seine Stirn legte sich gegen den glatten Stein. Auch er musste erkannt haben, dass alles vergeblich war, dachte Darek. Die Lippen des Meisterschülers bewegten sich lautlos. Darek wollte ihm eben die Hand auf die Schulter legen, ihm sagen, dass all dies nicht seine Schuld war. Vielleicht, wenn Darek sich freiwillig in die Hände des Hofdomestikus begab, würde Engelbertus sich um die anderen Schüler überhaupt nicht mehr kümmern. War das nicht ihre einzige Chance? Die einzige Chance, dass wenigstens Libius und der Zwerg entkommen konnten – und der Kater, der ein König war?

Doch mitten in der Bewegung hielt der Junge inne. Er zwinkerte. Da war etwas. Zuerst war es nur schemenhaft erkennbar, doch dann wurden die Umrisse deutlicher. Eine Leiter! Eine Leiter lehnte an der Mauer.

„Libius?“, flüsterte Darek. „Libius, warst du das?“

„Nein“, japste der ältere Junge. „Das war der Hofdomestikus. Er hat so schreckliche Angst vor uns, dass er uns insgeheim entkommen lässt, um nicht sein Gesicht zu verlieren.“ Er löste sich von der Mauer und stand schwankend aufrecht. „Verdammt, klettert da hoch! Ich kann das nicht lange durchhalten."

Darek stellte keine weiteren Fragen. Er setzte den Kater auf seine Schulter. Sofort richtete sich der verzauberte König auf den Hinterpfoten auf. Darek spürte die Krallen durch den Stoff seines Hemdes. Im nächsten Augenblick huschte der schwarze Kater die Sprossen empor: Zwei, drei Sätze, schon hatte er die Mauerkrone erreicht und blickte seinen Begleitern entgegen. Der Katzenschwanz zuckte unruhig.

Langsam begann Darek, hinter ihm emporzuklettern. Seine Hände waren so feucht, wie sein Mund trocken war. Er fand kaum Halt an den Sprossen. Der Zwerg folgte direkt hinter ihm. Seine Axt hatte er wieder auf dem Rücken verstaut. Als sich Darek auf die Mauerkrone schob, machte sich auch der Zauberlehrling an den Aufstieg. Doch während sich Libius der Spitze der Leiter näherte, erkannte der Junge, dass die Holzkonstruktion bereits undeutlicher wurde. Der Arm des Zwerges fuhr vor, packte Libius am Handgelenk, eben als sich die Leiter in Luft auflöste. Für einen Augenblick baumelte der Meisterschüler an Bartholfs Arm in der Luft, dann hatte ihn der Mann vom Kleinen Volk auf die Mauer gehievt. Keuchend blieb Libius liegen.

Von hier oben erkannten sie noch deutlicher die Zerstörung, die in den Höfen der Akademie am Werke war. Die Schreie von der Schule her waren leiser geworden. Darek sah Gestalten, die durch den Rauch irrten. Er konnte nur hoffen, dass einige der Schüler darunter waren, vielleicht auch Peppin.

Doch sie durften keine Zeit verlieren. Wenn Meister Lunds Zauber in diesem Augenblick seinen Geist aufgab, waren sie so deutlich sichtbar wie die Tontauben, an denen die Bogenschützen des Vater Abtes ihre Fertigkeit übten.

„Wir müssen springen“, stellte der Zwerg fest.

Darek blickte in die Tiefe. Zwölf Fuß. Mehr als das Doppelte seiner eigenen Größe – und das Dreifache von Bartholfs Größe. Doch der Zwerg zögerte nicht. Er hielt sich am Außenrand der Mauer fest, ließ sich, so weit es ging, hinab und löste dann seinen Griff. Mit einem vernehmlichen Plumps landete er im Gras. Darek sah hinüber zu Engelbertus Rittern. Keiner von ihnen hatte etwas bemerkt. Er half dem geschwächten Zauberlehrling, sich ebenfalls ein Stück hinabzulassen. Ehe Libius seine Finger löste, fing Darek seinen Blick auf. Pure Angst lag in seinen Augen. Der ältere Junge ließ sich fallen, doch er kam nicht so geschickt auf wie der Zwerg. Darek sah, wie ein Fuß unter ihm wegknickte. Libius stieß ein schmerzhaftes Keuchen aus und ging zu Boden.

Darek blieb keine Zeit mehr, zu prüfen, ob die Ritter es gehört hatten. Unruhig lugte der Kater an seiner Seite in den Abgrund. Katzen waren gute Kletterer, erinnerte sich Darek – so lange es aufwärts ging. Kurz entschlossen gab er dem Tier einen Stups und beobachtete, wie der verzauberte König sicher auf allen vieren landete, sich kurz schüttelte und dann an Libius zu schnuppern begann, der mit zusammengebissenen Zähnen seinen Knöchel umklammerte.

Rasch glitt Darek ebenfalls über die Kante und sprang in die Tiefe. Der Aufprall fühlte sich an, als werde er auf halbe Größe zusammengestaucht. Er machte einen Schritt rückwärts und stieß schmerzhaft gegen den Zwerg. Dann stand er sicher.

„Trefflich“, murmelte Bartholf. „Hinter uns liegt Hass und Hader, doch Flucht und Fährnis seh ich lauern nun auf uns’rer Fährte, eh glückhaft wir des Königs Stadt erreichen.“

„Mein Knöchel“, stöhnte Libius. „Ich glaube, er ist gebrochen.“

Er hatte sich noch nicht aufgerappelt. Der Zwerg ging in die Knie und betastete den Fuß des Gestürzten. „Aua!“, keuchte der ältere Schüler. „Seid Ihr wahnsinnig?“

„Nur gemach, mein Weggefährte“, brummte Bartholf. „Hätt der Sturz den Knochen Euch zerspellt, hätt Euch wohl auf meinen Druck der Ohnmacht dunkle Schwinge nun umfangen.“

„Seid Ihr wahnsinnig?“, wiederholte der Zauberlehrling mit Nachdruck. „Was hättet Ihr gemacht, wenn das passiert wäre?“

„Wir müssen fort“, unterbrach Darek die beiden. Er nahm den Kater auf und stellte beruhigt fest, dass ihm nichts fehlte. Ohne besondere Aufforderung nahm das Tier wieder auf seiner Schulter Platz.

Der Junge warf einen Blick hinüber zur Pforte. Eigentlich war das überflüssig: Hätten die Männer des Hofdomestikus sie inzwischen bemerkt, wäre das den Flüchtlingen kaum verborgen geblieben. Doch sie sahen nur den Schatten der dunklen Sänfte und eine Handvoll Panzerreiter, die zwischen den Trümmern der Marktzeile auf und ab ritten. Darek fragte sich, was aus den Händlern geworden war, aus den Bauern, die die Gasse bevölkert hatten. Mit Ausnahme von Engelbertus Schergen war kein Mensch zu sehen.

Der Junge streckte Libius die Hand entgegen: „Steh auf! Wir müssen weiter!“

„Ich bin ein Krüppel!“, stöhnte der Ältere, doch er ergriff Dareks Hand und ließ sich auf die Beine ziehen. Sein Gesicht verzog sich im Schmerz, sobald er den verletzten Knöchel belastete.

„Dann musst du dich auf mich stützen, bis wir …“

„Bis in die Königsstadt?“ Der Zauberlehrling stieß ein leises Lachen aus. „Das sind mehrere Tagesreisen! Auf zwei gesunden Beinen!“

„Wir müssen es versuchen“, beharrte Darek. „Sobald wir außer Sichtweite sind, werden wir dir eine Schiene machen oder etwas in der Art. Etwas, das den Druck vom Knöchel nimmt. Und jetzt komm.“

Darek reichte den Kater an den Zwerg weiter und legte sich den Arm des widerstrebenden Libius um die Schultern. Da der ältere Junge einen halben Kopf größer war als Darek, war die Höhe gar nicht ungünstig. Dennoch war Darek überrascht von dem Gewicht, dass seine Schultern tragen mussten. Doch es half nichts.

Die Gefährten gingen ein Stück an der Außenseite der Mauer entlang. Von drinnen scholl noch immer das Geräusch von Kampf und Zerstörung zu ihnen herüber, aber in Gedanken war Darek bereits weit fort, noch bevor der Markt und die angrenzende Siedlung hinter ihnen lagen und sie das freie, offene Grasland erreichten, das sich bis in die dunstige Ferne der Alten Berge dehnte.

***

Im Schutz einer Gruppe von Steineichen machten die Gefährten halt. Darek fiel auf, wie gelb und krank ihr Laub wirkte. Der Regen, dachte er. Er fehlt nicht nur den Bauern und ihren Getreidefeldern.

Der Nachmittag neigte sich, und rötlich senkte sich die Sonne hinter die ferne Gipfellinie. Länger und länger streckten die Berge ihre Schattenfinger nach dem Flachland aus.

Die Alten Berge schienen kaum näher gekommen sein, doch Libius konnte sich schon jetzt nicht mehr auf den Beinen halten. Kaum, dass sie die Bäume erreicht hatten, streckte sich der Zauberlehrling mit einem Stöhnen im Moos aus und fiel in einen unruhigen Schlaf. Wenn er nur kein Fieber bekommt, dachte Darek unbehaglich.

Im Westen verglühte die Sonne, doch auch im Osten wurde der Himmel von einem unwirklichen Rot erhellt: Der Widerschein der Feuer, die in den Trümmern der Akademie wüteten. Erst ganz allmählich kam Darek zu Bewusstsein, dass es nichts von dem, was er gekannt hatte, mehr gab. Es war nicht der Tod des Vater Abtes allein, nicht nur das schreckliche Los, das Bruder Lund erwartete. Ganz gleich, wie dieses Abenteuer ausging: Es gab keinen Ort, an den er würde zurückkehren können. Die einzige Heimat, die er je gekannt hatte, war vernichtet.

Doch was war das überhaupt für ein Abenteuer? Was erwartete ihn und seine Gefährten?

Bartholf saß mit dem Rücken gegen einen Findling gelehnt. Aus einem ledernen Rucksack, den er neben der Axt auf seinem Rücken trug, hatte er eine kleine Tonpfeife hervorgeholt, die er mit einem seltsamen Kraut gestopft hatte. Genüsslich sog er an dieser Pfeife und blies stinkende Wolken in die Luft.

Engelbertus' Männer haben es gar nicht nötig, uns zu sehen, dachte Darek und verzog angewidert die Nase. Sie werden uns riechen.

Den königlichen Kater schien der Gestank nicht zu stören. Vielleicht hatte er sich auf der Reise von der Königsstadt zur Akademie an den beißenden Qualm gewöhnt. Ihr samtpfotiger Begleiter kauerte auf dem Findling und putzte genüsslich sein Fell. Für Darek, der sich jetzt dem Zwerg näherte, hatte er kaum einen Blick.

„Bartholf, es gibt da einige Dinge, die ich noch nicht begreife."

„Kann ich Kunde Euch erteilen, Kind des Königs, sei's mir fern, meines Wissens Born Eurem Ohre zu verbergen."

Das würde ein anstrengendes Gespräch werden. Der Junge seufzte. Irgendwo zirpten Grillen oder Zikaden, sonst war es vollständig still. Nicht einmal die Ahnung einer Abendbrise. Das Laub der Steineichen schwieg. Darek nickte und ließ sich an der Seite des Zwerges nieder.

„Gut", sagte der Junge. „Also, so viel habe ich verstanden: Ich war noch ein kleines Kind, als Ihr, die alten Ratgeber des Königs, mich insgeheim in die Akademie gebracht habt. So wolltet Ihr verhindern, dass Engelbertus mich in die Finger bekam und mich nach dem strengen Glauben des Kreuzes aufzog. Er sollte mich für tot halten – genau wie alle anderen, die nicht eingeweiht waren. Wieso aber hat er nun in der Akademie nach mir gesucht. Wie hat er erfahren, wer ich bin? Dass ich am Leben bin? Wo ich mich aufhalte?"

Bartholf nahm einen tiefen Zug aus seiner Pfeife und stieß eine Rauchwolke aus. Darek schauderte. Er hatte heute mehr als genug Rauch gesehen.

„Verrat und Falschheit, edler Erbe! Heuchelei herrscht heuer, ach, am Hofe unsres Herrn, des kühnen Königs."

„Engelbertus hat Spione in der Umgebung des Königs?", fragte der Junge.

Der Zwerg nickte und nahm noch einen Zug.

„Und nun, als der König plötzlich verschwand, sah er die Zeit zum Handeln gekommen", murmelte Darek. „Das ergibt einen Sinn."

Bedächtig schüttelte der Zwerg den Kopf. Er spähte in die Ferne, wo eine halbe Meile weiter ein langer Zug gepanzerter Reiter auf die Berge zustrebte. Dunkle Schatten im Zwielicht des Abends, das sich rasch auf die Ebene senkte. Engelbertus' Männer hatten ihr zerstörerisches Werk beendet. Zwischen den

Bäumen waren die Gefährten für sie unsichtbar, auch wenn der Zauber Meister Lunds wohl längst erloschen war.

„Nicht entschwunden ist vom Hofe unsres hohen Reiches Haupt und Zier."

Darek stutzte: „Aber ist er nicht …" Er betrachtete den Kater, und der Kater betrachtete ihn. Selbst wenn er sich putzte: Er verfolgte aufmerksam jedes Wort, da war sich Darek sicher.

„Auch der mächt'gen Magier Macht kann kein künstlich' Kreatur aus dem blanken Nichts erschaffen", erklärte der Zwerg. „Unsres Herrschers großer Geist ward gegeben in dies kecken Katers Körper."

Kecker Kater? Die Zwergensprache war absonderlich. Doch Darek ahnte etwas … Aber das war unvorstellbar. „Sein Geist?", fragte er. „Und sein Körper …"

Bartholf nickte: „Und so wird des Landesherren Leib nun beherrscht von den Kräften jenes Katers."

Der Junge starrte ihn an. Er musste sich verhört haben: „Ihr wollt sagen: Ein Kater sitzt auf dem Thron des Inneren Reiches?"

„Schand und Schaden mag verschaffen unsrem Reiche einzig eines Schurken Hand", winkte Bartholf ab. „Krank und kraftlos liegt danieder unsres Königs Körper. Eure Mutter, kühner Knabe, hält der Herrschaft Halfter heuer in der holden Hand."

„Meine Mutter", murmelte Darek. Er hatte einen Vater und eine Mutter. Die schöne, traurige Königin. Gäste aus der Königsstadt hatten in der Akademie oft von ihr berichtet: dass sie das Schwarz der Trauer um ihr einziges Kind niemals abgelegt hatte. Wie sehr sie die Kreuzbrüder in ihrem frommen Werk unterstütze. Sie hält mich für tot, dachte der Junge. Was immer Engelbertus ihr erzählt hat, muss ihr Trost gespendet haben.

„Dunkle Dinge dräuen", sagte der Zwerg unvermittelt. Die Glut in seiner Pfeife war erloschen. Liebevoll säuberte er die schmale Tonröhre, doch sein Blick unter den buschigen Brauen ging in eine unbestimmte Ferne. „Groß Gemetzel ahn ich, kehrt beizeiten nicht zurück unser Herrscher auf den angestammten Thron."

„Noch mehr Gemetzel?", flüsterte Darek. „Ein Bruderkrieg? Wird Engelbertus das Schwert gegen jeden erheben, der noch nicht dem Kreuz dient? Oder … oder die Barbarescen?"

Die Augen des Zwerges waren noch immer in die Ferne gerichtet, doch er sagte kein Wort mehr. Dareks Kopf schwirrte, als er sich schließlich an Libius' Seite zum Schlaf ausstreckte. Das Moos war kühl, doch er spürte die Hitze im Leib des älteren Jungen.

Seine schlimmsten Befürchtungen waren Wahrheit geworden: Fieber hatte den Zauberlehrling befallen.

***

Darek hatte gehofft, der Zauberlehrling werde sich über Nacht von seiner Schwäche erholen, doch das Gegenteil war der Fall. Am Morgen war das Fieber noch gestiegen. Aus glasigen Augen sah Libius seine Gefährten an.

„Ich hatte einen schrecklichen, schrecklichen Traum", murmelte er. „Die Akademie … in Flammen … Meister Lund …" Er schüttelte den Kopf und kniff die Augen zusammen. „Warum ist es so hell … und so heiß? Warum bin ich nicht auf meiner Kammer?"

„Du bist krank", sagte Darek. „Wir bringen dich … zu einem Heiler …"

Das war nicht gelogen. In der Königsstadt würde es mit Sicherheit auch einen kundigen Heiler geben. Doch der Junge sah, wie der Zwerg unter seinem wuchernden Bart die Zähne aufeinanderbiss. Sie würden es nicht bis in die Königsstadt schaffen. Nicht, wenn Libius laufen sollte. Der Zauberlehrling war nicht im Stande, aufzustehen, geschweige denn einen Schritt vor den anderen zu setzen.

Mit einem Brummen löste Bartholf seinen ledernen Trinkschlauch vom Gürtel und setzte ihn an die Lippen des Kranken. Er gab Acht, dass kein Tropfen danebenging.

„Dieses war die letzte Labsal, die ich von der langen Reise in dem Leder hätt' behütet", murmelte der Zwerg düster.

Libius schlief schon wieder oder hatte das Bewusstsein verloren.

„Wir müssen ihm eine Trage bauen", sagte Darek. „Er kann nicht laufen. An den Hängen der Berge muss es doch Herbergen geben. Menschliche Siedlungen, in denen Reisende Obdach finden. Oder doch wenigstens Quellen, die noch nicht versiegt sind."

Alle Gräben und Bachläufe, auf die sie seit ihrem Aufbruch von den Trümmern der Akademie gestoßen waren, waren offenbar seit Langem ausgetrocknet. Bleiche Knochen an ihren öden Ufern bewiesen, dass auch die Tiere kein Wasser mehr fanden. Die meisten von ihnen hatten sich sicher in das Gebirge zurückgezogen. Darek erinnerte sich an die dunstige Wolke, die am Vortag über den Alten Bergen gehangen hatte. Dort musste es Wasser geben.

Stumm zimmerten der Zwerg und der Junge eine behelfsmäßige Trage. Es lag ausreichend totes Holz am Boden herum. Die Steineichen hatten in ihrer Not alles von sich geworfen, was sie nicht zum Weiterleben brauchten.

Der Morgen war bereits fortgeschritten, als sie schließlich aufbrachen. Bartholf hatte das Kopfende der Trage ergriffen, sodass Darek über den Fiebernden und den Zwerg hinwegsehen konnte. Bald stellte er fest, dass sie auf diese Weise wesentlich schneller vorankamen als am Vortag.

Doch der Zwerg war vorsichtig. Obwohl sie den ganzen Tag noch keinen Reisenden erblickt hatten, bestand Bartholf darauf, Abstand von der Straße zu halten.

„Wagnis ist es, auf den Wegen für uns fürderhin zu wandern", raunte er. „Scharfen Augs schauen die Schergen jenes schimpflich schwarzen Schurken. – So auch solche, die Ihr nicht vermutet."

„Die ich nicht vermute?", fragte Darek.

Doch der Zwerg stapfte schweigend weiter.

Mit der Mittagshitze kam der Durst. Dareks Mund fühlte sich an, als wäre er mit Sand gefüllt, und jeder Atemzug brannte in seiner Brust. Libius regte sich unruhig in seinen Fieberträumen. Der Kater hatte sich zwischen seinen Oberschenkeln niedergelassen. Auch der verwandelte König wirkte besorgt. Bartholf sprach kein Wort.

Hin und wieder sahen sie kleine Gehöfte entlang der großen Straße, doch der Zwerg schlug einen weiten Bogen um diese Ansiedlungen.

Verbündete des Hofdomestikus, dachte Darek. Auch solche, die ich nicht vermute. Nur die Wildnis der Alten Berge trennte die Ausläufer der Ebene von der Königsstadt. Sie kamen dem Herzen des Inneren Reiches näher, wo Engelbertus' Macht am größten war. Der Glaube der Kreuzbrüder musste hier viele Anhänger haben.

Gegen Mittag bemerkte Darek erleichtert, dass das Gelände allmählich anzusteigen begann. Erste niedrige Anhöhen, manche von ihnen von kleinen Hainen aus Buchen oder Steineichen gekrönt, boten zusätzlichen Schutz gegen mögliche Späher. Den Zwerg schien das nicht zu beruhigen. Jedenfalls wurde er nicht langsamer. Der Junge staunte, wie rasch er auf seinen kurzen Beinen laufen konnte. Müdigkeit schien er nicht zu kennen, während Darek spürte, wie seine eigenen Schritte unsicher wurden.

Um die Mitte des Nachmittags strebten die Hügel höher und höher empor. Die Haine schlossen sich zu kleinen Wäldchen zusammen und streckten sich der flachen Mulde entgegen, durch die die Gefährten der hohen Bergkette entgegeneilten. Der Junge hörte den Gesang von Vögeln, zum ersten Mal, seit sie die Akademie hinter sich gelassen hatten. Sie wanderten jetzt an einem ausgetrockneten Flusslauf entlang, hin und wieder erspähte Darek nun an geschützten Stellen tief im Flussbett kleine Tümpel. Doch das Wasser wirkte braun und brackig. Sie würden es nicht trinken können.

Libius murmelte unverständliche Worte vor sich hin. Fahrig glitten seine Hände über seinen fiebernden Leib. Was, wenn er in seiner Verwirrung aus Versehen einen Zauber spricht, überlegte Darek. Aber sie konnten den Kranken ja schlecht fesseln und knebeln. Er konnte nur hoffen, dass der Zauberlehrling im Augenblick keinen Spruch zusammenbekam.

Die Mulde verwandelte sich in ein lang gestrecktes Tal, das direkt in die Berge hineinführte. Wie verlockend hatten sie aus der Ferne ausgesehen. Eine Zuflucht jenseits der glühenden, wasserlosen Ebene. Jetzt, wo die Gebirgskette unmittelbar vor den Gefährten aufragte, schien eine stumme Bedrohung von ihr auszugehen. Das Grün des Waldes zog sich wie ein undurchdringliches, bewegtes Meer an den Hängen empor. Ein Labyrinth aus Bäumen, das nur darauf wartete, den unkundigen Wanderer zu verschlingen und nie wieder herauszugeben. Hoch oben machte der Wald dem nackten Felsgestein Platz. Darek musste den Kopf in den Nacken legen. Er blinzelte. Seine Augen brannten: Sie waren trocken wie seine Kehle. Die Sonne stand zwischen zwei Gipfeln, deren Schatten zu beiden Seiten der Gefährten schon auf den niedrigeren Hügel lagen. Zwischen den Schründen und Felsformationen glaubte Darek am rechten der beiden Gipfel Häuser zu erkennen oder Ruinen, von Menschenhand geschaffen. Er zögerte, den Zwerg darauf anzusprechen. Bartholfs Laune war düsterer und düsterer geworden, je näher sie dem Gebirge kamen.

Und ich dachte, Zwerge lieben das Gebirge, grübelte Darek. Haben sie dort nicht ihre Minen, in denen sie nach Erzen graben und nach den Schätzen der Uralten?

Doch sonderbarerweise hatte er nie von Zwergenminen in den Alten Bergen gehört.

Unvermittelt blieb der Zwerg stehen. Darek bemerkte es zu spät und rammte die Trage in Bartholfs verlängertes Rückgrat. Der Kater hatte an die Beine des Fiebernden geschmiegt vor sich hingedöst. Jetzt fuhr er auf und beschwerte sich mit einem unwilligen Maunzen. Bartholf gab nur ein Grunzen von sich.

„Was ist los?“, fragte Darek atemlos. Einer der rohen Äste der Trage hatte ihn schmerzhaft zwischen den Beinen erwischt.

„Nicht fern von dieser Stätte, deucht mir, entspringt ein kühl erquickend Quell.“

Der Junge lauschte. Tatsächlich. Er hörte ein gedämpftes Murmeln, so leise, dass er es zuvor nicht bemerkt hatte. Der Zwerg musste gute Ohren haben.

Mit neuer Zuversicht eilten sie weiter am Bachlauf entlang, an dessen Grund sich allmählich eine trübe Lache abzuzeichnen begann. Der Trampelpfad, dem sie gefolgt waren, tauchte in ein kleines Gehölz ein. Buchen, soweit Darek es erkannte, aber auch schlanke Erlen und Weiden. Der Schatten ihrer Zweige neigte sich über den Wasserlauf. Der Zwerg schob das Grün beiseite, und die Gefährten traten in die schattige Kühle.

Darek blieb wie angewurzelt stehen.

„Was ist das?“, flüsterte er.

Im ersten Augenblick konnte er im Halbdunkel unter den Bäumen nur einen drei oder vier Fuß hohen, wuchtigen Umriss ausmachen: Einen einzelnen Felsblock, der wie ein versteckter Vorposten der Alten Berge durch den weichen Boden des Ufers lugte.

Doch dann traten die Gefährten mitsamt ihrer Last näher heran. Das Plätschern war jetzt ganz deutlich, und Darek erkannte, dass am Scheitelpunkt des Felsens klares Wasser aus dem Gestein trat. Rasch setzten sie die Trage mit dem Kranken ab und traten näher heran. Staunend betrachtete Darek ein wahres Wunderwerk:

Das schmale Rinnsal floss nicht einfach an einer Seite des Steins herab, um sich am Grunde des Flussbetts mit dem spärlichen Strom zu vereinen, der von anderen Quellen höher im Gebirge gespeist wurde. Nein, das Wasser wirbelte eine vielfach gewundene steinerne Rinne entlang, tauchte durch verborgene Tunnel und Höhlungen, um an ganz unvermuteten Stellen wieder zum Vorschein zu kommen. Der Zwerg musterte den Stein mit offensichtlichem Misstrauen, doch Darek ging mit langsamen Schritten mehrmals um den Quell herum und versuchte, das Muster der Anlage zu durchschauen.

Sie war mit Sicherheit nicht natürlichen Ursprungs. Jemand musste sie mit unglaublicher Kunstfertigkeit in den Stein gemeißelt haben. Am Portal der Klosterkirche gab es aufwendige Steinmetzarbeiten – oder hatte es Steinmetzarbeiten gegeben, wenn etwas von ihnen übrig geblieben war – die der Junge unzählige Male voller Bewunderung betrachtet hatte. Doch sie waren nicht mit dem zu vergleichen, was er hier sah. Das Wasser teilte sich in mehrere Arme, stürzte unvermittelt in winzigen Kaskaden herab, fing sich in steinernen Bassins, um an ihrem Grund unsichtbar in den Tiefen des Steins zu verschwinden. Dann kam es wieder hervor, um ... Darek kniff die Augen zusammen. Das Dämmerlicht unter dem Blätterdach der Bäume machte den Blick trügerisch, doch er hätte schwören können, dass das Rinnsal an einigen Stellen bergauf floss.

„Was ist das?", wiederholte er flüsternd.

„Deine Augen sind wohl nicht so gut, hm?"

Der Junge fuhr herum. Das war nicht Bartholfs Stimme gewesen. Und auch nicht Libius, der in wortlosem Fieber auf seiner Trage lag. Sein Blick fiel auf den Kater. Der samtpfotige König thronte auf den Oberschenkeln des Zauberlehrlings, den Schwanz um seine Vorderpfoten gelegt, und betrachtete aufmerksam den Quellstein.

Doch auch Dareks königlicher Vater hatte nicht gesprochen. Es war keine Männerstimme gewesen.

„Das ist ein Quell des Zephyrus." Die Stimme kicherte. Ein Kichern, das sich anhörte, als wäre es Teil des Plätscherns. „Du siehst aus, als hättest du noch niemals einen zu Gesicht bekommen."

Darek drehte sich langsam im Kreis und spähte in das grüne Dämmerlicht. Das Blattwerk schien sich leicht zu regen, im leichten Abendwind zu tanzen. Tatsächlich: Hier, am Rande der Berge, regte sich eine leichte Brise. Darek konnte nicht sagen, an welchem Punkt ihrer Reise sie eingesetzt hatte. Seine Augen tauchten in die Schatten. Doch da war niemand.

Etwas Hartes traf ihn am Kopf.

„Aua!" Seine Hand fuhr an die Stirn, und er sah, wie ein kleiner Gegenstand zu Boden fiel. Er hob ihn auf.

Eine Buchecker.

„Hier oben!", rief die fröhliche Stimme. „Nein, du siehst wirklich nicht gut."

Er legte den Kopf in den Nacken, und sein Unterkiefer klappte herunter.

Es war ein Mädchen, nicht viel älter als er selbst. Ein wunderschönes Mädchen mit dunklen Haaren, das fünfzehn oder zwanzig Fuß über dem Boden auf dem dünnen Ast einer Weide saß und die bloßen Füße herabbaumeln ließ. Im ersten Augenblick dachte er, das Mädchen wäre nackt, er war viel zu verdattert, um schamvoll den Blick abzuwenden. Doch schon erkannte er, dass die Beine, die Arme und Schultern und selbst der Bauch des zauberhaften Geschöpfs zwar nackt waren, doch schmale Streifen von dunklem Stoff um Brust und Hüften das Notdürftigste bedeckten.

„Und eine von den Albâine scheinst du auch ziemlich lange nicht zu Gesicht bekommen zu haben, so wie du dreinschaust", sagte sie grinsend.

Ohne zu zögern, löste sie sich von ihrem Ast und ließ sich in die Tiefe fallen. Darek stieß ein überraschtes Keuchen aus und stolperte zurück. Sofort dachte er an ihre Flucht aus der Akademie. Die Mauer war nicht so hoch gewesen wie dieser Ast, doch die Höhe hatte ausgereicht, dass Libius sich den Fuß schwer verletzt hatte.

Der Anblick war überaus sonderbar. Das junge Mädchen fiel – und fiel doch nicht. Die Bewegung wirkte eher wie ein Blatt, das sich vom Zweig eines Baumes löst und langsam zu Boden segelt. Sachte kam das Mädchen auf dem Boden auf, keine Armlänge von Darek entfernt.

„Ich bin Astaril", grinste sie. „Wer bist du?"

„Ich …" Er schluckte. „Ich … ich bin …" Wenn er darüber nachdachte, war das eine verzwickte Frage. Natürlich war er Darek, ein Schüler der Akademie. Doch er war auch der Sohn und Erbe des Königs des Inneren Reiches. König Carolus, der im Augenblick gerade ein Kater war. Der Thronerbe hatte sicher einen Namen gehabt. Irgendjemand hatte ihn sicher einmal erwähnt, doch daran konnte er sich beim besten Willen nicht erinnern.

„Wanderer sind wir durch Wüste und Wildnis", hörte er die brummige Stimme des Zwerges. „Bartholf vom Berge, des Berentholf Sohn, welcher gezeugt ward von Bernolf dem Bärt'gen, der wiederum …"

Astaril riss die Augen weit auf: „Ihr seid ein Zwerg!", hauchte sie. „Diese Leute, denen Haare aus dem Gesicht wachsen. Ich habe schon Zwerge gesehen", fügte sie bedeutungsvoll an. „In den Geschichten natürlich."

„In den Geschichten", wiederholte Darek verwirrt.

Sie nickte und strahlte ihn an: „Und du bist auch ein Zwerg? Noch ein ganz junger, ohne Haare im Gesicht? Aber du bist größer als er … werdet ihr kleiner mit den Jahren?"

„Nein." Er schüttelte den Kopf. „Ich bin Darek. Ich bin ein … äh, ein Mensch."

„Ach so." Astaril klang ein wenig enttäuscht. „Die sieht man häufiger."

Sie schlenderte hinüber zu der Trage: „Und wer sind die beiden?“

„Libius“, sagte Darek rasch. „Ein Freund von mir. Auch ein Mensch. Und, ähm, ein Kater.“

„Ein Kater“, wiederholte sie und nickte. Sie gab nicht zu erkennen, ob sie schon einmal einen Kater gesehen hatte, und sei es nur in den Geschichten. „Warum schläft Libius denn?“

Sie beugte sich nieder, und ehe die Gefährten es verhindern konnten, ruckelte sie den Fiebernden an der Schulter: „Hallo Libius! Ich bin Astaril!“

„Er ist krank“, sagte Darek. „Bitte sei etwas vorsichtig!“

„Krank?“ Sie sah ihn an und legte ihre Stirn in Falten. „Krank“, sagte sie noch einmal. „Was ist das, krank?“

Darek starrte sie an. „Krank.“ Er hob die Schultern. „Nicht gesund. Er hat sich den Knöchel verletzt und außerdem … etwas sehr Anstrengendes getan gestern.“ Es war nicht notwendig, zu erwähnen, dass Libius ein Zauberer war – oder zumindest einer werden wollte.

„Krank“, sagte sie noch einmal und überlegte. „Seine Wasser sind nicht im Reinen. Nicht im Reinen miteinander.“ Sie nickte langsam. „Ich habe gehört, dass das vorkommt bei Menschen.“

Nachdenklich betrachtete sie den Kranken: „Wollt ihr ihn eingraben? Gleich hier? Der Boden ist ziemlich weich.“

„Eingraben?“ Darek schluckte. „Begraben? Er ist doch noch nicht tot! Und er wird auch nicht sterben!“, sagte er mit zitternder Stimme. „Nein, er wird nicht sterben!“

„Sterben. Auch davon habe ich gehört.“ Sie schüttelte den Kopf. „Das meinte ich nicht. Ob ihr ihn eingraben wollt. Dann könntet ihr ihn wieder mitnehmen, wenn er austreibt.“

Darek wusste nicht, was er gerade für ein Gesicht machte, doch sie sah ihn mit einem Ausdruck an, aus dem große Geduld sprach: „Im nächsten Jahr natürlich erst."

Der Junge schüttelte den Kopf. Hilflos sah er hinüber zu Bartholf, doch der Zwerg musterte Astaril mit finsterem Gesicht.

„Menschen treiben nicht wieder aus", versuchte Darek zu erklären. „Sie sterben … irgendwann einmal. Dann begräbt man sie. Man legt sie in die Erde. Das ist das Ende. Ihre Seelen leben weiter – jedenfalls sagen das die Kreuzbrüder."

Was er selbst davon hielt, konnte er nicht genau sagen. Nicht nach dem, was auf Befehl des Hofdomestikus in der Akademie geschehen war.

„Das wusste ich nicht", sagte Astaril. Strahlend lächelte sie Darek an. „Aber dann wächst eben etwas anderes aus ihnen. Das ist ja genauso gut."

Sprachlos starrte Darek sie an. Sie hob die Schultern, da blieb ihr Blick an seinem Hals haften. „Du hast da aber einen hübschen Stein. Kann ich den haben?"

Die Hand des Jungen fuhr an seinen Hals: „Das ist … das ist …" Der Stein war die einzige Erinnerung an seine Vergangenheit, die er je besessen hatte. Sicher, jetzt war da der Kater, dessen unergründlicher Blick dem Gespräch zwischen seinen Gefährten und der Albaîne aufmerksam folgte. Aber das war doch etwas anderes.

Sie hatte sich schon wieder abgewandt: „Wollt ihr das mit seinen Wassern jetzt in Ordnung bringen?"

Darek stutzte: „Ob wir ihn …?" Er schüttelte den Kopf. „Wir werden ihn pflegen. Doch es wird eine Weile dauern, bis er wieder gesund wird. Es gibt Kräuter, die ihm helfen könnten …

Vielleicht lassen sich hier welche finden. Der … der Blaue Zwergampfer soll sehr wirksam sein."

Astaril schien gar nicht auf ihn zu achten. Leichtfüßig lief sie zum Quell und schöpfte mit der hohlen Hand Wasser. Sie ging hinüber zu dem Kranken, beugte sich über ihn und verstrich das Wasser auf seiner Stirn. Dabei murmelte sie einige leise Worte, die Darek nicht verstand. Er glaubte nicht, dass es Worte der menschlichen Sprache waren.

Sie richtete sich auf und betrachtete Libius. „Schlafe!", befahl sie in Dareks Sprache.

„Wenn das gelbe Licht aufsteigt, werden seine Wasser gereinigt sein", sagte sie zu dem Jungen. „Bekomme ich jetzt den Stein?"

Zögernd trat Darek an die Trage und ging langsam neben dem Kranken in die Knie.

Libius schlief. Doch es war ein völlig anderer Schlaf als zuvor. Der fiebernde, erschöpfte Ausdruck war von seinen Zügen gewichen.

Tief in seinem Innern wusste der Junge, dass Astaril die Wahrheit gesprochen hatte: Morgen früh würde der Zauberlehrling wieder gesund sein.

***

Darek war überrascht. Er hätte sich nicht vorstellen können, dass ein so zartes, anziehendes Geschöpf solche Töne hervorbringen konnte.

Der Junge lag auf dem Rücken und blickte in das Gezweig der Weide, deren Blätter sich sanft wiegten. Nicht der Nachtwind war der Grund für diese Bewegung: Die Abendbrise hatte sich gelegt, als am Himmel die ersten Sterne erwachten. Doch zwanzig Fuß über ihm lag Astaril in einer Astgabelung ihrer Lieblingsweide und gab ein Schnarchen von sich, das er eher einem Troll oder Oger zugetraut hätte, nicht aber einem liebreizenden Geschöpf der Albâine, des Alten Volkes.

Doch was wusste er schon über das Alte Volk? Darek seufzte und legte die Hände über die Ohren. So konnte er unmöglich schlafen. Wie jeder Mensch hatte er Geschichten über die Albâine gehört, obwohl die Lehrer in der Akademie immer abgestritten hatten, dass diese Wesen überhaupt existierten. Gerade das hätte ihm in den letzten Tagen eigentlich zu denken geben müssen, denn hatten die Kreuzbrüder nicht ebenfalls gelehrt, es gäbe keine Zauberei? Und insgeheim waren sie nichts anderes gewesen als – Zauberer.

Wenn es die Albâine tatsächlich einmal gegeben hätte, hatte der Vater Abt bemerkt, so seien sie gewiss längst ausgestorben – wie die Drachen etwa. Mit dem Unterschied, dass man Überreste von Drachen gefunden hatte, zähnestarrende Schädel, zehn oder zwanzig Fuß lange Knochen ihrer Gliedmaßen. Schädel von Angehörigen des Alten Volkes dagegen konnte niemand vorweisen.

Kein Wunder, dachte Darek. Sie vergraben ihre Toten – und im nächsten Frühjahr treiben sie wieder aus. Die Albâine waren keine Menschen, noch waren sie den Menschen ähnlich wie etwa die Zwerge. Selbst mit den Tieren besaßen sie keine Gemeinsamkeit. Sie sprossen aus dem Boden wie die Bäume am Rand der Alten Berge, denen sie so verbunden waren.

Dareks Finger spielten mit seinem Stein. Sollte er ihn dem Mädchen wirklich geben? Sein ganzes Leben lang war dieser Stein das Einzige gewesen, was er zur Erinnerung an seine Eltern besaß. Gut, inzwischen hatte er … nun, einen Kater. Die Umrisse des verzauberten Königs waren in der Dunkelheit kaum auszumachen, doch er schlummerte auf seinem Lieblingsplatz auf Libius Beinen. Der Zauberlehrling lag noch immer in seinem Genesungsschlaf.

Ruhelos erhob sich Darek. Vielleicht sollte er sich außerhalb des schützenden Blätterdachs hinlegen. Gab es eigentlich wilde Tiere am Rande der Alten Berge? Irgendetwas, das einem Menschen gefährlich werden konnte wie die Steinzahnbären des Nordens? In der Nähe des Quells war er jedenfalls sicher. Astarils Schnarchen hätte sogar die Bestien der Wildnis abgeschreckt.

Darek trat ins Freie und blickte auf den Rücken des Zwerges. Erst jetzt wurde ihm klar, dass Bartholf nicht auf seinem Platz gelegen hatte. Fragend sprach er den Namen des Zwerges.

„Verderblich Feenflüstern in der Nacht“, murmelte sein Gefährte. „Traut eher Trollen, kühner Knabe, anstatt den Stimmen der Albâine.“

„Flüstern würde ich das nicht nennen“, sagte Darek und ließ sich an seiner Seite nieder. Der weiche Boden war warm, aufgeheizt von der Hitze des Tages. Kleine Tiere raschelten durch das Gras, und vom Grunde des Bachbetts sangen die Kröten. „Ich kann dabei kein Auge zutun.“

„Nicht ratsam ist's zu ruhen, wenn die vom Alten Volke wachen“, brummte Bartholf.

„Wenn sie mal wachen würde! Aber dieses Geschnarche …“ Der Junge schüttelte den Kopf. Der Tag war lang und hart gewesen, und der davor auch schon. Es fühlte sich an, als drückte ihm jemand mit den Daumen die Augenlider zu – und doch konnte er nicht schlafen. „Doch warum traut Ihr

Astaril nicht? Wir werden doch morgen sehen, ob sie ihr Versprechen hält."

„Pah!" Der Zwerg kramte seine Pfeife hervor, stopfte sie schweigend mit seinem stinkenden Kraut und zündete sie an. Schmatzend nahm er einen Zug. „Nacht und Nebel nistet auf dem Hader, welcher Kleines einst und Altes Volk entzweite."

„Ihr traut ihnen nicht … Euer ganzes Volk traut ihnen nicht, und Ihr wisst nicht einmal, warum?"

„Heilig Hinterlassenschaft der Ahnen, die von Zwistigkeiten spricht." Eine neue Wolke des Gestanks. „Zu verderblich waren die Verrätereien, oh so deucht mir, dass man sie uns überliefert hätt'."

Darek schüttelte stumm den Kopf. Zwerge hatten ein langes Gedächtnis. Wenn selbst sie vergessen hatten, was die Albâine ihnen angetan hatten, wie lange musste das her sein? Er wollte es gar nicht wissen.

„Wenn Libius morgen wieder gesund ist, kennt Ihr dann einen Weg, der uns zum Schattenpass führt?", fragte er.

„Verlegt ist uns der feste Pfad", schüttelte der Zwerg den Kopf. „Durch Felsenklamm und finstres Tal wird uns die ferne Fährte führen, eh wir der Königsstadt uns nahen. – Zu spät, ahn ich, um Hass und Hader zu verhindern."

„Aber es muss doch einen schnelleren Weg geben!" Bartholf hatte natürlich recht. Wenn die Schergen des Hofdomestikus irgendwo auf sie warteten, dann würde das am Schattenpass geschehen, dem einzigen Zugang, der aus den Ebenen ins Herz des Reiches führte. „Vielleicht kennt ja sie einen geheimen Pfad – Astaril."

Der Zwerg keuchte und erwischte dabei zu viel von seinem Kraut.

„Verweg'ner!", hustete er. „Speer mag mich treffen, Trollaxt spalten, doch nimmer wird ein Mann vom Kleinen Volk auf der Albâine Pfaden wandeln!"

***

„Voll Trug und Tücke sind die Pfade, und ein zauberisches Blendwerk liegt …"

„Genau dasselbe habt Ihr schon einmal gesagt", beschwerte sich Libius. Böse funkelte er den Zwerg an. „Und Ihr habt es genau an dieser Stelle gesagt. Wenn Ihr zwischen diesen beiden Felsen dort drüben hindurchseht, erkennt Ihr ganz in der Ferne ein kleines Waldstück, das wie ein Hufeisen geformt ist."

Darek kniff die Augen zusammen und folgte dem ausgestreckten Arm des Zauberlehrlings. Tatsächlich: Im fernen Dunst der Ebene zeichnete sich ein hufeisenförmiger Schatten ab, die offene Seite auf die Alten Berge hin gerichtet.

„Ich kenne diesen Wald", sagte Libius. „Von dort sind es keine zwei Stunden bis zur Akademie. Und jetzt schaut in die andere Richtung!" Seine Gefährten wandten sich um. „Was seht Ihr?", fragte Libius.

„Berge", erwiderte Darek. „Hohe Berge."

„Genau", nickte der ältere Junge. „Hohe, sehr hohe Berge. Der Hauptkamm der Alten Berge liegt noch immer vor uns. Wir sind seit heute Mittag keinen Schritt weitergekommen. Wir sind im Kreis gelaufen."

Es war ein Fehler, dachte Darek. Wir hätten die Albâine bitten sollen, uns die Pfade ihres Volkes zu zeigen. Ganz gleich, ob es Bartholf nun gefällt oder nicht.

„Voll Trug und Tücke …", begann der Zwerg.

„Lenkt nicht davon ab, dass Ihr Euch verirrt habt“, sagte der Zauberlehrling barsch. „Ein Zwerg, der sich im Gebirge verirrt! Das muss man sich einmal vorstellen! Das ist, als wenn ein Fisch ertrinken würde!“

Darek schüttelte den Kopf. Es war unglaublich, wie rasch und wie vollständig sich Libius erholt hatte. Wenn Darek ehrlich war, konnte er sich überhaupt nicht daran erinnern, wann er in den Jahren an der Akademie Meister Lunds Meisterschüler jemals so voller Tatendrang erlebt hatte. Und so voller Ungeduld. Es muss irgendetwas in diesem Wasser gewesen sein, dachte er. Der Quell des Zephyrus.

„Nicht mein Verschulden ist's, dass wir dem Pfad nicht fanden.“ Der Zwerg reckte sich würdevoll. „Ich folgt' ob Stock und Stein dem Ruf und Raunen, das mir der König kundgetan.“

Die beiden Jungen blickten auf das Fellbündel, das sich um den gedrungenen Hals des Zwerges zusammengerollt hatte.

„Ihr unterhaltet Euch mit ihm und sagt es uns nicht?“, fragte Libius. „Ihr lasst Euch von einem Kater den Weg zeigen? Da … da lachen ja die Hühner!“

„Er ist immerhin der König“, sagte Darek unbehaglich. „Und das hier ist ein Teil seines Königreiches. Wenn sich jemand hier auskennt, dann er. Auch wenn er jetzt ein Kater ist.“ Eines der geheimnisvoll grünlich schimmernden Augen öffnete sich. Blickte es dankbar? „Außerdem ist er mein Vater“, sagte er.

Libius schüttelte den Kopf. „Wäre ich heute früh nur schon recht bei mir gewesen! Wie kann man nur eine solche Hilfe ablehnen! Wenn ich mich doch nur erinnern könnte … Eine leibhaftige Albâine …“

Am Morgen war der Zauberlehrling zwar körperlich schon wieder bei Kräften gewesen, hatte aber noch ziemlich benommen gewirkt. Binnen kurzem, hatte Astaril versprochen, werde sich diese Verwirrung legen. Und sie hatte recht behalten. Allerdings fehlte Libius jede Erinnerung an das Geschehen, das sich seit ihrem Aufbruch von der Akademie zugetragen hatte.

Darek hob die Schultern: „Was bleibt uns anderes übrig, als es noch einmal zu versuchen?", fragte er.

Dagegen wollte keiner seiner Gefährten etwas einwenden. Darek hatte zwar halb damit gerechnet, der ältere Junge werde fordern, zum Quell des Zephyrus zurückzukehren, um sich auf die Suche nach der Albâine zu begeben, doch vielleicht hatte er dieselbe Ahnung wie Darek selbst: Sie würden sich auf dem Rückweg genauso verirren wie auf dem Weg voran.

Müde folgten sie demselben Pfad, den sie schon einmal eingeschlagen hatten. Sie befanden sich bereits hoch zwischen den Felsen. Die Baumgrenze war vor einer Weile hinter ihnen zurückgeblieben. Hier gab es nur noch Flechten und Moose und in geschützten Winkeln das eine oder andere zähe Gewächs, das sich in einen Felsspalt klammerte. Kein Schutz jedenfalls vor der Sonne, die auf das graue Gestein des Gebirges glühte, dass man glaubte, man müsse sich die Finger verbrennen, wenn man sich daran abstützte.

Die Gefährten folgten einem unebenen Weg, der sich an der Flanke eines hohen Gipfels entlangwand und langsam höher führte, auf einen Einschnitt zwischen zwei noch höheren Bergriesen zu. Noch weiter am Horizont waren keine neuen Gipfel zu erkennen. Lag also dort das Herz des Inneren Reiches, die Königsstadt von Dareks Familie? Der Zwerg – oder besser der Kater – schien es zu vermuten.

Doch es erging den Wanderern nicht anders als zwei Stunden zuvor. Der Pfad führte zwischen den Felsen höher und höher, folgte der Flanke des Berges, und nach und nach erhoben sich die beiden Gipfel nicht mehr vor ihnen, sondern ein Stück rechts. Der südliche von ihnen schob sich vor den nördlichen – und schließlich war der Einschnitt vollständig verschwunden. Jetzt bog der Abhang scharf zur Seite um. Vor ihnen lag ein beinahe senkrechter Abgrund, Hunderte von Fuß tief, der die Gefährten von dem Pass, den es dort in der Ferne möglicherweise gab, trennte.

Libius blieb stehen. „Wir machen es genauso wie beim letzten Mal. Wenn wir jetzt weitergehen, kommen wir wieder an der derselben Stelle heraus. Immer rund um diesen Gipfel herum." Er spähte empor zur Sonne. „Noch zwei oder drei Stunden Tageslicht. Ich wette, es kann hier ziemlich frostig werden in der Nacht."

Darek seufzte. „Und was sollen wir sonst machen? Fliegen können wir nicht – es sei denn, du hast einen Zauber …"

Der ältere Junge schüttelte den Kopf: „Meister Lund könnte das vielleicht. Aber ganz sicher bin ich mir selbst da nicht. Der verdammte Zwergampfer war ihm ja immer wichtiger als meine Fortschritte in der Ausbildung! Und trotzdem …" Er hielt inne.

Bartholf und Darek sahen ihn an. „Es gibt doch eine Möglichkeit?", fragte der Junge.

„Nein", erwiderte Libius langsam. „Nein, ich kann nichts machen, doch … Ihr müsst euch das so vorstellen: Wenn man häufiger mit Magie zu tun hat, entwickelt man ein Gespür dafür. Man kann ihre Anwesenheit spüren, selbst wenn man nicht so genau sagen kann, um was für einen Zauber es sich handelt, der da jetzt gerade am Werke ist. Es … es kitzelt in der Nase. Und hier …" Er schniefte. „Meine Nase ist vollkommen dicht."

„Vielleicht verträgst du irgendwelche Gräser nicht, die hier wachsen", schlug Darek vor.

Der Zauberlehrling schüttelte den Kopf. „Ach, verdammt!" Wütend trat er gegen einen kleinen Stein und schrie im gleichen Moment auf. „Autsch! Verdammt! Verdammt! Verdammt!" Der Stein hatte ausgesehen, als wäre er loses Geröll. In Wahrheit war es massives Gestein, das aus dem Holperpfad hervorsah. Wie im Hohn warf das Echo Libius Worte zurück: „Verdammt! Verdammt! Verdammt! – ...dammt! ...dammt! ...dammt!"

„Ach, verflixt", murmelte der ältere Junge und ließ die Schultern sinken. Doch auf einmal erstarrte er. Libius richtete sich auf, kniff die Augen zusammen. Langsam ließ er seinen Blick über das Gebirge schweifen, über den Abgrund, die beiden Gipfel in der Ferne, die zu einem Einzigen verschmolzen waren.

Er legte die Hände an den Mund und brüllte aus Leibeskräften: „VER-DAMMT!"

Sofort kam das Echo: „VERDAMMT! ...DAMMT!"

Libius ließ die Arme sinken, grübelte.

„Was ist denn los?", fragte Darek.

„Des Fiebers Hitze hat, so scheint's, sein Hirn erhärtet", schlug der Zwerg vor.

Das Fieber, dachte Darek, oder die Höhe. Oder die Sonne. Ihm selbst wurde immer wieder schwindlig, und er musste auf jeden Schritt Acht geben.

Wieder setzte der Zauberlehrling die Hände an den Mund, holte tief Luft:

„MEIN AHN WARD VON 'NEM TROLL VERSCHLUNGEN,
WORÜBER SICH SO MANCHER WUNDERT.
DENN TROLLE LIEBEN JUNGES FLEISCH
UND GROSSPAPA WAR ÜBER HUNDERT."

Die Sonne, dachte Darek. Eindeutig die Sonne.

Das Echo warf die Worte zurück: „HUNDERT! HUNDERT!“

„Ha!“ Libius ballte die Faust und reckte sie triumphierend in den Himmel. „Ha! Zweihundert!“

„Lasst uns umkehren“, sagte Darek. „Das ist kürzer. Weiter unten gibt es Schatten, und es muss einen anderen Weg geben …“

„Umkehren?“ Der ältere Junge sah ihn verständnislos an. „Jetzt? Der Weg liegt genau vor uns!“

Er machte eine Bewegung, als wollte er geradewegs in den Abgrund hineinmarschieren.

„Libius!“, rief Darek entsetzt.

Der Zauberlehrling schüttelte den Kopf: „Du verstehst nicht. Das Echo.“ Er deutete auf die Felswildnis vor ihnen, als wäre das Echo ein Gegenstand, den man sehen konnte. „Man kann auf diese Weise Entfernungen abschätzen: Danach, wie rasch und wie oft das Echo zurückgeworfen wird. Zweimal hundert. Die Gipfel dort hinten sind viel zu weit entfernt, um uns ein solches Echo zurückzuwerfen. Dies ist ein Trugbild, Darek. Jemand zeigt uns etwas, das überhaupt nicht da ist.“

„Nicht schlecht“, sagte eine wohlbekannte Stimme. „Gar nicht übel.“

Darek zwinkerte. Von einem Augenblick zum anderen war der Abgrund verschwunden. Der Pfad vor ihnen führte einige Fuß abwärts und dann beinahe geradeaus weiter. Auch der Weg, dem sie vorhin gefolgt waren, und den sie auch diesmal wieder beschritten hätten, war nach wie vor vorhanden, doch die Landschaft hatte sich vollständig verändert. Von der Kuppe, die sie beinahe ein zweites Mal umrundet hätten, zog sich ein sanfter Bergsattel nach Westen, geradewegs auf die beiden Gipfel zu, zwischen denen sie den Pass vermuteten. Mitten auf dem Wege aber, der so unvermutet erschienen war, saß mit übereinandergeschlagenen Beinen die Albâine.

„Ganz so dumm, wie es immer heißt, seid ihr also gar nicht."

Der Zauberlehrling sah sie grinsend an. Wäre er ein Hund, dachte Darek, würde er jetzt wohl mit dem Schwanz wedeln.

In den Augen des Zwerges blitzte schiere Mordlust, doch er sagte kein Wort.

Gewandt erhob sich Astaril. Das Stoffband um ihren Oberkörper war ein wenig verrutscht, sodass Darek für einen Augenblick noch mehr bloße Haut zu erkennen glaubte.

„Kommt ihr?", fragte sie. „Es ist schon noch ein Stückchen bis zur Stadt des Königs."

***

Vorsichtig lugte Darek über die Felsen hinweg, die an dieser Stelle eine natürliche Ballustrade bildeten. Keine fünfhundert Schritte entfernt – und einige hundert Fuß unter ihm – tauchte die Große Straße in den Schattenpass ein.

Doch anders als an den Vortagen, unten in der Ebene, war sie nicht unbelebt. Endlose Reihen schwarz gekleideter Speerträger zogen von Osten her den Pass empor. Die Tritte ihrer schweren Stiefel hallten im immer enger werdenden Tal wider. Anders als die Panzerreiter des Königs trugen sie keine stählernen Rüstungen, sondern waren lediglich mit gepolsterten dunklen Wämsern bewehrt, und auf ihren Köpfen sah Darek Lederkappen, ähnlich jener, die Bartholf trug. An einigen Stellen des Zuges ragten Banner über die Reihen der Söldner: Dunkle Banner mit fremdartigen roten Symbolen. Waren es Buchstaben? Dann konnte Darek sie nicht deuten.

„Finst're Volk aus fernen Landen", murmelte der Zwerg, der sich auf die Zehenspitzen stellen musste, um über die Felsen hinwegzusehen. „Wo das öde Meer des Ostens an die Steig' von Styga stößt."

„Die Söldner von Yarmuz", flüsterte Libius. Anders als der Zwerg musste er in einer unbequemen Hocke verharren, um nicht gesehen zu werden. „Die Heimsuchung aller Länder von den Feldern der Düfte im Süden des Reiches bis hinüber zur Steige von Styga – und was dahinter kommt, weiß kein Mensch. Was tun sie hier? Ich dachte, sie wären mit den Barbarescen im Bunde."

„Glänzend Gold gilt dort als Gott", brummte Bartholf. „Für Münz' und Mammon führt die Speere jenes Volk aus Yarmuz' Land."

„Jemand muss sie gut bezahlt haben, wenn sie sich auf einen so weiten Weg gemacht haben", sagte Darek leise. Es wäre nicht nötig gewesen, zu flüstern: Schon die Marschtritte der Söldner machten einen Heidenlärm. Obendrein sangen die dunkel gekleideten Krieger aus tiefen Kehlen. Wenn es denn Gesang war und nicht eher ein Brüllen. Der Junge verstand kein Wort.

Die steinernen Wälle einer mächtigen Befestigung überragten den Einlass zum Pass. Von den Zinnen flatterte das silberne Banner des Inneren Reiches mit dem von einem Kreis umschlossenen vierzackigen Stern, wie er schneeweiß die Stirn des schwarzen königlichen Katers zierte.

Dareks Vater war auf einen der Felsen geklettert. Dort verharrte der Kater reglos. Nur die Katzenaugen bewegten sich, zogen sich zusammen, während sie das beunruhigende Geschehen beobachteten.

„Verrat, so scheint es, ist im Gange, spricht unser Herrscher hoheitsvoll“, sagte Bartholf. „Obs Engelbertus, der im Halblicht des finst’ren Hirnes Pläne spinnt …“ Er hob die Schultern.

Darek nickte. „Astaril?“

Die Albâine hatte ein Stück über ihnen zwischen den Felsen Position bezogen. Man musste sehr genau hinsehen, um sie dort auszumachen. Es schien eine Gabe des Alten Volkes zu sein, beinahe unsichtbar mit der Umgebung zu verschmelzen: Sei es mit den Weiden am Quell des Zephyrus oder mit der zerklüfteten Felsenwildnis hier am Rande des Schattenpasses.

Jetzt richtete sie sich auf und kam mit einem federnden Sprung neben Darek zu stehen.

„Die sehen aber nicht sehr freundlich aus“, sagte sie mit großen Augen. „Ich habe noch nie so viele von euch auf einem Fleck gesehen.“

„Das sind keine von uns“, erwiderte Darek. „Zwar auch Menschen, aber keine aus dem Inneren Reich. Sie verkaufen ihre Schwerter für klingende Münze.“

„Nur gut, wenn sie dann keine Schwerter mehr haben“, sagte sie erleichtert. „Damit könnten sie bestimmt schlimme Dinge anstellen.“

Er schüttelte den Kopf: „Sie behalten die Schwerter. Aber sie führen sie für denjenigen, der sie bezahlt.“

„Menschen sind seltsame Leute“, murmelte sie.

„Hat das Alte Volk in den letzten Tagen schon einmal so etwas beobachtet?“, fragte der Junge. „Gruppen von Bewaffneten, die durch das Gebirge streifen?“

„Augenblick“, bat sie. „Ich frage nach.“

Sie schloss kurz die Augen, dann nickte sie: „Unter den Hängen, wo die Himmelsbeeren wachsen, sind mehrfach welche vorbeigekommen."

Wie auch immer sie das wieder gemacht hatte … „Wo ist das?", fragte Darek.

„Die kennst du nicht?" Sie leckte sich die Lippen. „Die sind wirklich lecker."

„Himmelsbeeren wachsen weit im Süden", sagte Libius. „Das müssen Barbarescen gewesen sein. Beginnt also jetzt der große Angriff, den wir seit Jahren befürchten?"

Astarils Augenbrauen zogen sich wütend zusammen. „Sie haben die Beeren alle weggepflückt und dann versucht, die Sträucher zu verbrennen."

„Das klingt nach den Barbarescen", nickte der Zauberlehrling.

„Und die Söldner wären mit ihnen im Bunde?", fragte Darek.

„Geöffnet steht der Festung Pforte." Der Zwerg wies auf das Kastell. „Sie bietet Gruß der Söldner Schar."

„Vielleicht hat die Königin sie gerufen, wenn sie während der Krankheit des Königs die Regentschaft führt", überlegte Libius. „Als Verstärkung. Vielleicht ist schon Nachricht vom Angriff der Barbarescen in die Königsstadt gedrungen."

Der Kater schüttelte sich heftig. Dareks Vater schien an diese Möglichkeit nicht recht zu glauben.

„Es gibt nur eine Möglichkeit, das herauszufinden", sagte Darek. „Wir müssen weiter. Astaril, du kennst einen Weg, um den Pass zu vermeiden?"

„Aber ja." Sie nickte. „Sollen sich diese Finsterlinge auf den bequemen Weg machen. Dafür ist unserer viel, viel hübscher."

***

Hübscher. Doch, hübscher als der tief ins Gestein des Gebirges gehauene Schattenpass waren die Pfade des Alten Volkes mit Sicherheit. Die Luft war hier oben von einer Klarheit, wie Darek sie noch nie erlebt hatte. In alle Richtungen ging der Blick über die Wildnis der Alten Berge. Felsige Gipfel erhoben sich aus grün gewelltem Hügelland wie Inseln aus der tobenden See.

Nur einmal hatte er einen Blick zurückgeworfen. Im Rücken der Wanderer verlor sich weit, weit draußen die Ebene im Dunst. Eine einzelne Rauchsäule bezeichnete vielleicht die noch immer qualmenden Ruinen der Akademie. Weiter hinten mussten sich bereits die Ufer des Öden Meeres befinden.

Vor ihnen aber, wo die Felsen inmitten des Grüns seltener wurden und das Grün seinerseits von bestellten Feldern unterbrochen wurde, erblickte Darek sie zum ersten Mal: Die Stadt seiner Familie, die Hauptstadt des Inneren Reiches.

Doch, nein, das war gar keine Stadt. Das war eine eigene Welt. Ein weites, fruchtbares Tal schmiegte sich dort in die Tiefe, zu allen Seiten beschirmt und behütet von den Gipfeln der Alten Berge. Darek sah Felder und grüne Weiden, winzige Punkte, die vielleicht grasendes Vieh darstellten. Er sah dunkle Weiher und glitzernde Bachläufe, kleine Waldstücke, Dörfer und einzelne Gehöfte, verschwenderisch ausgestreut wie Perlen am Boden, wie Sterne am Abendhimmel.

Und inmitten all dessen erhob sich die Stadt.

Ihr innerster Mauerring maß wenigstens vier oder fünf Meilen im Rund. Und die Stadt besaß drei dieser Mauerringe, einer höher und stärker als der andere, glänzend weiß wie Marmor, wie Schnee, wie Elfenbein. Darek hatte noch nie Elfenbein zu

Gesicht bekommen, aber so stellte er sich das kostbare Material vor, das man im Süden aus den Stoßzähnen der gigantischen Mâhmut gewann. Zum Mittelpunkt der Hauptstadt hin stieg das Gelände sanft an, sodass die innere Mauer bereits vier- oder fünfhundert Fuß über der äußeren liegen musste. Genau im Zentrum aber stieß ein mächtiger Bergstock senkrecht in den Himmel, ein Titan von solcher Höhe, dass er es mit den höchsten Gipfeln der Alten Berge aufnehmen konnte. Nebel oder Wolkenfetzen trieben an seinen Flanken dahin. Was sich auf der Spitze des Berges erhob, schien einer anderen Welt anzugehören.

Der königliche Palast war eine ehrfurchtgebietende Anlage mit schlanken Türmen und Gebäuden mit golden leuchtenden Dächern, mit Höfen und Gärten, die zum Lustwandeln einluden, mit versteckten Teichen, die es nur aus einem Grunde gab: um das Auge zu erfreuen. Darek entdeckte keine Straßen oder Treppen, auf denen man von der Stadt zum Palast gelangen konnte. Stattdessen führte eine majestätisch geschwungene Brücke aus einem Gestein, das glänzte wie Silber, vom Rand der Alten Berge hoch über das liebliche Tal hinweg bis an die Tore der königlichen Residenz. Auf diese Brücke musste die Große Straße hinführen, die aus den östlichen Ebenen über den Schattenpass daherkam. Der Junge sah noch zwei weitere Brücken dieser Art, eine im Norden, eine im Süden, und er war sich sicher, dass es im Westen ein ähnlich eindrucksvolles Gebilde gab, wenn es jetzt auch hinter dem Bergstock verborgen war.

Das Seltsamste an diesem Anblick aber war, dass sich inmitten des Palastgeländes noch einmal ein niedriger grüner Hügel erhob und auf dessen Spitze ein Turm. Dieser Turm aber … Darek kniff die Augen zusammen. Selbst aus dieser Entfernung wirkte er merkwürdig unpassend. Die Fassade war wohl einmal weiß gewesen, säuberlich gekalkt wie die leuchtenden Gebäudetrakte des Palastes oder die Mauern der gewaltigen Stadt, doch jetzt wirkte er grau und hässlich, heruntergekommen, ja schäbig. Auch das windschiefe Dach hatte sicher schon bessere Tage gesehen. Welch absonderliche Krönung dieser glanzvollen Stadt.

Doch alles in allem war es ein Anblick, der manche Strapaze lohnte. Zehn Schritte vor Darek betonte Libius das in immer neuen, begeisterten Wendungen. Der Zauberlehrling ging an Astarils Seite. Der Zwerg und Darek, von dessen Schulter der Kater sehnsüchtig auf die ferne Königsstadt blickte, folgten stumm dem Weg der beiden. Der „Weg" der Albâine war als solcher überhaupt nicht zu erkennen – und sie hätten ihn auch nicht erkannt, wäre Astaril nicht zielsicher vorausgegangen. Anscheinend kannte sie jeden Zoll des trügerischen Felsgesteins. Mehr als einmal schon hatte sie blitzartig zugreifen müssen, um zu verhindern, dass Libius in seiner Begeisterung in irgendeinen Abgrund stürzte. Astaril schien immer schon zu ahnen, wann es wieder so weit war.

Das Geplauder des Zauberlehrlings ließ sie sich gern gefallen. Hinzu kam, dass Libius immer wieder schmeichelhafte Vergleiche einfließen ließ: Die Augen des Mädchens vom Alten Volk, säuselte er, glänzten wie die geheimnisvollen Weiher des lieblichen Tals vor ihnen, ihre Haut sei so weiß wie der Marmor des königlichen Palastes. Solche Dinge. Darek sah ein ganz merkwürdiges Flackern in den Augen des älteren Jungen, und das gefiel ihm überhaupt nicht.

Das ist ungerecht, dachte er finster. Ich habe sie zuerst gesehen. Nun blieb ihm nur der Blick auf Astarils beinahe nackten

Rücken und dessen Fortsetzung. Nicht dass ein solcher Anblick zu verachten war, aber er hätte sich eben doch gewünscht, auch so weltmännisch mit dem Mädchen plaudern zu können, wie der Zauberlehrling das vermochte. Wo hat er das nur gelernt, fragte sich Darek. Bestimmt nicht bei Meister Lund.

Meister Lund …

Die Scham und das schlechte Gewissen kamen ganz plötzlich. Brennende Röte schoss in seine Wangen.

Sein Lehrer befand sich mit Sicherheit noch immer in den Händen seiner Peiniger. Graf Grass und seine Schergen mussten längst festgestellt haben, dass ihre eigentliche Beute entwischt war. Das hatte ihre Laune bestimmt nicht verbessert. Und die Akademie, in der Darek sein gesamtes Leben verbracht hatte, lag in Trümmern: Die erste Schandtat des Hofdomestikus. Wie viele noch folgen würden, wusste niemand. Einen halben Tagesmarsch von der Hauptstadt, am Schattenpass, sammelten sich berüchtigte Söldner zu einem ungewissen Auftrag. Von Süden drangen die Barbarescen ins Innere Reich ein. König Carolus, den das Reich in diesem Augenblick dringender denn je gebraucht hätte, war gegenwärtig ein Kater. Und er selbst, Darek? Darek, der Thronfolger, hatte keine wichtigeren Gedanken als das Hinterteil einer Kreatur vom Alten Volke, das leicht bekleidet zehn Schritte vor ihm herschaukelte.

Der Junge hoffte, dass man ihm das nicht ansah. Doch es achtete ohnehin niemand auf ihn – bis auf den Kater vielleicht. Bartholf murmelte etwas vom „Blutdurst der Albâine“, von einem „abscheulich’ Anschlag in halsbrech’risch’ Höh“, bei dem ein „zäher Zwerg schändlich sollt’ scheiden“. Und der Zauberlehrling …

Mit verklärtem Blick sah Libius das Albâine-Mädchen an: „Lieblich, oh Holde, sind die waldigen Kuppen diese Landes. Doch um wie vieles lieblicher noch erscheinen jene, die auf Eurem schönen Leibe sich erheben.“

Astaril kicherte fröhlich.

Und Darek merkte, wie seine eigene Laune finsterer und finsterer wurde, während sie sich der Stadt seiner Väter näherten.

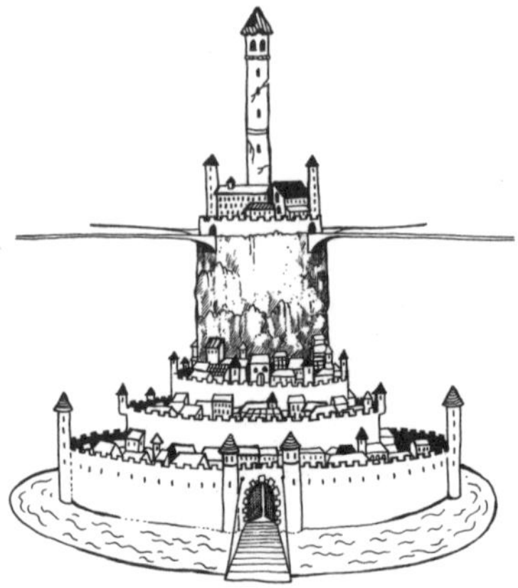

„Was soll das heißen: Es wird Zeit für mich zum Aufbruch?" Darek starrte den Zwerg an. „Ihr wollt nicht mitkommen?" Er schloss alle seine Gefährten in die Handbewegung ein. „Wie soll ich mich zurechtfinden? Ich war noch nie in einer Stadt, und schon gar nicht in so einer … so einer …"

Vom Grunde des lieblichen Tales aus sah die Hauptstadt des Inneren Reiches noch um vieles größer, gewaltiger, ja, einschüchternder aus. Schon der äußere Mauerring – der niedrigste der drei – türmte sich auf wie ein Gebirge. Die inneren Mauern, die Hausdächer und Türme der Stadt überragten ihn noch. Der königliche Palast auf seinem steil gen Himmel strebenden Felsen war hinter dichten Wolken unsichtbar.

Als der Abend sich über die Alten Berge gesenkt hatte, hatten die Gefährten hoch über dem Herzen des Inneren Reiches halt gemacht. Darek hatte lange nicht schlafen können, sondern aufgeregt die unzähligen Lichter der Stadt beobachtet. Sie waren wie Sterne am Boden, jedes von ihnen eine Fackel, eine Kerze, eine Öllampe. Die Stadt der Könige. Die Stadt seiner Väter.

Mit dem frühen Morgen waren sie hinabgestiegen und rasteten nun am Rande der bebauten Flächen im Schatten eines kleinen Wäldchens. Ein oder zwei Mal waren Einheimische vorbeigekommen, doch bisher hatte niemand die Reisenden bemerkt, und sie hatten keinen Grund, auf sich aufmerksam zu machen.

Der schwierigste Teil des Weges lag noch vor ihnen. Doch nicht vor ihnen, begriff Darek, sondern vor ihm.

„Am Tor ist altbekannt mein Antlitz", sagte der Zwerg. „Und wen'ge nur vom Kleinen Volk führt heuer noch ihr Weg zur Hauptstadt."

Das hatte Darek nicht bedacht. Nicht anders als an der Akademie waren Zwerge auch in der Stadt der Könige ein ungewohnter Anblick. Und Bartholf war als langjähriger Berater von König Carolus ein bekanntes Gesicht. Wenn die Regentschaft auch in den Händen der Königin lag – der Hofdomestikus würde seine Späher überall haben, und sie würden nach seinem alten Widersacher Ausschau halten, nun, da der König nicht länger die Hand über ihn hielt.

Der Junge war nicht überrascht gewesen, als der Zwerg den Gefährten am Abend eröffnet hatte, es sei unmöglich, einfach über den Bogen des Euros in den Palast zu spazieren. Euros, der Ostwind. Nach den vier Winden der Welt trugen die Brücken, die vom Gebirge zum Palast des Königs führten, ihre Namen: Boreas, der eisige Sturm des Nordens, Euros, der vom Öden Meer her über die Ebenen des Ostens blies, Notos, der Gluthauch des Südens, und Zephyrus, der vom feuchten Westen herüberstrich mit dem verzweigten Netz seiner Flüsse und dem fernen Meer.

Die Zugänge zum Palast, die Tore der Winde, würden gesichert sein. Wenn der Zwerg und die beiden Jungen – von der

Albâine mal ganz zu schweigen – sich dort blicken ließen, würde das mit Sicherheit Aufmerksamkeit erregen. Was überhaupt wollten sie im Palast, wenn man sie fragte? Und warum im Namen des Kreuzes hatten sie auch noch einen Kater dabei? So blieb nur der Weg durch die Stadt. Bartholf war sich sicher, dass man die Tore dort nicht so gut bewachen würde, denn es gab keine Straße, die von der Stadt hinauf in den Palast führte, der hoch über den Häusern der gewöhnlichen Menschen thronte.

„Doch Engelbertus Aug' verborgen", hatte er Darek zugeraunt, „führt felsverborgen fester Pfad. Stuf' steigt um Stuf' aus nächt'gem Dunkel, wer nur den rechten Zugang weiß."

Daraufhin hatte er Darek buchstäblich jeden Schritt erklärt: Vom Südtor der Stadt durch das Labyrinth der Straßen und Gassen bis zum Einstieg in den geheimen Stollen. Der Junge hatte ihm jedes Wort wiederholen müssen, bis der Zwerg zufrieden war. Das hätte Darek eigentlich stutzig machen müssen.

Bartholf würde also nicht dabei sein, aber was war mit den beiden anderen? Fragend sah er das Mädchen vom Alten Volk an.

Astaril kicherte: „Was sollte ich denn wohl in einer von euren Städten? Nein, niemand von den Albâine geht gern an Orte, an denen es mehr Leute als Bäume gibt."

Er nickte traurig. Damit musste er sich wohl abfinden.

„Keine Angst, Junge", sagte Libius etwas großspurig. „Ich werde auf sie Acht geben."

Darek dachte daran, wie Astaril den Zauberlehrling mehr als einmal vor einem Sturz in den Abgrund bewahrt hatte. Wer da wohl auf wen Acht geben musste? Und es gefiel ihm gar nicht, die beiden allein zu lassen – selbst wenn sie die Gesellschaft des grummeligen Zwerges ertragen mussten.

„Du willst mich allein gehen lassen?“, fragte er den Älteren und legte so viel Enttäuschung wie möglich in seine Stimme.

„Darek, ich würde so gerne mitkommen.“ Libius seufzte ziemlich überzeugend. „Aber schau mich doch an … diese Kutte.“ Er hob einen Zipfel des dunklen Talars an, der ihn als einen Meisterschüler der Akademie auswies. Darek selbst war immer ein wenig neidisch auf diese Roben gewesen und hatte sich darauf gefreut, einmal selbst Meisterschüler zu sein. „Wenn sie mich als jemanden von der Akademie erkennen, würde ich sicher nicht lange frei in der Stadt rumlaufen.“

„Kannst du sie nicht ablegen?“

Libius schüttelte traurig den Kopf. „Leider nein. Dann würde ich meine Zauberkräfte verlieren – und wer weiß, ob ich sie hinterher zurückbekomme.“

Darek nickte. Ja, er glaubte dem Zauberlehrling. Es war kaum zu übersehen, dass Libius keineswegs ungern bei der Albâine blieb, doch er hätte Darek nicht leichtfertig im Stich gelassen – genauso wie Darek und der Zwerg auch ihn nicht im Stich gelassen hatten, als das Fieber ihn gepackt hatte.

Darek würde allein gehen – allein mit dem Kater, seinem königlichen Vater.

Vorsichtig nahm Bartholf das schwarze Fellbündel auf den Arm und reichte es Darek.

„Mög’ aller Götter Gunst Euch auf den Pfaden führen“, sagte der Zwerg mit einer tiefen Verbeugung.

Der Kater beugte sich vor und zwickte dem Mann vom Kleinen Volk zum Abschied freundschaftlich in die Nase. Bartholf wurde puterrot im Gesicht, doch er sagte kein Wort mehr.

Geschickt kletterte der Kater auf die Schulter des Jungen und machte es sich dort gemütlich.

„Wir warten hier auf dich", versprach Libius dem Jungen zum Abschied. „Jetzt kommt es auf dich an. Wenn es euch beiden gelingt, dort oben ..." Er wies hinauf zur Spitze des Berges, die in den Wolken verborgen war. „Sonst kommen finstere Zeiten", murmelte der Zauberlehrling, anstatt den Satz zu vollenden.

Darek nickte und sah seine Gefährten ein letztes Mal an. Den Zwerg und die Albâine kannte er erst ein paar Tage, und mit Libius hatte er in der Akademie kaum einmal zu tun gehabt, und doch war er jetzt im Begriff, guten Freunden Lebewohl zu sagen.

Er nickte knapp. Nein. Nein, er würde nicht weinen.

Darek seufzte. Er wandte sich ab und ging entschlossen auf die Tore der Stadt zu.

***

Viel zu schnell wuchsen die Tore vor Darek auf. Höher und höher türmten sich die Massen von Stein. Der Junge begriff, dass sie sogar die Klosterkirche in der Akademie überragt hätten, die ihm früher wie ein von Menschen errichteter Berg erschienen war.

Die Tore, die Mauern, die Stadt waren mehr. Sie waren wie ein gigantisches Ungeheuer, das sein Maul weit öffnete, um den unvorsichtigen Wanderer zu verschlingen. Die Schießscharten in der Mauer erinnerten ihn auf einmal an winzige, böse Äuglein, die ihn gierig musterten. Türme und Mauerzinnen kamen ihm vor wie die nadelspitzen Zähne im Rachen eines Untiers. Doch nein, die Zähne, das waren die Speere der Wächter: Ein volles Dutzend Gewappneter hatte zu beiden Seiten einer breiten Zugbrücke Aufstellung genommen.

Der Junge fröstelte, als er die dunklen Rüstungen erblickte. Sofort musste er an Graf Grass denken, an die Schandtaten, die Männer wie jene, die in diesen Panzern steckten, in der Akademie verübt hatten.

Doch war er da nicht ungerecht? Sie hatten keine Wahl, dachte er. Sie sind Krieger, und sie hatten ihre Befehle. Nein, das stimmte nicht. Krieger oder nicht, Befehl oder nicht: Ein Mensch mit Herz und Verstand musste wissen, dass es falsch und grausam war, einen hilflosen alten Mann zu foltern. Auf der anderen Seite: Konnte er wissen, was der Hofdomestikus seinen Männern erzählt hatte? Wenn sie Meister Lund nun für einen gefährlichen Zauberer hielten, dem man das Handwerk legen musste? Und der Alte war ja tatsächlich ein Zauberer – sonst wären Darek und seine Gefährten niemals aus der Akademie entkommen.

Aber diese Wächter sahen ganz anders aus als die Panzerreiter, die Bruder Engelbertus begleitet hatten. Sie wirkten eher wie einfache Männer, die man in eine Lederrüstung gesteckt hatte. Nur auf den Köpfen trugen sie eiserne Hauben. Ihre Gesichter blieben frei.

Darek stieß den Atem aus. Irgendwie würde er es schaffen, an diesen Männern vorbeizukommen. Der Kater saß regungslos auf seiner Schulter. Der Junge spürte, dass er seine Anspannung teilte.

Es war an diesem Morgen eine Menge Volk auf den Straßen unterwegs. Viele Menschen, die zum Tor strebten. Bauernweiber, die sich miteinander unterhielten, zwei Händler, die ihren Karren hinter sich herzogen, eine Gruppe von Kreuzbrüdern, die barfuß daherkam, die Kapuzen tief ins Gesicht gezogen. Die Wächter nickten den meisten Ankömmlingen nur freundlich zu. Erst als eine junge blonde Bauernmagd das Tor passieren wollte, zog einer der Wächter das Tuch beiseite, mit dem sie ihren Handkorb bedeckt hatte und fischte einen Apfel heraus. Grinsend biss er hinein, und sie drohte ihm spielerisch mit dem Finger. Darek hatte den Eindruck, dass die beiden sich kannten. Nein, diese Wächter waren nicht gefährlich oder gar böse.

Gleichzeitig überkam ihn eine Gänsehaut, als er an Astarils Worte dachte: Die Barbarescen hatten die Grenzen überschritten, an den Hängen, wo die Himmelsbeeren wuchsen. Was, wenn sie bis zur Königsstadt vordrangen? Die Massen von Stein, die Tore und Türme würden nicht zum Schwert greifen, um ihre Bewohner zu schützen.

Darek näherte sich dem Tor. Er ging hinter zwei Männern, die sich über die schon wieder angestiegenen Preise für das Korn aus den Ebenen unterhielten. Nach Kräften bemühte er sich, ein Gesicht zu machen, als sei es die selbstverständlichste Sache der Welt für ihn, dieses Monster von Stadt zu betreten. Er spürte, wie der Kater auf seiner Schulter sich regte. Neugierig blickte er umher. Natürlich, dachte Darek. Auch für seinen Vater war das ein ungewohntes Erlebnis. Auf eine solche Weise hatte König Carolus gewiss noch nie in seiner Hauptstadt Einzug gehalten.

Der Junge spürte den Blick eines Wächters auf sich ruhen.

„Na, Junge“, sagte der Mann gutmütig. „Dich habe ich ja noch gar nicht gesehen. Ganz neu in der Gegend? Aus dem Osten?“

„Nein“, sagte Darek rasch. „Nein, nein … aus dem, äh, Westen.“

Der Wächter hob die Augenbrauen. Im selben Augenblick bereute Darek seine Worte und biss sich auf die Lippen. Man hörte seiner Sprache an, dass er nicht aus dem Westen kam.

„Ich war bei Verwandten", sagte er rasch. „Und jetzt gehe ich zurück … in den Osten. Ich bin nur auf der Durchreise. Ich und mein … mein … meine Katze."

„Deine Katze." Der Mann nickte. „Nun, dann seht mal zu, dass ihr was zwischen die Kiefer bekommt. Gleich hinter dem Tor gibt es einen guten Bäcker. Ihr seht etwas blass aus um die Nasen, ihr beiden. – Verzeiht, Verehrteste, in Eurem Fall natürlich pechschwarz!", verbesserte er sich mit einer grinsenden Verbeugung vor dem nachtdunklen Kater.

Darek hatte das Gefühl, als präge sich sein Vater das Gesicht des Mannes gerade sehr genau ein. Der Junge nickte und ging rasch weiter. Jetzt trat er in den Schatten des Torbogens, bestaunte die mächtigen hölzernen Torflügel, beschlagen mit schwarzem Metall. Dreißig Schritte, vierzig, und noch immer war er nicht auf der Innenseite angekommen. Wie dick waren diese Mauern?

Dann, endlich, trat er auf einen freien Platz hinaus, von dem aus sich die Gassen in die Stadt hinein verzweigten. Gleich links sah er die Bäckerei, von der der Wächter gesprochen hatte. Darek bemerkte, dass ihm tatsächlich der Magen knurrte. Doch er besaß keine Münzen.

Wenn sich mein Vater erst wieder in seinem Körper befindet, machte er sich Mut. An der Tafel eines Königs gibt es alle Köstlichkeiten der Welt. Aus dem Augenwinkel betrachtete er den Kater. Ob er gerade etwas ganz Ähnliches dachte?

Nun: Je eher er sich auf den Weg machte … Darek schloss die Augen und rief sich die Anweisungen ins Gedächtnis, die Bartholf ihm gegeben hatte.

Lenket Euren Blick zur Linken, zählet hundert Schritte ab, wendet ihn zur and'ren Seite, strebet dorthin kühn voran.

So weit waren die Worte des Zwerges einigermaßen klar gewesen. Darek wandte sich nach links und ging einhundert Schritte im Schatten der Mauer entlang, vorbei an der Bäckerei, zwei oder drei weiteren Häusern. Leise zählte er mit und bemühte sich, dabei möglichst geradeaus zu gehen. Das war nicht ganz einfach, denn die Straße war belebt, und immer wieder kamen ihm Leute entgegen. Ein alter Mann in einem schäbigen Mantel wich dem Jungen im letzten Augenblick aus und rief ihm etwas nach, das nicht sehr freundlich klang.

Darek wollte sich entschuldigen, aber da war der Alte schon fort. Doch es half nichts. Bartholf hatte bestimmt nicht einhundert Schritte in Schlangenlinien gemeint.

Tatsächlich erreichte der Junge nach einhundert Schritten die Einmündung einer schmalen Gasse, die tiefer in die Stadt hineinführte. Vom Tor aus war sie nicht zu sehen gewesen.

Darek war etwas mulmig, als er diese Gasse hinabblickte. Sie war so eng, dass ein erwachsener Mann die Mauern zu beiden Seiten mit seinen ausgestreckten Armen hätte berühren können. An einigen Stellen verbanden hoch über der Straße gemauerte Bögen die Gebäude zu beiden Seiten. Eines der Häuser schien zwei Stockwerke über dem Boden sogar quer über die Gasse hinwegzureichen.

Bartholfs nächste Anweisung machte ihm Mut, ihr Sinn wollte sich ihm allerdings nicht erschließen:

Schreitet furchtlos in den Schatten, folgt ihm durch die Dunkelheit und verhaltet Eure Schritte, wo Euch des Meeres Odem streift.

Des Meeres Odem? Der Atem des Meeres? Was der Junge vom Meer wusste, war nicht viel. Eigentlich nur, dass es Hunderte von Meilen im Westen lag. Wie sollte eine Brise vom Meer her sich in die engen Gassen der Königsstadt verirren? Er konnte nur hoffen, dass er den tieferen Sinn begriff, sobald er die Stelle erreicht hatte, von der der Zwerg gesprochen hatte.

Er betrat die Gasse. Sie war nicht sehr sauber, stellte er fest. Aus der Ferne hatte die Stadt mit ihren weiß gekalkten Häusern ausgesehen wie ein funkelndes Juwel, doch aus der Nähe betrachtet nahm sich das ganz anders aus. Die Bewohner dieser Häuser hatten offenbar die Angewohnheit, ihren Unrat auf die Gassen und Hinterhöfe hinaus zu entleeren. Vorsichtig machte der Junge Schritt um Schritt. Hin und wieder warf er einen Blick nach oben, wo zwischen den dunklen Fassaden ein schmaler Streifen blauen Himmels sichtbar war.

Der Durchlass verlief nicht gerade zwischen den Häusern hindurch, sondern wand sich hierhin und dorthin wie ein Reptil. Ein- oder zweimal überquerte Darek eine andere, ebenso schmale Gasse, doch da der Zwerg ihm keine genaueren Anweisungen gegeben hatte, folgte er dem einmal eingeschlagenen Weg, der auf der anderen Seite weiterführte.

Schließlich, als er eine neue Kreuzung erreichte, verzog er angewidert das Gesicht. Beim Kreuz der Brüder: Besonders gut gerochen hatte es bis zu diesem Augenblick nicht, aber der Gestank, der ihn jetzt überfiel, ließ ihn beinahe ohnmächtig werden. Das war ekelhaft. Das stank wie ein Berg verfaulender Fische!

Abrupt blieb der Junge stehen. Er grinste. Des Meeres Odem!

Das hatte Bartholf nun doch ein wenig beschönigend ausgedrückt. Fische, die so rochen, hatten das Meer jedenfalls schon eine ganze Weile nicht mehr zu Gesicht bekommen. Gleichzeitig spürte Darek, wie seine Anspannung nachließ. Allmählich begann er ein Gefühl für zwergisches Denken zu entwickeln. Doch noch gab es viele Schritte auf dem Wege, viele Anweisungen, deren Sinn er nicht verstand.

Er wollte sich eben den nächsten Merksatz seines Gefährten ins Gedächtnis rufen, als ihn etwas aufhorchen ließ. Seitdem er in das Gewirr der kleinen Gassen eingetaucht war, war ihm kein Mensch begegnet, doch jetzt auf einmal hörte er Stimmen.

Der Junge blickte über die Schulter zurück. Die Gasse hinter ihm war leer. Wenige Schritte voran aber bog sie scharf nach links ab – direkt hinter der Mauer, auf deren Rückseite sich der Hinterhof eines Fischgeschäfts befinden musste. Darek hörte die Tritte schwerer Stiefel – das mussten mehrere Männer sein, und sie marschierten gleichmäßig. Dazu ein metallisches Schaben. Panzerritter!

Der Junge wich zurück. Was hatte die gerüstete Garde des Königs in den Hintergassen der Stadt zu suchen? Der Schwanz des Katers begann, sich unruhig zu bewegen, kitzelte über Dareks Nase. Wenn ich nur mit dir reden könnte … Vater, dachte der Junge. Wie seltsam es noch immer war, jemanden Vater zu nennen – und sei es nur in Gedanken. Dass dieser Jemand ein Kater war, spielte da fast noch die geringste Rolle.

Doch König Carolus konnte ihm nicht antworten. Darek erkannte nur, dass auch dem Kater nicht gefiel, was sich da näherte. Der Junge hörte die rauen Stimmen mehrerer Männer. Die Worte brachen sich an den Fassaden – er konnte sie nicht verstehen. Gehetzt sah er sich um.

Er konnte versuchen, in die Richtung zu flüchten, aus der er gekommen war. Vielleicht konnte er irgendwo in eine Nebengasse abbiegen und sich dort verstecken. Im schlimmsten Fall würde er sich verirren, was noch immer besser war, als den

Schergen des Hofdomestikus in die Hände zu fallen. Doch in seinem Rücken führte die Gasse ein ganzes Stück geradeaus. Die Verfolger waren nicht mehr weit; sie würden ihn entdecken.

Aber konnte er sich überhaupt sicher sein, dass es Verfolger waren? Er hatte keinen anderen Beweis als die Gänsehaut, die sich auf seinen Armen aufgestellt hatte.

„Hier muss es sein!" Jetzt verstand er die Worte. Die Sprache des Mannes war hart – er brachte sie mit dem Norden des Reiches in Zusammenhang. „Passt auf, falls er wirklich dieses Katzenviech bei sich hat! Wir wissen nicht, wozu das Vieh in der Lage ist!"

Da hatte er seinen Beweis. Doch jetzt war es viel zu spät, um umzukehren. Ihm blieb keine Zeit mehr zum Überlegen. Die Mauer zu seiner Linken war kaum höher als er selbst. Ein hochgewachsener Mann hätte darüber hinwegsehen können.

Auf wundersame Weise schien der Kater Dareks Gedanken zu lesen und sprang von selbst auf die Mauerkrone. Erzählte man nicht, dass Katzen genau das konnten: Gedanken lesen? Oder war das eine der Fähigkeiten dieses ganz besonderen Katers? War das ein Funken der Magie, mit deren Hilfe sich Meister Lund oder der Zwerg mit Dareks Vater verständigen konnten?

Darek hatte keine Zeit, darüber nachzudenken. Er krallte sich mit den Fingern hinter die Mauerkrone und zog sich hoch. Sein Fuß rutschte ab. Schmerzhaft stieß sein Knie gegen den Stein. Der Junge keuchte vor Schmerz, doch er sammelte seine Kräfte, stemmte sich hoch, brachte ein Bein über die Mauer, zog das zweite, verletzte nach – und ließ sich auf der anderen Seite in die Tiefe fallen.

Es war kein tiefer Fall, und er landete weich. Und diesmal war der Fischgestank so stark, dass er tatsächlich ohnmächtig wurde. Das Letzte, was Darek sah, ehe die Dunkelheit nach ihm griff, waren die blicklosen Augen eines gewaltigen, glibberigen Rochens, der den Berg von Unrat krönte, in den er gestürzt war.

***

„Mein Handelsgut!“

Darek öffnete die Augen. Durch das rechte konnte er fast nichts erkennen. Er spürte, wie etwas Kaltes, Schleimiges von seiner Stirn rutschte. Eine Forelle platschte zu Boden, und dann war sein Blick wieder frei.

„Euer Handelsgut?“, flüsterte der Junge. Auch der dicke Mann, der mit hochrotem Kopf vor ihm stand, hatte nicht laut gesprochen.

„Meine Fische! Was bei allen vier Winden tust du in meinen Fischen?“

„Ich bin reingefallen“, murmelte der Junge. Er versuchte sich aufzurappeln, doch etwas glitt unter seinem Fuß weg. Er versuchte es noch einmal, und jetzt kam er wenigstens auf die Knie. Er schüttelte sich. Wo war der Kater?

„Von der Mauer?“, wollte der Fischhändler wissen.

Nein, wollte der Junge antworten. Vom Mond. Das hat so lange gedauert. Bis ich unten war, ist es Tag geworden. Doch er hielt besser den Mund. Der Dicke konnte mit Sicherheit ziemlich ungemütlich werden.

„Was treibst du auf meiner Mauer?“

Ehe Darek antworten konnte, hörte er ein Poltern, ein dumpfes Pochen.

„Öffnet!“, drang es gedämpft aus dem Rücken des Fischhändlers. „Öffnet! Im Namen des Königs!“

Der Mann erstarrte. Er warf dem Jungen einen scharfen Blick zu, dann machte er auf dem Fuße kehrt und verschwand im Innern seines Hauses. Einige Augenblicke später hörte der Junge, wie mit lautem Knarren ein Riegel zurückgeschoben wurde.

Darek war über und über mit fischigem Glibber bedeckt. Undenkbar, in diesem Zustand zurück über die Mauer zu klettern. Ihm blieb nur eins.

Wenn ich wieder ohnmächtig werde, bekomme ich wenigstens nichts davon mit, dachte er noch, bevor er in dem gewaltigen Berg von stinkendem Fisch untertauchte.

Doch er wurde nicht ohnmächtig. Er hörte schwere Schritte. Die Panzerritter des Königs.

„Er ist in der Gasse hinter Eurem Anwesen gesehen worden!“, dröhnte eine Männerstimme. „Versucht erst gar keine Ausflüchte!“

„Was weiß ich! Ich war vorne im Laden!“ Das war der Fischhändler. Er klang ärgerlich. „Seht Euch doch um! Seht Ihr hier jemanden?“

„Da ist eine Katze!“ Darek zuckte zusammen, und sofort spürte er, wie die glibbrige Masse auf seinem Rücken in Bewegung geriet. Wenn die Fische jetzt herunterrutschten und ihn zum Vorschein brachten … Er wagte kaum zu atmen, und das lag nicht mehr allein an dem betäubenden Gestank.

„Was ist das für eine Katze?“, fragte die neue Stimme. Das musste ein anderer Gardist sein.

„Schon wieder eine neue Verordnung des Hofdomestikus? Beleidigt es das Wahre Kreuz, wenn man Katzen hält?“, fragte der Fischhändler. „Es gibt mehr Katzen als Bürger in dieser Stadt!"

„Und sie haben auch mehr Verstand als einige von Euch!", blaffte der Gardist, der als Erster gesprochen hatte. „Der Junge hatte ein Katzenviech bei sich, und es sah genauso aus wie dieses Tier! Schwarz."

„Das ist ein Kater", sagte der Fischhändler unfreundlich. „Keine Katze und schon gar kein Katzenviech. Sein Name ist Castro. Es gibt Tausende schwarzer Kater in der Stadt! Wollt Ihr die alle dingfest machen?"

„Der Junge ist nirgends zu sehen", gab der zweite Gardist zu bedenken.

„Wenn Ihr ihn versteckt habt ...", drohte der andere, offensichtlich der Anführer.

„Dann sucht ihn doch." Der Fischhändler klang, als wäre es ihm gleichgültig. „Fangt am Besten gleich dort unter dem Fischhaufen an. Wäre doch ein perfektes Versteck."

Für einen Augenblick sagten die Panzerritter gar nichts. Darek spürte, wie sein Herz sich überschlug. Warum auch immer, aber bisher hatte er geglaubt, der dicke Mann wollte ihm helfen, doch jetzt ...

„Ach, wir verschwenden doch nur unsere Zeit hier", sagte der Anführer. „Wenn er hier auftaucht, ein Junge, dreizehn oder vierzehn Jahre alt, klein für sein Alter und eher ein Strich in der Landschaft, braune Haare – mit einem schwarzen Katzenviech im Gepäck. Dann macht Ihr auf der Stelle beim Marktbüttel Meldung. Wenn wir herausbekommen, dass Ihr uns betrogen habt ..."

Er machte eine Pause. „Eure Bude wird brennen wie Zunder, glaubt mir das!"

Sofort stand das Bild der brennenden Akademie vor Dareks Augen. Er jedenfalls glaubte dem Mann.

Dann hörte er die schweren Schritte der Gepanzerten, die sich rasch entfernten. Eine Tür fiel ins Schloss, und mit einem vernehmlichen Quietschen wurde der Riegel wieder vorgeschoben.

Noch wagte Darek es nicht, sein unbequemes Versteck zu verlassen. Dann hörte er von Neuem Schritte und die Stimme des Fischhändlers.

„Kannst rauskommen, sie sind weiter in Richtung Markt."

Darek tauchte aus dem Fischberg auf und sog die Luft ein. Er wusste, dass der „Odem des Meeres" im ganzen Hof allgegenwärtig war, doch im Augenblick kam sie ihm vor wie die reinste, klarste Luft der Berge.

Der dicke Mann streckte ihm einen Besen entgegen: „Jetzt räumst du erstmal diese Sauerei auf – und dann wirst du mir ein paar Fragen beantworten."

Der Kater scharrte ein paar Schritte entfernt im Boden. Vielleicht war er Mäusen auf der Spur; die Fische jedenfalls verschmähte er. Vielleicht wollte er auch einfach nur sein Geschäft verrichten. Er konnte sich Zeit lassen.

Schaudernd betrachtete Darek den monströsen Fischberg.

Das würde dauern.

***

Der Dicke ließ Darek nicht aus den Augen. Er lehnte in der Hintertür seines Ladens und paffte an einer Pfeife, was den Jungen an Bartholf denken ließ. Anders als den Zwerg konnte er den Fischhändler beinahe verstehen: Wahrscheinlich hielt der Gestank seines Rauchkrauts den Odem des Meeres fern.

Innerlich fluchte und schimpfte Darek. Jeder Augenblick, den er damit vertrödelte, Karpfen von Forellen, Blauzungen und Grünaugen zu trennen, war kostbar. Jeden Augenblick konnte ein paar tausend Fuß über ihm im Palast sonst was geschehen, die List des Königs auffliegen und der Hofdomestikus alle Rücksichten fallen lassen.

Womöglich hatte Engelbertus sie auch längst durchschaut, wenn er nach einem Jungen und einem Kater – oder einem Katzenviech – suchen ließ. Wie viel wusste der Hofdomestikus – und woher wusste er es? Die Akademie, dachte Darek. Viele Menschen mussten gesehen haben, dass beinahe gleichzeitig mit dem Hofdomestikus auch ein Zwerg und eine Katze dort eingetroffen waren. Dann war Darek verschwunden, Zwerg und Katze ebenso. Welche Schlüsse hatte Engelbertus gezogen? Er war dem Jungen auf den Fersen, das war keine Frage.

„Ich denke, das ist sauber genug", sagte Darek schließlich und stellte den Besen beiseite. „Kann ich jetzt gehen?"

Der Fischhändler löste sich aus dem Torbogen und betrachtete kritisch das Werk des Jungen. Er bückte sich unter merklichem Ächzen und strich mit der Hand über den Boden, prüfte seine Fingerspitzen: „Immer noch schmutzig!"

„Ich wette mit Euch, es war noch viel schmutziger, bevor ich von der Mauer gefallen bin!", verteidigte sich Darek.

Der Dicke hob die Schultern: „Na und? – Was ist mit den Unannehmlichkeiten, die ich dir zu verdanken habe? Die Gardisten des Königs in meinem Laden! Was sollen die Nachbarn denken! Das ist meine Kundschaft! Ich habe einen Ruf zu verlieren: Der beste und frischeste Fisch der ganzen Stadt …"

Der Junge wollte besser nicht wissen, wie die Fische der anderen Händler rochen. Doch er verkniff sich jedes Wort. Er wollte den Händler nicht unnötig reizen.

„Kann ich jetzt gehen?“, wiederholte er.

„Wo willst du überhaupt hin?“, fragte der dicke Mann. „Was wollten die von dir?“

„Gar nichts“, sagte Darek knapp. „Ihr habt doch selbst gehört, sie suchen eine Katze – und das hier ist ein Kater.“

Im Stillen dankte er dem Wahren Kreuz – oder wem auch immer – dass die Angaben, die die Schergen bekommen hatten, in diesem Punkt falsch waren.

Doch wo wollte er tatsächlich hin? Er war sich nicht sicher, ob er nach dem, was in der letzten Stunde geschehen war, Bartholfs Anweisungen noch klar im Gedächtnis hatte.

Fraget nicht die rote Sonne, fraget nicht den roten Mond, fraget, wer dem grünen Sterne tief im Herzen innewohnt.

Das klang noch seltsamer als die bisherigen Merksätze. Von einem grünen Stern hatte er jedenfalls noch nichts zu sehen bekommen, doch deutlicher konnte der Odem des Meeres kaum noch werden. Es war zum Verzweifeln. Er konnte nur hoffen, dass ihm draußen auf der Straße klar wurde, was die Worte zu bedeuten hatten.

„Ich bin auf dem Weg zurück zu meiner Familie – in den Osten des Reiches“, sagte er schließlich. Das war das Gleiche, was er am Tor erzählt hatte.

Der Fischhändler betrachtete ihn nachdenklich: „Nun“, sagte er langsam. „Wenn das dein Wunsch ist …“ Er gab den Weg in seinen Laden frei. „Ich denke mal, du willst nicht wieder über die Mauer.“

Der Junge schüttelte stumm den Kopf.

„Dann komm", sagte der Dicke. Er ging voran, quer durch eine kleine Wohnstube und trat dann in den Verkaufsraum, dessen Fenster auf eine größere Straße hinausblickten. Darek hatte den Kater wieder auf den Arm genommen und folgte ihm. Er warf nur einen kurzen Blick auf die Auslagen. Für heute hatte er genug Fische gesehen. Vermutlich für den Rest seines Lebens.

„Heute, am ersten Tag der Woche, habe ich geschlossen", erklärte der Händler, während er den schweren Riegel vor der Tür hochwuchtete. „Sonst ist der Laden voller Kundschaft. Selbst im Palast fragt man um meine Fische an. Der Hofdomestikus ..." Jetzt hatte er den Riegel gelöst und öffnete die Tür. „Der Hofdomestikus ...", wiederholte er.

Doch Darek war schon an ihm vorbei. Er hatte keine Lust, irgendetwas über den Hofdomestikus und seine Fischvorlieben zu hören.

„Leb wohl, Junge", rief ihm der Händler nach. „Und viel Glück auf deiner Reise ... in den Osten."

Darek hörte noch, wie hinter ihm die Tür ins Schloss fiel, doch da war er schon mitten auf der Straße. Anders als auf den schmalen Gassen, durch die er zuletzt gewandert war, war es hier sauber und aufgeräumt, und viele Menschen waren unterwegs, jeder mit seinen eigenen Dingen beschäftigt. Es musste auf die Mittagsstunde zugehen. Der Junge sah Bürgersfrauen in bunten Gewändern, die eilig mit voll gepackten Körben an ihm vorbeieilten. Von den Gardisten sah er glücklicherweise nichts. Er würde jetzt sehr gut aufpassen müssen. Sie suchten nach einem Jungen – die Beschreibung traf genau auf ihn zu – einen Jungen mit einem Kater. Und er hatte keine Möglichkeit, seine Gestalt zu tarnen. Wenn er nur Meister Lund an seiner Seite gehabt hätte … Sein alter Lehrer hätte ihn unsichtbar machen können.

Doch er wäre auch schon glücklich gewesen, das Rätsel um den grünen Stern zu lösen. Langsam drehte er sich im Kreise und musterte die breite Straße, die Menschen, die Fassaden der Häuser. Er sah die Straße zur Linken hinab, betrachtete die Häuserfronten gegenüber, spähte nach rechts, drehte sich, bis er wieder den Fischladen vor sich hatte – und erstarrte.

Der Schriftzug war verblasst, doch er war noch deutlich lesbar: „Herberge zum Grünen Stern“. Darunter prangte, eingelassen ins weiß gekalkte Mauerwerk, ein gewaltiger vierzackiger Stern aus grün glasiertem Backstein.

Mit steifen Schritten ging Darek zurück zu der Tür, durch die er eben erst getreten war. Sein Kopf schwirrte. Der dicke Fischhändler? Er war es, der im „Grünen Stern“ wohnte – oder doch in dem, was einmal eine Herberge dieses Namens gewesen war. Doch wusste Bartholf überhaupt, was sich heute in dem Gebäude befand? Darek war sich nicht sicher.

Zwischen dem Fischladen und dem Nachbarhaus zur Linken mündete die Gasse, auf der der Junge unterwegs gewesen war, auf die große Straße. Dort wäre Darek herausgekommen, den Odem des Meeres in der Nase. Er konnte ihn noch immer riechen, aber es war auch gut möglich, dass er selbst es war, schließlich hatte er unter einem ganzen Berg der stinkenden Meeresbewohner gelegen.

Wären ihm nicht die Schergen des Hofdomestikus entgegengekommen, wäre er hier ins Freie getreten und hätte den grünen Stern gesehen. Was hätte er getan? Mit Sicherheit hätte er an die Tür geklopft. Kein Zweifel: So hatte der Zwerg sich das vorgestellt. Darek fasste sich ein Herz – und klopfte.

Die Tür öffnete sich sofort. Der Dicke hatte den Riegel gar nicht wieder vorgelegt.

„Schau an.“ Er betrachtete den Jungen von Kopf bis Fuß, als sehe er ihn zum ersten Mal. „Schon zurück aus dem Osten? Was willst du noch von mir?“

Darek schluckte: „Wisst … wisst Ihr vielleicht, wo ich hinwill?“

Der Fischhändler hob die Augenbrauen: „Wie kommst du darauf?“

„Der … das … die Herberge. Das hier war nicht immer ein Fischladen?“

„Nein, war es nicht.“ Der Dicke ließ ihn nicht aus den Augen. „Zu Zeiten meines Vaters war es eine Webstube, davor eine Herberge und davor, ehe die Stadt erbaut wurde, sicher auch einmal ein Wald oder eine grüne Wiese. Warum fragst du das?“

„Als … als Fischhändler habt Ihr sicher viele Kunden.“ Darek holte Atem. „Gehören vielleicht auch Zwerge dazu?“

Der Dicke spähte kurz nach links und rechts die Straße entlang: „Los, komm rein.“

Darek schlüpfte zurück in den Laden, und auf der Stelle schob der Händler den Riegel vor.

„Wo ist Bartholf?“, fragte er unvermittelt. Die Sorge in seinen Augen war deutlich sichtbar. „Ist er krank? Ist er verletzt?“

„Ihr kennt Bartholf?“ Der Junge starrte ihn an.

„Seit ich ein kleines Kind war. Er war ein Freund meines Großvaters. Wo ist er? Ist er krank?“

Darek schüttelte benommen den Kopf. Der Fischhändler kannte Bartholf. Zu ihm hatte der Zwerg ihn führen wollen. Und Darek hatte eine Stunde damit vertan, dem Mann den Hof zu fegen.

„Darum habt Ihr mich nicht an die Gardisten verraten", begriff er. „Obwohl Ihr sie direkt auf den Fischberg hingewiesen habt …"

„Sie aufzufordern, dort nachzusehen, war die beste Möglichkeit, sie daran zu hindern. Wo ist Bartholf?", fragte der dicke Mann. Sein Ton klang jetzt scharf.

„Es geht ihm gut", murmelte der Junge. „Er wartet draußen vor der Stadt, mit Libius und der Albâine."

„Wer ist Libius?", fragte der Dicke. Dann schüttelte er den Kopf: „Eine Albâine? Er kannte schon immer seltsame Leute."

„Wenn Ihr wusstet, wer ich bin, warum habt Ihr dann nichts gesagt?", beschwerte sich der Junge. „Wir haben viel Zeit verloren. Wichtige Zeit!"

„Ich wusste es nicht", verbesserte ihn der Mann. „Ich habe es nur vermutet." Wieder betrachtete er den Jungen eingehend. „Du siehst ihm sehr ähnlich."

„Ich sehe Bartholf ähnlich?" Darek begriff nicht.

Ein Grinsen huschte über das Gesicht des Dicken. „Nein. Deinem Vater."

„Ihr wisst … Woher …"

„Carolus und ich waren einmal befreundet. Doch das ist eine andere Geschichte. Seitdem das Gerücht umgeht, der König läge krank darnieder, habe ich damit gerechnet, dass Bartholf irgendwann versuchen würde, dich hierherzuholen." Er schüttelte den Kopf. „Nur was es mit dem Kater auf sich hat, begreife ich nicht."

Wir waren einmal befreundet. Täuschte sich Darek, oder musterte das Katzentier den Dicken sehr genau?

„Er spielt eine Rolle in Bartholfs Plan", sagte er ausweichend.

Er hatte den Satz noch nicht beendet, da hämmerte es plötzlich an die Tür. Der Junge und der Mann erstarrten.

„Meister? Meister?" Das klang nicht nach den Schergen des Hofdomestikus. Das war eine Kinderstimme. Die Stimme eines Mädchens.

Der Fischhändler trat an eines der Fenster und spähte hinaus. „Ylvia", murmelte er. „Meine Nichte", sagte er zu Darek. „Du musst dich nicht verstecken. Wir können ihr trauen."

Er wuchtete den Riegel hoch und öffnete die Tür. Ein Mädchen mit zerzausten blonden Haaren, vielleicht ein oder zwei Jahre jünger als Darek, huschte in den Laden. Die Tür wurde rasch wieder geschlossen.

„Was ist geschehen?", fragte der Dicke. „Du machst ein Gesicht, als ständen die Barbarescen vor den Toren."

Ylvias Blick war auf Darek gefallen. Sie starrte den Jungen an. Sie musste gehört haben, dass die Garde nach ihm suchte. Dann sah sie zu ihrem Onkel.

„Nicht die Barbarescen", sagte sie. „Die Söldner von Yarmuz. Der Hofdomestikus hat sie gerufen. Sie haben den Palast besetzt, zum Schutze des Königs und der Königin, wie es heißt. Ein Meuchelmörder soll unterwegs sein. Er ist gefährlich, mit den Dämonen im Bunde. Mit den Feinden des Wahren Kreuzes." Sie blickte wieder zu Darek: „Ein Junge mit einer schwarzen Katze."

***

Das kann doch nicht wahr sein, dachte Darek. Nein, das ist ungerecht.

Böse betrachtete er den Berg von Fischen. Er schien in der letzten halben Stunde noch gewachsen zu sein – jedenfalls stank er übler denn je.

Der dicke Mann blickte ihn unschuldig an: „Du musst zugeben, es ist ein wirklich perfektes Versteck. Ich habe nicht gelogen, als ich mit den Schergen sprach."

Darek nickte seufzend. „Und von dort führt ein geheimer Weg in den Palast?"

„Ein Weg hinaus aus der Stadt, ein anderer direkt in den Kerker", zählte der Fischhändler auf. „Einer in den Getreidespeicher, einer in die Rüstkammer, einer in das Haus mit den Damen, die …" Er unterbrach sich, warf einen raschen Blick auf seine Nichte, die ihn neugierig betrachtete. „Es gibt viele Wege", sagte er, ohne den Satz beendet zu haben.

„Und wie finde ich den richtigen?", fragte Darek vorsichtig. Bitte, bitte, nicht noch mehr Merksätze.

Der Dicke schüttelte den Kopf: „Du wirst den richtigen Weg nicht finden. Niemand, der diese Gänge nicht sein Leben lang kennt, findet den Weg."

„Ihr wollt mitkommen?" Darek versuchte, nicht zu deutlich auf den Wanst des Fischhändlers zu starren. Die geheimen Gänge mussten breiter und bequemer sein, als er sie sich vorstellte.

Der dicke Mann hob bedauernd die Schultern: „Ich kann unmöglich meine Fische so lange ohne Aufsicht lassen", sagte er. „Es gibt böse Menschen in der Stadt, sage ich dir. Böse Menschen. Schon die Forellen sind für echte Kenner ein Vermögen wert. Nein. Ylvia wird dir den Weg zeigen."

Zweifelnd blickte Darek das Mädchen an. Als ihr Name fiel, hatte sich Ylvia zu voller Größe aufgerichtet. Bedeutungsvoll strich sie sich das zerzottelte Haar aus der Stirn. „Hab keine Angst", sagte sie. „Ich werde auf dich aufpassen."

„Sie ist …" Der Junge wollte Ylvia nicht verärgern und wählte seine Worte vorsichtig. „Sie ist noch ziemlich jung."

Der Onkel des Mädchens nickte: „Das ist sie. Doch sie ist durch diese Gänge gelaufen, seitdem sie überhaupt laufen kann. Über den Einstieg dieses Ganges Wacht zu halten, ist ein altes Erbe unseres Hauses. Deshalb führte mein Großvater zu seiner Zeit den Grünen Stern: In einer Herberge fällt es nicht weiter auf, wenn ständig fremde Leute ein und aus gehen."

Darek nickte. Das hatte etwas für sich.

„Aber heute ist das Haus keine Herberge mehr", bemerkte der Junge.

„Wir versehen eine wichtige Aufgabe", erwiderte der Fischhändler. „Nur bezahlt uns niemand dafür. Die Herberge warf nicht genug ab, guter Fisch aber ist begehrt."

Darek wollte das nicht vertiefen. „Und wo unter dem Fischberg …?"

Die Anhäufung verstorbener Meereskreaturen zog sich auf mindestens zwanzig Fuß an der Mauer entlang.

Der Dicke kniff ein Auge zusammen: „Siehst du den Tintenfisch, der dort drüben in der Sonne glänzt, als wollte er sagen: Was für ein herrlicher Tag?"

Darek kämpfte mit einer plötzlichen Übelkeit, aber er nickte.

„Ungefähr dort ist es."

Der Junge trat auf den Fischberg zu und begann, die Schuppentiere eins nach dem anderen fortzuräumen. Er versuchte, durch den Mund zu atmen. Weder der Fischhändler noch seine Nichte machten Anstalten, ihm zu helfen. Ylvia hatte den Kater auf den Arm genommen und streichelte sein flauschiges Fell.

„Dieser weiße Fleck auf der Stirn", sagte sie lächelnd. „Das sieht richtig niedlich aus. Ein bisschen wie …" Sie legte die Stirn in Falten. „Wie ein Stern. Ein Stern mit vier Zacken. Oder eine Windrose."

Der Fischhändler hob eine Augenbraue, doch er sagte kein Wort.

„Wie heißt er denn überhaupt?", fragte das Mädchen.

Darek hielt inne, dann hob er die Schultern. „Ich weiß es nicht. Dein Onkel hat ihn Castro genannt."

„Castro", wiederholte das Mädchen und hielt den verzauberten König mit ausgestreckten Armen vor sich. „Das ist ein schöner Name. Dann sollst du Castro heißen."

Sein Vater machte keinen begeisterten Eindruck, fand Darek. Aber er hätte es schlimmer treffen können. Castro klang wenigstens ein bisschen wie Carolus. Mit äußerstem Widerwillen griff Darek jetzt nach einem der schleimigen Tentakel des Tintenfischs und zerrte das Ungetüm beiseite. Tatsächlich: Er erkannte schmale Ritzen im Boden. Rasch schob er einige kleinere Fische beiseite. Ein Quadrat aus Brettern kam zum Vorschein, zweimal zwei Fuß groß. Am Rand war ein metallener Ring eingelassen. Ein Schloss gab es nicht.

Ylvia und der Fischhändler traten zu ihm.

Der dicke Mann öffnete die Falltür. „Na dann rein ins Vergnügen", sagte er und gab dem Jungen einen Klaps auf den Rücken. „Und alle vier Winde mit euch beiden."

***

„Du bist hier unten öfter unterwegs?"

Darek war tatsächlich neugierig, aber das war nicht der einzige Grund, warum er die Frage stellte.

Diese Gänge machten ihm Angst. Es war dunkel hier. Schatten huschten über die grob behauenen Wände, und das Licht der kleinen Öllampe, die Ylvia in der ausgestreckten Hand hielt, erschien ihm wie ein winziger Punkt in der Finsternis.

Auf der Schulter des Mädchens saß der Kater Castro. Er schien sich bei Ylvia wohlzufühlen. Mit seinen leuchtenden Katzenaugen konnte er in der Finsternis vermutlich mehr erkennen als sie beide zusammen.

Das Mädchen hob die Schultern: „So dann und wann. Es ist halt wenig los hier unten, und ich darf ja niemandem davon erzählen. Diese Gänge sind ein großes Geheimnis“, sagte sie bedeutungsvoll. „Stimmt es, dass die Dämonen, die du beschworen hast, fünfzig Panzerreiter verschlungen haben?“, fügte sie übergangslos an. „Und ihre Pferde dazu, als Nachspeise?“

Darek hustete. „Nein“, sagte er. „Das stimmt nicht. Vor Dämonen habe ich genauso viel Angst wie du.“

Sie hob die Schultern, und für einen Augenblick stieg Darek der Geruch nach ranzigem Fisch in die Nase. Der dicke Mann hatte die Lampe mit Waltran gefüllt. Der ergäbe ein heimeliges Feuer, wie er sich ausgedrückt hatte.

„Ich weiß eigentlich gar nicht, ob ich Angst vor ihnen habe“, überlegte das Mädchen. „Ich bin ja noch nie einem begegnet. Aber mein Onkel sagt, ihm seien ein- oder zweimal welche über den Weg gelaufen, als er falsch abgebogen ist.“ Ylvia blickte sich über die Schulter um. Wollte sie prüfen, ob Darek noch hinter ihr war, oder befürchtete sie, jemand könnte in Hörweite sein? „Ganz ehrlich: Ich glaube ihm nicht. Er wollte mir nur Angst machen, denke ich. Ich soll aufpassen, dass ich mich nicht verirre. Als wenn er sich da Sorgen machen müsste. Ich kenne hier unten mehr Gänge als er … sogar ein paar, von denen er nicht einmal weiß, dass es sie gibt. Da würde er gar nicht durchpassen. – Einer davon endet im Keller eines Zuckerbäckers. Da gibt es kandierte Feigen. Hast du schon einmal Feigen gegessen? Wollen wir dort hingehen?“

„Nein“, sagte Darek. „Wir müssen so schnell wie möglich hinauf zum Palast.“ Doch er spürte, wie sein Magen knurrte. Im Hof des Fischhändlers hätte er an Essen nicht einmal denken mögen, aber jetzt wurde ihm wieder bewusst, dass er seit dem letzten Abend nichts mehr gegessen hatte. Inzwischen musste es längst Mittag sein. Ganz sicher war er sich nicht. In den Tiefen des Gesteins war jede Tageszeit gleich.

Das Mädchen zuckte wieder mit den Schultern, und der Kater machte die Bewegung mit.

„Bisher sind wir unter der Stadt entlanggegangen“, sagte Ylvia. „Aber gleich geht es aufwärts. Pass bitte auf, wenn wir in den Wind treten.“

In den Wind treten?

Darek kam nicht mehr dazu, eine Frage zu stellen. Eben noch glaubte er, direkt vor ihnen einen schwachen Lichtschimmer wahrzunehmen, und im nächsten Augenblick war Ylvia verschwunden. Der Junge machte einen Schritt, zwei … und auf einmal packte ihn die Faust eines Riesen.

So jedenfalls fühlte es sich an. Doch es musste ein unsichtbarer Riese sein. Um den Jungen war tatsächlich ein schwaches Licht. Er konnte nicht sagen, von woher es kam, doch es war rings um ihn, er konnte die Felsen erkennen, auf allen Seiten. Er befand sich in einem schmalen Schacht, der senkrecht nach oben führte. Ihm schien, als wären die Felswände jetzt viel glatter behauen. Die Faust des Riesen riss ihn nach oben. Für einen Augenblick hatte er das Gefühl, als sackte ihm das Gehirn bis in die Füße.

„Beim Kreuz … bei den Winden …“ Bekam er überhaupt noch Luft? „Was ist das?“

„Das ist der Wind“, hörte er die Stimme des Mädchens. Sie kam von weit her. Darek legte den Kopf in den Nacken und sah den zitternden Lichtpunkt ihrer Öllampe. „Dachtest du, wir gehen zu Fuß? Das müssten doch ein paar tausend Stufen sein."

Zuerst hatte Darek geglaubt, der Schacht würde kerzengerade nach oben führen, doch jetzt neigte, wand sich der Felsenkamin … Mit irrwitziger Geschwindigkeit wurde Darek weiter emporgerissen. Es zischte, toste, heulte in seinen Ohren. Er sah Unebenheiten der Wände, ahnte Gänge, die hier und dort abbogen. An einer Stelle huschten auf einem Gesims pelzige braune Wesen vorbei. Es ging zu schnell aufwärts, um zu erkennen, was das für Tiere waren, doch sie waren groß wie Menschen, und der Junge hätte schwören können, sie hätten ihm etwas zugerufen.

Der Schacht bog um immer neue Kurven. Sie schienen immer enger zu werden – und gefährlicher. Dareks Herz jagte, und das Tosen in seinen Ohren kam nicht allein von der wahnsinnigen Geschwindigkeit, mit der der Wind ihn immer schneller in die Höhe riss. Jeden Augenblick, glaubte er, musste er das Bewusstsein verlieren.

Und dann, auf einmal, war es vorbei. Die Hand des Riesen setzte ihn ab, beinahe sanft.

Er stand in einer geräumigen Felsenkammer. Zu seinen Füßen führte ein bodenloser Schlund in die Tiefe, doch von dem magischen Wind war nichts mehr zu spüren. Ylvia stand neben ihm und grinste ihn an. Ihre Haare waren zerzauster denn je. Kein Wunder, dachte er, wenn sie häufiger hier unterwegs ist.

„Was war das, bei allen Dämonen?", flüsterte er. „Ob es sie nun gibt oder nicht!"

Das Mädchen kicherte. „Das war der Wind der Herrin. Das ist ihr Turm hier. Also der Keller davon."

„Der Turm", murmelte Darek. Er erinnerte sich an den Blick von den Gipfeln der Alten Berge. Unglaublich: Das musste gestern um diese Zeit gewesen sein. Ihm schien es ein Leben her zu sein. Aus der Ferne hatte er den Turm gesehen, einen gedrungenen Koloss, der die strahlend weiße Märchenstadt des Palastes überragte. Und nun befanden sie sich am höchsten Punkt dieser Märchenstadt – oder besser im Untergrund dieses höchsten Punktes.

„Komm mit", sagte Ylvia und griff nach seiner Hand. Ihre Finger kamen ihm viel wärmer vor als seine eigenen. Die waren noch eiskalt vor Angst.

Eine Türöffnung führte aus der Kammer hinaus, es folgte ein kurzer Gang, Licht an seinem Ende. Unvermittelt traten sie ins Freie.

Überrascht blieb Darek stehen. Auf diesen Anblick war er nicht vorbereitet gewesen.

Vor ihnen zog sich eine mit Butterblumen bestandene Wiese sanft in die Tiefe. Hier und da wuchsen Gruppen von Bäumen, und an einer Stelle sprudelte sogar ein kleiner Quell, aus dem ein glitzerndes Rinnsal entsprang. Doch durch das Geäst der Bäume hatte der Junge jetzt den Palast – eine ganze Stadt – direkt vor Augen. Ein Meer von Dächern, Höfen, weitläufigen Gärten, Wasserbassins. Das alles war ganz nahe, so nahe, dass er Gestalten erkennen konnte, die sich in den Gartenanlagen bewegten.

Sie trugen dunkle Rüstungen.

„Die Söldner", flüsterte er. Ylvia hatte seine Hand noch nicht losgelassen. Heftig zog er das Mädchen zurück in den Schatten der Turmgewölbe.

„He, du tust mir weh!“, beschwerte sie sich. „Die sind doch weit weg! – Das sind die Söldner von Yarmuz?“ Sie spähte hinab. „Ganz schön viele. Sehen gefährlich aus.“

„Wir haben sie am Schattenpass gesehen“, murmelte Darek. „Aber wir wussten nicht, was das zu bedeuten hatte.“

„Unten in der Stadt heißt es, der Hofdomestikus hätte kein Vertrauen zu den Panzerreitern. Viele ihrer Anführer sind noch nicht überzeugt von der Macht des Kreuzes. Die Söldner dagegen …“

„… halten vom Kreuz überhaupt nichts“, grübelte Darek, „Doch von klingender Münze halten sie sehr viel. Wenn Engelbertus ihnen die geben kann, hat er eine Streitmacht, die ihm jedes Wort von den Lippen abliest.“

Das Mädchen nickte: „Das sind so viele, da kommt keine Maus mehr durch.“ Sie sah Darek an. „Und schon gar kein Meuchelmörder.“

„Ich bin kein Meuchelmörder!“, widersprach er heftig.

Sie hob die Schultern: „Ich weiß das, und du weißt das, und mein Onkel weiß das auch. Aber die Söldner wissen das nicht. Und selbst wenn sie es wüssten: Wenn er sie gut bezahlt …“

Nachdenklich betrachtete der Junge den Kater. Das sonst so glänzende Fell seines Vaters sah ziemlich zerzaust aus nach der irrsinnigen Reise durch den Schacht.

„Weißt du zufällig, wo sich die Gemächer des Königs befinden?“, fragte Darek das Mädchen.

„Des Königs?“ Sie machte große Augen. „Was willst du denn von dem? Ist der nicht krank?“

„Ich will zum König“, sagte er. „Äh, wir wollen zum König, Castro und ich. Darum sind wir hierhergekommen.“

„Und was wollt ihr da?", fragte sie stirnrunzelnd. „Mein Onkel sagt, früher war er mal ein anständiger Mann, aber seitdem Engelbertus am Hof ist, hat er den letzten Rest Verstand verloren."

Kurz, aber heftig fauchte der Kater auf.

„Was hat Castro denn?", fragte das Mädchen.

Darek schloss die Augen. Sollte er Ylvia ins Vertrauen ziehen? Er sah hinab auf die weitläufigen Palastanlagen. Die Söldner von Yarmuz marschierten in großen Gruppen zwischen den Gebäuden umher. Das Mädchen hatte recht: Keine Maus würde dort durchkommen. Doch womöglich gab es ja auch unter dem Palast geheime Gänge, die Ylvia kannte?

„Vielleicht spürt er die Nähe der Herrin", vermutete das Mädchen. „Manche Tiere tun das."

„Herrin?"

Verblüfft sah Ylvia ihn an: „Na, die Herrin der Winde. Das ist ihr Turm. Du musst wirklich von weit her kommen, wenn du das alles nicht weißt. Ich dachte die ganze Zeit, du wolltest sowieso zu ihr. Aber wenn dir dieser König wichtiger ist."

„Ich weiß von keiner Herrin", sagte er. „Wir wollten zum König, weil er der Herr des Landes ist. Nur er kann den schlimmen Dingen Einhalt gebieten, die auf Geheiß des Hofdomestikus geschehen sind und noch immer geschehen."

Sie hob die Schultern: „Kann schon sein, aber warum hat er das dann nicht längst getan? Also, solange er noch gesund war."

Darek öffnete den Mund, doch er wusste nicht, was er dazu sagen sollte. Zweifelnd sah er den Kater an. Schon seit Jahren spann Engelbertus seine Fäden. Wer nicht dem wahren Kreuz diente, hatte keinen Platz mehr in der Königsstadt, ja, nirgendwo im Inneren Reich. Erst in den letzten Tagen war Darek klar geworden, wie sehr Meister Lund und die anderen Lehrer der Akademie deswegen in Sorge gewesen sein mussten. Dabei waren sie doch selbst Kreuzbrüder gewesen oder hatten das doch immer behauptet! Hätten sie nicht eigentlich froh sein müssen über das, was der Hofdomestikus tat? Warum war ihm das niemals aufgefallen? Er musste die ganze Zeit blind und taub durch die Welt gelaufen sein!

„Und wer … was ist diese Herrin?", fragte Darek und blickte nachdenklich zum Turm empor. Aus der Nähe sah er noch schäbiger aus als aus der Entfernung. Wenn es in den Fenstern einmal Glasscheiben gegeben hatte, was er bezweifelte, war davon nichts mehr zu sehen. Der Putz war bis auf wenige Reste von den Mauern gebröckelt, und selbst der graue, hässliche Stein darunter wirkte angefressen und verwittert. Der Turm war nicht viel mehr als eine Ruine. Er konnte sich kaum vorstellen, dass dort überhaupt noch jemand lebte.

„Sie ist eine große Zauberin", sagte Ylvia. Anscheinend konnte sie noch immer nicht glauben, dass er das nicht wusste. „Die größte Zauberin überhaupt. Aber niemand hat sie jemals zu Gesicht bekommen."

„So ähnlich wie die Drachen", murmelte er.

„Nur dass die Drachen lange tot sind", sagte sie. „Die Herrin lebt", fügte sie ohne jeden Zweifel in der Stimme an. „Die Winde hören auf ihr Wort, oder sie hört auf das Wort der Winde. So genau verstehe ich das auch nicht. Aber sie war es, die den König auf den Thron gesetzt hat. Und seinen Vater. Und seinen Großvater. Und so weiter. Sie ist sehr, sehr alt und sehr, sehr mächtig. Deshalb hat Engelbertus es auch noch nicht gewagt, ihren Turm anzutasten. Bestimmt hat er Angst, dass sie ihn in eine Kröte verwandelt oder so."

Oder in einen Kater, dachte Darek. Er hatte überhaupt noch nicht darüber nachgedacht, was er eigentlich vorhatte, wenn er mit dem Kater am Lager des kranken Herrschers stehen würde. Wer eigentlich hatte einen so mächtigen Zauber gesprochen, der König Carolus' Geist in den Körper eines Katers bannte – und den Verstand des Katers in den Körper des Königs?

„Die Herrin der Winde", sagte er nachdenklich.

Er warf einen letzten Blick auf den Palast. War dies überhaupt sein Ziel gewesen? Er war sich plötzlich sicher, dass Bartholf ihm – warum auch immer – nicht alles verraten hatte, was er wusste.

Die Herrin der Winde.

„Vielleicht sollten wir tatsächlich zuerst diese Herrin aufsuchen", murmelte er.

Fragend sah er den Kater an.

Castro erhob keinen Widerspruch.

***

Von außen hatte der Turm schäbig ausgesehen, sein Inneres war keine Spur einladender.

Darek musterte die kahlen Wände, von denen die Farbe blätterte. Hier und da waren helle Flächen zu erkennen. Dort mussten irgendwann einmal Bilder gehangen haben. Was mochte auf ihnen zu sehen gewesen sein? Die Vorgängerinnen der Herrin?

Nein, dachte Darek. Die Herrin der Winde war viele Jahrhunderte alt, hatte Ylvia gesagt. Vor ein paar Tagen noch hätte er so einen Gedanken als Spinnerei von sich gewiesen, doch inzwischen hatte er einen Zwerg kennengelernt, seinen königlichen Vater, der ein Kater war, und eine Albâine. Was Astaril wohl gerade trieb? Oder besser: Was Libius mit ihr anstellte? Darek wollte nicht daran denken und verbannte die Vorstellung in einen finsteren Winkel seines Gehirns. Wenn Ylvia behauptete, die Herrin sei Jahrhunderte alt, wollte er ihr zunächst einmal glauben.

„Hier sieht es jedenfalls aus, als hätte seit Jahrhunderten niemand mehr sauber gemacht", murmelte er düster.

Das Mädchen ging an seiner Seite und sah sich wie er neugierig um. „Ich war hier selbst auch noch nie", sagte Ylvia. „Mein Onkel hat es verboten. Aber ich kann dich ja nicht allein gehen lassen", fügte sie rasch an.

Er nickte. Sie war in Sorge, er könnte sie wegschicken. Doch er war ganz froh, dass er nicht allein in diesem kahlen Gemäuer unterwegs war.

„Ich habe nie gehört, dass sie irgendwelche Dienstboten hätte", murmelte das Mädchen. „Es ist ein ziemlich großer Turm, wenn eine so alte Frau ihn ganz alleine sauber halten soll."

„Stimmt", nickte er. „Viel zu groß, wenn man alleine hier wohnt. Weißt du, wo sich ihre … äh, ihre Gemächer befinden?"

Das Mädchen legte den Kopf in den Nacken und betrachtete die Decke. Sie war einmal mit Stuck geschmückt gewesen. Was davon noch übrig war, wirkte wenig ansehnlich.

„Ganz oben, denke ich", meinte Ylvia. „Da hat sie die beste Aussicht und ist den Winden am nächsten."

„Dann heißt es doch noch Treppen steigen", seufzte er.

Darek hatte erwartet, im Zentrum des Turmes werde es eine Treppe geben, die durch alle Stockwerke schnurstracks – oder besser: gewunden – zur Spitze emporführte. Doch er wurde enttäuscht. Sie entdeckten eine Treppe, doch sie führte sie lediglich ein Stockwerk nach oben in ein neues Labyrinth von Zimmerfluchten. Sie gingen einen langen Gang entlang, von dem zu beiden Seiten Kammern abzweigten, und traten schließlich in einen lang gestreckten Saal, von dessen Wänden verblichene Banner und Teppiche hingen.

„Kommt nur mir das so vor“, murmelte er, „oder ist dieser Turm innen größer als außen?“

Ylvia hob die Schultern: „Allein dieser Saal ist größer als der ganze Turm, wenn du mich fragst. Aber schließlich ist sie eine Zauberin. Die machen doch gerne Eindruck auf ihre Besucher ...“

„Sehr eindrucksvoll sieht das aber nicht mehr aus“, sagte er leise.

Ein paar Schritte vor ihnen huschte ein Schatten vorbei und verschwand in einer dunklen Ecke des Raumes. Aus der Kehle des Katers drang ein unterdrücktes Knurren.

Es könnte eine Ratte gewesen sein, dachte Darek. Nur dass Ratten nicht so groß werden wie Hunde.

Er hielt es für besser, nicht genauer hinzusehen.

Sie durchquerten den Ballsaal und stießen auf eine neue Treppe. Diese führte immerhin zwei Stockwerke empor, knarrte und ächzte aber so gefährlich unter ihren Schritten, dass Darek es kaum wagte, einen Fuß vor den anderen zu setzen. Wie lange hier wohl niemand mehr emporgestiegen sein mochte?

Wieder traten sie in neue Zimmerfluchten, doch Darek fiel auf, dass eine Veränderung stattgefunden hatte. Die Räume sahen nicht freundlicher aus als zuvor, doch er spürte einen Luftzug, der durch die Fensterhöhlen strich. Am Fuß des Turmes war es noch windstill gewesen. Der Turm der Winde, dachte er. Er trug seinen Namen zu Recht.

Einige Kammern entfernt erreichten sie eine neue Treppe – und so ging es weiter. Sechs, sieben Stockwerke, er war sich nicht ganz sicher. Es war erstaunlich: Jede Ebene, die sie erreichten, schien einen geringeren Durchmesser zu besitzen als die vorige. Von außen war nicht zu erkennen gewesen, dass sich der Turm nach oben hin verjüngte.

Schließlich erreichten sie einen kreisrunden Raum, in dessen Mitte eine hölzerne Wendeltreppe in die Höhe führte und durch eine offene Luke in der Decke verschwand. Der Raum war vollständig leer, doch anders als alles, was sie bisher im Turm gesehen hatten, wirkte er nicht heruntergekommen. Die Wände bestanden aus sauber aufeinandergeschichteten Steinquadern und waren unverputzt. Zwölf regelmäßig angeordnete Fenster blickten auf das Land ringsum, und in der Ferne erkannte Darek die Gipfel der Alten Berge. Sie schienen weit entfernt.

„Schau", sagte Ylvia und trat an eines der Fenster. Der Fenstersturz war nach oben hin zu einem runden Bogen ausgemauert, der an der höchsten Stelle mit einer altertümlichen Steinmetzarbeit geschmückt war. „Der Stachelschwanz", sagte das Mädchen. „Das Zeichen des elften Monats." Sie ließ ihre Finger über das Quadergestein gleiten und ging ein Fenster weiter. „Und hier …" Sie deutete nach oben. „Der Bogenschütze. Der zwölfte Monat."

Darek trat an ihre Seite.

„In welche Richtung geht dieses Fenster hinaus?", fragte er. „Nach Norden?"

Sie nickte: „Wenn du genau hinsiehst, erkennst du den Bogen des Boreas, der von den Alten Bergen her zum Palast führt. Jede der Brücken ist aus einem anderen Gestein gemeißelt – dieses hier glänzt wie Eis, wenn die Sonne darauf scheint."

Das war im Augenblick nicht der Fall. Unfreundliche Wolken trieben am Himmel dahin, und Boreas, der Nordwind, sandte einen kalten Luftzug durch die Kammer der Monate. Ylvia schlug bereits wärmend die Arme um sich, und auch Darek bibberte.

„Ich denke, das letzte Stück werden wir …"

„Du allein", sagte eine Stimme.

Der Junge und das Mädchen zuckten zusammen.

„Das ist sie", flüsterte Ylvia.

Darek sah sich um. Außer ihnen war niemand im Raum. Doch die Stimme war nicht etwa von oben, von der Luke in der Decke, gekommen. Sie ertönte von …

„Du allein", wiederholte die Stimme. Sie war überall, in den Wänden, im Boden, in der Decke, in der leeren Luft, durch die der Atem des Boreas fuhr. „Du und …" Die Stimme hielt inne und fügte dann an. „Castro."

„Sie weiß von Castro", staunte das Mädchen. „Sieht so aus, als ob sie auf euch wartet." Neidisch betrachtete sie den Kater. „Ich hätte sie so gerne einmal gesehen."

Wie kann sie von Castro wissen, fragte sich Darek. Den Namen hat sich Ylvias Onkel doch erst vor ein paar Stunden ausgedacht.

Sehnsüchtig blickte Ylvia hinauf zu der Luke.

„Ich finde den Weg", sagte sie und reichte ihm den Kater, der auf seiner Schulter Platz nahm. Im nächsten Augenblick war das Mädchen verschwunden, die Treppe hinab, die in die Tiefe führte.

Darek stand in der Mitte des Raumes und sah die letzte Wendeltreppe empor.

Dort oben wartete sie auf ihn, die Herrin der Winde.

Er holte tief Atem und stieg Stufe um Stufe empor. Der Kater schien seinen eigenen Katergedanken nachzuhängen, die in Wahrheit die Gedanken eines Königs waren.

Darek wusste nicht, was er dort oben erwarten sollte, doch er musste sich nicht mehr lange gedulden.

Der Turm der Winde endete in einer Kuppel – auch das war von außen nicht sichtbar gewesen. Der Junge erinnerte sich an ein flaches Dach. Er hatte vermutet, es müsse eine Plattform tragen, von der aus man weit ins Land spähen konnte, auf die Alten Berge und vielleicht darüber hinweg, auf die Heimat der vier Winde, über die die mächtige Herrin dieses Turms gebot.

Im Halbdunkel zwischen zwei der vier Fenster des Kuppelraums – eines für jeden der vier Winde – saß eine verhutzelte alte Frau in einem grauen Kittel.

„Autsch!“, sagte sie anstelle einer Begrüßung und verzog das Gesicht. Sie schüttelte ihre Hand.

Darek trat zögernd näher. Die Alte saß auf einem niedrigen Stuhl und verschwand beinahe hinter einem klobigen, altertümlichen Spinnrad. Ihr zu Füßen türmte sich ein hoher Berg gesponnenen Garns. Noch während er hinsah, machte sich die Frau wieder an die Arbeit. Geschickt setzte sie das Rad in Bewegung. Wie von Zauberhand glitt der Faden durch ihre Finger, und der Berg am Boden wuchs zusehends. Die Finger der Alten vollführten eine stetige Bewegung, die er nicht genau verfolgen konnte. Sie griff … ja, wonach griff sie? Der Faden entstand in ihrer Hand, doch der Junge sah keine Wolle, aus der sie das Garn erschuf.

„Ich habe mich gestochen“, sagte sie und funkelte ihn an.

Ist das meine Schuld?, dachte er.

Sie schüttelte den Kopf. Wusste sie, was er gedacht hatte? Sie hatte auch den Namen des Katers gekannt. Und er war sich sicher, dass sie wusste, wer dieser Kater in Wahrheit war.

„Du hast lange gebraucht", murmelte sie, ohne in ihrer Bewegung innezuhalten. „Länger als erwartet." Mit einem kurzen Nicken wies sie nach rechts. Dareks Blick folgte der Bewegung.

Vor einem der Fenster des Raumes, dem östlichen, wie er glaubte, gewahrte er jetzt einen halb durchsichtigen Vorhang aus grauem Gewebe. War er eben schon da gewesen? Der Vorhang regte sich, wogte im Luftzug, der durch das Fenster kam.

Der Junge kniff die Augen zusammen. Ein Bild formte sich auf dem Gewebe, wurde deutlicher. Ein bewegtes Bild. Die Falten des Stoffes zuckten hin und her wie Flammen. Es waren Flammen! Sie waren so deutlich – er wollte hinstürzen, um sie auszuschlagen, bevor sie auf das Gebäude übergriffen, doch jetzt erkannte er, was er da sah: die Akademie! Das Feuer, das aus der Klosterkirche schlug, aus dem Schulgebäude. Menschen, die zwischen den Flammen umherirrten. Eine kleine Gruppe von Gestalten, die sich abseits hielt.

Das war er selbst! Er selbst mit seinen Gefährten, mit Libius und Bartholf, der den verzauberten König auf dem Arm trug. Er sah, wie sie die Mauer emporklommen. Dann wechselte das Bild. Der Zauberlehrling, der von der Mauer hinabsprang, ungeschickt am Boden aufkam und sich unter Schmerzen wälzte. Der Zwerg trat hinzu …

„Das ist unsere Geschichte", murmelte der Junge. „Ihr habt das alles gesehen."

„Den Winden bleibt wenig verborgen", sagte die Alte. „Auch heute noch."

„Was …“ Mit Mühe wandte er sich von den Bildern ab, die der Stoff ihm zeigte. Die Flucht der Gefährten war jetzt an der kleinen Baumgruppe angelangt, an der Bartholf und er selbst Libius eine Trage gezimmert hatten. „Was ist das für ein Garn, das Ihr da spinnt?“, fragte er.

„Ihr nennt es …“ Sie grübelte, veränderte die Haltung ihrer Hand um eine Winzigkeit. „Zeit nennt ihr diesen Faden. Er ist jetzt bald zu Ende.“

„Die Zeit kann zu Ende sein?“ Der Junge kniff die Augen zusammen. „Was geschieht dann?“

Sie antwortete nicht. Er fasste sich ein Herz.

„Warum bin ich hier?“, fragte er. „Ihr wusstet, dass ich kommen würde. Ihr wolltet es so.“

„Die Winde haben mir das Bild gezeigt“, sagte sie. „Wenigstens das stimmt noch.“ Jetzt blickte sie kurz auf. „Seid gegrüßt, Carolus.“

Der Kater auf Dareks Schulter schob den Kopf zweimal kurz vor und wieder zurück.

„Das dachte ich mir“, murmelte sie. „Doch das ist jetzt leider nicht möglich. Der Faden hat sich ziemlich verwickelt.“ Sie sah kurz zu Darek. „Du kannst ihn nicht verstehen, hm? – Er möchte seine Gestalt zurück.“

„Und Ihr könnt sie ihm nicht zurückgeben?“, fragte der Junge mit klopfendem Herzen. Sein Vater … wie würde das sein, wenn er plötzlich vor ihm stand, als richtiger Mensch, nicht als Kater?

Sie schüttelte den Kopf: „Der Weg ist uns versperrt.“

„Aber dann war alles … vergeblich.“

„Nichts ist vergeblich“, wies sie ihn zurecht. „Die Winde wehen von Westen, von Norden, Osten und Süden. Ein Kreis. Jeder Weg kommt an den Anfang zurück ... und der Wind bringt viele Geschichten mit."

„Das verstehe ich nicht", sagte er leise.

„Natürlich nicht. Dein Weg hat noch nicht begonnen."

„Noch nicht begonnen?", protestierte er. „Ich bin doch hier. Glaubt Ihr, das war einfach?"

„Du bist hier", nickte sie. „Am Anfang."

„Anfang?" Er starrte auf ihre Hand, die noch immer den Faden sponn. „Die Königsstadt war unser Ziel. Castro ... Meinen Vater hierher zurückzubringen, damit er wieder in seine Gestalt schlüpfen kann."

„Das würde nichts ändern", murmelte sie. „Die Fäden sind durchtrennt. Der Mantel ist zerrissen."

„Der Mantel?" Darek legte die Stirn in Falten. „Was für ein Mantel?"

„Der königliche Mantel, der deinem Vater um die Schultern gelegt wurde, als er den Thron bestieg. Ein Mantel gewoben aus dem Gespinst der Winde. Der Mantel des Königs, den schon dein Großvater trug und sein Vater vor ihm."

Er schüttelte den Kopf: „Von diesem Mantel habe ich noch nie gehört."

Sie seufzte: „Er wurde vergessen. Seine wahre Bedeutung ist in Vergessenheit geraten. Vor langer Zeit wussten die Könige, was sie da um die Schultern trugen. Sie kannten die Bedeutung des Mantels. Sie wussten, dass er es war, der sie zu Königen über dieses Land machte. Die Winde brachten ihnen Botschaft ..." Sie nickte auf das bewegte Bild, das in Dareks Rücken noch immer von der Reise der Gefährten berichtete. Er sah sich um und erkannte, dass sie inzwischen am Quell des Zephyrus angelangt waren.

Der Junge kniff die Augen zusammen. Etwas war anders, anders als in seiner Erinnerung. Das Wasser schien kräftiger zu sprudeln, den Platz unter den Bäumen mit einem seltsamen Leuchten zu erfüllen.

„Was du siehst, ist die Macht des Zephyrus“, sagte die Herrin. „Sie hat sich deutlicher gezeigt, mächtiger, in vergangenen Zeitaltern der Welt. Doch der Faden ist dünn geworden, und wenn ihr nicht Acht gebt, wird er bald abreißen.“

„Wenn wir nicht Acht geben? Ihr seid es doch, die den Faden spinnt!“

Sie schüttelte den Kopf: „Ich kann nur verspinnen, was der Atem der Winde zu mir trägt. Nur aus diesem Faden kann ich meinen Stoff weben. Der Mantel ist zerrissen. Er muss neu gewoben werden, und alles, was ich habe, ist das hier.“ Sie nickte auf den Berg von grauem Garn zu ihren Füßen. „Der Mantel des Königs muss alle Farben der Welt spiegeln – mein Faden aber ist grau geworden.“

„Wie ist das geschehen?“, fragte Darek. „Wer hat den Mantel zerrissen? Engelbertus?“

Er stellte sich vor, wie der Hofdomestikus in die Kammer schlich, in der der Leib des kranken Königs ruhte. Wie er sich nach einem Mantel bückte, der den Körper des schlafenden Herrschers bedeckte, und sich heimlich mit ihm davonmachte.

„Engelbertus“, nickte sie. „Die Kreuzbrüder. Die Menschen. Ihr alle. Was geschehen ist, hätte nicht geschehen können, wenn ihr noch den Atem der Winde spüren könntet wie in alter Zeit. Heute lebt ihr in den engen Gassen eurer Städte, eingeschlossen hinter hohen Mauern, durch die kein Lufthauch dringt.“

„Die Menschen in den Städten müssen sich schützen“, verteidigte der Junge die Bewohner des Inneren Reiches. „Vor den

Barbarescen. Wir haben Nachrichten … Die Albâine hat gesehen, dass sie die Grenzen des Reiches überschritten haben. Wenn sie vor der Königsstadt stehen, was wird die Menschen dann schützen, wenn nicht ihre Mauern?"

„Es gab eine Zeit", murmelte die Alte, „in der dem König nichts verborgen blieb. Er war eins mit dem Land. Die Winde waren wie das Blut in seinen Adern, und alles, was irgendwo ringsum geschah, war ihm bekannt. Der Mantel, erfüllt von der Macht der Winde, schenkte ihm diese Bilder." Sie schüttelte den Kopf: „Doch die Welt hat sich verändert. Die Menschen haben sich verändert, und die Winde sind verbittert, weil die Menschen sie ausschließen aus ihren Städten und aus ihren Herzen."

„Also müssten sie die Mauern einreißen, damit die Winde …"

„Nein", unterbrach sie ihn. „Ich fürchte, dazu ist es zu spät. Wenn die Barbarescen kommen – und sie werden kommen – dann wird nichts sie aufhalten als diese Mauern." Besorgt blickte sie in die leere Luft. „Doch nicht auf lange", murmelte sie. „Der Faden ist dünn, er wird bald reißen. – Gib Acht, jetzt kommt eine gefährliche Stelle."

Sie nickte auf die Erzählung von Dareks Reise hin, die jetzt bis in die Wildnis der Alten Berge gelangt war – und auf einmal veränderte sich das Bild.

Der Junge sah einen mit feinem Kies bestreuten Weg, der zwischen Rasenflächen, gepflegten Hecken und kunstvoll beschnittenen Bäumen hindurchführte. Dazwischen blitzte hier und da heller Marmor und das strahlende Weiß frisch gekalkter Fassaden auf. Einer der Höfe des Palastes.

Darek sah eine Gruppe von Frauen, die den Weg entlangeilten. Ihre kostbaren Gewänder reichten bis über die Füße, und sie mussten sie anheben, um mit der Frau an der Spitze Schritt halten zu können. Diese Frau war ganz anders gekleidet als die übrigen: Ihr Gewand war schwarz. Eine dunkle Haube hielt das Haar streng aus der Stirn. Das schmale Gesicht wirkte gehetzt und voller Sorge, doch trotz der eingefallenen Wangen und der dunklen Schatten unter den Augen war zu erkennen, dass sie einmal wunderschön gewesen sein musste.

„Das ist deine Mutter", sagte die Herrin leise. „Die Königin."

Darek starrte auf die Erscheinung: „Was ist das für eine Geschichte?", fragte er.

„Das ist keine Geschichte", murmelte die Alte. „Das geschieht jetzt. In diesem Augenblick."

Die Frauen eilten weiter. Es war, als zöge sich der unsichtbare Betrachter, durch dessen Augen Darek und seine Gastgeberin die Szene verfolgten, rückwärts vor ihnen zurück und trete einige Schritte beiseite.

Die Königin und ihr Gefolge hatten jetzt eine Reihe marmorner Stufen erreicht, die zu einem hohen, reich verzierten Portal hinaufführten. Ein halbes Dutzend von Engelbertus' Söldnern hatte davor Aufstellung genommen.

Mit strenger Miene blickte die Königin die Männer in ihren dunklen Lederpanzern an:

„Wo sind meine Gardisten?", fragte sie. „Wer gab den Befehl, sie abzulösen?"

„Engelbertus, Herrin", erwiderte eine Stimme.

Darek konnte den Sprecher im ersten Augenblick nicht sehen, doch nun löste er sich aus den Schatten des Portals und trat an den Rand der obersten Stufe. Seine Augen blickten kalt. Auf dem Arm trug er einen geschlossenen Helm, der von einem dunklen Federbusch gekrönt wurde.

„Graf Grass“, flüsterte der Junge. Er wusste, dass der Graf ihn nicht hören konnte, doch zu deutlich stand ihm vor Augen, wie dieser Mann an der Spitze seiner Panzerritter in Bruder Lunds Studierstube eingedrungen war. Wie er den hilflosen alten Mann geschlagen hatte. Wie er und seinesgleichen den Vater Abt getötet und Feuer in der Akademie gelegt hatten.

„Engelbertus befiehlt es“, wiederholte Graf Grass. Seine Verneigung war kaum angedeutet. „Der Regent.“

„Der Hofdomestikus“, sie betonte das Wort mit kalter Stimme, „führt lediglich die Befehle aus, die ich ihm gebe. Und ich habe keine Anweisung gegeben, die Garde abzuziehen. Holt ihn auf der Stelle her, Graf! Ich will ihn im Thronsaal sehen!“

Sie setzte den Fuß auf die unterste Stufe der Treppe, um das Gebäude zu betreten, doch sofort rückten die Söldner enger zusammen und versperrten ihr den Weg.

„Was soll das?“, fragte sie. Darek hörte, dass ihre Stimme bebte. „Ihr versperrt Eurer Königin den Weg?“

„Die Königin des Inneren Reiches ist in Gefahr“, sagte der Graf. „Ein Meuchelmörder treibt sich herum. Der Regent hat Befehl gegeben, Euch zu Eurem eigenen Schutz zurück in Eure Gemächer zu geleiten.“

Die Reihen der Söldner teilten sich, aber nicht, um der Königin den Weg freizugeben. Aus dem Inneren des Gebäudes stampfte eine neue Abteilung der dunkel gekleideten Männer aus Yarmuz und nahm neben der Königin und ihrem Gefolge Aufstellung. Angstvoll drängten sich die Frauen um ihre Herrin.

„Das wagt Ihr nicht“, flüsterte Dareks Mutter. „Das wagt Engelbertus nicht!“

Im Gesicht des Grafen zeigte sich keine Regung.

Die Fäuste in hilflosem Zorn geballt, sah die Königin zu ihm empor.

„Wenn mein Gemahl zu sich kommt …", presste sie hervor. Im Gesicht des Grafen zuckte es kurz.

„Dann werden wir auf jedes seiner Worte hören", sagte Grass mit betont freundlicher Stimme. „Bis dahin könnt Ihr die Ruhe Eurer Gemächer genießen. Mit weiser Hand wird der Regent die Geschicke des Reiches lenken und dafür sorgen, dass dem wahren Kreuz endlich jene Achtung widerfährt, die ihm zusteht."

„Wenn mein Gemahl …", wiederholte sie mit zitternder Stimme.

„Sollte sich Euer Gemahl von seiner schweren Krankheit indessen nicht erholen", unterbrach er sie kalt, „wird der Kronrat unter Führung des Regenten einen neuen Herrscher zu erwählen haben – und einen neuen Gemahl für Euch, schöne Königin. Doch grämt Euch nicht deswegen. Das gibt nur neue Falten in Eurem hübschen Gesicht."

An der dreisten Art und Weise, in der er sie angrinste, erkannte Darek nur allzu deutlich, wen er selbst sich als zukünftigen Gemahl der Königin und zukünftigen Herrscher des Reiches vorstellte.

„Nur über meine Leiche", flüsterte der Junge. „Ich werde ihn …"

Die Söldner drängten Dareks Mutter und ihre Frauen von der Treppe fort. Die Königin richtete sich hoheitsvoll auf und wandte sich um, den Weg entlang, den sie gekommen war. Den Grafen würdigte sie keines Blickes mehr.

Der Junge hörte ein Seufzen, und das Bild wurde undeutlich. Mühsam riss er sich von dem Anblick los.

Nicht seine Mutter hatte den Laut von sich gegeben. Die Herrin der Winde schwankte auf ihrem niedrigen Stuhl. Ihre Hand tastete fahrig umher. Der Faden … erschrocken sah Darek, wie unregelmäßig er geworden war, dünner und dünner. Jeden Augenblick musste er reißen.

„Herrin", rief er. „Euer Garn!"

Sie atmete schwer. Ihr Gesicht war beinahe so grau wie ihr Gewand.

„Das war … ein schwerer Schlag", flüsterte sie. „Der Wille der Winde hat den König und seine Königin auf den Thron gesetzt. Was hier geschieht, raubt ihnen … raubt ihnen …"

Die Alte vollendete den Satz nicht. Sie atmete schwer. Besorgt betrachtete Darek sie. Eine lange Zeit verging, während die Herrin um Kraft rang, und ganz, ganz allmählich kehrte eine Spur von Farbe in ihr Gesicht zurück. Der Faden schien um eine Winzigkeit regelmäßiger zu werden, doch noch immer kam er Darek kaum dicker vor als ein Haar.

„Du musst aufbrechen", sagte die Alte mit schwacher Stimme. Ihre Augen waren umwölkt, als sehe sie nicht mehr ihn, sondern blicke in unsichtbare Fernen, suche in allen vier Winden nach dem ungreifbaren Stoff, aus dem sie den Faden der Zeit sponn.

„Aufbrechen?" Auf einmal war ihm schwindlig. „Ich muss … in den Palast. Ich muss meine Mutter …"

„Du kannst dort nichts tun", sagte sie. Ihre Stimme schien von weither zu kommen. „Was willst du allein gegen Hunderte von Söldnern ausrichten? Der Mantel, Darek. Der Mantel der Winde, der Mantel deiner Vorfahren. Ich muss ihn neu weben."

„Wie wollt Ihr einen Mantel weben? Ihr könnt ja kaum verhindern, dass Euer Faden reißt", sprach Darek.

„Indem der Mantel mit all jener Macht gewoben wird und mit all dem alten Zauber, den man in ferner Vergangenheit in dieses Gewebe legte. Damals, als die Welt noch jung war und der Faden der Zeit stark. Damals, als die Menschen mit offenen Augen durch die Welt gingen und die Worte zu deuten wussten, die die Winde ihnen zuflüsterten. Damals, als jeder der vier Winde eine Gabe in den großen Zauber legte, der den Mantel erschuf. Wenn dies von Neuem geschieht … dann kann der Zauber wieder zum Leben erwachen. Und mit dem Zauber die Macht der Könige vergangener Zeiten."

„Und wenn das nicht geschieht?", fragte Darek. Er kannte die Antwort.

„Dann wir der Faden reißen", sagte sie mit harter Stimme. „Ich kann ihn nicht mehr lange daran hindern. Und dann wird …"

Sie machte eine fahrige Bewegung mit dem Kopf, und wieder entstand ein Bild. Doch diesmal senkte sich der schimmernde Vorhang an einer anderen Stelle des Kuppelraumes: Vor dem Fenster, das nach Süden blickte.

„Notos, der Gluthauch des Südens, bringt diese Botschaft zu uns", murmelte sie.

Was Darek sah, ließ ihn erstarren. Er sah eine mit dürrem Gras bewachsene Steppe, begrenzt von Gruppen niedriger Hügel.

Die Hänge, an denen die Himmelsbeeren wachsen, erinnerte sich der Junge an Astarils Worte. Und die Albâine hatte die Wahrheit gesprochen, als sie von den Heerscharen der Barbarescen berichtete, die dort in das Innere Reich eingedrungen waren.

Ein breiter Strom aus dunklem Stahl, aus gepanzerten, schwitzenden Leibern, schob sich durch die Steppe. Blutrote

Banner ragten aus ihren Reihen auf, und gewaltige, graue Ungetüme stampften in ihrer Mitte dahin: Das mussten Mâhmut sein, mit ihren langen, gebogenen Hauern und monströsen Rüsseln, die sie unter markerschütterndem Tröten in die Luft reckten. Auf den Rücken dieser Bestien thronten regelrechte Kastelle, die ein Dutzend oder mehr bewaffnete Männer trugen. Einige der Mâhmut zogen mächtige hölzerne Konstruktionen hinter sich her: Belagerungsmaschinen, Katapulte und Steinschleudern, hoch wie ein Berg, bereit, ihre tödliche Ladung zu verschießen. Einem Mahlstrom gleich, wie eine unentrinnbare Flut wälzte sich der Heerbann der Barbarescen gen Norden.

„Nein!", flüsterte Darek. „Nein! Das sind Zehntausende!"

„Keine Festung der Welt wird diesem Ansturm standhalten", sagte die Alte. „Keine Mauern aus Stein und nicht der stählerne Arm oder der flinke Bogen eines Kriegers. Selbst wenn Graf Roland zurückkehrte …" Sie schien einen Augenblick zu zögern, doch dann schüttelte sie den Kopf. „Nein. Nichts. Nichts als die Macht der Winde."

„Aber die Menschen glauben nicht mehr an die Macht der Winde", sagte der Junge mit zitternder Stimme. „Und wenn die Winde … nicht ohne Grund … den Glauben an die Menschen verloren haben, wie können wir hoffen, dass sie uns jetzt beistehen? Dass sie uns noch einmal mit ihren Gaben beschenken, damit Ihr den Mantel weben könnt?"

Sie sah ihn an. Ihre Hand bewegte unermüdlich den Faden, doch ihre Aufmerksamkeit lag nun voll und ganz auf dem Jungen.

„Du, Darek, wirst aufbrechen und sie um diese Gaben bitten. Du, der Sohn des Königs, du, der nach ihm den Mantel tragen wird: Du wirst nach Westen reisen und Zephyrus um eine Perle aus seinen Flüssen bitten. Du wirst den Weg nach Norden einschlagen, wo Boreas sein niemals schmelzendes Eis verwahrt. Du wirst das Öde Meer aufsuchen, in dessen wasserloser Wüste sich die Muschelkameen verbergen, der geheime Schatz des Euros. Und du wirst den tiefen Süden bereisen, das Reich des Notos, wo der Wind die Glut der unauslöschlichen Flamme hütet. Du wirst sie um ihre Gaben bitten, und dann wirst du hierher zurückkommen, damit ich den Mantel von Neuem weben kann."

„Aber das ist … das ist unmöglich. Warum sollten sie …"

„Ich werde dir beistehen", murmelte sie. „Nimm etwas von dem Gewebe." Er zögerte. „Mach schon!", sagte sie drängend.

Darek bückte sich zu dem Berg aus grauem Garn. Als seine Hand sich näherte, begann sich der Faden wie von selbst zu bewegen. Er schlängelte und wand sich wie ein Haufen Aale, die man ans Ufer wirft. Mit einem Laut des Entsetzens sprang Darek zurück.

Doch schon hatte der Faden ihn gepackt. Ein breiter Strom des Garns wand sich um sein Handgelenk, schloss sich. Ein jäher Schmerz fuhr durch seinen Arm.

Darek stöhnte auf. Als er sein Handgelenk betrachtete, war dort kein Stoffstreifen zu sehen, sondern vier dunkle, in sich verschlungene Linien zogen sich rund um seinen Unterarm in der Haut entlang. Er konnte weder Anfang noch Ende erkennen, und er wusste, dass er dieses Mal für den Rest seines Lebens tragen würde. Der Faden der Zeit, das Gewebe der Winde … ein Stück davon war ein Teil von ihm geworden.

„Ich werde dir beistehen", sagte die Alte noch einmal. „Doch der Faden wird bald reißen. Es bleibt nur wenig Zeit. Du musst aufbrechen."

***

Wie er wieder hinab in die Stadt gekommen war, daran konnte sich Darek später kaum erinnern. So viele Gedanken schwirrten durch seinen Kopf, und Schwindel und Übelkeit setzten ihm zu. Dazu kam das fremdartige Gefühl, das von seinem Handgelenk ausging: Sobald er das Zeichen, das sich in seine Haut gesenkt hatte, länger als einige Augenblicke betrachtete, schienen sich die dunklen Linien zu bewegen, umherzuzüngeln wie Schlangen, und Darek spürte, wie die Benommenheit in seinem Kopf stärker wurde.

Am Fuß des Turmes wartete Ylvia auf ihn. Sie wandte ihm den Rücken zu und blickte auf die Anlage des Palastes. Er sprach sie an, doch sie ließ sich Zeit, bevor sie sich zu ihm umdrehte. Ihm war, als wenn sie sich rasch mit dem Hemdsärmel über die Augen wischte.

„Da unten geht etwas vor", sagte sie. „Ich glaube, die Söldner haben jemanden gefangen genommen. Vielleicht denken sie, sie hätten den Meuchelmörder geschnappt."

Er schüttelte den Kopf: „Die Königin. Engelbertus lässt sie in ihren Gemächern einsperren."

Das Mädchen machte große Augen: „Woher weißt du das? – Oh." Ihre Augen wurden noch größer, und im rechten glitzerte es verräterisch, bevor sie rasch zwinkerte und den Blick abwandte.

„Ich muss die Stadt sofort verlassen", sagte Darek.

Sie nickte stumm, und Seite an Seite traten sie an den abgrundtiefen Schacht, der sie hinab in die geheimen Gänge tragen würde. Sie standen keine zwei Fuß vom Abgrund entfernt, und noch war nicht der geringste Hauch spürbar. Dann, von einem Augenblick zum anderen, packte sie die Faust des Riesen und zerrte sie von den Füßen. Diesmal wusste Darek, was ihn erwartete, doch das machte die halsbrecherische Reise nicht angenehmer. Die Winde der Herrin rissen ihn in die Tiefe. Es war ein anderer Weg, ein anderes Labyrinth von Schächten und Stollen als jenes, durch das der Wind sie auf dem Hinweg befördert hatte. Der Schwindel im Kopf des Jungen wurde so heftig, dass er ein- oder zweimal tatsächlich kurz das Bewusstsein verlor. Sein Körper wurde hin und her geschüttelt. Halb besinnungslos presste er den Kater an sich, der ab und an ein klägliches Maunzen von sich gab. Es ging um steile Kurven, durch Felsenkamine, die so schmal waren, dass der Junge glaubte, er müsste darin steckenbleiben wie ein Korken im Flaschenhals. War ihm vorhin das Gehirn in die Füße gesackt, hatte er jetzt das Gefühl, als wollte ihm der Druck jeden Augenblick die Schädeldecke vom Kopf sprengen.

Und plötzlich standen sie auf festem Boden, und Ylvia grinste ihn an. Doch auch das Mädchen war ziemlich blass um die Nase. Schwankend machten sich die beiden auf den Weg durch die unterirdischen Gänge. Es war ein gehöriges Stück, und Ylvia war so benommen, dass sie an ein oder zwei Stellen lange überlegen musste, bevor sie einen Stollen wählte. Schließlich atmete Darek auf, doch er atmete sehr vorsichtig, denn er nahm einen vertrauten Geruch wahr. Duft konnte man das nicht nennen. Der „Atem des Meeres“ stieg ihm in die Nase.

Ylvia setzte ihre Öllampe ab und stemmte sich mit dem Rücken gegen die Falltür. Als Darek ihr half, begann sie sich zollweise zu öffnen.

Hoffentlich hat er nicht die Fische …, dachte der Junge noch, da kam ihnen die glitschige Flut auch schon entgegen. Das

Mädchen stieß einen Schrei aus – vielleicht war es auch Darek selbst. Hustend und spuckend kämpften sie sich durch den stinkenden Sturzregen.

Im Meer zu ertrinken musste schon schlimm genug sein, dachte der Junge, aber das hier war ekelhaft! Endlich kamen sie auf die Beine und rangen nach Atem. Ein letztes, glibberiges Etwas platschte auf Dareks Kopf und glitt zu Boden, dann wurde über ihnen ein Rechteck grauer Himmel sichtbar und darin der Umriss eines feisten Kopfes:

„Ich musste den Eingang wieder tarnen", sagte der Fischhändler. „Die Garde ist hartnäckig. Wer weiß, ob die nicht noch mal zurückkommen."

Er streckte die Hand aus und half den beiden ans Tageslicht. Darek stellte fest, dass es gar kein wirkliches Tageslicht mehr war. Die Dämmerung senkte sich über die Königsstadt. Er musste an seine Gefährten denken, die ihn vor den Stadttoren erwarteten. Der Junge hatte ihnen versprochen, auf der Stelle Boten zu senden, sobald Kater und König ihre Rollen getauscht hatten und dem Hofdomestikus das Handwerk gelegt war. Dann sollte man Bartholf, Libius und – wenn sie sich denn dazu durchringen konnte – die Albâine in den Palast geleiten.

Inzwischen fragte sich Darek, ob der Zwerg überhaupt erwartet hatte, dass es so kommen würde. Mit keinem Wort hatte Bartholf die Herrin der Winde erwähnt – und doch war sie es gewesen, die König Carolus in seinen derzeitigen Zustand gebracht hatte. Seit ihrem Aufbruch von der Akademie musste ihr wahres Ziel der Turm der Herrin gewesen sein. Und nun war selbst dieses Ziel nicht mehr als ein Anfang. Darek hatte eine Menge Fragen an den Zwerg.

„Castro sieht nicht sehr glücklich aus", sagte Ylvia.

In der Tat. Das Fell von Dareks Vater sträubte sich. Im Augenblick erinnerte er mehr an einen schwarzen Igel als an einen Kater. Die Katzenaugen funkelten den Fischhändler an, als sei der fischige Regen ein Werk purer Bosheit gewesen. Carolus und ich waren einmal befreundet, erinnerte der Junge sich an die Worte des Dicken. Waren. Damals. In der Vergangenheit. Was auch immer geschehen war – aus irgendeinem Grunde war der Fischhändler, nun … verkatert. Ob er nur auf eine Gelegenheit gewartet hatte, um sich ein wenig an seinem einstigen Freund zu rächen?

Aber nein. So schätzte Darek diesen Mann nicht ein. Er war jedenfalls ein Freund Bartholfs, und was auch immer zwischen König und Fischhändler vorgefallen sein mochte: Darek war sich sicher, dass seine Treue zur königlichen Familie am Ende durch nichts zu erschüttern war.

Mit raschen Worten berichtete der Junge, was er im Turm der Herrin erlebt hatte. Ylvia hörte staunend zu, während ihr Onkel dann und wann knapp nickte. Die Geschehnisse schienen ihn nicht sonderlich zu überraschen.

„Irgendwann musste das ja so kommen", brummte er. „Und Engelbertus hat vorgesorgt. Die treuesten Anhänger des Königshauses sind weit fort. Der Hofdomestikus selbst hat so lange auf den König eingeflüstert, bis ihm jeder den Rücken gewandt hat, dem er wirklich vertrauen konnte. Man erzählt, Graf Roland, der Kommandant der königlichen Garde, habe einen Eid bei allen vier Winden geschworen, nie wieder sein Schwert für den König zu ziehen, solange es in Wahrheit die Diener des Kreuzes sind, die über das Reich herrschen."

„Dann wird niemand der Königin zu Hilfe kommen?", fragte Darek. „Hat sie keine Freunde in der Stadt?"

Ganz kurz flackerte es in den Augen des Fischhändlers auf, so kurz, dass Darek nicht wusste, ob er sich nicht doch getäuscht hatte. Der dicke Mann schüttelte den Kopf: „Der Palast ist weit weg. Jetzt, wo die Winde immer schwächer werden, lagern die Wolken an manchen Tagen so dicht über dem Tal, dass man ihn von der Stadt aus gar nicht mehr sehen kann. Selbst wenn sie wollten, die Bürger könnten wenig tun. Und sie haben sich an die Dinge gewöhnt, so wie sie sind. An die Herrschaft des Kreuzes und daran, dass andere die wichtigen Entscheidungen treffen und im Zweifelsfall für sie kämpfen werden, während sie sich um ihre eigenen Dinge kümmern. Ich fürchte, sie werden es bereuen."

Der Junge schluckte: „Die Barbarescen?"

Ylvias Onkel nickte: „Die Länder jenseits der Großen Mauer erzittern vor der Macht ihres Kriegsherrn, des mächtigen Ardaschir, des siebzehnten Sohnes der Sonne. Wenn die Heere, die in den Süden eingedrungen sind, so groß sind, wie du berichtest, hat das Aufgebot des Reiches, das an den Südgrenzen wacht, keine Chance. Dazu braucht es ein richtiges Heer mit einem erfahrenen Anführer an der Spitze."

„Und das wird Engelbertus nicht entsenden?"

Der Dicke hob die Schultern: „Das wird er sicher, sobald er von dem Überfall erfährt. Jetzt, wo er die Macht in den Händen hält, will er sie sicher nicht an die Barbarescen verlieren. Doch du täuscht dich, wenn du glaubst, alle Panzerritter ständen auf der Seite des Engelbertus. Das Gegenteil ist der Fall. Die besten von ihnen haben sich abgewandt. Sie werden nicht unter dem Zeichen des Kreuzes kämpfen."

„Wie Graf Roland", murmelte Darek.

Der Fischhändler nickte. „Engelbertus hat natürlich seine Söldner. Die werden sicherlich den Palast schützen, wenn der Hofdomestikus ihnen das befiehlt, doch sie werden keinen Finger rühren, um die Stadt zu verteidigen." Er sah Darek mit ernster Miene an: „Wenn die Königin noch eine Hoffnung hat … wenn wir alle noch eine Hoffnung haben, dann bist du diese Hoffnung, Junge. Die Herrin hat die Wahrheit gesprochen: Wenn nicht ein Wunder geschieht, wird der Faden bald reißen, und dann hält nichts mehr die Barbarescen auf."

Die Dunkelheit des Abends kam rasch. Über die Hofmauern hinweg sah Darek, wie hinter den Fenstern der Nachbarhäuser Kerzen und Öllampen entzündet wurden. Seitdem er durch die Tore getreten war, hatte er sich vor Engelbertus' Schergen verbergen müssen, und doch erschien ihm die Königsstadt mit ihren festen Mauern, ihren Tausenden von Menschen und all dem wirbelnden Leben auf einmal wie eine Zuflucht. Eine Zuflucht gegen die Dunkelheit dort draußen, gegen das große Verhängnis, das über dem Inneren Reich heraufzog.

„Dann muss ich mich tatsächlich auf die Reise begeben", murmelte der Junge. Es war ein lauer Abend, und das Gemäuer des alten Gebäudes, das einmal der Grüne Stern gewesen war, strahlte die Wärme des Tages ab. Doch Darek fröstelte.

Der Fischhändler nickte ernst: „Ich hätte euch gerne eine Weile hierbehalten, dich und deinen pelzigen Freund."

Der Kater …

Nachdenklich betrachtete Darek seinen Vater. Vorsichtig setzte er den Kater auf dem Boden ab.

„Würdet Ihr Castro hierbehalten?", fragte er. „Würdet Ihr für ihn sorgen, bis ich zurückkomme? Er ist …" Der Junge suchte nach Worten. Die funkelnden Katzenaugen musterten ihn empört.

Fast beschwörend erwiderte er den Blick. Bitte, Vater, versuchte er zu sagen. Ich kann nicht anders.

„Er ist ein besonderer Kater", sagte er schließlich.

Der Dicke hob die Schultern: „Das brauchst du mir nicht zu sagen. Er ist ja wirklich ein hübscher – und keine Sorge, bei mir wird er es gut haben. Ständig die leckersten und frischesten Fische."

Castro stieß ein protestierendes Maunzen aus.

Der Junge ging neben dem Kater in die Hocke: „Bitte versteh mich … Castro. Ich muss auf eine gefährliche Reise gehen, und wenn schon ich mich in Gefahr begebe, musst wenigstens du hier bleiben. Falls …" Seine Kehle wurde rau. „Falls ich nicht zurückkomme, gibt es vielleicht doch noch eine Hoffnung, solange du …" Er konnte nicht weitersprechen.

„Ein ganz besonderer Kater", sagte der Fischhändler noch einmal, und diesmal täuschte sich Darek nicht. Ein seltsames Funkeln lag in seinem Blick. „Ich werde für ihn sorgen, Darek, das verspreche ich. Wie für einen guten Freund."

Der Junge nickte stumm. Nein, er würde es nicht aussprechen. Ein letztes Mal wandte er sich seinem Vater zu und streckte dem Kater die Hand entgegen. „Bitte", sagte er. Gib mir deinen Segen für diese Reise, fügte er in Gedanken hinzu.

Der Kater streckte zweimal den Kopf vor und zog ihn wieder zurück. Dann strich er mit seinem weichen Fell kurz gegen Dareks Hand – und verzog sich in den Hof zur Mäusejagd.

Ylvia kicherte: „Er hat ein Gesicht gemacht, als wenn er dich verstehen könnte."

Darek sah seinem Vater nach. „Das hoffe ich", murmelte er. „Bei allen Winden: Ich hoffe so sehr, dass er mich versteht."

***

Die Finsternis der Nacht hatte sich über das Herz des Reiches gelegt. Auf den Wehrgängen der Stadtmauer brannten Fackeln, doch deren Licht reichte eben über die breiten Wassergräben hinweg – dahinter herrschte Dunkelheit.

Doch Darek musste eigentlich nur seiner Nase nach gehen: Bartholfs stinkendes Rauchkraut war unverkennbar. Der Junge folgte dem unbefestigten Weg um eine Biegung und hielt dann lauschend inne. Dumpfe Laute drangen an sein Ohr. Ein tiefes Brummen, das an- und abschwoll. Konnte es im Herzen des Reiches Höhlenbären geben? Er schüttelte den Kopf. Das war ein unsinniger Gedanke. Wo es keine Höhlen gab, gab es auch keine Bären.

Trotzdem wurde er noch vorsichtiger, während er einen Schritt vor den anderen setzte und sich dem Lager seiner Gefährten näherte.

Ein blasser Mond schien durch den Dunst und spendete spärliches Licht. Die dichte Wolkendecke war zunehmend aufgelockert, seitdem Darek zweihundert Fuß von der Stadtmauer entfernt in einem Gebüsch den Geheimgang verlassen hatte. Ylvia hatte ihn nicht ins Freie begleiten wollen. Rasch hatte sie sich abgewandt und war wieder in der Tiefe verschwunden. Irgendwie verstand er das Mädchen – auch er hatte Ylvia und ihren Onkel in der kurzen Zeit, die sie miteinander verbracht hatten, lieb gewonnen.

Immerhin hat sie ihren Onkel, dachte er. Das ist mehr, als ich mein Leben lang gehabt habe! Und jetzt hat sie auch noch Castro … den König … was auch immer.

Das Brummen und Dröhnen wurde mit jedem Schritt lauter. Es ging ihm durch Mark und Bein. Bei allen Winden, das konnte kein Bär sein! Vielleicht irgendeine Höllenmaschine, die die Dorfbewohner in ihren Werkstätten einsetzten? Staunend hatte Darek am Morgen gewaltige Wasserräder gesehen, die die Hämmer einer Schmiede antrieben. Doch dieses Geräusch war ganz anders. Beinahe klang es wie …

Er blieb stehen.

„Hart hämmert Holz ins Hirn.
Ein Bolzen ragt aus des Ogers Stirn,
der diesem Biest das Leben raubt,
wenn der Geschichte man glaubt."

Das war Gesang! Oder sollte Gesang sein. Und Darek kannte die tiefe, brummelnde Stimme. Bartholf sang!

So leise wie möglich schlich der Junge näher. Vermutlich hätte er ein oder zwei Bäume umknicken können, und der Zwerg hätte ihn trotzdem nicht gehört, doch man konnte nie wissen. Was nur hatte Bartholf verleitet, altes zwergisches Liedgut zum Besten zu geben?

„Dumpf dröhnt der Donnerkeil,
Morgenstern und Zwergenbeil,
was diesem Biest das Leben raubt,
wenn der Geschichte man glaubt."

Worum es sich in dieser freundlichen Zwergenweise drehte, hatte der Junge jedenfalls begriffen.

Hinter der nächsten Wegbiegung hatte er seine Gefährten am Morgen zurückgelassen. Er sah bereits den flackernden Schein des Lagerfeuers, der auf den ausgetretenen Pfad fiel.

Darek verließ den Weg und tauchte ins Unterholz ab. Schmerzhaft peitschten dünne Zweige in sein Gesicht, als er sich durchs Dickicht schob, doch er wurde belohnt: Er drückte das Laub beiseite und hatte seine Gefährten im Blick.

Sie saßen um das Lagerfeuer. Der Zwerg lehnte mit dem Rücken an einem mächtigen Findling, nahm eben einen Zug von seinem stinkenden Kraut und setzte zu einer neuen blutrünstigen Strophe an.

Ihm gegenüber sah der Junge Libius und Astaril dicht beieinander. Es hätte eine romantische Szene sein können, zwei junge Menschen im flackernden Licht eines Feuers – nur war die Albâine nach menschlichen Maßstäben wohl kaum als jung zu bezeichnen, und was der Zwerg von sich gab, ließ gewiss keine behagliche Stimmung aufkommen. Kerzengerade aufgerichtet lauschten der Zauberlehrling und die Albâine Bartholfs Gesang. Vor ihnen steckten Spieße mit Röstbrot und Trockenfleisch im Boden. Sie hatten sie noch nicht angerührt.

„Spitz sticht der Todesschmerz
Durch der holden Jungfer Herz,
als ihr das Biest das Leben raubt,
wenn der Geschichte man glaubt."

Darek konnte sich ein Grinsen nicht verkneifen. Warum nur war er sich so sicher, dass sich Libius diesen Abend ganz anders vorgestellt hatte?

Ohne Luft zu holen, kam der Zwerg zur nächsten Strophe.

„Heimlich huscht's im Hain,
muss des Kreuzes Häscher sein.
Wenn Zwergenaxt sein Leben raubt,
wünschte er,
er hätte mein Lied mir geglaubt."

Die überraschende Wendung des Liedes kam zu schnell für Darek. Eben hatte Bartholf noch mit geschlossenen Augen an seinem Felsen gelehnt – jetzt stand er zu voller Zwergenhöhe aufgerichtet zwei Schritte vor dem Dickicht, in dem sich der Junge verbarg.

„Beim Hohen Herrn des flackernd Feuers! Kreuzkriecher, ihr knechtischen!" Der Zwerg hatte seine mächtige Axt gepackt und schwang sie hoch über dem Kopf.

Darek stolperte zurück und stieß mit dem Hinterkopf gegen einen tief hängenden Ast. „Bartholf!" Schmerz fuhr durch seinen Schädel. Das würde eine mächtige Beule geben. Die Nacht war auf einmal von gleißenden Sternen erfüllt. „Ich bin es!"

Zu Füßen eines mächtigen Baumes sackte der Junge zusammen. Dumpf pochte sein malträtierter Schädel gegen die raue Borke. Er sah nur noch die leuchtenden Farben und die Dunkelheit dahinter. Reglos blieb er sitzen und erwartete den tödlichen Streich der Zwergenaxt.

„Munt'res Mündel Meister Lunds!", keuchte der Zwerg. „Lehrte Euch die wissend' Weisheit Eurer weitgereisten Meister, Eure Freunde aus der Finsternis der Forste stieren Auges zu bestarren?"

Darek blinzelte. Er brauchte einige Atemzüge, bis er wieder etwas erkennen konnte.

Bartholf hatte seine Axt mit dem Blatt nach unten abgesetzt und stützte das Kinn auf den Stiel. Fragend betrachtete er den Jungen. Mit großen Augen waren Libius und Astaril an seine Seite getreten.

Der Zauberlehrling beugte sich zu Darek nieder und untersuchte den Schädel des Jungen. Darek zuckte zusammen, als Meister Lunds Schützling seinen Hinterkopf berührte.

„Ist dir schwindlig?", fragte Libius.

„Schwindlig?", murmelte Darek. „Ich könnte …"

Genau das tat er auch, noch ehe er den Satz zu Ende gesprochen hatte. Der Zauberlehrling sprang rasch zurück, sodass der Junge nur sein eigenes Gewand beschmutzte. Es dauerte eine Weile, dann hatte Darek das Gefühl, dass sein Magen endgültig leer war. Keuchend sank er gegen den Baum zurück.

„Besser?", fragte Libius.

Darek nickte schwach.

Der Zauberlehrling streckte ihm die Hand entgegen. Gemeinsam führten die Freunde den Jungen hinüber zum Feuer, wo sie ihn nah an die wärmenden Flammen betteten. Wieder machte sich Libius daran, seinen Schädel zu untersuchen, vorsichtiger diesmal, aber auch sorgfältiger.

„Mach die Augen auf", bat er. „Folge meinem Finger."

Langsam ließ er seinen Zeigefinger von links nach rechts an Dareks Augen vorbeiwandern und dann wieder zurück. Er nickte.

„Das wird wieder", brummte er. „Was machst du auch solchen Blödsinn."

„Das war kein Blödsinn“, widersprach der Junge und versuchte, sich aufzurichten. Die Übelkeit hatte gerade nachgelassen – schon war sie wieder da. Er ließ sich flach auf den Rücken sinken. „Ich dachte, ihr werdet angegriffen. Wie sich das anhörte, hätte auch eine Horde von Trollen unter Kriegsgeschrei um euch rumtanzen können.“

„Das hätte uns den Abend auch nicht mehr vermasseln können als dieses Zwergenlied“, murmelte der Zauberlehrling. Er sah sich kurz nach Bartholf um. Der Zwerg durchkämmte mit gezückter Axt das Dickicht – warum auch immer. „Astaril hatte so traurige Augen, als sie meinte, bei den Albâine würde des Abends gesungen, wenn man an den Feuern die Wärme der Seelen teilt. Das klang doch vielversprechend“, flüsterte er. „Nur dass ich nicht singen kann. Bartholf meinte, er könnte. Na ja, und dann hat er angefangen. Das war vor einer Stunde oder so.“

Wahrscheinlich bin ich nicht der Einzige, der jetzt Kopfschmerzen hat, dachte Darek. Allmählich wurde sein Schädel wieder klarer. Er sah, dass sich jetzt auch die Albâine über ihn beugte.

„Mach dir keine Sorgen“, sagte sie freundlich. „Dem Baum geht es gut. Er ist dir nicht böse, sagt er.“

„Das ist wirklich sehr freundlich von ihm“, murmelte Darek.

Sie nickte. Im gleichen Augenblick ertönte ein unterdrückter Schrei.

Der Zauberlehrling und die Albâine fuhren herum.

„Ha!“, rief Bartholf. „Heimlich Huschen höret heuer dieser Sohn des Kleinen Volkes!“

Unter Axthieben bahnte der Zwerg sich seinen Weg aus dem Dickicht. Mit Libius’ Hilfe hatte sich Darek aufgesetzt. Die

Übelkeit war noch da, doch mit jedem Atemzug ging es ihm besser – und jetzt wollte er wissen, was Bartholf im Unterholz gefangen hatte.

Was auch immer es war, dachte er, es war nur ein paar Schritte hinter mir. Wenige Zoll entfernt flackerte das Feuer, und doch bekam er eine Gänsehaut.

Unter lautstarken Zwergenflüchen zerrte Bartholf eine sich heftig wehrende Gestalt in den Lichtkreis der Flammen. Darek fragte sich, ob das nicht auch leiser ging. Bei dem Lärm, den sie heute Nacht veranstalteten, war es ein Wunder, dass nicht schon längst sämtliche Bauern der Nachbarschaft mit ihren Heugabeln bewaffnet angerückt waren, um nach dem Rechten zu sehen.

Der Zwerg hatte mit seinem Gefangenen das Feuer erreicht. Der Junge stellte fest, dass die Gestalt noch kleiner war als Bartholf selbst. Kleiner – und viel schmaler als der Zwerg. Unter zerzausten blonden Strähnen blickte ihn ein blasses Gesicht an, aufgeschrammt und verdreckt vom Handgemenge im Unterholz.

„Ylvia!“ Darek war baff. „Was bei allen Winden tust du hier?“

Das Mädchen sagte kein Wort. Der Zwerg hatte seinen Griff sofort gelockert, als er hörte, dass Darek die Kleine kannte. Ylvia machte sich von ihm los. Mit trotzig übereinandergeschlagenen Armen setzte sie sich ans Feuer.

„Ylvia?“, fragte Bartholf. „Des Fischverkäufers Fleisch und Blut?“

Darek nickte. „Sie muss mir gefolgt sein“, murmelte er.

Eine schmale Hand schob sich in sein Blickfeld und zupfte dem Mädchen vorsichtig am Haar.

„So sieht ein kleiner Mensch aus?“, fragte Astaril verzückt. „Sind sie immer so zottelig, wenn sie frisch geschlüpft sind?“

„Du tust mir weh!“, protestierte Ylvia. „Und er hat mir auch wehgetan!“ Sie zeigte auf den Zwerg. „Ich wollte mich nicht verstecken. Ich wollte gleich zu euch rauskommen, ganz bestimmt. Aber zuerst hat er andauernd gebellt“ – wieder zeigte sie auf den Zwerg. Astaril kicherte. „Und dann sah es aus, als wollte er dir den Kopf abschlagen“, sagte sie zu Darek. „Ich wollte dir helfen, aber ich war nicht schnell genug.“

„Du wolltest mir helfen?“, fragte der Junge. Er konnte nicht anders: Irgendwie wurde ihm warm ums Herz.

Sie nickte: „Deshalb bin ich dir hinterher. Auf Castro kann mein Onkel viel besser aufpassen. Aber du musst jetzt diese gefährliche Reise machen, in die Eiswüste und runter zu den Barbarescen und sonst wohin. Ich könnte dir sicher helfen. Sogar die Gardisten haben Angst vor mir – sagt mein Onkel.“

Darek öffnete den Mund, doch Libius kam ihm zuvor: „Eiswüste?“, fragte er. „Barbarescen? Ich glaube, du hast uns eine Menge zu erzählen, Junge.“

Er drehte sich langsam einmal im Kreis und spähte in sämtliche Richtungen.

„Ich sehe dich und dieses Mädchen, aber ich sehe weder einen König noch einen Kater. Was beim stinkenden Pesthauch des Südens ist da oben passiert?“

***

„Voll Weisheit und Wissen ist die Herrin der Winde“, brummte Bartholf und stieß unsichtbaren Qualm in die Nachtluft. „Rät sie dir die Reise, geb ich das Geleit dir.“

Wie betäubt hatten die Gefährten angehört, was Darek zu berichten hatte. Der Hofdomestikus und die Söldner von Yarmuz als Herren des Palastes, die Königin gefangen und das Schicksal des Reiches auf einmal auf den Schultern des Jungen: Das veränderte alles.

„Auf keinen Fall gehst du allein", nickte auch Libius. „Meister Lund würde mir was erzählen! Wir haben dich nicht wohlbehalten hierhergebracht, damit dich am Ende die Barbarescen in Stücke hacken. Wenn du überhaupt soweit kämst."

„Der Westen wird euch gefallen", meinte Astaril munter. „Ich werde euch ein paar hübsche Fleckchen zeigen. Es ist wirklich schön dort."

„Und im Norden?", fragte Darek. Das Mädchen vom Alten Volk musste in seinem langen Leben weit herumgekommen sein. „Im Osten und im Süden?"

„Da ist es nicht so schön", seufzte sie. „Aber auch dort gibt es alte Pfade meines Volkes."

Darek nickte grimmig. Wenn diese Pfade aussahen wie Astarils Weg über die Alten Berge, konnten sie sich auf einiges gefasst machen.

„Ich weiß, wo es nach Westen geht", sagte Ylvia. „Das ist dort, wo die Sonne untergeht."

Darek sah das Mädchen an. Er war noch immer gerührt von ihrem Angebot, aber sie konnten doch kein Kind mit auf eine solche Reise nehmen.

„Ylvia, dein Onkel wird sich längst Sorgen um dich machen", sagte er. „Deine Eltern …"

„Ich habe keine Eltern", erklärte sie. „Nur meinen Onkel. Und bei dem riecht es nicht gut."

Darek schluckte. Er wusste, was es hieß, ohne Eltern aufzuwachsen. Und ihrer letzten Bemerkung konnte er schwer widersprechen. „Trotzdem …“, begann er.

„Sie ist ziemlich klein“, warf die Albâine ein. „Vielleicht hilft uns das … Stellt euch vor, die Barbarescen wollen ihr Feuer nicht hergeben. Könnte doch sein. Vielleicht übersehen sie sie einfach.“

„Dann bleibt uns noch immer die Magie“, widersprach Libius. „Ich kann zaubern, Bartholf kann kämpfen – und ohne Darek geht es nicht. Aber wir können auf einer so gefährlichen Reise nicht auch noch auf ein Kind aufpassen. – Und du kennst diese … diese Wege“, sagte er rasch in Richtung Astaril. „Das ist auch wichtig.“

„Ihr Menschen seid wirklich seltsam. Woher willst du denn wissen, ob es was zu kämpfen oder zu zaubern gibt?“ Die Albâine sah in die Runde. „Aber da ich euch ja sowieso nur die Wege zeigen muss und sonst nichts zu tun haben werde, kann ich auch auf Ylvia aufpassen.“ Sie wandte sich an die Kleine. „Wenn ich auf dich aufpasse, passt du dann auf die anderen auf?“

Ylvia zögerte. „Auf den Zwerg nur, wenn er nicht wieder bellt.“

„Das wird er nicht“, versprach Astaril. „Das wäre zu gefährlich. Wenn uns jemand bemerkt, müssen wir sonst noch kämpfen oder zaubern, und das scheint ja schwere Arbeit zu sein. – Zufrieden?“, fragte sie den Zauberlehrling.

Darek sah, wie Libius mit sich kämpfte. Schließlich nickte der ältere Schüler. „Wenn du auf sie aufpasst …“

„Das werde ich“, nickte Astaril. „Wenn wir erst unterwegs sind, wird sie auch viel besser riechen.“ Sie schenkte ihm ein strahlendes Lächeln. Libius’ Gesichtsausdruck veränderte sich auf der Stelle.

Darek schüttelte den Kopf. Von Bruder Lunds Meisterschüler war keine Unterstützung zu erwarten. Hilfe suchend blickte er zu Bartholf, doch der Zwerg brummte nur etwas über das „Bellen“. Widerspruch erhob er nicht. Wahrscheinlich hatte er ein schlechtes Gewissen. Nach der Begegnung im Unterholz sah die Kleine noch immer ziemlich zerrupft aus.

Darek selbst ging nicht aus dem Kopf, was die Herrin der Winde ihm gesagt hatte: Das Schicksal, das die Stadt der Könige erwartete. Keine Festung der Welt wird diesem Ansturm standhalten. Keine Mauern aus Stein und nicht der stählerne Arm oder der flinke Bogen eines Kriegers. – Wenn er Ylvia in die Stadt zurückschickte, bedeutete das dann nicht, dass er sie ins Verderben schickte?

Darek seufzte. Er machte sich auf den Weg ins Reich der vier Winde – war es da nicht ganz richtig, wenn ihn vier Gefährten auf dieser Reise begleiteten?

Ganz langsam nickte der Junge: „Einverstanden“, sagte er.

Sie brachen noch vor dem Morgengrauen auf. Bartholf hielt das für sicherer, und Darek stimmte ihm zu. Wenn die Schergen des Hofdomestikus den Jungen in der Stadt nicht gefunden hatten, würden sie die Suche früher oder später auf das Umland ausdehnen. Im Herzen des Reiches waren sie nicht mehr sicher.

Als es eben zu dämmern begann, erreichten sie am Westrand des Talkessels einen lichten Laubwald. Astaril ging voran und wählte ihren Weg so selbstverständlich, als wäre sie schon hundert Mal hier entlanggegangen. Vielleicht war sie das ja tatsächlich, dachte Darek. Alt genug war das Mädchen vom Volk der Albâine.

Als sie vom Lagerplatz der Gefährten aufgebrochen waren, war der Junge so erschöpft gewesen, dass er glaubte, er müsste jeden Augenblick im Gehen einschlafen. Schließlich hatte er kein Auge zugetan, seitdem sie gestern in aller Frühe ins Herz des Reiches hinabgestiegen waren. Auch zu Essen hatte er wenig genug bekommen. In der Stadt hatte er keinen Hunger gehabt, solange der Atem des Meeres in Nasenweite gewesen war.

Am Lagerfeuer hatte ihm Libius schließlich Trockenfleisch und Röstbrot aufgedrängt. Nun lag ihm beides im Magen wie Backsteine.

Doch das änderte sich, als sie den Pfaden der Albâine folgten. Der Weg, den sie eingeschlagen hatte, war als solcher nicht zu erkennen, doch das hatte der Junge auch nicht erwartet. Weiches Moos federte jeden ihrer Schritte. Hier ließ es sich angenehm laufen, und nach kurzer Zeit spürte er keine Müdigkeit mehr.

Als sie die ersten, niedrigen Hänge der Alten Berge erreichten und den Wald hinter sich ließen, stieg auf der entgegengesetzten Seite des Talkessels bereits die Sonne über die Berge und wärmte ihre Rücken. Wenn Darek nach rechts blickte, sah er den Bogen des Zephyrus, der sich hoch über dem Herzen des Reiches dahinzog und in die fernen Tore des Palastes mündete. Die Residenz seines Vaters und der Turm der Winde waren gegen das Licht der Morgensonne nur als dunkle Umrisse erkennbar.

Irgendwo dort drüben ist meine Mutter jetzt eine Gefangene in ihren eigenen Gemächern, dachte er. Und mein Vater liegt noch immer ohne Besinnung auf seinem Lager … oder jagt im Hinterhof eines Fischhändlers Mäuse. Je nachdem, wie man das sieht. Wir Menschen sind wirklich seltsam. Irgendwie hatte Astaril schon recht.

„Leben in diesen Bergen auch welche von deinem Volk?“, fragte er, als sie einen breiten Felssims erreichten und einen Augenblick verschnauften. Astaril kannte keinerlei Erschöpfung, und auch der Zwerg sah aus, als könnte er noch Tage ohne Rast weiterklettern, die beiden Zauberschüler aber hatten kaum Übung in langen Fußmärschen. Ylvia hielt zwar tapfer mit ihnen Schritt, doch Darek hatte schon zwei Mal gesehen, wie sie auf dem blanken Fels weggerutscht war. Je höher sie kamen, desto häufiger trat das blanke Gestein zutage. Wenn das Gelände noch steiler wurde, bedeutete jeder Fehltritt Gefahr.

Die Albâine nickte fröhlich: „Es sind einige von ihnen hier, aber ihr könnt sie wohl gerade nicht sehen. Die meisten sind nicht sehr gesprächig. Und wenn sie auf Elodim treffen …"

„Elodim?"

Sie überlegte. „Es gibt kein Wort dafür in eurer Sprache. Elodim ist … Schau mal den Bogen dort drüben, die große Brücke. Das ist Elodim. Oder … dieses Ding, das der Zwerg auf dem Rücken trägt, und mit dem er Sachen kaputt schlägt. Das ist auch Elodim."

„Elodim ist Metall?", fragte Darek zweifelnd.

Astaril schüttelte den Kopf. „Nicht nur. Alles, was ihr am Leibe tragt, ist eigentlich Elodim, weil es nicht so ist, wie die Erde es hervorbringt. Libius' Kutte ist sogar sehr Elodim, mit dieser dunklen Farbe und dem ganzen Krimskrams, der dranbaumelt. Die Söldner von Yarmuz sind Elodim, oh ja. Und die Barbarescen sowieso. Eigentlich alle Menschen. Fast alle Leute, die keine Albâine sind, sind Elodim."

„Und deshalb hält sich dein Volk von uns fern?"

Astaril hob die Schultern: „Da müsstest du unsere Ältesten fragen. Bei den Menschen sind sie besonders vorsichtig, weil ihr Dinge, die eigentlich nicht Elodim sind, in Elodim verwandelt. Genau wie die Zwerge. Das mögen sie nicht."

„Und dich stört das nicht, dass wir … dass wir Elodim sind?"

Das Mädchen zögerte: „Ihr seid anders. Aber ich habe auch noch nicht viele Menschen kennengelernt. Zwerge noch gar keine. Na ja."

Bartholf brummte. Astarils letzte Bemerkung hatte nicht besonders freundlich geklungen.

„Die Erde und die Felsen schenken den Wesen, die auf ihnen leben, alles, was sie brauchen", sagte die Albâine ernst. „Ihr aber, die Zwerge – und auch viele der Menschen – zerbrecht die Knochen der Erde und raubt ihr jene Dinge, die sie vor euren Augen verborgen hält. Mein Volk ist ein Teil dieser Erde, wie die Bäume es sind oder die Tiere des Waldes oder die silberklaren Ströme des Westens. Wo die Erde ihre Geheimnisse verliert, können die Albâine nicht mehr sein."

„Wenn die Zwerge nach Silber schürfen, zerstören sie die Heimat deines Volkes?", fragte Darek entsetzt. „Und das lasst ihr euch gefallen?"

Astaril betrachtete den Zwerg mit einem äußerst merkwürdigen Blick. Irgendwie bekam der Junge eine Gänsehaut davon.

„Meistens", sagte sie. Weiter nichts.

Um die Mittagszeit hatte der Pfad des Alten Volkes die Wanderer bereits hoch in die Berge gebracht. Der Punkt, an dem der Bogen des Zephyrus in die große Weststraße mündete, lag schon ein ganzes Stück unter ihnen.

Bartholf deutete hinab: „Schwarzes Schwertvolk, ausgesandt, seines Meisters dunkle Macht gegen Sonnenuntergang zu tragen."

Darek kniff die Augen zusammen. Tatsächlich. Die Tore des Palastes hatten sich geöffnet, und eine lange Reihe dunkler Gestalten zog die glänzende Brücke entlang.

„Warum behält er seine Söldner nicht bei sich im Palast?", grübelte er. „Fürchtet er die Gefolgsleute des Königs so wenig?"

„So, wie Carolus sie vor den Kopf gestoßen hat, werden Graf Roland und seine Männer keinen Finger mehr für ihn rühren", erinnerte Libius. „Und ich nehme an, dass Engelbertus noch zusätzliche Verstärkung aus Yarmuz erhält. Die wird er brauchen, wenn er das ganze Reich unter die Knute seines Kreuzes zwingen will."

„Wenn wahrer Willen und Begehr dies dem Knecht des Kreuzes ist", brummte der Zwerg.

„Was sonst?", fragte Darek. „Die Stadt der Könige gehört ihm. Jetzt will er auch den Rest."

„Noch dräut tödliche Gefahr seiner tück'schen Trügerei. So des Thrones Erbe lebt, wird sie ewiglich ihn plagen."

Darek erstarrte: „Ihr meint, sie sind auf der Suche nach mir?"

Libius pfiff durch die Zähne: „Das ergibt einen Sinn. Die Akademie hat er niedergebrannt. Die Zauberer können ihm nicht mehr gefährlich werden. Der König ist auch keine Gefahr mehr. Inzwischen ahnt er sicher schon, dass du nicht mehr in der Stadt bist – er muss dich in die Hand bekommen, Darek, sonst kann er seiner Herrschaft niemals sicher sein."

Der Junge starrte auf die Reihen der Söldner. Sie waren viele Meilen entfernt. Sie konnten ihn nicht sehen. Doch der Hofdomestikus saß im Herzen des Reiches wie eine Spinne in ihrem Netz.

Und das Netz wuchs und wuchs, und die Spinne wartete darauf, dass sich ihre Beute in ihm verfangen würde.

***

In den folgenden Tagen hatten die Gefährten häufiger Gelegenheit, zu beobachten, was auf der großen Weststraße vor sich ging. Sie verlief weit unter ihnen, eine fast schnurgerade, tief in das Gebirge eingeschnittene Kerbe. Wo die Berge den Hohlweg nicht in tiefe Schatten tauchten, konnten Darek und seine Freunde einzelne Gestalten ausmachen, wenn auch klein wie Ameisen.

Mehrfach entdeckten sie Gruppen von Söldnern, die eilig gen Sonnenuntergang marschierten. Am Anfang versuchte Darek, die Männer aus Yarmuz zu zählen, aber der Pfad, auf dem Astaril sie führte, war verschlungen und verwirrend. Immer wieder versperrten ihnen steile Felsvorsprünge den Weg. Dann mussten sie ausweichen, und der Blick auf die große Straße war ihnen verwehrt. Der Junge konnte nicht einmal sagen, ob tatsächlich mehrere Abteilungen aus Yarmuz gen Westen zogen, oder ob sie in Wahrheit immer wieder dieselbe Gruppe zu sehen bekamen.

Doch es waren auch gewöhnliche Reisende auf der Straße unterwegs: Handelsleute mit ihren Karren oder Familien, die eine Menge Gepäck mit sich zu führen schienen. Je weiter Darek und seine Begleiter vorankamen, desto mehr schienen es zu werden – und fast alle zogen gen Osten, der Königsstadt entgegen.

„Finst're Ahnung von Verhängnis streifet itzo durch das Land", raunte Bartholf. „Wenn der Barbarescen Heerschar erst des Südens Herr sich nennt, wird der Königsstadt Gemäuer bersten schier vor flücht'gem Volk."

Darek nickte stumm. Er dachte an die Worte der Herrin. Nichts würde dem Sturm aus dem Süden standhalten. Wenn er und seine Gefährten auf ihrer Reise versagten, würde das Herz des Reiches für die Flüchtlinge zu einer tödlichen Falle werden.

Der Pfad der Albâine führte sie durch eine felsige Wildnis. Sie befanden sich nun weit oben im Gebirge. Auf den Gipfeln, die ihren Pfad überragten, glitzerte ewiger Schnee. Darek fröstelte bei dem Gedanken, dass auch das Reich des Boreas, des eisigen Nordwindes, noch vor ihnen lag.

Doch zunächst ging es nach Westen. In den Abendstunden, wenn sich die Sonne auf das Eis der Gletscher legte, taumelten sie beinahe blind voran. Das war gefährlich auf den unwegsamen Pfaden. Die Albâine ging an der Spitze ihres kleinen Zuges, doch sie schien ein Gespür dafür zu besitzen, wann einer von ihnen dem Abgrund zu nahe kam. Meist genügte ein warnendes Wort zur rechten Zeit, Ylvia dagegen musste sie mehr als einmal mit einem raschen Griff vor dem Sturz in die Tiefe retten. Das kleine Mädchen folgte Astaril wie ein Schatten und vergaß dabei im wahrsten Sinne des Wortes Hören und Sehen.

Mit düsterer Miene stapfte Libius ein Stück hinter den beiden her. Er kam nicht mehr an die Albâine heran wie noch auf der Reise in die Königsstadt.

Dabei hat er sich inzwischen bestimmt jede Menge neuer Schmeicheleien ausgegrübelt, dachte Darek. Der Junge hatte deswegen zwar kein Mitleid mit Libius, doch in seinem eigenen Kopf wirbelte es dermaßen durcheinander, dass er kaum noch einen Gedanken für Astarils verlockende Erscheinung hatte. Er hing ganz anderen Grübeleien nach.

Die Herrin der Winde hatte eine schwere Last auf seine Schultern gelegt. Das Schicksal des gesamten Reiches mit all seinen Menschen hatte sie ihm aufgeladen. Nur er konnte diese Last tragen: Er war der Sohn des Königs. Ganz allmählich erst begriff er, was das wirklich bedeutete.

Und es war eine Sache, wenn er selbst sich auf diese Reise begeben musste. Eine andere Sache war es, dass seine Gefährten sich ebenfalls der Gefahr aussetzten. Warum taten sie das? Es war nicht Libius' Familie gewesen, die den Kreuzbrüdern im Reich immer mehr Macht und Einfluss gewährt hatte. Bartholf konnte nicht bei Zephyrus Abbitte leisten, dass die Menschen den Glauben an die Macht der Winde verloren hatten. Und die Albâine hatte schon gar nichts damit zu tun, litt ihr Volk doch selbst darunter, dass immer größere Teile der Welt Elodim wurden. Und Ylvia ... Darek war sich nicht sicher, ob dem Mädchen klar war, auf was für ein Abenteuer es sich einließ. Wenn Ylvia oder einem der anderen etwas zustieß, war das Dareks Schuld und Verantwortung.

Die Haare der Kleinen leuchteten im Licht der sinkenden Sonne. Die Albâine hatte ihr einen Kamm aus dunklem Holz geschenkt – wo auch immer sie den hergenommen hatte. Jeden Morgen bestand Ylvia darauf, dass Astaril ihr damit die blonde Mähne kämmte, als rüsteten sie sich für einen Empfang im Thronsaal des Königs und nicht für einen neuen Tag der Wanderschaft.

Das Meer der Gipfel und Täler schien kein Ende zu nehmen. Vier Tage waren sie nun unterwegs – oder waren es fünf? Darek begann, das Zeitgefühl zu verlieren. Rechter Hand der Abgrund und irgendwo in der Tiefe die große Straße, in allen anderen Richtungen die Berge. Die Strecke vom Quell des Zephyrus, wo sie Astaril getroffen hatten, bis ins Herz des Reiches hatten sie in einem Tag und einer Nacht bewältigt. Dort waren die Alten Berge nicht viel mehr gewesen als ein schmaler Gürtel. Doch nach Westen hin, erkannte Darek allmählich, setzte sich das Bergland auf viele Tagesreisen fort.

Immer wieder sah er, wie Bartholf die Felsen aufmerksam musterte, hier und da mit der Hand über die Oberfläche strich und anerkennend grunzte. Der Zwerg ging am Ende ihres Zuges. Einmal, als Darek sich umdrehte, um ihn etwas zu fragen, ertappte er Bartholf, wie er sich bückte und einen Brocken Geröll aufhob. Rasch ließ ihn in der Mann vom Kleinen Volk in seinem bodenlosen Rucksack verschwinden. Als er merkte, dass Darek es gesehen hatte, legte er den Finger auf die Lippen – oder auf die Stelle, an der sich unter dem wuchernden Bart seine Lippen befinden mussten – und deutete unauffällig auf die Albâine.

Darek schüttelte stumm den Kopf. Würde das Kleine Volk sich in eine solche Einöde begeben, um nach Erzen zu forschen? Würden die Zwerge den Weg überhaupt finden, wenn niemand von den Albâine sie führte? Denn das stand fest: Astarils Verwandte würden Bartholfs Sippschaft nicht dabei unterstützen, auch diese unberührte Wildnis in Elodim zu verwandeln.

Ganz allmählich wurden die Berge niedriger. Enge, grüne Täler schlängelten sich gen Westen, und da und dort stiegen zwischen den Bäumen dünne Fäden von Rauch in den Himmel. Die ersten Spuren menschlicher Ansiedlungen, Köhlerhütten vielleicht.

Als das gelbe Abendlicht bereits einem matten, roten Glühen gewichen war, glaubte Darek ganz in der Ferne flacheres Land wahrzunehmen: sanfte Hügel, aus denen hin und wieder steilere, rauere Gipfel aufragten. Weite, offene Flächen, auf denen ein letzter Nachglanz des Tages ruhte. Konnten das Seen und Flussläufe sein? Der Junge hatte noch niemals eine so große Wasserfläche zu Gesicht bekommen.

Libius nickte ihm zu. Aus seiner Miene sprach Erleichterung. Auch er hatte es gesehen.

Als sie an diesem Abend ihr Lager aufschlugen, schlief Darek mit dem Wissen ein, dass sie am nächsten Tag den Westen erreichen würden.

***

Das flachere Land rückte näher und näher, und doch waren sie noch den gesamten folgenden Tag hindurch auf den Pfaden des Gebirges unterwegs. Erst jetzt wurde Darek klar, wie tief die fruchtbaren Auen des Westens unter ihnen lagen. Zwerge und Menschen schlugen Brücken aus Holz oder Stein über tiefe Schluchten hinweg, wenn sie ihre Straßen anlegten. Mit eisernen Hacken und Schaufeln kerbten sie den Felsen ein, um das Gelände wegsamer zu machen, ja, an manchen Stellen gruben sie sich gar in Tunneln unter einem Bergstock hindurch.

Die Pfade der Albâine waren von anderer Art. Sie folgten den Gegebenheiten des Gebirges, zogen sich an Flanken und Abgründen entlang, stiegen hinauf und wieder hinab, sodass manchmal ein Umweg von Stunden nötig wurde, um eine einzige Schlucht zu überwinden.

Schließlich aber führte Astaril sie in ein lang gestrecktes Tal hinab. Schon auf halber Höhe entdeckte Darek in der Tiefe einen Flusslauf, der inmitten eines grünen Laubgürtels glitzerte. Sein Herz hüpfte. Die Einöde des Gebirges lag hinter ihnen. Dort unten gab es Bäume und Wiesen und Wasser, das nicht zu Eis erstarrt war.

Der felsige Pfad mündete in grasbewachsene Hänge. Es war eine Wohltat, auf diesem weichen, nachgiebigeren Grund zu laufen. Es waren noch zwei Stunden, dann endlich hatten sie den Grund des Tals erreicht.

„Das ist wunderschön", flüsterte Ylvia.

„Fein vortrefflich Fisch, deucht mir, dürft' dies laut're Wasser führen", nickte der Zwerg. „Nicht Röstbrot mehr und Trockenfleisch mag den Wanst uns fürder füllen."

Darek ließ sich auf die Knie nieder und strich mit der Handfläche durch das kühle Gras. Es war ein seltsames Gefühl. Als wenn man wochenlang eine verstopfte Nase gehabt hatte und auf einmal wieder atmen konnte.

Seltsamerweise war die Albâine die Einzige von ihnen, die nicht erleichtert wirkte, dass sie wieder in einem grünen Tal angelangt waren. War nicht der Wald und waren nicht die grasbewachsenen Auen die eigentliche Heimat ihres Volkes?

Mit nachdenklicher Miene wanderte Astaril auf die Bäume zu, die das Ufer des Gebirgsflüsschens säumten. Die Gefährten folgten ihr in einigem Abstand. An einer alten Trauerweide, deren Zweige sich weit über das Wasser neigten, blieb das Mädchen stehen und legte die Hand auf die Borke. Astaril schloss die Augen und lauschte. Stumm umstanden die Gefährten ihre Führerin.

Als die Albâine ihre Lider wieder aufschlug, glitzerten ihre Augen verräterisch.

„Was ist los?", fragte Ylvia. „Hast du dir wehgetan?"

Astaril schüttelte den Kopf: „Nein. Aber dem Baum … diesem ganzen Tal hat man wehgetan."

„Die Zwerge?", fragte Libius und warf einen bösen Blick auf Bartholf. „Haben sie hier irgendwo eine Mine gegraben? Ist das Tal Elodim geworden?" Er sah sich um. „Es sieht nicht so aus."

Wieder schüttelte sie den Kopf. „Nein, es ist nicht Elodim. Noch nicht. Und die Zwerge haben auch nichts damit zu tun. Es ist der Wind. Zephyrus zürnt. – Schaut hier."

Astaril griff nach einem der biegsamen Zweige der Weide und zog ihn zu den Gefährten hinab. „Schaut euch die Blätter an, die Unterseite."

Darek beugte sich vor und kniff die Augen zusammen: „Da sind kleine braune Flecken."

Die Albâine nickte: „Genauso hat es auch im Osten begonnen, vor langer Zeit. Zuerst kamen die braunen Flecken, dann verfärbten sich die Blätter selbst und die Rinde der Bäume bekam Risse, in die sich Pilze und Fäulnis setzen konnten. Die Ältesten meines Volkes haben lange geforscht, woran es liegen könnte. Ein Pesthauch aus dem Innern der Erde oder ein Fluch vielleicht, der auf den Wäldern liegt."

„Und zu welchem Ergebnis kamen sie?"

„Es sind die Winde, die den Menschen zürnen. Euros war der Erste, deshalb hat es auch den Osten zuerst getroffen, die Gegend, die ihr jetzt das Öde Meer nennt. Ihn haben sie am gründlichsten verärgert, als sie dieses …" Sie schüttelte den Kopf. „Dafür gibt es weder in meiner noch in eurer Sprache ein Wort. Aber es bestand aus Metall und es stank bestialisch. Ach ja: Und es konnte fliegen."

„Fliegen?", fragte Libius mit großen Augen. „Das muss eine mächtige Magie gewesen sein. Mächtiger als alles, was den Zauberern heute bekannt ist."

„Ich weiß nicht, ob es Magie war", sagte Astaril. „Wenn sie es war, dann war sie von anderer Natur als jene Magie, mit der die Zauberer heute herumspielen."

„Herumspielen", murmelte der Zauberlehrling nur. Darek war schon aufgefallen, wie sehr er es vermied, der Albâine zu widersprechen. Auch dass er sogleich Bartholfs Volk verdächtigt hatte, sobald er hörte, mit dem Tal sei etwas nicht in Ordnung … Der Junge konnte nur hoffen, dass das Mädchen vom Alten Volk das durchschaute. Doch bei Astaril wusste man nie.

„Und dieses fliegende Etwas hat Euros so sehr verärgert, dass er die Bäume mit Krankheit schlug?", fragte Darek. „Wenn er den Menschen schaden wollte, hätte er sie doch viel härter treffen können, indem er ihren Herden eine Krankheit geschickt hätte, ihren Schafen oder Kühen."

Astaril sah sich über die Schulter um: „Das solltest du besser nicht so laut sagen. Man weiß nie, was die Winde hören, so viel, wie sie unterwegs sind. – Was im Osten geschah, war etwas anderes. Das war damals die Sache mit den Drachen, und …"

„Drachen?" Ylvia riss die Augen auf. „Er hat Drachen geschickt? Richtige Drachen? Hast du sie gesehen?"

Astaril schüttelte den Kopf. Ein kummervoller Ausdruck war auf ihr Gesicht getreten. „Ich möchte mich nicht daran erinnern", murmelte sie. „Aber ich fürchte, dass es nun auch hier beginnt."

Ein lautes Knarren ertönte. Die Gefährten zuckten zusammen. Es hörte sich an, als wollte die Trauerweide sich aus ihren Wurzeln lösen, um sie allesamt mit ihrem Gewicht zu erschlagen. Doch es war nur der Zwerg, der sich geräuspert hatte. „Nun, da unser kühner Knabe rastlos reiset durch die Lande, um den Mantel jener Winde wahrlich wiederum zu weben, wird gewisslich doch zuletzt selbst der Zephyrus ein Einseh'n haben", sagte er hoffnungsvoll und spähte an der Albâine vorbei. „Hat der Wind in jenem Bache flinke Fischlein uns belassen?"

Als hätte er nur auf die Frage des Zwerges gewartet, hüpfte wenige Schritte entfernt ein schillernder Fisch aus dem Wasser und tauchte pfeilschnell wieder unter.

„Lachse!“, lachte Libius und schlug dem Zwerg auf die Schulter. „Heute Abend gibt es etwas Richtiges zu essen.“

Bartholf grinste. „Lasst uns eilen, Netze knüpfen! Wahrlich: Wasserwesen werden kaum aus eig'nen Willens Wahl in des Herdes Hitze hüpfen.“

„Fische“, murmelte Darek und verzog das Gesicht. Er spürte noch immer den Atem des Meeres in der Nase – daran hatten nicht einmal die Tage im Gebirge etwas verändert. „Haben wir noch Röstbrot?“

***

Ein würziger Duft nach geröstetem Lachs zog über die kleine Lichtung am Rande des Gebirgsflusses. Darek hatte sich ein Stück abseits von seinen Gefährten niedergelassen und kaute lustlos an einem Streifen Trockenfleisch.

Es war ein Fehler gewesen. Wenn man die Fische über offenem Feuer zubereitete, verflog der Atem des Meeres doch sehr rasch. Dem Jungen lief das Wasser im Munde zusammen, doch er brachte es nicht fertig zuzugeben, dass er jetzt doch Appetit bekommen hatte. Wütend schlug er die Zähne in den steinharten Fleischstreifen.

Auf einmal stieg ihm der leckere Geruch noch viel stärker in der Nase. Eine Abendbrise musste in dem engen Tal erwacht sein. Im nächsten Augenblick baumelte ein knusprig geräucherter Lachs direkt vor seinen Augen.

„Deinen Magen hört man noch drüben am Feuer knurren“, grinste Libius. „Du warst so damit beschäftigt, dich zu ärgern. Ein ausgewachsener Troll hätte sich anschleichen können.“

Darek hatte ihn tatsächlich nicht gehört. Grinsend griff er nach dem Fisch.

„Vorsicht, er ist …“

Der Junge hörte die Worte noch, aber da hatte er die Hand schon um den heißen Fisch geschlossen.

„Autsch!“, stieß er hervor. Doch den Fisch ließ er nicht los.

Der Zauberlehrling ließ sich an seiner Seite nieder. Für sich selbst hatte er auch einen Lachs mitgebracht, dazu für jeden von ihnen das gewaltige Blatt einer Darek unbekannten Pflanze, auf dem sie ihre Mahlzeit ablegen konnten.

„Die Albâine nennen sie Gildorath“, sagte Libius. „Astaril meint, sie sind nicht giftig. – Sie glaubt, auch für Menschen nicht.“

„Wie beruhigend“, murmelte Darek, doch jetzt konnte ihm nichts mehr den Appetit verderben.

Libius kicherte: „Bisher hat noch keiner von uns Bauchschmerzen bekommen. Obwohl mich das bei Bartholf nicht wundern würde. Elf Lachse an einem Abend sind eine ganze Menge. Auch für einen Zwergenmagen, denke ich.“

Darek nickte. Der Lachs war köstlich. Er hatte das Gefühl, noch nie in seinem Leben etwas so Leckeres gegessen zu haben. Nun, die Akademie war auch nicht eben für ihre feine Küche berühmt gewesen. Außerdem hatte absolut jedes Gericht diesen winzigen Beigeschmack nach Blauem Zwergampfer gehabt.

„Sag mal“, begann Libius mit veränderter Stimme. „Du sitzt doch nicht nur hier, weil du den Fisch nicht riechen kannst.“

Darek hörte auf zu kauen und sah ihn fragend an.

Die Dämmerung war schon fortgeschritten. Nur am Ausgang des Tales stand noch ein rosiger Schimmer am Himmel. Das entfernte Flackern ihres Lagerfeuers spielte auf Libius’ Zügen. Darek konnte seinen Gesichtsausdruck nicht recht deuten.

„Ich dachte“, sagte der Zauberlehrling vorsichtig, „es wäre vielleicht wegen mir und Astaril. Äh, wegen Astaril und mir. Der Esel nennt sich stets zuerst.“

Darek schüttelte den Kopf. Wenn Libius glaubte, er hätte keine anderen Sorgen als die Albâine, machte er einem Grautier tatsächlich alle Ehre.

„Oder ist es“, fuhr Meister Lunds Schützling noch vorsichtiger fort, „wegen dieser Sache. Der Sache mit den Winden und unserer Reise.“

Gerade noch rechtzeitig, dachte Darek.

„Ich versuche nachzudenken“, sagte er. „Es ist alles so plötzlich gekommen. In der Akademie hat sich nie etwas verändert. Alles war immer gleich. Natürlich hätte ich mir Eltern gewünscht, weil ihr ja auch alle welche hattet. Aber dann erzählt man mir, mein Vater sei der König, mein Vater sei ein Kater, und als Nächstes bin ich unterwegs mit dir, einem Zwerg und einer Albâine, liege unter einem Haufen von stinkendem Fisch, stehe vor der Herrin der Winde, und jetzt sitze ich hier und esse einen Lachs.“

„Das ist jedenfalls nicht der seltsamste Teil der Geschichte“, grinste der ältere Junge.

„Nein“, murmelte Darek. Vom Feuer kam ein unterdrücktes Fluchen, und sie sahen, wie Bartholf mit einem Stecken nach seinem zwölften Fisch angelte, der in die Flammen gerutscht war.

„Vielleicht ist das ein Zeichen, dass du aufhören solltest“, rief Libius zu dem Zwerg hinüber. „Verehrt euer Volk nicht den Herrn des Feuers? Lass ihm seine Opfergabe!“

„Läpp’schen Lachs verehret nimmer unser Volk dem mächt’gen Feuer“, brummte Bartholf und spießte die entflohene Mahlzeit auf seinen Stock. „Edelstes Erz wohl und goldene Gemmen. Golden gleich jenem, der jetzt mir den Gaumen erfreut.“

Herzhaft biss er in den halb verkohlten Fisch und ließ ihn sich schmecken.

„Dass er sich nicht den Mund verbrennt“, murmelte Darek.

Libius hob die Schultern: „Vielleicht hat sein Rauchkraut ihn abgehärtet. Zwerge sind hart im Nehmen.“

Darek nickte düster: „Wenn einer von uns diese Reise überlebt, wird wohl er das sein.“

„Ach was“, winkte Libius ab. „Wir stehen das gemeinsam durch. Nur, was ich mich die ganze Zeit frage …“

„Ja?“ Düstere Gedanken oder nicht: Darek nahm die letzten Bissen von seinem Lachs, ehe er kalt wurde.

„Nun, so ein Wind …“ Der Zauberlehrling suchte nach Worten. „Winde sind doch irgendwie unfassbar. Überall und nirgendwo. Hast du dir denn schon Gedanken gemacht, wie wir Zephyrus finden sollen? Den trifft man doch nicht irgendwo an der Schanktheke.“

Darek nickte. Natürlich hatte er darüber bereits nachgedacht. Doch da ihm die Herrin der Winde hier keine Anweisungen gegeben hatte, war er davon ausgegangen, die Dinge würden sich zur rechten Zeit finden, oder besser noch: Der Wind, Zephyrus, würde Darek und seine Gefährten finden.

Man weiß nie, was die Winde so hören, so viel, wie sie unterwegs sind, hatte Astaril gewarnt. So ähnlich dachte auch der Junge. Selbst wenn Zephyrus die Gefährten nicht mit jedem Hauch, der ihnen in der Wildnis der Berge entgegengeweht war, belauscht hatte: Die Herrin versponn den Stoff der Winde zum Garn der Zeit. Es musste einen Weg geben, auf dem sie mit den Winden sprechen konnte.

Er war sich sicher: Zephyrus wusste, wer da zu ihm kam und warum er kam.

Nur, wie sollte er, Darek, den richtigen Weg zu ihm finden?

„Ich weiß es nicht“, murmelte der Junge. „Wir sind eben erst im Westen angekommen.“ Er zögerte, schüttelte den Kopf. „Vielleicht wissen wir morgen mehr, wenn die Sonne am Himmel steht.“

Ein Zeichen, dachte er.

Warten wir auf ein Zeichen.

***

Darek musste nicht bis zum Morgen warten.

Die Gefährten hatten sich nahe am Lagerfeuer ausgestreckt. Sie hatten mehr als genug Holz gesammelt: Die Glut würde bis zum Morgen nicht völlig verlöschen. Die Nacht war kühl, doch nach der Kälte der Alten Berge war es beinahe angenehm.

Bartholf und die Albâine waren rasch eingeschlafen. Bartholf bemühte sich stets, dass ihn „früh des Schlummers Schoß umfing“, wie er es ausdrückte. Vermutlich spielten die Geräusche, die Astaril im Schlaf von sich gab, eine nicht geringe Rolle. Das Schnarchen des Zwerges war allerdings auch nicht leiser.

Doch die Wanderer waren allesamt erschöpft und müde, und so trieben auch die anderen nach und nach in den Schlaf davon. Nur Darek wälzte sich unruhig von einer Seite auf die andere. Seine Gedanken kamen nicht zur Ruhe. Er glaubte, den Turm der Herrin vor sich zu sehen. Er sah ganz anders aus als in seiner Erinnerung: höher, Ehrfurcht gebietend mit glatten, in einem überirdischen Licht strahlenden Mauern – und doch war er sich sicher, dass es derselbe Turm war.

Der Junge schritt durch die labyrinthartigen Gänge und Flure, stieg Treppen empor, wie er das an Ylvias Seite getan hatte. Alles war verändert. Der Turm wirkte nicht länger verlassen, sondern war geschmückt wie für den Empfang eines Königs.

Blasse, durchscheinende Gestalten wandelten durch die Flure. Ein wenig erinnerten sie Darek an die Albâine. Mit Sicherheit waren es keine Menschen.

Er wusste, dass er sich in einer anderen Welt befand und dass er längst die Grenzen zwischen Wachen und Schlafen überschritten hatte.

Immer höher stieg er, bis er die Kammer erreichte, bis zu der das Mädchen ihn begleitet hatte. Die Kammer, in der die Fenster mit den zwölf Monatszeichen angeordnet waren. Lauschend hielt er inne, doch diesmal war nichts zu hören. Die Herrin der Winde, wenn sie sich im Raum über ihm befand, schwieg.

Der Junge erklomm die letzte Treppe.

Die Kuppel der Winde war leer. Er konnte weder die Herrin sehen noch ihre Gerätschaften, mit denen sie das Garn der Zeit erschuf.

Doch ein Lufthauch strich durch den Raum. Er schien von jenem Fenster her zu kommen, von dem sein Inneres ihm zuflüsterte, dass es nach Westen ging.

Langsam trat er auf das Fenster zu und blickte hinaus.

Er wusste nicht, was er erwartet hatte.

Doch was er sah, verschlug ihm den Atem.

***

Bartholfs Bart bebte.

Irgendwie, fand Darek, klang schon diese Formulierung beinahe zwergisch. Sein Gefährte starrte auf das Wasser des Flüsschens, als hätte er einen leibhaftigen Lindwurm vor sich. Heftig schüttelte der Mann vom Kleinen Volk den Kopf.

„Des Feuers Herr, fürwahr, verhüte, dass je ein Mann vom Zwergenvolke ein schlingernd schwankend Schiff besteigt!“

„Es wäre doch kein richtiges Schiff", begann Darek. Der Ausdruck in den Augen des Zwerges war unverkennbar. Etwas, das der Junge dort noch nie gesehen hatte: blanke Angst. „Mögen Zwerge kein Wasser?", fragte er zögernd.

Bartholfs Gesicht lief dunkel an: „Nicht der Berge Feuerschlünde", fauchte er, „nicht die höchsten Gipfelhöh'n, nicht des Erdreichs Untergründe können Zwergen widersteh'n!"

Mit Mühe verkniff sich Darek ein Grinsen. Ob Bartholf bemerkte, dass er in seiner Not anfing zu dichten?

„Doch bleibt mir weg mit wallend Wasser!", fügte der Zwerg hinzu.

„Und du bist dir sicher?", fragte Libius, an den Jungen gewandt.

Darek nickte: „Es war ganz deutlich. Es war das Zeichen, auf das wir gewartet haben: Ich stand an dem Fenster in der Kuppel der Winde, doch da draußen, unter mir in der Tiefe, war nicht das verborgene Tal und die Stadt der Könige, sondern ein breiter Fluss. Ein mächtiger Strom, der sich zwischen Wiesen hin und her schlängelte. Das Wasser war bräunlich – und es floss ganz ruhig", versicherte er mit einem Blick auf Bartholf. „Es war ein sehr großes Floß, mit dem wir unterwegs waren. Auf einem so großen Floß, Bartholf, das muss beinahe sein wie an Land. Und ich habe gesehen, dass wir alle an Bord waren."

„Nimmer nicht", verkündete der Zwerg knapp.

Der Junge beschloss, besser nicht zu erwähnen, dass das Floß und seine Besatzung ziemlich mitgenommen ausgesehen hatten. Doch vielleicht gab es eine andere Möglichkeit, den Zwerg zu überzeugen.

„Bitte, Bartholf", sagte er. „Wir werden Euch brauchen. Die Botschaft der Herrin war ganz deutlich: Wir brauchen Euch. Ohne Eure Axt werden wir es nicht schaffen."

Die Miene des Zwerges veränderte sich. Seine Augen begannen zu funkeln: „So stehen harte Händel an? Wo Schwert an Stab und Axt auf Trollhaupt schlägt? Wo's Ruhm zu raffen gibt, dass davon noch der Enkel Hallen, äh, hallen?"

Darek nickte bedächtig: „Von diesem Abenteuer, Bartholf, von den Taten Eurer Axt, wird man in den Hallen Eures Volkes noch in Jahrhunderten singen."

Das Gesicht des Zwerges verzog sich grüblerisch. Nachdenklich strich er sich über den Bart.

Schließlich straffte sich seine untersetzte Gestalt. „So möge nimmer man verkünden, dass Bartholf, der des Berentholf Sohn, dem Schwerterschwingen feig entfleucht", sagte er tapfer. Doch Darek sah, wie blass die Zwergennase aus dem Dickicht seines Bartes ragte.

Der Junge nickte: „Ich danke Euch, Bartholf. Wenn Ihr dabei seid, ist es nicht hoffnungslos."

Der Zwerg verneigte sich würdevoll.

Darek wandte sich an die Albâine: „Dieser Fluss … es war ein sehr breiter Strom zwischen feuchten Wiesen, und er wand sich in weiten Schleifen hin und her." Er versuchte, sich an das genaue Bild zu erinnern. „Eine von ihnen war geformt wie der Kopf einer Ente, mit Hals und Schnabel."

Astaril nickte: „Das ist der große Strom, ein Stück bevor er ins Meer mündet. Da kommt man ganz einfach hin, hier im Westen. Das sind nämlich freundliche Flüsse hier. Ihr Wasser fließt immer stromabwärts."

„Dann ist es gut", sagte Darek. Er konnte sich nicht vorstellen, was für Flüsse die Albâine sonst noch kannte. Der Junge sah zu Bartholf: „Und schon gibt es Arbeit für Eure Axt, Bartholf. Wir müssen dicke Stämme schlagen, jeder von ihnen muss wenigstens fünf Fuß im Umfang messen. Diese Stämme müssen wir mit Seilen aneinanderknüpfen. Die Herrin hat mir gezeigt, in welcher Weise das Floß gebaut werden muss."

Der Zwerg nickte und löste die Axt von seinem Rücken, während sich Darek bereits an Ylvia und die Albâine wandte: „Wir haben keine Seile, also müssen wir welche anfertigen. So etwas habe ich noch nie gemacht. Kennt sich jemand von euch damit aus?"

Astaril hob die Schultern: „Für mich klingt das ziemlich Elodim."

„Einer der Gänge unter der Königsstadt führt an der Werkstatt eines Leinewebers vorbei", sagte Ylvia. „Das ist derselbe, durch den man auch zum Zuckerbäcker kommt." Für einen Augenblick wirkte sie etwas traurig. Weder in den Alten Bergen noch hier im Westen waren sie bisher auf einen Zuckerbäcker gestoßen. „Den Leineweber habe ich ein paarmal beobachtet. Das sah ziemlich kompliziert aus. Aber ich glaube, man kann ein paar Schritte auslassen – dann sind sie aber nicht so fest. Vielleicht kann Libius …"

Alle Blicke gingen zum Zauberlehrling. Libius sah überrascht in die Runde.

„Nun", murmelte er und strich sich über seine Robe. „Wenn ich meinen Geist nach dem rechten Spruch durchforsche …"

„Wie viele kennst du denn insgesamt?", fragte die Albâine staunend.

Libius zögerte, blickte dann zu Boden. „Sieben", murmelte er. „Aber ich habe einen dabei, der in Frage kommt! Es ist ein Verstärkungszauber. Eigentlich bezieht er sich auf, äh … auf den Blauen Zwergampfer. Aber Flachs sollte nicht so weit davon entfernt sein, botanisch. Ich denke, ich kann ihn anpassen."

Darek nickte. Er hatte gewusst, dass es irgendwie möglich sein musste, sonst hätte ihm die Herrin nicht dieses Bild gezeigt.

Doch er hatte auch gesehen, in welchem Zustand sie gewesen waren … nein, sein würden. Das würde keine Vergnügungsreise werden.

***

In den folgenden Tagen kam Darek mehr und mehr zu der Überzeugung, dass seine düsteren Vorahnungen unbegründet gewesen waren. Binnen eines Tages war es den Gefährten gelungen, ein Floß zu bauen, das vielleicht kein besonders schöner Anblick war – aber jedenfalls schwamm es. Der Zwerg hatte weit mehr Stämme geschlagen, als sie überhaupt benötigten. Er müsse sich mit der Axt üben, hatte er Darek erklärt. Schließlich ständen harte Kämpfe bevor.

Die Anfertigung der Seile war eine aufwendigere Arbeit gewesen. Darek und die Albâine waren Ylvia zur Hand gegangen, wobei Astaril immer wieder betont hatte, dass das Ganze ja eigentlich Elodim sei.

„Doch wenn die Herrin der Winde es dir in deinem Traum so gezeigt hat“, hatte sie schließlich schulterzuckend gesagt, „dann wird es so auch seine Richtigkeit haben. Sie ist nicht auf den Kopf gefallen – für ein so junges Wesen.“

Wie alt nur musste Astaril sein, fragte sich Darek, wenn selbst die Herrin für sie jung war? So alt wie die Wälder und Berge selbst, dachte er.

Als das Werk dann vollendet war, hatte Darek es eine Weile skeptisch betrachtet. Irgendetwas stimmte nicht. Dann hatte er begriffen: Das Floß war zu klein. Kleiner jedenfalls als in seinem Traum. Doch das Flüsschen war an dieser Stelle selbst kaum zwanzig Fuß breit – mit einem größeren Floß würden sie es überhaupt nicht passieren können. Es gab keine andere Erklärung: Irgendwann bevor sie den großen Strom erreichten, würden sie das Floß vergrößern.

Am nächsten Morgen waren sie dann an Bord geklettert und hatten vom Ufer abgelegt. Bartholf hatte sich sofort in die Mitte des Floßes begeben, mit einem heftigen Hieb seine Axt ins Holz geschlagen und sich dort niedergelassen. Dort saß der Zwerg den ganzen Tag über und starrte auf das Wasser, als sei es drauf und dran, ihn zu fressen. Darek und Libius versuchten, ihn in Gespräche zu verwickeln, doch seine Antworten blieben einsilbig. Als Ylvia ihm freundlich anbot, seinen Bart zu kämmen, willigte er zwar brummend ein, doch seine finstere Miene blieb.

Als sich der Abend senkte, machten sie irgendwo am Ufer halt und schlugen ihr Lager auf. Sie mussten nicht hungern. Lachse gab es auch hier mehr als reichlich, und die Albâine hatte ihnen zudem Beeren gesammelt, die „fast mit Sicherheit" auch für Menschen essbar waren.

Am nächsten Morgen wiederholte sich das Spiel des Vortags: Bartholf kletterte auf das Floß, schlug seine Axt ein und hielt sich für den Rest des Tages daran fest, während sie sich mit der Strömung weiter das Flüsslein hinabtreiben ließen.

Libius stand die meiste Zeit am Steuerruder: Bartholf hatte es sehr geschickt konstruiert, wenn man bedachte, wie sehr er Boote verabscheute. Am Heck ragte ein breites Stück Holz wie eine Flosse ins Wasser. Über eine „Ruderpinne", einen mächtigen Hebel, konnte man damit von Deck aus nach links oder rechts steuern und den Kurs des Floßes verändern, falls an einem der Ufer ein Hindernis in Sicht kam. Darek hatte die Konstruktion sehr sorgfältig geprüft und Wert darauf gelegt, dass Libius alle verfügbaren Zauber daraufsprach. Das Ruder war zuverlässig. Der Zwerg hatte das Ende der Ruderpinne am Morgen vor ihrem Aufbruch sogar noch mit einer Schnitzerei verziert. Eine hässliche Dämonenfratze sollte „des wallend Wassers garst'ge Geister" daran hindern, über das Floß herzufallen.

Diese Vorsichtsmaßnahme schien sich zu bewehren: Als die hohen Gipfel der Alten Berge am Abend ihres zweiten Reisetages endgültig zurückwichen und der Fluss in ein Gebiet sanfterer grüner Hügel eintauchte, hatte es bis hierhin keine größeren Schwierigkeiten gegeben als hin und wieder ein großer Ast, der in der Flut dahintrieb, und dem Libius ohne Schwierigkeiten auswich. Jetzt, so lange noch Bäume das Ufer säumten, war auch der Zeitpunkt gekommen, ihr Floß um zwei weitere Baumstämme zu vergrößern.

Selbst Bartholfs Laune hatte sich an diesem Abend ein wenig aufgehellt. Das jedenfalls vermutete Darek, als der Zwerg seine eigene Bestleistung von fünfzehn gerösteten Lachsen brach.

Am nächsten Vormittag begleiteten die grünen Hügel sie zu beiden Seiten des Flüsschens. Gegen Mittag wurde das Land zusehends flacher, und schließlich erstreckte sich eine weite Ebene vor ihnen, die in der Ferne im Dunst verschwamm.

Schützend legte Darek die Hand über die Augen und spähte gen Westen.

„Man könnte meinen, wir seien fast wieder zu Hause", sagte er zu Libius.

Der Zauberlehrling nickte: „Wenn du dich von der Akademie nach Osten wendest, auf das Öde Meer zu, zieht sich das

Land ganz genauso auf Meilen und Meilen dahin, es wird nur immer trockener, was hier nicht der Fall zu sein scheint."

„Das hier ist schon die große Küstenebene?", fragte Darek die Albâine. „Dann ist es nicht mehr weit bis zur Flussbiegung, die ich in meinem Traum gesehen habe."

Er ertappte sich, wie er den Verlauf des Flusses vor ihnen beunruhigt musterte. Das Flüsschen hatte zwar einige kleinere Seitenarme aufgenommen, doch noch immer war es keine fünfzig Fuß breit. Der gewaltige Strom in seiner Vision hatte ganz anders ausgesehen, mit unregelmäßigen brackigen Ufern, und vom einen zum anderen musste es bald eine halbe Meile gewesen sein. Vor allem war von ihrem Floß nicht mehr besonders viel übrig gewesen.

„Die Küstenebene?" Astaril schüttelte den Kopf. „Nein, das hier ist das Ertrunkene Land. Eine traurige Gegend." Ihre Brauen zogen sich zusammen. „Das Wasser steht noch höher als früher", murmelte sie. „Schaut, dort drüben, rechts von uns. Früher gab es dort Felder, auf denen eure Leute Korn anbauten. Es war gutes Korn, wie es die Erde und das Wasser diesem Land seit vielen Jahrhunderten schenkten.

Euer Volk hier im Westen aber wuchs und wuchs, und irgendwann reichte den Menschen nicht mehr, was die Erde und das Wasser ihnen freiwillig gaben. Also haben sie neues, anderes Getreide angebaut, Elodim Getreide, aus dem sie weit mehr Korn ernten konnten als zuvor. Das Saatgut hatten sie im Süden gekauft, und das war ein Fehler."

„Was sollten sie machen?", fragte der Junge. „Sollten sie ihre Kinder verhungern lassen?"

Die Albâine schüttelte den Kopf: „Dieses Land wollte nicht noch mehr Leute von eurem Volk – deshalb hat es ihnen immer nur eine bestimmte Menge Korn geschenkt. Doch damit waren sie nicht zufrieden. Sie hatten ihr neues Getreide, und dieses neue Getreide brauchte Wasser. Zephyrus hatte das erkannt. Er wollte ihnen helfen, und so sandte er ihnen in jenem Jahr Regen im Übermaß. Da aber hatten sie schon Rinnen in den Boden gegraben, künstliche Wasserläufe, durch die das Wasser zu ihrem neuen Getreide kommen konnte. Und das Wasser kam, mehr als sie jemals für möglich gehalten hatten. Das Land verwandelte sich in einen gewaltigen Morast, und das Korn verdarb im Boden."

„Die armen Menschen", murmelte Darek. „Da hatten sie noch weniger als vorher. Sie müssen gehungert haben."

Die Albâine seufzte: „Richtig schlimm wurde es im Frühjahr darauf, als in den Alten Bergen die Schneeschmelze einsetzte. Die Menschen fürchteten sich von jeher vor dieser Zeit, wenn der Fluss auf seine doppelte Breite anschwoll. In jenem Jahr aber ..." Sie schüttelte den Kopf. „Die Flut kam, und sie riss alles mit sich fort. Ihre Felder und Wasserrinnen, ihre Höfe und Häuser. Und die Menschen. Seitdem nennt man diese Ebene das Ertrunkene Land. Wenn überhaupt noch jemand herkommt, um sie beim Namen zu nennen."

Darek fror. Eine tiefe Kälte hatte von ihm Besitz ergriffen. „Weil sie sich nicht darauf verlassen mochten, dass Zephyrus ihnen schenken würde, was sie brauchten. – Aber ich dachte, der Westen wäre ein reiches Land. Hier würden viele Menschen leben."

„Das tun sie auch", nickte die Albâine, „aber das ist noch weiter im Westen, jenseits des Ertrunkenen Landes." Sie kniff die Augen zusammen. „Man kann es um diese Tageszeit nicht sehen, aber heute Abend sollten wir an die Stelle kommen, an der dieser Fluss in den großen Strom mündet. Von dort aus kann man die Eherne Kette sehen, den Gebirgszug, der dieses Land von der Küstenebene trennt. Dort gibt es große Städte eures Volkes. Reich geworden durch den Handel mit Elodim Krimskrams."

„Der Zwergenhämmer fröhlich Klingen hallt durch die Ehr'ne Kette hin." Bartholf bewies, dass er zwar die ganze Zeit finster vor sich hinstarrte, aber den Gesprächen seiner Gefährten aufmerksam lauschte. „Des Kleinen Volkes hartes Handwerk hat Ruhm und Reichtum ihm geschenkt, und mit ihm wuchs die Macht der Menschen. Sie handeln gar die edlen Erze bis in die ferne Königsstadt."

„Die große Weststraße verläuft eine halbe Tagesreise entfernt von hier. Dort hinten, in Richtung auf Boreas Reich", sagte Astaril und deutete nach Norden. „Erst am Rande der Ehernen Kette nähert sie sich dem Großen Strom. Dort werden wir Acht geben müssen. In den Alten Bergen ist das Finstervolk aus Yarmuz schneller vorangekommen als wir. Sie könnten uns voraus sein."

Ein Schauer überlief Darek. Das also war es, was sie erwartete. Ein Hinterhalt.

Er wusste, was kommen würde.

Doch sie konnten nur abwarten.

***

Die Sonne selbst schien in einem Meer aus Rot in der endlosen Ebene zu ertrinken. Darek ahnte ferne Wasserflächen am Horizont. Es war, als wollte sich der glühende Feuerball in ihnen auflösen, zerfasern.

Rechts davon, genau im Westen, war das Rot wie mit einem Messer abgeschnitten. Dunkel zeichneten sich die Grate der

Ehernen Kette vor dem Abendhimmel ab. Astaril hatte recht behalten. Zum Abend hin war der Dunstschleier immer dünner geworden, und das, was am Anfang nur eine Ahnung, ein ferner Schatten gewesen war, war deutlicher und deutlicher geworden. Schroff und scharf ragten die Gipfel nun in den roten Himmel.

Die Gefährten hatten ihr Floß an einer schmalen Landzunge festgemacht. Der Wasserlauf, dem sie seit ihrer Ankunft im Westen gefolgt waren, mündete in einen gewaltigen Fluss, der träge der Ehernen Kette entgegenströmte. Der große Strom besaß an dieser Stelle noch nicht die Breite, die er in Dareks Traum gehabt hatte, trotzdem war es ein Ehrfurcht gebietender Anblick, als sich die Sonne wie eine leuchtende Bahn auf die Wellen legte. Sie schien die Reisenden mit ihrem Licht zu locken, nach Westen zu locken, tiefer hinein in das Reich des Zephyrus.

Eine gedrückte Stimmung hatte sich an diesem Abend über die Gefährten gelegt. Darek war der Einzige, der wusste, dass nun der härteste Teil der Reise bevorstand, und er hatte lange mit sich gerungen, ob er seinen Freunden davon erzählen sollte. Er hatte sich dagegen entschieden. Irgendwie hatte er das Gefühl, dass sie es ohnehin bereits spürten.

Bartholf saß den ganzen Abend mit finsterer Miene am Feuer und putzte seine Axt. Morgen würde er sie brauchen, dachte Darek.

„Zittert und zaget, grimme Gesellen“, murmelte der Zwerg. „Bibbert und bebet in banger Bedrängnis, die ihr verdammt seid, dies Axtblatt zu kosten.“

Sie hatten weit weniger Lachse gefangen als in den Vortagen. Selbst der kleinere Flusslauf war hier schon so breit, dass es den Schwärmen leichtfiel, an den Netzen vorbeizuschlüpfen. Doch der Fang genügte, um alle Gefährten satt zu machen. Sogar Bartholf aß nur mit halbem Appetit.

Sie schliefen unruhig in dieser Nacht. Darek hatte halb damit gerechnet, die Herrin würde ihm neue Bilder schicken, neue Ahnungen von dem, was sie morgen erwartete, doch seine Träume waren wirr und unzusammenhängend. Er sah sich an seinem Schulpult daheim in der Akademie, Peppin an seiner Seite. Peppin hatte selbst im Unterricht schlafen können. Nicht zum ersten Mal fragte Darek sich, was aus dem anderen Jungen geworden war. Er jedenfalls fand in dieser Nacht keinen ruhigen Schlaf.

In einem Schleier von Grau ging die Sonne am nächsten Morgen über dem Ertrunkenen Land auf. Die Freunde waren früh auf den Beinen und verzehrten eine eilige Mahlzeit aus Trockenfleisch. Als sich der Morgennebel lichtete, waren sie bereits auf dem Großen Strom unterwegs.

Das Wasser floss träge dahin. Quälend langsam kamen sie voran. Die Gipfel der Ehernen Kette wollten und wollten nicht näher kommen, obwohl Astaril darauf bestand, dass sie den Punkt, an dem der Strom sich seinen Weg in die Berge brach, noch an diesem Nachmittag erreichen würden.

„Das wird noch rau genug“, versprach das Mädchen vom Alten Volk. „Doch dieser Tage kommt man an sich ganz gut durch, wenn man weiß, wo's langgeht. Der Fluss verzweigt sich nämlich in den Bergen in mehrere Arme, aber ich weiß, welchen davon wir nehmen müssen. Früher war das alles nicht so einfach, als die Berge noch jung waren.“

„So alt bist du?“, fragte Darek.

Sie schüttelte den Kopf: „Das war vor vielleicht hunderttausend Lebensaltern eurer Leute. Aber die Albâine sind anders als ihr. Was einer von uns gesehen hat, wird nicht vergessen, selbst wenn er im nächsten Jahr nicht wieder austreibt. Die anderen halten die Erinnerung fest, und der, der gegangen ist, ist mehr für uns als … Erinnerung."

Nachdenklich nickte der Junge. Die Albâine besaßen so viel mehr an Wissen als sein eigenes Volk. Wie leicht hätte es ihnen fallen müssen, sich zu Herrschern der Welt aufzuschwingen. Doch darauf legten sie offenbar gar keinen Wert. Diese Macht, begriff der Junge, wäre Elodim gewesen, und es war nicht Elodim, das wirklichen Wert besaß.

Diese Reise aber, dachte er, die machen wir nicht um Elodim. Vielleicht kann durch das, was wir tun, diese Welt wieder zu einem Ort werden, an dem ein Volk wie die Albâine etwas mehr zu Hause ist.

Doch es war ein weiter Weg dorthin.

„Wir hätten uns einen Staken machen sollen", murmelte Libius von seinem Platz am Steuerruder. „Solange es am Ufer noch Bäume gab dafür. Einen langen Stab, mit dem wir uns am Flussgrund abstoßen könnten. Dann kämen wir schneller voran."

Doch wieder behielt die Albâine recht. Gegen Mittag begannen die Berge, sichtbar näher zu kommen, und zwei Stunden später nahm die Eherne Kette bereits den ganzen Himmel vor ihnen ein.

Die Landschaft entlang der Ufer hatte sich bereits verändert. Der Boden war weniger morastig, er wirkte satt und fruchtbar. In der Ferne entdeckte Darek einmal sogar die strohgedeckten Hütten eines Dorfes. Sie hatten wieder ein von Menschen bewohntes Gebiet erreicht.

„Dort drüben verläuft die Große Weststraße", sagte Astaril und deutete nach Norden. „Könnt ihr die Säulen erkennen, die sie in regelmäßigen Abständen begleiten? Die sind noch ganz neu. König Cordelius hat sie errichten lassen, der Großvater deines Urgroßvaters, Darek. Diese jungen Leute, die Zauberer, waren ihm dabei behilflich."

Libius pfiff anerkennend durch die Zähne: „Davon habe ich gehört. Die Säulen säumen die Straße vom Rand der Alten Berge bis zur Ehernen Kette – quer durch das Ertrunkene Land. In alter Zeit konnte man auf magische Weise Feuer in ihnen entzünden, die Reisenden den Verlauf des Weges zeigten, wenn Nebel die Ebene bedeckte."

„Verloschen ist die Glut der Lichter", brummte der Zwerg, „seit Engelbertus' harte Hand umklammert hält das Land von Zephyrus bis Euros hin, von Notos bis Boreas Reich."

Darek spähte zur Straße: „Ich sehe die Säulen", sagte er, „doch keine Söldner. Ob wir doch schneller waren als sie?"

„Das wird sich erweisen", murmelte Libius. „Wenn ihr mich fragt, wird die Strömung stärker. Wir bekommen Fahrt."

Er drückte die Ruderpinne ein Stück nach links. Das Ruderblatt im Wasser des Flusses folgte der Bewegung. Langsam bewegte sich das Floß auf die Mitte des Flusses zu.

Tatsächlich. Jetzt bemerkte es auch Darek. Sie hatten Fahrt aufgenommen. Die niedrig gewachsenen Bäume am Ufer glitten rascher an ihnen vorbei. Sie sahen seltsam aus, von Zephyrus stetiger Brise gebeugt, die von den Gipfeln der Ehernen Kette auf das Land blies. Darek spürte sie auf seinem Gesicht – oder war das der Fahrtwind?

Auf einmal kamen die Berge mit atemberaubender Geschwindigkeit näher. Libius legte sich stärker in das Steuer, um Kurs zu halten. Kurs worauf? Der Zauberlehrling hielt das Floß in der Mitte des Stromes, doch vor ihnen, vielleicht noch eine

Meile entfernt, schien der Fluss an einer grauen Felswand zu enden, die senkrecht in den Himmel stieg.

„Geht es da überhaupt weiter?“ Das war Ylvias Stimme. Die Angst war ihr deutlich anzuhören. In den letzten Tagen hatte das Mädchen oft neugierig am Rand des Floßes gehockt und wilde Enten beobachtet. Jetzt entdeckte Darek die Kleine bei Bartholf, an dem sie sich festklammerte. Schützend hatte der Zwerg den Arm um das Mädchen gelegt. Sein Bart zitterte, nein: Er murmelte etwas vor sich hin, doch es war so leise, dass Darek es nicht verstehen konnte. Bisher hatte sich das Wasser des großen Stromes nur als verhaltenes Plätschern bemerkbar gemacht, doch das hatte sich geändert. Ein dumpfes Brausen erfüllte die Luft. Was immer Bartholf vor sich hin redete, ob es unterdrückte Zwergenflüche waren oder ein Versuch, die Kleine zu beruhigen – oder ob er mit dem Herrn des Feuers Zwiesprache hielt – vielleicht war es auch alles zusammen. Darek wusste es nicht.

„Gleich könnt ihr es sehen“, sagte Astaril. „Libius, gib Acht! Jetzt wird es etwas holperig. War es jedenfalls das letzte Mal, als ich hier war.“

Darek fragte lieber nicht, wie lange das her sein mochte.

Der Junge ließ sich auf Hände und Knie nieder und kauerte sich auf das Deck. Libius klammerte sich an der Ruderpinne fest, doch er hielt das Floß in der Strommitte auf Kurs.

Darek sah, dass sich an der Felswand etwas veränderte. Der Fluss beschrieb eine leichte Kurve, und jetzt wurde ein Einschnitt in der Felswand sichtbar. Noch schien er viel zu schmal, um das Floß hindurchzulassen, doch er verbreiterte sich, während sie der Biegung des Stromes folgten.

Das Brausen schwoll an. Im nächsten Augenblick traf etwas das Floß hart von der Seite. Ylvia stieß einen Schrei aus. Libius, so glaubte Darek, schrie mit, verstummte aber rasch wieder, während das Mädchen zu weinen begann. Bartholfs Stimme war jetzt so laut, dass Darek ihn verstehen konnte. Eindeutig: Es waren Flüche.

„Das sind die Vorderen Stromschnellen", sagte Astaril. Ihre Stimme übertönte das Brausen ohne Mühe. Das musste eine besondere Gabe der Albâine sein. Die Antwort des Zauberlehrlings konnte Darek kaum verstehen, obwohl Libius beinahe schrie.

„Die Vorderen? Gibt es auch noch Hintere?"

„Vordere, Hintere und ein paar zwischendrin", erwiderte Astaril. Sie stand als Einzige der Gefährten noch aufrecht, und auch das schien ihr keine Mühe zu bereiten. „Je nachdem, welchen Kurs wir wählen. Hart nach links, Libius!"

„Hart Backbord!", brüllte der Zauberlehrling.

Kaum der rechte Augenblick, um die Albâine mit seiner Seemannssprache zu beeindrucken, dachte Darek. Doch das Floß gehorchte. Der Junge bekam nur einen kurzen Blick auf urplötzlich steil aus dem Wasser aufragende Felsriffe, die knapp rechts an ihnen vorbeischossen.

Ein neuer Schlag traf das Schiff, diesmal von links, dann, von einem Augenblick zum anderen, wurde es etwas ruhiger.

Das Wasser des Flusses strömte noch immer rasch dahin, doch er war jetzt bedeutend schmaler geworden. Zu beiden Seiten ragten mächtige Felswände auf. Darek erkannte sofort, dass es unmöglich war, hier mit dem Floß anzulegen.

„Das ist die Eherne Klamm", sagte Astaril. Fast ehrfürchtig ging ihr Blick in die Runde.

„Von den Stromschnellen hattest du aber nichts erzählt!", beschwerte sich Libius. Er war bereits dabei, die Ruderpinne zu untersuchen. Er nickte knapp. Sie schien in Ordnung zu sein.

„Darek“, wies er den Jungen an. „Überprüfe die Seile. Der Fluss ist zu unruhig. Ich kann das Ruder nicht loslassen.“

Darek nickte und machte sich an die Untersuchung. Hier und da schien sich die Vertäuung gelockert zu haben. Mit den Leinen, die man bei einem Seilmacher erhielt, konnten die grob geflochtenen Taue nicht mithalten. Der Junge zeigte Libius die betreffenden Stellen, und der Zauberlehrling murmelte rasch einige Sprüche. Darek hatte den Eindruck, als zögen sich die Stämme daraufhin wirklich wieder etwas fester zusammen.

„An einigen Stellen ist es anscheinend etwas rau heute“, sagte die Albâine. „Noch etwas rauer als beim letzten Mal. Das liegt daran, dass das Wasser in diesem Jahr so hoch steht. Der Strömung ist stärker als sonst.“

Ylvia hatte zu weinen aufgehört und blickte mit großen Augen an den steilen Felswänden empor. „Da kommt nicht einmal der Berg des Königspalastes mit“, flüsterte sie. „Und das alles hat das Wasser gemacht?“

Astaril nickte: „Das hat es. Aber nicht von einem Tag auf den anderen. Das Wasser hat sich bereits seinen Weg durch diese Berge gegraben, als es noch keine Menschen gab – noch nicht einmal Albâine.“

Ylvia sah sie staunend an: „Es gab eine Welt ohne … ohne Leute darauf? Noch nicht einmal Drachen?“

Die Albâine zögerte, dann schüttelte sie den Kopf. „Doch“, sagte sie leise. „Drachen gab es schon.“

„Sind Drachen denn keine Leute?“, fragte die Kleine.

Astaril wandte sich ab. Über Drachen wollte sie nicht sprechen, begriff Darek.

„Dort vorne erreichen wir die erste Gabelung“, sagte sie und deutete voran. „Es ist eine Insel im Fluss. Du musst den rechten der beiden Flussarme nehmen, Libius, und dich dort ganz links halten, immer hart an der Insel entlang."

Libius nickte. „Steuerbord, dann hart backbord."

Er brachte das Floß auf Kurs.

„Wie viele dieser Gabelungen gibt es denn?", fragte Darek. „Und wie viele Stromschnellen müssen wir passieren?"

„Niemand kennt die genaue Zahl der Gabelungen", hob Astaril die Schultern. „Das Flusssystem verzweigt sich wieder und wieder, und niemand hat alle Routen erforscht. Dort, wo ich uns entlangführen werde, müssen wir durch sechs oder sieben Stromschnellen – doch die meisten sind halb so schlimm."

„Und das eben …", begann Libius.

„Halb so schlimm", meinte die Albâine. „Pass auf. Dort vorne ist die Insel. Jetzt rechts halten."

Sie hatte das letzte Wort noch nicht zu Ende gesprochen, als ein dumpfes Plopp! ertönte. Überrascht sah sich Darek um – und entdeckte einen gefiederten Pfeil, der zitternd im vorderen Teil des Floßes steckte.

„Was zum …"

Ein hohes Sirren erfüllte die Luft. Es kam von rechts. Die Gefährten hoben den Blick, sahen nach oben, in die Felswand empor.

„Feiges Pack aus Yarmuz Land!", fluchte der Zwerg.

Einen Augenblick später ging ein Hagel von Pfeilen auf das Floß nieder.

***

Darek spürte, wie etwas kurz an seinen Haaren zupfte, dann war das Gefühl vorbei. Er sah sich um und erkannte, dass sich direkt hinter ihm ein Pfeil in den Baumstamm gebohrt hatte.

Zwei Zoll tiefer, und ich hätte ihn im Kopf gehabt, dachte der Junge. Der Pfeil war einer von vielen. Andere trieben auf dem Wasser.

„Ist jemand getroffen?" Libius' Stimme überschlug sich. In der Ruderpinne steckte ein Pfeilschaft.

Die Albâine hatte sich nicht von der Stelle gerührt. Sie schüttelte nur stumm den Kopf. Ylvia kletterte hinter Bartholf hervor. In ihren Augen stand blanke Furcht, aber sie war unverletzt.

Doch aus dem Bart des Zwerges ragte ein Pfeil.

„Bartholf!" Entsetzt stürzte Darek auf ihn zu.

Ungläubig starrte der Zwerg auf seine Brust.

„Bartholf!", wiederholte der Junge.

Die Erstarrung des Zwerges löste sich. Mit einer heftigen Bewegung zog er den Pfeil aus seinem Bart und schleuderte ihn ins Wasser.

„Mickrige Maden vom Meere der Öde!", schimpfte er. „Grässlich Gewürm aus dem trockenen Lande! Ein Axthieb im Haupte kann Zwerge nicht kränken, doch hütet euch, Hand an die Bärte zu legen." Er löste seine Waffe aus dem Baumstamm und reckte sie den fernen Gegnern entgegen.

Die Söldner versuchten, ihnen am Ufer zu folgen und gleichzeitig ihre Bögen neu zu spannen. Doch der Fluss riss das Floß so rasch mit sich, dass sie sich schon außer Pfeilschussweite befanden. Harmlos tauchten die Geschosse fünfzig Fuß hinter ihnen ins Wasser.

„Euch … Euch fehlt nichts?", fragte Darek atemlos. „Euer Bart hat den Pfeil aufgehalten?"

„Die Bärte der Zwerge sind zottige Zierde", nickte Bartholf grimmig und fügte hinzu: „Zudem auch zur wehrhaften Wappnung gewachsen."

Die Insel ragte jetzt direkt vor ihnen aus dem Wasser, und Libius hielt darauf zu.

„Weiter nach rechts“, befahl die Albâine.

„Das geht nicht.“ Der Zauberlehrling spähte in die Felswand empor, wo fünfhundert Fuß über ihnen die Große Straße in den Fels gehauen war. „Seht hin! Da sind noch mehr Söldner.“

„Rechts!“, sagte Astaril scharf. „Auf der anderen Seite kommen wir nicht durch.“

„Wir können …“

„Rechts!“, wiederholte die Albâine, und ihre Stimme hatte auf einmal einen Klang gewonnen, wie Darek ihn bisher nicht gehört hatte. Das war mehr als Sprechen. Der Junge spürte, wie die Worte nicht allein in seinen Ohren, sondern auch in seinem Geist widerhallten.

Was auch immer es war: Auch Libius spürte es. Er zog das Ruder herum und bog in die rechte der beiden Wasserstraßen ein.

„Sie spannen die Bögen!“, rief Darek. Dieser Wasserarm war sehr viel schmaler als der Fluss es bisher in seiner gesamten Breite gewesen war. Die Söldner würden ein weit besseres Ziel haben. Angst stieg in dem Jungen auf. „Wir werden …“

„Nimm das Ruder!“, befahl Libius. Darek stolperte auf ihn zu. Der ältere Schüler packte seine Hände und schloss die Finger so fest um die Ruderpinne, dass es wehtat. „Hart an der Insel entlang!“

Darek nickte stumm. Überall rauschte und gurgelte es. Keine zehn Fuß links von ihnen schäumte die Gischt am dunklen Fels empor. Peitschend spritzte Wasser über das Deck.

Libius fuhr herum zu den Söldnern. Das Floß hatte jetzt fast die Stelle erreicht, an der die Männer aus Yarmuz mit gespannten Bögen lauerten. Darek konnte sie nicht zählen. Mehr als ein Dutzend jedenfalls. Er sah, wie sie ihre Bogensehnen straffer spannten, ihre Ziele ins Auge fassten – dann sandten sie die Pfeile auf eine tödliche Reise.

Libius riss die Arme in die Höhe. Als wären seine Füße mit dem Floß verwachsen, stand er aufrecht. Darek verstand nur Fetzen von dem, was er den Gegnern über das Brüllen der Gischt hinweg entgegenschrie.

Die Schüsse waren meisterhaft gezielt. Die Söldner mussten genau berechnet haben, wie lange ihre Pfeile in der Luft sein und an welcher Stelle sich das Floß im Augenblick des Auftreffens befinden würde. Sie mussten auf einen Punkt gezielt haben, von dem das Boot noch hundert oder zweihundert Fuß entfernt gewesen war.

Dann waren die Pfeile heran. Es war wie ein tödlicher Regen, der auf die Gefährten zuschoss. Wir werden sterben, dachte Darek. Was mir die Herrin gezeigt hat … sie muss sich geirrt haben. Er war gelähmt, unfähig, sich angesichts des gefiederten Todes auch nur zu ducken.

Die Pfeile blieben mitten in der Luft stehen.

Libius brüllte noch ein Wort, dann hatten die Gefährten die Stelle hinter sich.

Die Geschosse lösten sich aus ihrer Erstarrung – und tauchten in das aufgewühlte Wasser ein, wo sich vor Augenblicken noch das Floß befunden hatte.

Der Zauberlehrling sackte an Deck zusammen.

Magie, begriff Darek. Seine Magie hat uns gerettet. Er wollte zu dem Gestürzten eilen.

„Bleib, wo du bist!“, wies ihn die Albâine an. „Halte das Steuer!“

Sie kniete an Libius' Seite und bettete seinen Kopf in ihren Schoß.

„Wir müssen ihn auch diesmal nicht eingraben", sagte sie. „Aber es wird dauern, bis er aufwacht."

Sie wandte den Blick nach vorn. Die Insel hatten sie jetzt hinter sich. Astaril gab dem Jungen Anweisung, und er brachte das Floß wieder in die Mitte des Stromes. Für den Augenblick war das Wasser etwas ruhiger, doch Darek war überrascht, mit welcher Gewalt der Fluss gegen das Ruder drückte. Er hatte Mühe, es auf Kurs zu halten. Besorgt betrachtete er die Vertäuungen. Deutlich konnte er sehen, dass sie sich von Neuem zu lösen begannen. Und es war kein Libius da – oder zumindest bei Bewusstsein – um den Bannspruch zu erneuern.

So also geschieht es, dachte er.

Die Albâine gab ihm neue Anweisungen. Sie wählten einen Flussarm zur Linken, dann einen zur Rechten, dann verzweigte sich die Eherne Klamm in drei schmale Schluchten. Jede von ihnen schien gerade breit genug, um ihr Floß aufzunehmen. Auf Astarils Befehl bog er in die am weitesten rechts gelegene ein.

Ein lautes Knarren ertönte, und die Gefährten sahen, wie sich die Vertäuung am äußersten rechten Baumstamm zu lösen begann. Der Leinenstrick gab nach, nicht nur an dieser Stelle.

„Wie weit ist es noch?", brüllte Darek.

„Noch ein Stückchen", erwiderte die Albâine. Die Besorgnis in ihrem ewig jungen Gesicht war unübersehbar. „Dort vorne treffen die Flussläufe wieder aufeinander. Wenn sie sich beim nächsten Mal teilen, nimmst du den rechten."

Schon hatten sie die Stelle erreicht, an der sich ihr Flussarm wieder mit einem seiner Nachbarn vereinigte. Wo der andere abgeblieben war, konnte Darek nicht sagen. Das hatten sie jetzt schon mehrfach gehabt. Er mochte nicht daran denken, was ihnen widerfahren wäre, hätten sie sich anders entschieden.

Jetzt sah er die neue Gabelung.

„Was ist das?“, fragte er.

Astaril folgte seinem Blick, der auf den rechten Flussarm gerichtet war. Es war eine dumme Frage gewesen. Jedes Kind konnte sehen, dass es eine Brücke war. Sie war aus dem verwitterten dunklen Gestein der Ehernen Klamm errichtet. In Schwindel erregender Höhe spannte sie sich über die Klamm. Das Floß mit den Gefährten musste unter ihr hindurch.

„Das ist die Brücke der Könige“, sagte Astaril. Noch immer sprach sie ohne Anstrengung – doch nicht ohne Sorge.

Die Brücke war nicht leer. Söldner säumten die Brüstung auf ihrer gesamten Länge. Hundert, zweihundert, das war so schnell unmöglich zu erfassen. Sie waren noch zu weit weg, um etwas Genaues zu erkennen, doch Darek wusste, dass sie Bögen bei sich hatten und ihre tödlichen Pfeile längst bereithielten.

„Das schaffen wir nicht!“, schrie der Junge. „Das sind zu viele. Und Libius kann sie nicht mehr aufhalten!“

„Nein!“, sagte die Albâine entschlossen. „Wir müssen den rechten Flussarm nehmen.“

Die Gabelung kam näher, schneller als ein Gedanke.

„So viele Pfeile können uns nicht verfehlen“, brüllte Darek. „Wir haben keine Chance! Hat sich schon mal jemand in den linken Flussarm gewagt?“

„Wir müssen …“

„Verflucht!“ Darek hielt das Steuer gerade, direkt auf die Riffe der neuen Insel zu, die steil und dunkel aus dem Wasser aufwuchs. Bis zum letzten Augenblick ließ er die Entscheidung offen. Doch jetzt, jetzt musste er entscheiden.

Der Junge sah, wie zweihundert Söldner ihre Pfeile einlegten. Sie zogen die Sehnen durch, spannten. Er starrte auf die Brücke. Sie war keine Viertelmeile mehr entfernt.

„Hat schon einmal jemand den linken Flussarm gewählt?“, schrie er.

„Ja, aber …“

Mit seinem ganzen Gewicht warf sich der Junge in die Ruderpinne und trieb sie nach links. Die Riffe waren unmittelbar vor ihnen. Jemand schrie. Sie alle schrien. Gischt schlug über ihnen zusammen – dann befanden sie sich im linken Flussarm, und die Strömung riss sie voran.

„Was hast du getan?“, flüsterte die Albâine.

„Wenn wir eine Chance haben …“, begann Darek. Er keuchte. Sein Herz schlug zum Zerreißen. „Wir sind nicht die Ersten, die diesen Weg wagen.“

„Nicht die Ersten, die ihn wagen“, murmelte die Albâine. Selbst das war klar zu verstehen. „Aber wir wären die Ersten, von denen man je wieder etwas gehört hat.“

***

Das Floß wurde zwischen den Wellen hin und her geschleudert wie ein Garnknäuel, das einer verspielten Katze in die Pfoten fällt.

Doch wenn der große Fluss einer Katze glich, dann war es keine freundliche Samtpfote wie Castro. Dann musste es sich um ein wildes Raubtier handeln, das im Augenblick nur die eine Absicht hatte: seine Beute zu töten.

Selbst die Albâine hatte sich zu Bartholf und Ylvia in die Mitte des Decks zurückgezogen. Den noch immer besinnungslosen Libius hielten sie gemeinsam fest.

Darek hielt weiterhin die Ruderpinne umklammert. Immer wieder hoben die Wogen das Heck des Floßes hoch aus dem Wasser, und das Steuerruder fasste ins Leere. Der Junge konnte kaum noch Einfluss nehmen, wohin die dahinschießende Strömung die Gefährten trug, und doch wagte er es nicht, das Ruder loszulassen. Mit drei Schritten hätte er bei seinen Gefährten sein können, die sich an Bartholf klammerten, der sich seinerseits an seiner in den Baumstamm getriebenen Axt festhielt. Das Gesicht des Zwerges war weiß wie die aufspritzende Gischt. Der Ausdruck in seinen Augen zeigte, dass er mit dem Leben abgeschlossen hatte.

Darek hatte längst den Überblick verloren. Der Flussarm wand sich hierhin, dorthin, schoss um enge Kehren, durch immer neue Stromschnellen, eine steiler, länger, gewaltiger als die letzte. An der rechten Seite des Floßes hatten sich inzwischen zwei Stämme gelöst.

Voller Angst starrte Darek auf den Stamm zur Linken. Auch dort war von der Vertäuung am Bug und in der Mitte des Floßes kaum noch etwas übrig. Am Heck aber schienen die Stricke noch zu halten. Doch nun klaffte der Spalt zum Bug hin breiter und breiter auseinander und zog das Floß zunehmend nach links. Selbst wenn sich das Steuerruder unter Wasser befand, konnte Darek kaum noch gegenhalten.

Vor ihnen spritzte neue Gischt in die Höhe. Das Donnern der Stromschnellen hallte von den Felsen wider. Schon das bloße Geräusch nahm Darek den Atem.

Ein Sturm heulte ihnen durch die Schlucht entgegen, als peitschte Zephyrus selbst mit seiner Geißel auf ihn ein.

„Herrin der Winde“, flüsterte er. „Das habt Ihr nicht gewollt! Ihr habt mir ein anderes Bild gezeigt!“

Ächzend legte er sein gesamtes Gewicht in das Ruder, drückte mit aller Kraft dagegen. Er hatte das Gefühl, als müsste im nächsten Augenblick sein Kopf, sein Brustkorb platzen.

Dann war der Widerstand auf einmal verschwunden. Der Junge stürzte vornüber, schlug hart auf die Baumstämme. Für einen Augenblick war alles schwarz. Doch unbewusst hatte er sich festgeklammert. Die Planken waren nass und glitschig. In seinem Mund schmeckte er Blut. Er hatte sich auf die Zunge gebissen.

In seiner Hand hielt er das abgebrochene Ende der Ruderpinne. Die von Bartholf geschnitzte Dämonenfratze schien ihn höhnisch anzugrinsen.

„So viel Macht besitzt das Wasser!", zischte sie.

Darek war zu entsetzt, um auch nur zu schreien.

Der Sturm, die Gischt rissen an seinem Haar, als wollten sie ihn skalpieren.

„So viel Macht besitzt der Wind!" Wahrhaftig! Das Gesicht bewegte die hölzernen Lippen.

Darek sah zu seinen Gefährten. Bartholf hatte die Lider aufeinandergepresst. Sein Mund formte lautlose Worte. Ylvia verbarg ihr Gesicht in seinem Bart. Darek wusste, dass sie vor Angst und Verzweiflung weinte. Die Albâine dagegen sah den Jungen und das höllische hölzerne Bruchstück an, das einmal eine Ruderpinne gewesen war.

Und in ihrem Blick lag nicht Entsetzen, sondern Staunen. Staunen und Ehrfurcht.

„Wer …" Der Junge bekam keine Luft. Seine Worte waren nur ein Keuchen. Konnte Astaril ihn überhaupt hören? „Was ist das?"

Die Albâine antwortete nicht.

„Ich bin der, der den Wellen befiehlt, die Dörfer der Küste zu verschlingen!“, flüsterte die Fratze. Die Worte kamen so deutlich, als wäre sie direkt an seinem Ohr. „Ich bin der, der den Regen über das Land treibt, damit die Felder Frucht tragen. Ich bin der, der die Wolken zurückhält, damit die Obstbäume Blüten hervorbringen. Ich bin der, dies alles zu geben, zur Zeit – oder zur Unzeit!“

„Ihr …“ Die Stimme des Jungen versagte vollends.

„Ein schwaches Bild“, sprach Zephyrus. Von einem Augenblick zum anderen war es völlig windstill. Wie eingefroren hielten die Wellen inne – und nicht allein die Wellen. Auch Dareks Gefährten rührten sich nicht mehr. „Ein schwaches, schwaches Bild. – Du wolltest mich um etwas bitten, hörte ich.“

Darek blickte auf die geschnitzte Fratze. Die Züge waren grob, so wie Bartholf sie mit wenigen Schnitten geformt hatte, doch jetzt lag eine Macht in ihnen, dass ein Schwindel in seinem Kopf erwachte, schlimmer als alles, was die Wellen mit ihnen angestellt hatten.

„Ich … ich …“ Er schluckte. „Mein Volk hat den Glauben verloren“, flüsterte er. „Sie haben vergessen, welche Macht Ihr besitzt. Sie haben vergessen, welche Geschenke sie von Euch empfangen, ohne Euch jemals dafür zu danken.“

Er suchte nach den richtigen Worten. Die hölzernen Augen des Windes blitzten wie Edelsteine. Es lag Zorn darin und Ungeduld. Und doch mehr als das. Es waren auch die gütigen Augen dessen, der den Feldern den Regen bringt. Zephyrus wartete.

„Ich will lernen, Zephyrus. Darum bin ich hier. Wenn ich einmal die Krone trage, will ich die Macht der Winde nie wieder … nie wieder …“ Er holte Atem. „Aber dazu muss die Herrin den

Mantel von Neuem weben, und ich möchte … ich muss Euch bitten: eine Perle, Zephyrus. Eine Perle aus Euren Flüssen."

„Eine Perle?" Die hölzerne Maske verzog das Gesicht. „Ein geringer Wunsch von einem geringen Volk. Was sollte mich daran hindern, darauf zu spucken?"

Darek öffnete den Mund. Er wusste nicht, was er darauf antworten sollte. Zephyrus besaß alles. Er selbst konnte nichts zurückgeben. Tatsächlich spitzte die Fratze die hölzernen Lippen, als wollte sie dem Jungen ins Gesicht spucken.

Plopp!

Schmerzhaft traf etwas Dareks Nase.

„Autsch!" Die Hand des Jungen fuhr an sein Gesicht.

Da war etwas.

In der Hand hielt er eine Perle.

Im nächsten Augenblick erwachte der Sturm, erwachten die Wellen von Neuem und rissen das Floß mit sich. Die Ruderpinne, in der eben noch der Geist des Windes geweilt hatte, wirbelte davon.

Darek umklammerte die Gabe des Zephyrus. Mit der anderen Hand hatte er ein abgerissenes Ende der Vertäuung gepackt.

Das Ziel ihrer Reise in den Westen war erreicht, doch das Ruder war gebrochen, das Floß führerlos. Sie hatten keine Möglichkeit mehr zu steuern.

Darek holte Atem, so gut er das noch vermochte. Der Schmerz stach in seine Brust wie eine Lanze.

„Bartholf!", brüllte er. „Die Stunde für Eure Axt ist gekommen!"

***

„Ich habe Euch nicht angelogen, Bartholf!"

Der Zwerg funkelte ihn an.

„Schädel spalten, Helm zerhauen, Brust durchbohren – harte Händel, Königsknabe, hast du fälschlich mir verheißen!"

Darek setzte sich neben ihn ans Heck des Floßes – das, was übrig war von ihrem Floß – und blickte auf den träge dahinfließenden Strom.

„Ich habe Euch gesagt, wir würden es nicht schaffen ohne Eure Axt. – Und wir hätten es nicht geschafft ohne sie, nachdem wir das Ruder verloren hatten. Womit sonst hätten wir das Floß steuern sollen?"

Bartholfs Blicke durchbohrten ihn: „In den herrschaftlichen Hallen würd' vom Ruhme meines Namens einst der Barden Sang wohl künden!"

„Na, ein Zwerg, der ein Floß gesteuert hat, wenn das keine Tat ist, die einer Heldensage wert ist?" Die Miene des Zwerges veränderte sich nicht. „Bedenkt nur! Ein Floß, das auf Wasser schwimmt!"

„Gibt's auch welche, die auf Milch schwimmen?", fragte Libius leise.

Laute Geräusche konnte der Zauberlehrling noch immer nicht ertragen. Zwei Tage war es nun her, dass die Gefährten die wilden Wasser der Ehernen Klamm hinter sich gebracht hatten. Nur Dank Bartholfs beachtlicher Begabung als Steuermann hatten sie überlebt. Bei der ersten Gelegenheit waren sie an Land gegangen und hatten Libius auf dem Floß ein weiches Lager aus Zweigen bereitet.

„Lästereien, lautes Lachen, wird durch all die Hallen hallen!", fauchte der Zwerg.

„Das klingt wie ein Echo", kicherte Ylvia.

Bartholf schwieg und blickte düster nach vorn.

Am Vormittag hatten die Gefährten jenen Abschnitt des Flusses passiert, den Darek in seinem Traum gesehen hatte. Die sumpfigen Windungen, die aussahen wie die Umrisse eines Entenkopfes. Die erste Etappe ihrer Reise war bewältigt – und sie war mit Erfolg bewältigt. Der Junge hatte die Perle des Zephyrus in seiner Faust umklammert gehalten, bis der wildeste Abschnitt des Wasserlaufs hinter ihnen lag. Jetzt verwahrte er sie in einem kleinen Lederbeutel an seinem Gürtel. So die Winde wollten, würde hier auch das ewige Eis des Boreas und die Muschelkamee des Euros Platz finden. Wie er allerdings die unverlöschliche Flamme des Notos mit sich führen sollte, war ihm noch ein Rätsel – doch so weit mussten sie erst einmal kommen.

Ob die Söldner ahnten, dass ihre Beute ihnen entwischt war? Mit Sicherheit hatten sie in den Bergen wegekundige Führer bei sich gehabt. Schon Engelbertus' Name würde dafür sorgen, dass alle Verehrer des Kreuzes ihnen mit Freuden jede Hilfe anboten.

War er selbst nicht auch beinahe einer von ihnen gewesen, dachte Darek. War er nicht an einer Akademie aufgewachsen, an der die Brüder des Kreuzes lehrten? Doch sie waren nicht wirklich Brüder des Kreuzes gewesen, widersprach er sich. Sie waren Zauberer. Sie waren Männer der Weisheit.

Männer, wie auch Libius einer werden wollte. Darek hoffte, dass sie in Moorholm, der Stadt, an der sie den Großen Strom verlassen würden, einen Heiler finden würden. Jemanden, der sich auf Tränke und Tinkturen verstand, die den jungen Zauberer wieder zu Kräften bringen konnten.

Natürlich hatte Darek zuerst die Albâine um Hilfe gebeten, doch Astaril hatte den Kopf geschüttelt: „Was sollte ich hier denn tun, Darek? Dieses Land ist so was von Elodim, da wird einem doch ganz anders. Überall Wege und Höfe und Felder und diese Leute von deinem Volk. Ich will ja gar nicht sagen, dass die nicht nett sein können, aber sie töpfern und hämmern und schmieden. Sie gerben ehrliche Felle mit stinkender Jauche und zermalmen das Korn der Felder in ihren stampfenden Mühlen. Was Zephyrus schenkt, kann dort nicht bestehen."

Darek hatte genickt. Ganz allmählich begann er, das Mädchen vom Alten Volk zu verstehen.

In Moorholm wird man uns helfen, dachte er. Wir brauchen Libius.

Auf den Hafenmauern flatterten die silbernen Banner des Reiches im Wind. Es war nicht mehr Zephyrus, der sie blähte, sondern schon der kalte Hauch des Boreas, der an kühlen Sommertagen entlang der Küste weit in den Süden vorankam.

Moorholm war eine der wichtigsten Handelsstädte am Unterlauf des großen Stromes. Staunend betrachteten die Gefährten die großen, flachen Fährschiffe, die an der Hafenmole vertäut lagen. Im Grunde sahen sie nicht viel anders aus als ihr eigenes Floß ausgesehen hatte, bevor es mit der Ehernen Klamm Bekanntschaft gemacht hatte. Für größere Fahrten waren sie kaum tauglich, doch das war auch nicht notwendig: Ihr Ziel befand sich keine halbe Meile entfernt auf der gegenüberliegenden Seite des Flusses, wo eine wichtige Handelsroute zu den Feldern der Düfte begann.

Von dieser südlichen Anlegestelle her kämpfte gerade ein neues Schiff gegen den Atem des Boreas an.

Der Zwerg spähte hinüber, während Darek ihr Floß bereits in die Hafeneinfahrt steuerte. Bei der ersten Gelegenheit hatte

Bartholf ihnen ein neues Ruder gezimmert, auf Dareks Bitte hin aber diesmal darauf verzichtet, die Ruderpinne wieder mit Schnitzereien zu verzieren. Dafür war das Erlebnis in der Ehernen Klamm doch etwas zu unheimlich gewesen.

„Nach müdem Marsch aus Südens Land naht Ruderschlag der Reisenden mit Kunde aus dem duftigen Gefilde", murmelte der Zwerg.

Libius hatte sich auf seinem Lager aufgesetzt und nickte. Er sah noch immer ziemlich blass um die Nase aus: „Sie werden uns berichten können, wie es im Kampf gegen die Barbarescen steht."

„Duftig riecht es hier aber nicht gerade", beschwerte sich Astaril und zog die Nase kraus. „Eure Städte stinken. Ich glaube, von diesem Moorholm habe ich genug gerochen. Doch sie haben hübsche Wälder, ganz in der Nähe. – Wir sehen uns vor den Toren."

Ehe einer ihrer Gefährten ein Wort sagen konnte, trat die Albâine an den Rand des Floßes und tauchte knapp außerhalb der Hafenmole ins Wasser.

Überrascht eilte Ylvia hinterher und spähte auf die Wasserfläche.

„Sie taucht gar nicht nicht wieder auf", sagte das Mädchen ängstlich. „Ihr wird doch nichts passiert sein?"

Der Zauberlehrling hob seufzend die Schultern: „Albâine", murmelte er.

Darek nickte. Die Albâine ging ihren eigenen Weg. In diesem Falle schwamm sie ihn. Doch auch er selbst würde froh sein, wenn Moorholm erst wieder hinter ihnen lag. Unruhig betrachtete er die Menschenmassen an der Hafenmole. Was, wenn es in der Stadt längst von Söldnern wimmelte? Auf den wilden Wassern des Gebirges hatten die Gefährten ihre Verfolger zwar hinter sich gelassen, doch wie konnten sie wissen, ob Engelbertus nicht vorsichtshalber eine Abteilung der Männer aus Yarmuz vorausgesandt hatte?

Die Gefährten vertäuten ihr Floß nach den Anweisungen des Hafenmeisters und kletterten an Land. Mit grimmiger Miene fischte der Zwerg eine Kupfermünze aus seinen unergründlichen Taschen. „Hafenzoll", brummte er.

„Habt Dank, oh Herr vom Kleinen Volke samt Euren trefflichen Gefährten", erwiderte der Mann auf zwergisch.

Bartholfs Miene hellte sich ein wenig auf: „Vertraute Zwergenzung' vernehm ich. Wer lehrte Euch solch lieblich Laute?"

„Der Völker viel strömt dieser Stunde dem Barbarescensturm davon", erwiderte der Mann traurig. „Erfüllt von Flücht'gen ist die Stadt."

Grimmig nickte Bartholf.

Als die Gefährten die Gassen der Stadt durchstreiften, erkannten sie rasch, dass der Hafenmeister die Wahrheit gesprochen hatte. Moorholm platzte aus allen Nähten. Allerdings hatte das auch seine Vorteile: Niemand gönnte der bunt zusammengewürfelten Gruppe Reisender einen zweiten Blick. Darek sah auch keine Söldner auf den Straßen, und die Gepanzerten der königlichen Garde hatten alle Hände voll zu tun, in den Straßen für Ordnung zu sorgen.

Sie brauchten mehr als eine Stunde, bis sie am Rande der Stadt eine kleine Herberge gefunden hatten, die noch bereit war, Reisende aufzunehmen. Bartholf war augenscheinlich einer Ohnmacht nahe, als er den Preis für eine einfache Kammer hörte. Doch Libius brauchte dringend ein richtiges Lager – und einen Heiler. Sie konnten nicht länger suchen.

Als der Heilkundige dann endlich ihr Quartier betrat, hatte sich bereits der Abend auf die Stadt gesenkt, und Boreas rüttelte unsanft an ihren Fensterläden. Die Gefährten hatten sie fest verschlossen, doch die Kälte des Nordens konnte das nicht fernhalten. Darek fröstelte. Er fürchtete sich vor der Reise in das Reich des Nordwinds.

Der Heiler war dick vermummt und legte seinen Mantel auch nicht ab. Buschige, eisgraue Brauen leuchteten im Schatten seiner Kapuze, als er ans Lager des Kranken trat. Murmelnd berührte er Libius' Stirn, fühlte den Puls am Handgelenk, legte das Ohr auf die Brust des Zauberlehrlings und lauschte.

„Er braucht Ruhe", sagte er schließlich. „Eine, besser zwei Wochen. Sonst habe ich wenig Hoffnung, dass er durchsteht, was vor Euch liegt."

Woher will er wissen, was vor uns liegt, dachte Darek. Und sie konnten keine zwei Wochen in Moorholm bleiben. Nicht einmal zwei Tage – und das sagten sie dem Mann auch.

„Es gibt ein Kraut, das hier helfen könnte", murmelte der Heiler. „Aber es ist sehr selten in diesem Teil der Welt, und entsprechend ist es ziemlich teuer."

Darek ging über den unterdrückten Fluch des Zwerges hinweg und fragte gleich nach der Summe. Bartholfs Kommentar musste noch in der Schankstube, ein Stockwerk tiefer, deutlich zu hören sein.

„Der Blaue Zwergampfer gedeiht nur selten so nahe an der Küste", sagte der Heilkundige und holte ein kleines Säcklein hervor. Kopfschüttelnd nahm Darek es entgegen. Selbst Libius zwang sich ein müdes Lächeln ab. „Am besten macht ihr einen Aufguss daraus", fügte der Vermummte an. „Wenn der Kranke ihn in kleinen Schlucken trinkt und heute Nacht ruht, sollte er morgen in der Frühe ausreichend gekräftigt sein, um die Reise zu wagen."

Darek kam nicht mehr dazu, ihn zu fragen, von was für einer Reise er überhaupt sprach. Mit einem knappen Nicken wandte der Mann sich um und war durch die Tür verschwunden.

Der Junge war überrascht, wie rasch das Kraut wirkte. Ob Bruder Lund geahnt hatte, dass seine jahrzehntelangen Forschungen für seine Schüler einmal eine so wichtige Rolle spielen würden?

Später am Abend ließen Darek und Bartholf den Schlafenden in Ylvias Obhut zurück und begaben sich hinab in die Schankstube. Sie hatten Mühe, einen Tisch zu finden, an dem es noch zwei freie Plätze gab. Ohne zu fragen, bestellte der Zwerg zwei Krüge mit schäumendem Bier. Der Junge hatte in der Akademie schon einmal Bier gekostet, aber dieses Gebräu war anders, viel bitterer im Geschmack, und er musste es mit kleinen Schlucken trinken. Bald schwirrte sein Kopf. Tausend Stimmen, tausend Gespräche um ihn herum. Tausend Sprachen, und nicht die Hälfte von ihnen konnte er verstehen.

Doch eines war allen gemein: die Besorgnis, die Furcht. Die Gäste der Schankstube schienen sich gegenseitig überbieten zu wollen mit den Gerüchten und üblen Nachrichten, die aus dem Süden kamen.

„... die Grenzgarde weggefegt, bevor die Ritter auch nur das Schwert ziehen konnten ..."

„... Weinhorst dem Erdboden gleichgemacht, obwohl die Stadt die Tore öffnete ..."

„... die Überlebenden in die Sklaverei geführt: Männer, Frauen, sogar die Kinder ..."

„… scharen sich angeblich um Graf Roland. Nur wo bleiben sie …“

„… aber das ist aussichtslos. Niemand widersteht dem gewaltigen Ardaschir …“

„… die Felder der Düfte zum Schlachtfeld geworden …“

„… keine drei Tage mehr bis zum Rand der Alten Berge …“

„… rauchende Trümmer, sag ich euch, wohin man sieht. Rauchende Trümmer …“

Über den Tisch hinweg sah Darek, wie Bartholfs Gesicht finsterer und finsterer wurde. Die Pfeife des Zwerges klemmte im Mundwinkel. Seine Züge verschwammen hinter einem Vorhang aus Rauch.

Später konnte der Junge sich nicht erinnern, wie er zurück in ihre Kammer gekommen war. Seine Erinnerung an den Rest des Abends bestand in dem hämmernden Pochen in seinem Schädel, das ihn heimsuchte, als sie am nächsten Morgen in den Norden aufbrachen.

Und dann war da der Traum, der in jener Nacht zu ihm kam.

Wieder wanderte er durch die Flure des Turmes der Winde, und wieder gelangte er schließlich in die Kammer der Herrin. Der frostige Hauch des Winters fegte durch den Kuppelraum. Darek stand im Zentrum der Kammer und beobachtete durch die Fenster, wie von Norden düstere Wolken heranjagten. „Der Sommer muss jetzt enden“, flüsterte eine Stimme. Sie kam ihm vertraut vor, doch so sehr er sich das Hirn auch zermarterte, er konnte sie keinem Menschen zuordnen. Auf jeden Fall sprach sie nicht die Wahrheit: Wenn auf Moorholm auch der Hauch des Boreas lag, war der Sommer doch eben erst zur Hälfte vorüber, und das Zeichen des Berglöwen stand am südlichen Himmel.

Langsam trat der Junge an das Fenster, das gen Norden wies. Was er sah, erstaunte ihn. Auf der Reise in das Reich des Zephyrus hatte die Herrin ihm den Unterlauf des Großen Stroms gezeigt, eine Gegend also, die dem Westen des Reiches angehörte. Die Landschaft, die er jetzt sah, konnte dagegen unmöglich zum Herrschaftsgebiet des Boreas gehören.

Eine freundliche Mittagssonne blickte auf ein fruchtbares Tal und spiegelte sich in den Panzern königlicher Gardisten. In Schlachtordnung hatten sie sich auf einer felsigen Anhöhe oberhalb des Talkessels versammelt. Es mussten mehrere hundert Krieger sein. Keine Streitmacht, die dem Heerbann der Barbarescen in der Feldschlacht gewachsen war, aber doch ein beachtliches Aufgebot.

Dann trat eine weitere gepanzerte Gestalt in Dareks Blickfeld. Das musste der Mann sein, der eben gesprochen hatte. Darek sah zunächst nur seinen Rücken, doch dann wandte der Fremde sich um und schien ihm direkt ins Gesicht zu sehen.

Der Junge hielt den Atem an. Seine Gefährten berichteten ihm später, er habe im Schlaf gestöhnt – das musste an dieser Stelle des Traumes gewesen sein.

Jetzt erkannte er den dicken Mann sofort: Er war nicht mehr in seine fleckige Schürze gehüllt, sondern in einen Panzer aus Eisen, doch ohne jeden Zweifel war es Ylvias Onkel, der Fischhändler! Ein Helm saß auf seinem Kopf. Ein Helm, der glänzte wie Silber. Er war ähnlich geformt wie jener, den Graf Brass getragen hatte, als er an der Spitze seiner Männer in Meister Lunds Studierstube eingedrungen war. Doch wo den Helm des Grafen ein dunkler Federbusch gekrönt hatte, saß auf der Kopfbedeckung des Fischhändlers die geschnitzte Figur einer Katze aus nachtschwarzem Holz!

Es war nicht irgendeine Katze. Es konnte nicht irgendeine Katze sein. Die hölzerne Stirn des Tieres schmückte eine schneeweiße Windrose.

„Der Sommer muss jetzt enden“, wiederholte der Fischhändler. „Der Sommer muss jetzt enden!“

***

„Ich glaube, ich muss niesen“, sagte der Zauberlehrling.

Umständlich wandte sich Darek zu ihm um. Er konnte nicht einfach den Kopf drehen. Die dicken Felle, die er sich wie alle Gefährten unter dem Wollmantel um den Leib gewunden hatte, ließen das nicht zu.

„Dann nies doch“, erwiderte er.

Das Fellbündel, das Libius war, zuckte. Wahrscheinlich hob der Zauberlehrling die Schultern: „Meine Nase fühlt sich an wie ein Eiszapfen. Wenn ich niese, fällt sie ab.“

„Dann setzt die Albâine sie dir wieder an“, sagte Darek. „Sie kennt da bestimmt eine Möglichkeit. Elodim ist diese Einöde jedenfalls nicht. Hier waren unter Garantie noch keine Menschen, die dem Land seine Schätze geraubt haben.“

„Jedenfalls keine Menschen, die ihren Verstand beisammen hatten“, murmelte Libius.

Die Albâine ging ihrem kleinen Zug voran. Wie selbstverständlich hatte sie sich den Gefährten ein paar Meilen von Moorholm wieder angeschlossen. Das war jetzt mehr als eine Woche her. Seitdem hing Ylvia wie immer in ihrem Schlepptau. Die beiden waren die Einzigen, die nicht bei jedem Schritt im hohen Schnee versanken, der seit drei Tagen den Boden bedeckte.

„Die Küstenstraße, angelegt vom kund'gen Können der Altvord'ren“ hatten sie gewählt. So jedenfalls hatte es Bartholf ausgedrückt. Die Küste und das Meer hatten sie bisher nicht zu Gesicht bekommen, obwohl der Junge beides zu gerne einmal gesehen hätte. Eine Wasserfläche, die sich bis zum Horizont erstreckte – davon hatte er bisher noch nicht einmal geträumt. Nach dem Erlebnis auf dem Fluss, bei dem Bartholfs Axt sie gerettet und dem Traum, der es angekündigt hatte, war das fast schon ein Beweis, dass er die Küste auch nicht zu sehen bekommen würde. Also keine Küste an der Küstenstraße. Nun, irgendwie passte das ganz gut. Keine Küste – und seit drei Tagen gab es auch keine Straße mehr.

„Bedrohlich bläst's aus des Boreas Backen", vernahmen sie vom Ende ihres Zuges die Stimme des Zwerges. „Dies dünkt mir schwerlich ein Willkommensgruß."

„Nein", murmelte Libius. „Das dünkt's mir auch nicht. Ich frag' mich, wie er das schafft, aus allen Richtungen gleichzeitig zu pusten, der Boreas. Kann einem eigentlich der Allerwerteste abfrieren, weiß das jemand?"

Niemand antwortete auf seine Frage, doch sie hörten Ylvia kichern. Sie war zwar ebenfalls dick verpackt, doch so lange sie abends am Feuer die Felle und Tuche lösen konnte, damit Astaril ihr die lange Mähne kämmte, konnte Boreas eisiger Atem sie nicht schrecken.

Die Albâine selbst hatte auf Felle, Decken und sogar auf den Mantel verzichtet, den die Gefährten auf dem Markt für sie gekauft hatten. Darek musste zugeben, dass ihn der Anblick ihrer leichtgeschürzten Rückseite und ihr wiegender Schritt zumindest von innen her wärmten. Vermutlich hatte Libius das ebenso erkannt. Jedenfalls ließ auch der Zauberlehrling die Augen nicht von dem Mädchen vom Alten Volk. Doch wie nur ertrug Astaril Boreas Atem, ohne auf der Stelle zu einem Eisblock zu erstarren?

„Wahrscheinlich ist man als Albâine nach den ersten paar hundert Jahren nicht mehr so empfindlich“, sagte Libius leise.

Der Junge starrte ihn an: „Liest du meine Gedanken?“

Das Fellbündel bemühte sich, den Kopf zu schütteln. Die Absicht wurde jedenfalls sichtbar. „Ich glaube nicht“, sagte Bruder Lunds Meisterschüler. „Ich übe. Aber was du eben gedacht hast, hätte sogar ein Zwerg erraten.“

Ein Brummen in ihrem Rücken bewies, dass auch Bartholf die Worte gehört hatte.

„Aber du glaubst, du kannst es lernen?“, fragte Darek.

„Ich denke schon. Meister Lund hat mir die richtigen Worte für den Zauber beigebracht. In diesem Fall muss man sie nicht laut sprechen, sondern nur im Geiste formulieren.“

Der Junge nickte: „Wäre sonst etwas auffällig.“

Libius grinste: „Genau. Aber es ist einfacher, wenn man die Worte laut spricht. Es kommt auf die Betonung an, und …“ Er verstummte.

Darek sah ihn fragend an.

„Ach“, sagte Libius. „Zauberergeheimnisse. Diese Dinge dürfen nur von den Meistern an ihre Schüler weitergegeben werden.“

„Ich bin doch ein Schüler!“, sagte Darek gekränkt. „Oder ich wäre einer, wenn es die Akademie noch gäbe …“

Libius winkte ab. Die Felle ließen die Bewegung etwas übertrieben erscheinen: Ein bisschen sah es aus, als wollte er einen Schneemann umschubsen. „Du bist ein Schüler. Das ist richtig. Ein Schüler der Akademie – aber das heißt noch längst nicht, dass man dich auch als Schüler der Magie erwählen würde. Die Kreuzbrüder … also nicht die richtigen, sondern die Lehrer an der Akademie, die waren da sehr streng.“

„Ich bin der Sohn des Königs!", zischte Darek.

„Das ist eine ganz andere Sache", sagte Libius. „Ob du als Zauberlehrling geeignet bist oder nicht, hätte sich erst am Ende des Jahres entschieden. Nur ganz selten gibt es da eine Ausnahme wie bei Peppin."

„Bei Peppin?"

Der ältere Junge hob schwerfällig die Schultern: „Nun gut, jetzt da du ohnehin schon so viele der Geheimnisse kennst, die du eigentlich noch nicht kennen solltest: Dein Banknachbar hat bereits im vergangenen Jahr bei mir und dem lieben Lund seine Studien der Magie aufgenommen." Er hielt inne. Darek hatte den Eindruck, als widerstände Libius nur schwer der Versuchung, sich schuldbewusst über die Schulter umzusehen. „Bei unserem verehrten Meister Lund – mit meiner bescheidenen Hilfe. Natürlich hätte ich mich beizeiten für dich eingesetzt", fügte er huldvoll hinzu.

„Aber jetzt verrätst du mir nichts?"

„Nein", sagte der Zauberlehrling entschieden. „Keinen Spruch. Keine Geste. Kein Wort."

Und tatsächlich sprachen sie auch bis zum Abend kein Wort mehr miteinander.

Peppin, dachte Darek kopfschüttelnd. Der ewig verschlafene und verfressene Peppin: Ein Zauberlehrling.

Diese Reise war voller Überraschungen. Und tief in seinem Innern spürte er die Gewissheit, dass ihnen die größten Überraschungen erst noch bevorstanden.

***

„Und so erschuf des Feuers Herr den Zwergen Mond- und Sonnenball." Bartholf nahm einen tiefen Zug aus seiner Pfeife.

„Gleich eines Töpfers Scheibe dreh'n sie sich wohl wacker um die Welt."

„Und warum sind die Tage im Sommer länger als im Winter?", fragte Darek.

„Vielleicht hat die Scheibe ein Unwucht", grinste Libius. Seine Augen blitzten im Schein des Lagerfeuers vor Vergnügen auf.

„Mitnichten, Neuling, naseweiser, der du noch bist in mächt'ger Meister mag'scher Kunst!", widerprach Bartholf streng. „Der Feuers Herr erschuf zudem die Winde. Den neckisch' Notos lässt er linden Sommertags, Boreas wiederum zur klirrend kalten Winterszeit mit holdem Hauch übers Gefilde fegen."

„Holder Hauch?" Der Zauberlehrling verzog das Gesicht. „Wir braten uns hier von vorne durch, und trotzdem friert uns der Hintern ab. Und überhaupt – wie soll dadurch Sommer und Winter zustande kommen?"

„Wenn fern vom Nord Boreas bläst, wagt kaum die Sonn' sich über'n Horizont, doch lächelt lichtvoll sie des Sommers, trägt Notos' Hauch die Flamme mit."

„Du musst zugeben, dass das einen Sinn ergibt", wandte Darek sich an Libius. „Selbst die Sonne kommt ins Frieren, wenn Boreas bläst – also lässt sie sich so wenig wie möglich sehen."

„Sie scheint hier doch den ganzen Tag!", beschwerte sich der Zauberlehrling. „Sogar länger als zu Hause, wenn du mich fragst – also als in der Akademie. Trotzdem ist es schweinekalt."

Der Junge hob die Schultern: „Wenn sie dann doch sinkt, ist es aber noch kälter."

„Stimmt", murmelte Libius. „Nachts hab ich …"

Ylvia kicherte.

Libius sah sie an: „Worüber lachst du denn, Kleine?"

„Über das, was du gesagt hast", grinste das Mädchen.

„Ich habe doch noch gar nichts gesagt."

Ylvia stutzte: „Doch. Natürlich. Du hast gesagt, nachts hättest du noch einen Eiszapfen mehr am Hintern als tagsüber."

Der Zauberlehrling sah sie mit äußerst merkwürdiger Miene an. Seine Stirn legte sich in Falten. Eine Pause entstand. Dann, auf einmal, kicherte das Mädchen erneut, ohne jeden Anlass.

„Nein, ich glaube, die Eisbären tragen ihre Pelzmäntel immer. Die sind nicht vom Markt."

Drei Augenpaare starrten Ylvia fragend an. Einzig Libius' Blick war anders. Die Falten auf seiner Stirn hatten sich vertieft.

Das Mädchen schien sich dessen nicht bewusst zu sein: „Findest du?", fragte sie den Zauberlehrling, der noch immer kein Wort gesagt hätte. Sie sah zu Bartholf. „Dann wäre er aber ein sehr kleiner Eisbär."

„Erstaunlich", murmelte Libius. „Nein. Nicht erstaunlich. Unmöglich."

„Was ist denn los?", fragte Darek. „Ich habe das Gefühl, du bist einen Schritt weiter mit deinem neuen Zauber. Du kannst Gedanken nicht nur lesen – du kannst sie aussenden. Wie die Feuerzeichen, mit denen man im Süden die Nachricht vom Angriff der Barbarescen von Hügel zu Hügel weitergibt."

„Nein", sagte der Zauberlehrling. „Das kann ich nicht. Das können nur …" Er machte eine Pause und schüttelte den Kopf. „Nein", sagte er knapp. „Das kann ich nicht", sagte er noch einmal und schwieg.

„Nur die größten Zauberer können es?", fragte Ylvia nach einer Weile. „Also ist euer Bruder Lund einer von ihnen. Mein Onkel hat nie von ihm erzählt."

Libius sprang auf. Mit offenem Mund starrte er das Mädchen an.

„Du kannst es“, grinste Darek ihn an. „Offenbar bist du viel weiter in deiner Ausbildung, als du dachtest.“

„Nein“, flüsterte Libius. „Nein! Ich kann es nicht!“ Er ließ die Augen nicht von Ylvia. „Sie kann es!“

***

„Das kann einfach nicht wahr sein. Nein.“ Der Zauberlehrling konnte sich nicht beruhigen. Er hatte schon in der Vergangenheit nicht sonderlich auf den Weg Acht gegeben, doch heute Morgen schien er sich offenbar für unsterblich zu halten. Schon drei Mal hatte Darek ihn am Mantel gepackt und im letzten Augenblick verhindert, dass er in eine der Spalten stürzte, die sich jetzt überall im Eis auftaten. „Frauen können nicht zaubern! Davon hat man noch nie gehört! Und kleine Mädchen schon gar nicht.“

„Astaril kann …“, begann Darek. Doch er hätte auch nur noch einmal wiederholen können, was er Libius schon am vergangenen Abend versucht hatte zu erklären. Und heute morgen wieder. Mehrfach.

„Astaril ist eine Albâine“, wiegelte der Zauberlehrling ab. Im gleichen Ton hätte er auch sagen können „Sie ist eine Buttersemmel“ oder auch „Sie ist ein Mâhmut“. Zu den Schmeicheleien, mit denen er Astaril in den letzten Tagen bedacht hatte, wollte es jedenfalls nicht so recht passen. Libius war von seiner Entdeckung einfach zu sehr in Anspruch genommen, um seinen Geist mit einer Albâine zu befassen, wie reizvoll sie auch immer sein mochte.

„Ich weiß nicht, ob das, was die Albâine treiben, Magie ist“, sagte Libius. „Falls es das ist, ist diese Magie von anderer Art.

Ylvia dagegen … selbst wenn derjenige, dessen Gedanken du lesen willst, dich dazu einlädt, ist das eine schwierige Sache. Ich habe selbst erst beim dritten Mal …" Er brach ab. „Ist ja auch gleichgültig. Jedenfalls ist es eine schwierige Sache. Die Sprüche dafür sind außerordentlich kompliziert."

„Du glaubst, Ylvia kennt die Sprüche?"

„Pft!" Libius stieß ein irgendwie unappetitliches Geräusch aus. „Was weiß ich! Sie sagt nein. Und selbst wenn sie sie kennt: Sie ist eine Frau, ein Mädchen. Frauen können nicht zaubern!"

Damit war er wieder am Anfang.

Wir drehen uns im Kreis, dachte Darek. Ich habe ganz andere Dinge, über die ich nachdenken sollte.

Sie waren jetzt den vierten Tag in der schneebedeckten Wildnis unterwegs. Astaril führte sie gen Norden, in die Heimat des Boreas. Wo genau sie dort das niemals schmelzende Eis finden sollten, konnte auch die Albâine nicht sagen. Es würde schwierig genug werden: Im Reich des Nordwindes schmolz das Eis ja ohnehin nicht. Wie sollten sie also das richtige Eis erkennen, solange sie es nicht aus dem Herrschaftsgebiet des Boreas entfernten?

Die Landschaft hatte sich in den vergangenen Tagen gewandelt. Nach ihrem Aufbruch aus Moorholm hatten sie zunächst am östlichen Horizont noch die Gipfel der Ehernen Kette ausmachen können. Am dritten Tag waren sie an den Rand eines mächtigen Kiefernwaldes gekommen, durch den die Küstenstraße schnurgerade hindurchführte. Als sie ihn zwei Tage später wieder verließen, waren die Gipfel verschwunden – und die Straße auch. Das Land war tellereben geworden, und bald darauf hatte sich Schnee auf den Boden gelegt, der nicht mehr weichen wollte.

Das hatte sich nun wiederum geändert. Schon von Weitem hatten die Gefährten merkwürdige Gebilde ausmachen können, die aus der Ferne wie bizarre Felsformationen wirkten. Erst als sie fast heran waren, hatten sie festgestellt, dass es sich hier nicht um Gestein handelte, sondern um blankes, bläulich leuchtendes Eis, das sich Hunderte von Fuß auftürmte.

Sie mussten jetzt bei jedem Schritt Acht geben: Auch der Boden bestand nicht mehr aus weichem Schnee, sondern war glatt und trügerisch. Das Gefährlichste aber waren die Spalten und Abgründe, die sich unvermittelt zu ihren Füßen auftaten und nur darauf warteten, den Unvorsichtigen – und das bedeutete in ihrem Fall natürlich Libius – zu verschlingen.

Das Reich des Boreas war abweisend, feindselig. Darek erinnerte sich, wie Zephyrus aus dem geschnitzten Haupt der Ruderpinne zu ihm gesprochen hatte: Ich bin der, der den Regen über das Land treibt, damit die Felder Frucht tragen. Ich bin der, der die Wolken zurückhält, damit die Obstbäume Blüten hervorbringen.

Boreas war nichts davon. Boreas war Kälte und ewiges Eis. Die Menschen fürchteten die Kälte, deren Atem alles Leben erstickte. Wie konnte Darek hoffen, dass der eisige Nordwind ein Herz haben sollte für die Nöte der Menschen?

Doch da war der Traum. Der Junge hatte seinen Gefährten nichts davon erzählt – schon weil er sich diesmal selbst keinen Reim darauf machen konnte. Warum zeigte die Herrin ihm einen Traum vom Süden, wenn sie in den Norden reisten? Warum steckte der fette Fischhändler in einer Rüstung? Und was bei allen Winden hatte es zu bedeuten, dass der Sommer enden musste? In diesem unwirtlichen Land erschien schon der Gedanke an den Sommer lächerlich.

„Ob Boreas gar nicht mitbekommen hat, dass wir hier sind?“, grübelte der Junge.

„Durchs Eisgebirg’ grüßt seine Brise den Wanderer mit frost’gem Grimm“, ließ sich der Zwerg vernehmen. „Allgegenwärtig ist sein Atem, der diese Welt aus Eis erschuf.“

„Also, ich find’s hübsch hier“, sagte die Albâine fröhlich. „Alle diese lustigen Skulpturen. Schaut mal: Die dort drüben sieht aus wie ein großes Schiff unter Segeln. Fast schon Elodim. Oder dort: Das könnte ein Troll sein. Gut, er hat ein Bein zu viel, aber was sagt das schon.“

„Der Zuckerbäcker hat das nicht so gut hinbekommen“, meinte Ylvia. „Der hatte immer einen Troll im Fenster, um die Kunden anzulocken. Aber da hab ich mich nicht rangetraut. Das wäre ihm sicher aufgefallen. – Oh! Schaut mal dort drüben! Das ist doch Castro!“

Müde wandte Darek den Kopf. Astarils Segelschiff wies bei viel gutem Willen eine weit entfernte Ähnlichkeit mit den Seglern auf, die in Moorholm vor Anker gelegen hatten. Allerdings lag es auf der Seite. Der Troll allerdings hätte genauso gut ein Baum sein können oder eine Bauernscheune – im Anschluss an eine Feuersbrunst. Und der Kater …

Der Junge keuchte.

Das war eine Katze. Es gab gar keinen Zweifel, aber das war eine gewaltige Katze, die aufrecht in der Eiswüste saß und ihnen unverwandt entgegensah. Sie war nicht schwarz wie Cas… wie sein Vater, aber davon abgesehen war es unglaublich, wie lebensecht Boreas das samtpfotige Wesen geformt hatte. Darek konnte deutlich die Struktur des Fells erkennen, ja, jedes einzelnes Schnurrhaar. Die Sonne blitzte auf dem Eis der Augen, geheimnisvoll schimmernd, unergründlich.

„Das ist ein Wunder!“, flüsterte der Junge.

„Boreas guter Griffel ist’s, der diesem Werke Form verlieh“, widersprach der Zwerg.

„Es ist mehr als das“, sagte Darek langsam. „Das ist ... ein Zeichen! Boreas gibt uns ein Zeichen!“ Auf einmal war alle Müdigkeit wie weggeblasen. Er eilte zu der Skulptur hinüber, besah sie sich von allen Seiten. Nein, es war kein Zweifel möglich. Das war der König des Inneren Reiches – in seiner Katergestalt. Der Nordwind hatte sie weit besser hinbekommen als der Künstler, der die Katzenfigur für den Helm des Fischhändlers geschaffen hatte.

Es passt noch nicht zusammen, dachte der Junge. Ylvias Onkel in Rüstung bei einem Aufgebot königlicher Gardisten. Ein Kater aus Eis – immerhin über zwanzig Fuß hoch. Doch irgendwo musste ein Zusammenhang bestehen. Sie waren auf der richtigen Fährte.

Gleich hinter der Katzenskulptur hatte der Wind zwei massive Eisberge geschaffen. Sie standen nicht weit auseinander, sodass zwischen ihnen eine Art Hohlweg entstand, der leicht anstieg und ein Stück entfernt hinter einer Biegung verschwand.

„Wo führt dieser Weg hin?“, wandte sich der Junge an die Albâine.

Das Mädchen vom Alten Volk hob die Schultern: „Keine Ahnung. Boreas Atem verändert diese Landschaft rasch. Alle paar hundert Jahre sieht es hier anders aus, und es ist eine ganze Weile niemand von meinem Volk mehr hier gewesen. Das ist nicht ganz die Richtung, in die ich euch führen wollte, doch Norden ist hier schließlich überall. Das nimmt sich nicht mehr viel.“

Darek sah die übrigen Gefährten der Reihe nach an. Alle nickten.

„Nun denn“, sagte Libius. „Halten wir die Augen offen, falls wir noch einen Hinweis bekommen.“

Darek selbst ging jetzt voran. Es war dunkel in dem engen Hohlweg. Die Sonne drang nicht bis an den Grund, und ohne ihr Licht wirkte das Eis wie stumpfes Grau, nicht wie funkelndes Weiß. Der Junge kam sich vor wie in einer Kühlkammer, und doch hatte ihn mit der Entdeckung des Eiskaters eine neue Zuversicht gepackt. Er war nicht bereit, sie so rasch wieder weichen zu lassen. Zunächst war der Weg nicht besonders steil, doch bald musste er sich immer wieder mit den Händen an den Eiswänden abstützen. Er war froh über seine Fellhandschuhe, die sie in Moorholm erstanden hatten. Als der Zwerg den Preis gehört hatte, war ein Ausdruck in seine Augen getreten, der „harte Händel“ befürchten ließ. Der Junge war vorsichtshalber einige Schritte beiseitegetreten. Glücklicherweise hatte Bartholf sich dann doch beherrscht und anstelle der Axt den Geldbeutel gezückt. Jedenfalls waren die Handschuhe jede einzelne Kupfermünze wert. Trotzdem: Darek spürte die Kälte selbst durch sie hindurch.

Allmählich wurden die Wände zu beiden Seiten niedriger, und schließlich hatte sie auch die Sonne wieder – auch wenn sie sich schon in einem rötlichen Bett dem westlichen Horizont entgegenneigte. Es musste der Westen sein, doch in Wahrheit war das kaum zu erkennen. Die Gefährten hatten eine ausgedehnte Hochfläche erreicht, ein Plateau aus Eis. Wenn sie sich umdrehten, sahen sie weit in der Ferne einen rötlichen Schimmer auf den fernen Skulpturen. Es sah wunderschön aus – und es war kälter als jemals zuvor. Dort unten hatte das Gelände ihnen immer wieder einen gewissen Schutz vor dem Hauch des Boreas gewährt. Darauf konnten sie hier nicht mehr hoffen.

Großartige Erhebungen gab es hier nicht mehr. Keine Skulpturen und damit auch keine weiteren Hinweise. Niedrige Wellen im ewigen Eis, ihre Kuppen verkrustet mit glitzernden Kristallen, das war alles. Die Enttäuschung war übermächtig.

Der Junge ließ sich zu Boden sinken. „Hier oben ist ein Platz wie der andere", murmelte er. „Lasst uns hier das Nachtlager aufschlagen. Wir sehen weiter – morgen."

Es wurde ein bedrückter Abend. Jeder von ihnen hing seinen eigenen, düsteren Gedanken nach. Wenn Ylvia mit ihrer neu entdeckten Fähigkeit auch heute nichtsahnend in ihre Köpfe eindrang, gab es dort jedenfalls nichts, das zum Lachen verlockte.

Die Nacht war kälter als alle vorangegangenen. Die Gefährten schliefen nicht wie bisher rund um das Feuer verteilt, sondern rollten sich wie ein Wolfsrudel zu einem Knäuel zusammen. Darek kam dabei direkt neben dem Zwerg zu liegen. Bartholf war ein verlässlicher Gefährte, stellte der Junge fest – doch sein Geruch nahm ihm den Atem.

Am Morgen fühlte er sich, als hätte er kein Auge zugetan. Sein Rücken schmerzte, und seine Nase war verstopft. Ob ein Schnupfen im Anmarsch war, oder ob er es auf die Nähe des zwergischen Rauchkrauts zu schieben hatte, wusste er nicht zu sagen. Ächzend erhoben sich die Gefährten und blickten sich um. Die Sonne schob sich eben über den fernen östlichen Horizont und ließ die an sich so flachen Wellen im Eis monströse Schatten werfen. Es war ein zauberhaftes Bild, aber was half das?

„Seht ihr das?" Libius deutete nach Westen.

Darek kniff die Augen zusammen. Der westliche Himmel war noch in unbestimmtes Dämmerlicht gehüllt. Er konnte dort nichts Besonderes erkennen. Die eisbedeckte Einöde dehnte sich auf Meilen und Meilen. Es gab nichts, das sie unterbrach.

„Der Schatten!", rief der Zauberlehrling aufgeregt. „Schaut euch den Schatten an! Den da vorne!"

Der Junge sah in die gewiesene Richtung – und jetzt begriff er.

„Das sieht aus wie …"

„Das ist die Königsstadt!", flüsterte Ylvia ehrfürchtig. „Da sind die Umrisse der Mauern und der große Felsen, und dort, ganz oben, der Palast mit dem Turm der Winde an der Spitze."

Darek ging in die Knie, um die niedrige Erhebung von der Seite zu betrachten. Er musste die Wange fast auf den Boden legen. Die Kälte biss ihm in die Haut. Darek sah eine gezackte Unregelmäßigkeit im Eis, mehr nicht. Erst durch den Schatten wurde deutlich, was Boreas ihnen sagen wollte.

Rasch hatten sie ihre Habseligkeiten zusammengepackt und machten sich auf den Marsch nach Westen. Es wurde ein langwieriger Marsch – und er war nicht besonders abwechslungsreich, denn die Landschaft veränderte sich keine Spur. Darek ertappte sich, dass er nach einer Weile kaum noch auf die ewig gleiche eisige Einöde achtete, sondern neuerlich von Astarils Anblick gefangen genommen wurde. Dieser war zwar erfreulicher, doch war der Gang der Albâine so gleichmäßig, dass der Junge bald kurz vor dem Einnicken war.

Seine Gedanken kehrten zurück zu den Abenteuern, die er bereits bestanden hatte. Zur Reise in die Königsstadt, dem geheimnisvollen Echo, mit dem Libius Astarils Trugbild durchschaut hatte, zu Bartholfs Merksprüchen, die ihn durchs Labyrinth der Königsstadt geführt hatten. Jetzt musste er grinsen, wenn er daran dachte, wie er den Berg von stinkendem Fisch neu aufgeschichtet hatte, nicht ahnend, dass er sich bereits dort befand, wo er hinwollte: im Grünen Stern.

„Zur falschen Zeit am falschen Ort", murmelte er – und erstarrte.

Bartholf hatte es nicht bemerkt und lief ihm in die Hacken. „Autsch!" Beide gingen zu Boden. Doch das Hirn des Jungen war jetzt wild am Arbeiten. „Zur falschen Zeit am falschen Ort!", wiederholte er.

„Na ja", sagte Libius und streckte ihm die Hand entgegen, um ihm aufzuhelfen. „Wenn du auch einfach stehenbleibst."

„Verderblich ist, auf freier Flur verharren", pflichtete Bartholf bei, während er sich mühsam aufrappelte. „Zur Unzeit könnt die Reise enden, trägt hinter dir man Waffen blank."

„Zur falschen Zeit am falschen Ort!", sagte Darek zum dritten Mal. Er spähte voraus. „Seht ihr dort irgendetwas?"

Die Gefährten spähten ebenfalls. „Ich sehe Eis", sagte Astaril. „Viel Eis. Sehr viel Eis sogar."

„Sonst nichts?"

Die Albâine schüttelte den Kopf. Die anderen ebenfalls. In ihren Fellbündeln sahen sie aus, als wollten sie einen fremdartigen Tanz aufführen.

„Natürlich!" Darek grinste. „Natürlich können wir nichts sehen! Wir laufen in die falsche Richtung!"

„Aber der Schatten …", begann Libius.

„Wann sind wir an der kleinen Erhebung angekommen, die den Schatten geworfen hat?", unterbrach ihn Darek.

„Gestern Abend", erwiderte der Zauberlehrling. „Aber da …" Er stutzte. „Wir haben nicht darauf geachtet", sagte er. „Wir haben nur nach neuen Eisskulpturen Ausschau gehalten."

Darek nickte: „Und was, wenn Boreas wusste, um welche Tageszeit wir dort eintreffen würden? Über diesen Monsterkater sind wir ja auch nicht zufällig gestolpert. Wie auch immer er das macht, aber er weiß, wo wir langgehen werden, noch bevor wir selbst es wissen. Warum sollte er dann nicht auch wissen, wann wir einen bestimmten Punkt unserer Reise erreichen?"

„Und gestern Abend", murmelte Libius, „stand die Sonne im Westen. Die Schatten haben genau in die entgegengesetzte Richtung gewiesen."

„Wir laufen in die falsche Richtung", fasste Darek noch einmal zusammen.

„Also umkehren", sagte der Zauberlehrling.

„Eigentlich schade", seufzte die Albâine. „Ich fing gerade an, die Gegend zu mögen."

Als die Sonne sank, waren sie endlich wieder an der Stelle angelangt, von der sie am Morgen aufgebrochen waren. Der Schatten der Königsstadt lag lang und überdeutlich auf dem Eis – und jetzt zeigte er nach Osten. Um diese Stunde waren sie auch gestern hier gewesen.

„So geht's gen Sonnenaufgang denn, so's Taggestirn das Eis erhellt", nickte Bartholf.

„Das passt gut", nickte der Zauberlehrling. „Osten ist ohnehin die Richtung, die wir als Nächstes einschlagen müssen, sobald denn unsere Aufgabe im Norden erfüllt ist."

Auf dem blanken Eis fanden sie unberührt die Reste ihres Feuers. Natürlich gab es in der Eiswüste kein Feuerholz, doch Bartholf verwahrte in den untergründlichen Tiefen seines Marschgepäcks einen beachtlichen Vorrat zwergischer Erzkohle. Jeden Abend zählte er sorgfältig sieben Stücke ab. Das genügte eben, dass am Morgen noch ein schwaches Glimmen blieb.

„Es muss eine Form von Magie sein“, murmelte Libius, während sie beobachteten, wie der Zwerg seine Kohlen aufschichtete.

„Jedenfalls ist es Elodim bis zum Abwinken“, erwiderte Astaril. „Wenn Boreas gewollt hätte, dass eure Leute hier im Norden leben, hätte er ihnen einen Pelz gegeben.“

„Na ja“, meinte Libius.

„Stimmt“, kicherte Ylvia. „Der Zwerg ist nahe dran.“

***

Sie erwachten voller Tatendrang. Darek wusste selbst nicht, woher er diese Ahnung nahm, doch er spürte, dass das Ziel ihrer Reise durch die Eiswelt nicht mehr fern sein konnte. Nur was es mit seinem Traum, mit dem Fischhändler und dem Katerhelm auf sich hatte – das begriff er noch immer nicht. Zugleich war er überzeugt, dass es da einen Zusammenhang geben musste. Das war kein gewöhnlicher Traum gewesen.

Zoll um Zoll stieg die Sonne über den Horizont und stach den Gefährten in die Augen. Bei ihrem Aufbruch hatten sie gesehen, wie sich der Schattenriss der Königsstadt nun wieder nach Westen streckte. Waren sie gestern also ihren eigenen Schatten nachgelaufen, war heute das Gegenteil der Fall. Halb blind stolperten sie durch das eisige Ödland.

Nach Osten hin war die Landschaft auch nicht abwechslungsreicher als in der entgegengesetzten Richtung. Der einzige Unterschied bestand darin, dass sie auf jeden Schritt Acht geben mussten – oder wenigstens hätten Acht geben sollen.

Sie waren vielleicht eine Stunde marschiert, und Darek kam sich noch immer vor wie ein Maulwurf, der zum ersten Mal seinen Bau verlässt, da vernahm er von vorne einen unterdrückten Schrei. Er hielt den Blick während des Marsches gesenkt. Wenn die Augen tränten, konnte er auch den Anblick von Astarils verlängertem Rückgrat nicht recht genießen. Jetzt sah er auf – und im selben Augenblick rutschte der Boden unter ihm weg.

Ein neuer Schrei – es war sein eigener. Gleich darauf Libius, der ebenfalls zu spät begriff, was geschehen war. Seite an Seite schlitterten sie einen spiegelglatten Abhang hinab. Fast senkrecht ging es in die Tiefe. Darek stolperte, überschlug sich. Sein Kopf schlug hart auf das Eis, doch er behielt die Besinnung.

Dann war der Sturz zu Ende. Er lag am Boden. Einen Augenblick später landete der Hinterkopf des Zauberlehrlings mit Nachdruck in seinem Magen.

Libius ächzte: „Das ging noch mal gut", murmelte er. „Glück gehabt."

Darek rang um passende Worte, doch die Übelkeit in seinem Magen ließ nur ein Stöhnen über seine Lippen kommen. Er kniff die Lider fest zusammen und bemühte sich zu atmen wie immer, und ganz langsam ließen der Schwindel und der überwältigende Brechreiz nach.

Die Felle, dachte er. Die Decken. Das hat uns gerettet. Sonst hätten wir uns sämtliche Knochen gebrochen.

„Astaril?", murmelte er. „Ylvia?"

„Wir sind in Ordnung", hörte er die Stimme des kleinen Mädchens. „Schau dir mal an, wo wir gelandet sind."

Vorsichtig öffnete der Junge zunächst ein Auge, dann das andere. Er keuchte.

Direkt vor ihnen öffnete sich in dem Abhang, den sie hinuntergeschlittert waren, ein Torbogen. Ein Portal aus Eis, so meisterhaft geschliffen und geformt, dass selbst der Quell des

Zephyrus, an dem Darek und seine Gefährten auf Astaril getroffen waren, im Vergleich dazu wie die Arbeit eines begabten Lehrlings wirkte. Der Junge sah einen spitzen Giebel, der den Torbogen überragte und seinerseits von Hunderten feiner Eissäulen gekrönt wurde. Jede von ihnen lief in einem kleinen Türmchen aus. Dazwischen gab es Ranken und Ornamente, alles aus Eis. Der Eingang in den Palast des Boreas war wie eine erblühende Knospe. Eine Knospe aus Eis.

„Holla, werte Weggenossen! Hat des steilen Sturzes Tücke euch der Sprache Macht benommen?“

Bartholf! Darek hatte den Zwerg völlig vergessen. Er legte den Kopf in den Nacken und blinzelte nach oben.

Bartholf war auf Hände und Knie gegangen und spähte zu ihnen hinab.

„Danke!“, rief der Junge hinauf. „Es geht uns gut. Kommt zu uns runter! Es ist gar nicht so schlimm – solange niemand auf Euch drauf fällt.“

Der Zwerg brummte etwas – und im nächsten Augenblick schlug zehn Zoll vor Dareks Füßen etwas auf den Boden. Dem Jungen blieb das Herz stehen.

„Dies mein massig' Marschgepäck“, hörte er Bartholfs Stimme. „Staunt nun, wie im Kleinen Volke Fels und Klippen man bezwinget.“

Darek wollte den Zwerg eben noch warnen, dass Fels und Klippen sich kaum mit einer Wand aus massivem Eis vergleichen ließen, doch da war es schon zu spät. Bartholfs Röhren hätte einem Elch alle Ehre gemacht – doch so weit im Norden war es natürlich viel zu kalt für Elche.

Unmittelbar neben seinem Gepäck schlug der Zwerg auf dem Boden auf. Einen Augenblick blieb er liegen, dann rappelte er sich benommen auf. „Freches Frostwerk!“, brummte er. Das war alles.

Staunend betrachtete auch er das Portal. Diesmal war sein Brummen voller Anerkennung. Allmählich hatte Darek gelernt, die kleinen, aber feinen Unterschiede zu deuten.

Der Junge holte tief Luft: „Boreas hat uns hierhergeführt. Ich denke, er erwartet uns.“

Die Gefährten nickten. Mit Darek an der Spitze betraten sie die Hallen des Palastes.

Es war wie in einem Traum. Mit Worten ließen sich diese Pracht und dieser Glanz nicht schildern. Arkadengänge, geschwungene Bögen, Gewölbe, geschaffen aus Eis. Verschwenderisch verziertes Mobiliar, große Speisetafeln mit Stühlen, von denen der Geringste eines Königs würdig war, alles geformt vom Atem des Nordwinds.

Es war ein Palast, wie ihn kein Herrscher dieser Welt jemals sein Eigen nennen würde. Keine noch so glanzvolle Hofhaltung würde sich mit dieser Pracht messen können.

Doch es gab keine Hofhaltung. Nirgendwo trafen sie auf ein lebendiges Wesen.

Der Palast war leer.

Ihre Schritte hallten von den Gewölben wider, während sie staunend durch die weitläufigen Räume schritten. Ein- oder zweimal zuckte Darek zusammen, als ihm sein eigenes, bizarres Spiegelbild entgegenblickte. Doch nein, hier war niemand als er selbst und seine Gefährten.

Schließlich betraten sie einen Saal von wahrhaft ungeheuren Ausmaßen. Die Luft im Innern von Boreas Residenz war ganz klar, und doch hatten sie Mühe, das jenseitige Ende zu erkennen. Ganz Moorholm hätte in diesem einen, gigantischen Raum

Platz gehabt. Die Gewölbe, ausgelegt mit Tausenden und Abertausenden blinkender Eiskristalle, spannten sich viele Hundert Fuß über ihnen. Die Säulen aus Eis, die sie trugen, wirkten so dünn, so unwirklich – die Decken schienen zu schweben.

Mit langsamen Schritten durchquerten die Gefährten die Halle. Sie kamen sich winzig vor, verloren. Eindringlinge in einer Welt, die Menschen nicht betreten sollten. Zwerge auch nicht. Nicht einmal Astarils Volk. Das Gefühl für die Zeit war ihnen abhandengekommen, doch der Entfernung nach war der Weg in weniger als einer Stunde nicht zu bewältigen.

Ganz am Ende des Saales aber erhob sich ein Podest, und auf diesem Podest stand ein Thron.

Die Gestalt eines alten Mannes saß darauf. Schneeweiße, buschige Brauen leuchteten unter einer tief ins Gesicht gezogenen Kapuze.

„Ihr habt unsere Kammer verlassen, Heiler, ehe wir recht dazu kamen, Euch zu danken“, sagte Darek. Er hatte den Mann, der Libius in Moorholm mit dem Blauen Zwergampfer behandelt hatte, sofort wiedererkannt. Der Junge verneigte sich. „Ich möchte es hiermit nachholen.“

„Du bist ein wohlerzogener junger Mann“, erwiderte Boreas. „Wie man das von einem Königssohn erwarten kann. Und du wagst eine gefährliche Reise, um etwas von jemandem zu erbitten, von dem du glaubst, dass es wenig gibt, das er dir und deiner Welt zu bieten hätte. Dass er taub ist und blind für die Nöte deines Volkes.“

Darek nickte. Er wusste, dass es keinen Sinn hatte zu leugnen. Der Nordwind kannte seine Gedanken.

„Das habe ich geglaubt“, sagte er. „Und doch habt Ihr meinen Gefährten geheilt.“

Die unsichtbaren Augen unter der Kapuze betrachteten ihn. „Das habe ich, Sohn des Königs. Ihr braucht einen Zauberer, wenn Ihr in diesem Spiel eine Chance haben wollt … Und das Spiel ist ermüdend, auch für den Wind ermüdend, wenn der Gegner keine Chance hat."

„Sind wir das denn?" Der Junge musste all seine Kraft aufbieten, um den Blick nicht abzuwenden. Boreas sprach ganz ruhig und höflich, doch zugleich war er ein Wesen von einer solchen Macht, dass buchstäblich ein Hauch dieser Macht genügen musste, die Gefährten auszulöschen. „Sind wir denn Gegner?"

„Wenn ich denn feindselig bin?", erwiderte Boreas. „Wenn ich nur Tod und Zerstörung bringe und jeder mich fürchtet? Ihr werdet es nicht glauben, aber ich habe furchtbar wenig Zerstreuung hier in meiner bescheidenen Bleibe. Die einzige Unterbrechung ist … das Spiel."

Boreas erhob sich und stieg die Stufen seines Thrones herab. Seltsamerweise schien sein unter der Kapuze verborgenes Haupt mit jedem Schritt, den er hinabstieg, den Gewölben näher zu kommen. Als er vor den Gefährten stand, überragte er Libius, den größten von ihnen, um das Doppelte.

„Kennt ihr euch ein wenig aus mit Spielen?", fragte er. „Du doch gewiss, junge Dame?", wandte er sich an Ylvia.

„Ein wenig", murmelte das Mädchen. Tapfer blieb sie an Ort und Stelle stehen, als die gewaltige Kreatur auf sie zutrat. Darek spürte, dass Ylvia sich am liebsten hinter Astarils Rücken versteckt hätte. Selbst in den Augen der Albâine las der Junge etwas, das über Ehrfurcht hinausging: Angst.

„Dann wird dir gefallen, was ich euch zeige", sagte der Nordwind. „Kommt mit!"

Gehorsam folgten sie ihm. Dareks Beine fühlten sich an wie der süße, wabbelige Rahm, den die Schüler der Akademie zum Tag des Kreuzes bekommen hatten, im Anschluss an das Mittagsmahl. Und sein Magen machte Geräusche, als hätte er zuviel von diesem Rahm gekostet.

„Hier haben wir unser Spielfeld", nickte Boreas zu einer kreisrunden, eingefriedeten Fläche im Boden. Darek hätte schwören können, dass sie eben noch nicht da gewesen war. Er kniff die Augen zusammen. Das Innere des Kreises glich einer gewaltigen Landkarte. Abwartend lagen die Blicke des Windes auf dem Jungen, während Darek langsam einmal um das Spielfeld herumging, bis er seinen Ausgangspunkt wieder erreicht hatte. Ja, es gab Ähnlichkeiten mit einer Landkarte, doch es gab auch Unterschiede: Im Zentrum der Karte erkannte er Berge. Sie standen einige Zoll aus der Oberfläche heraus. Auf der Linken gab es eine große Wasserfläche, gekräuselt von winzigen Wellen – und über der Wüste auf der Rechten lagerte dichter Staub.

Die Blicke des Jungen kehrten zurück zum Mittelpunkt des Spielfeldes. Da war eine kreisrunde Senke im Herzen der Berge, und aus dieser Senke stieg ein einzelner Gipfel empor. Er war nicht leer. Eine Anzahl winziger Gebäude krönte ihn, und noch einmal ein Stück darüber war ein wuchtiger Turm, der sie alle überragte.

Der Turm der Winde, der Palast, die Königsstadt. Diese Karte, dieses Spielfeld – das war ihre Welt.

Boreas war auf die den Gefährten gegenüberliegende Seite des Kreises getreten, an jenen Abschnitt, der ihm, dem Norden, zugewandt war.

„Und hier habe ich unseren Kreisel", sagte er. Er streckte den Gefährten seine Rechte entgegen, die Handfläche nach oben –

und in der Handfläche tanzte tatsächlich etwas, das entfernt aussah wie ein Kreisel. Oder wie ein kleiner Wirbelsturm.

„Was ist das für ein Spiel?“, fragte Darek. „Wie sind die Regeln? Was ist der Einsatz?“

Die Augen unter der dunklen Kapuze betrachteten ihn: „Ihr seid erstaunlich neugierige Kreaturen, ihr Menschen. Und hochmütig. Ihr glaubt, ihr müsstet alles wissen, alles begreifen. – Und dann stellt ihr überflüssige Fragen. Du kennst den Einsatz.“

Boreas bewegte seine Finger, und der Kreisel senkte sich langsam der Spielfläche entgegen. Unvermindert spürte Darek den Blick des Nordwindes auf sich. Es war ein Gefühl wie ein Zittern, ein Beben …

Nein. Der Junge wechselte einen Blick mit Libius, mit Bartholf. Sie spürten es auch. Das Beben fand nicht nur in seinem Innern statt. Es war Wirklichkeit – und es verstärkte sich.

Ganz sachte berührte etwas Dareks Nase. Eine Schneeflocke. Er blickte nach oben. Wie Schneeflocken lösten sich die Eiskristalle aus dem Gewölbe der Halle. Noch während er hinsah, wurde der Schneefall dichter.

Das Beben war zu einem mächtigen Donner geworden, zu einem Rumpeln, das die Grundfesten des Eispalastes erbeben ließ.

Er wird doch seine eigene Residenz nicht in Gefahr bringen, dachte Darek. Oder? Der stumme Blick des Boreas schien ihm Antwort zu geben. Er kann sich jederzeit einen neuen Palast erschaffen, begriff er. Größer und prächtiger als dieser.

„Das ist der Sturm“, flüsterte Libius. „Der Kreisel. Er ist direkt über uns.“

„Ich habe meinen Eröffnungszug getan“, sagte Boreas. „Nun seid ihr an der Reihe.“

Der Junge sah zwischen seinen Gefährten hin und her. Bartholf blickte grimmig drein. Unterirdische Höhlen waren nichts Ungewöhnliches für einen Zwerg, doch mit düsterer Miene ging Bartholfs Blick über die Gewölbe: „Erschüttert schon steh'n Wand und Wölbung", murmelte er. „Unsichtbar Riss durchzieht das Eis. Nur ein Gering'res noch, so werden zerspellt dies Baues Trümmer, taumeln hart hernieder in die Herrlichkeit der Hallen."

„Euch bleibt nur wenig Zeit", bemerkte der Nordwind mit ruhiger Stimme.

„Libius!" Darek sah den Zauberlehrling an. „Was auch immer das ist: Es ist Zauberei. Hilf uns!"

„Es ist Zauberei", bestätigte Libius flüsternd. „Und es gibt Sprüche, die vielleicht etwas bewirken könnten." Er schluckte. „Doch ich kenne sie nicht."

„Aber du bist ein Zauberer! Und Ylvia …"

Das kleine Mädchen drückte sich eng an Bartholfs Seite. Was auch immer Ylvias Fähigkeiten ausmachte: Darek war klar, dass das Mädchen sie nicht bewusst einsetzen konnte. Wenn jemand von ihnen in der Lage war, Boreas Herausforderung anzunehmen, dann war das der Zauberlehrling.

„Ich kenne die Sprüche nicht", wiederholte Libius. „Die Magie liegt in den Sprüchen. Sie ist nicht da ohne die Sprüche."

„Sprüche – sind – Elodim." Die Albâine schwankte.

„Astaril?", fragte Darek. Er sah, wie das Mädchen vom Alten Volk taumelte und streckte die Hand nach ihr aus. „Astaril?", wiederholte er.

Libius stieß ein unterdrücktes Keuchen aus. „Sie tut etwas, Darek", flüsterte er. „Fass sie jetzt nicht an!"

Ein Zittern ging durch den Zauberlehrling.

„Ihr scheint auf euren Zug verzichten zu wollen“, stellte Boreas fest. „Das ist euer Recht. Damit bin wieder ich an der Reihe.“

„Wir machen unseren Zug“, widersprach Darek. „Libius wird jetzt unseren Zug machen.“

Ein lautes Knirschen unterbrach ihn. Der Blick des Jungen ging nach rechts. Hinter dem Podest mit dem Thron begann sich ein Riss in der Wand abzuzeichnen. Er wurde deutlicher, noch während Darek hinsah. Ein Stück über dem Boden löste sich eine Eisplatte und sauste donnernd in die Tiefe. Ylvia schrie vor Angst auf.

Libius trat einen Schritt auf die Spielfläche zu. Seine Augen waren geschlossen. Sein Gesicht war weiß wie der Schnee ringsum, seine Miene verzerrt vor Konzentration. Er sagte kein Wort, doch er hob ganz langsam die Hand.

Im selben Augenblick wurden die Erschütterungen schwächer. Der Kreisel bewegte sich! Er wanderte von seinem Platz fort, ein, zwei Zoll auf das Zentrum der Karte hin.

„Schau einmal an!“ Die Stimme des Windes klang belustigt. „Nicht besonders eindrucksvoll, aber das ist eindeutig ein Spielzug. Und die Richtung …“ Die Gestalt in ihrer dunklen Kutte beugte sich über die Spielfläche. „Die Richtung hätte ich nicht besser wählen können.“

Boreas streckte die Hand aus und vollführte eine Bewegung, als wollte er dem Kreisel einen leichten Stoß geben. In Wahrheit war der winzige Wirbelwind schon zu weit entfernt, als dass er ihn hätte berühren können, ohne die Karte zu betreten.

Der Kreisel bewegte sich weiter in die Richtung, die Libius ihm gewiesen hatte, doch er bewegte sich jetzt schneller, und zugleich schien der Sturm an Macht zu gewinnen. Der Kreisel wuchs, während er sich dem Zentrum der Karte näherte.

In der Thronhalle war es jetzt vollkommen still. Der Riss in der Wand war zum Stillstand gekommen. Nur noch einzelne Schneekristalle rieselten nach. Bartholf musterte die Stelle angespannt, doch dann nickte er seinen Gefährten mit einem knappen Brummen zu. Die Gefahr für ihr Leben war für den Augenblick gebannt.

Darek atmete auf, doch dann ging sein Blick wieder auf das Spielfeld – und jetzt begriff er.

„Die Königsstadt!“, flüsterte er.

Entsetzt erkannte er, wie der Kreisel bereits ein Drittel der Entfernung zum Rand der Alten Berge hinter sich gelassen hatte. Ein vernichtender Wirbelsturm raste auf das Zentrum des Inneren Reiches zu, und er, der Erbe des Thrones und seine Gefährten: Sie hatten ihm seine Bahn gewiesen. Hier in den Tiefen des Eispalastes konnten sie kaum mehr als ein fernes Echo seiner Zerstörungskraft gespürt haben – und die Macht des Sturmes wuchs noch immer, während er sich seinen Weg durch die Öden des Nordens bahnte.

An welchem Punkt würde er bewohntes Gebiet erreichen?

„Astaril! Libius!“ Darek erschrak vor dem Klang seiner eigenen Stimme. Nackte Angst sprach aus ihr. „Der Sturm rast auf bewohntes Land zu! Auf die Königsstadt!“

„Haben sie kein Elodim, sich zu schützen?“, fragte die Albâine schwach. Sie war mit dem Rücken gegen eine Eissäule gesunken.

„Nein“, erwiderte Darek. „Nein, gegen diese Gewalt hilft kein Elodim. Libius! Hast du verstanden, wie der Zauber funktioniert?“

„Ich bin mir nicht sicher“, murmelte der Zauberlehrling. Er schwankte ein wenig, aber noch stand er aufrecht. „Und ich habe kaum noch … Kraft. Wenn ich ihm noch einmal eine andere Richtung gebe, ist nichts mehr übrig. Und dann wird er …“ Libius nickte auf den Nordwind hin. Er brauchte den Satz nicht zu vollenden.

Darek starrte auf den Kreisel, auf Libius, auf Boreas, der regungslos hinter dem nördlichen Abschnitt der Karte stand.

„Ihr habt behauptet, wir hätten eine Chance!“, warf er dem Herrn des Palastes entgegen. „Ihr habt gelogen! Alles, was Ihr bringt, ist Tod und Zerstörung!“

Boreas schüttelte nur langsam den Kopf.

„Wollt ihr diesmal aussetzen?“, fragte er und hob die Hand.

„Astaril!“ Darek eilte zu dem Mädchen vom Alten Volk, das die Augen vor Schwäche kaum noch offen halten konnte. „Astaril! Können deine Leute etwas tun? Sie können nicht wollen, dass die Stadt der Könige zerstört wird mit Tausenden und Tausenden von Menschen!“

„Städte sind Elodim“, flüsterte die Albâine. „Der Norden nimmt sich nur sein Recht. Stürme sind der Lauf der Welt … dafür wird es an anderer Stelle … blühen. Es ist ein Kreis, wie dir die Herrin sagte. Ein Kreis wie ihr Spinnrad. Der Winter gehört dazu wie der Sommer. Alles endet und alles beginnt von Neuem …“

„Damit kann ich jetzt nichts anfangen!“, schrie Darek. Der Wirbelsturm wurde stärker und stärker. Er war den Alten Bergen nicht mehr fern. Der Junge sah Wälder, Felder in seinem Weg, bebautes Land – gleich würde er die Wohnstätten von Menschen erreichen, die Gebiete des Inneren Reiches.

Der Winter und der Sommer, dachte er. Alles endet.

Ein merkwürdiges Gefühl, ein Brennen fast, ging plötzlich von seinem Handgelenk aus, dort, wo sich im Turm der Winde der Faden der Herrin in seine Haut gesenkt hatte.

Darek keuchte. „Der Sommer muss enden!“, schrie er.

Unter der dunklen Kapuze glaubte er ein Funkeln wahrzunehmen.

„Mir brauchst du das nicht zu erzählen, Königssohn“, sagte Boreas mit ruhiger Stimme. „Ihr seid am Zug.“

Mit Gewalt riss Darek seinen Blick von den Siedlungen los, die der Sturm bedrohte. Seine Augen glitten über die Karte. Er suchte im Süden, suchte an den Hängen des Gebirges, dort, wo es zu den Feldern der Düfte hin auslief.

„Libius!“, rief er. „Der Sturm muss einen Sprung machen! Über die Königsstadt hinweg!“

„Ich weiß nicht ...“

„Hierhin!“, befahl Darek. Er deutete auf den Talkessel, den er entdeckt hatte, und betete, dass es der richtige war. „Hierhin!“

Der Junge machte einen Schritt nach vorn, auf das Spielfeld hin, in das Spielfeld hinein.

Im gleichen Augenblick verschlang ihn Dunkelheit.

***

Die glühende Sonne des Südens brannte auf das Metall ihrer Rüstungen. Notos’ heißer Atem selbst musste mit den Barbarescen im Bunde sein. Der Kommandant spähte aus dem Eingang der Höhle. Von hier oben konnte er fast jeden seiner Männer erkennen, doch vom Tal aus, das wusste er, waren sie unsichtbar.

Bitterkeit überfiel ihn, als er auf den Rauch blickte und auf die Flammen, die aus den Gehöften unten im Tal schlugen. Diese Siedlungen hatten zu den reichsten des ganzen Südens gehört, nun würden nur Trümmer und Asche von ihnen bleiben.

Er schloss die Augen. Wenigstens die Bewohner waren jetzt auf dem Weg über die Pässe, der Sicherheit der Königsstadt entgegen. Diesen Menschen blieb das Leben. Das war schon eine Menge. Alles andere hatten sie heute verloren.

Es gab Augenblicke, in denen er sich nach seinen Fischen sehnte – ganz gleich, wie sie rochen. Dies war einer dieser Momente.

Doch der Kommandant der Reiter vom Schwarzen Kater hatte seine Entscheidung getroffen. Jetzt war er hier und schaute hinab in das einst fruchtbare Tal. Der Heerzug der Barbarescen war wie eine Walze aus Eisen und Stahl. Nach der Plünderung der Gehöfte war er dabei, sich neu zu formieren. Der einstige Fischhändler blickte über die Heeresmacht der Gegner, das Meer aus eisernen Rüstungen, Spießen und blutroten Bannern. Wie Türme ragten dazwischen die ungeschlachten Leiber der Mâhmut und die schwankenden Kolosse der Belagerungsmaschinen auf. Um wie viel war dieses Aufgebot seinen eigenen Männern überlegen? Um das Zehnfache? Das Fünfzigfache? Er konnte es nicht abschätzen.

Und noch immer drängten neue Scharen von Barbarescen durch den Eingang des Talkessels. Was er im Augenblick vor Augen hatte, war nur ein Bruchteil der gegnerischen Streitmacht.

Es war nicht mehr als die Vorhut der Barbarescen.

„Wir können sie nicht schlagen, mein alter Freund“, sagte er. „Wir haben das gewusst, nicht wahr? Von Anfang an, als ich im Grünen Stern die Fischschürze mit der Rüstung vertauschte, kaum dass dein Junge fort war.“

Der König des Inneren Reiches sagte kein Wort. Dazu waren Katzen eben nicht in der Lage. Gut, es gab gewisse Möglichkeiten. Seinem Missfallen hatte König Carolus Ausdruck gegeben, erinnerte sich der Kommandant, und ein Grinsen huschte über seine Züge. Nachdem er zum dritten Mal hatte feststellen müssen, dass jemand sein bestes Gewand mit Katerdung verziert hatte, hatte er allmählich begriffen, dass sein alter Freund nicht mit „Castro“ angesprochen werden wollte.

„Wenigstens stehen wir beide am Ende auf derselben Seite“, murmelte er. „Auch wenn unsere Kräfte nicht genügen, können wir unser Bestes geben. Es wird wohl kaum noch die Seiten der Bücher füllen – wer sollte es schon aufschreiben? Doch wir beide werden es wissen, du und ich. Indem wir sie aufhalten, können wir den Flüchtlingen Zeit erkaufen, um bis zur Königsstadt zu kommen.“

Er blickte den Kater an. König Carolus war ein wunderschönes Tier. Die Sonne des Südens schimmerte auf dem nachtdunklen Fell, und die unergründlichen Katzenaugen funkelten. Der Kater streckte zweimal kurz den Kopf vor. Der Kommandant nickte. Sie hatten sich verstanden.

„Du denkst an deinen Jungen, nicht wahr?“

Wieder reckte sich der Katerkopf nach vorn.

„Er kann jetzt höchstens auf halber Strecke sein“, murmelte der einstige Fischhändler. „Wenn er es so weit geschafft hat. Er ist ein guter Junge, das habe ich sofort gesehen. Du kannst stolz auf ihn sein.“ Er seufzte. „Ylvia ist bei ihm. Ich spüre es. Er wird auf sie Acht geben.“

Langsam löste er sein Schwert vom Gürtel und machte sich bereit. Er selbst würde den verzweifelten Angriff der Reiter vom Schwarzen Kater anführen. Vielleicht, so hoffte er, würde ihr Mut anderen ein Beispiel geben, und dann würde nicht alles vergeblich gewesen sein. Doch welchen Sinn hatte das, wenn niemand da war, um davon zu berichten?

„Ein Kater kann wenig ausrichten im Kampf“, wandte er sich noch einmal an den König. „Du warst bei uns, damit die Männer sehen, wofür sie kämpfen. Ich könnte dich mit einem von ihnen in die Königsstadt …"

Ein heftiges Fauchen unterbrach ihn.

„Nein", sagte der Kommandant lächelnd. „Nein, ich hatte auch nicht erwartet, dass du den Vorschlag annimmst."

Er seufzte. Die Barbarescen hatten sich formiert. Jetzt musste er das Zeichen zum Angriff geben.

„Unsere Männer ersticken in ihren Rüstungen", murmelte er. „Die Barbarescen dagegen sind die Wärme des Sommers gewöhnt. Deshalb greifen sie uns in der glühenden Hitze an, im Zeichen des Berglöwen. Im Winter hätten wir eine Chance gegen sie. Sie wäre nicht groß, doch es wäre eine Chance. Der Sommer muss enden – doch dann wird es zu spät sein."

Er schauderte. War es der Gedanke an den Winter, der ihn frösteln ließ? Oder die unausweichliche Vernichtung, die ihm und seinen Männern bevorstand?

Ein Schatten fiel auf das Tal.

Das Gefühl plötzlicher Kälte verstärkte sich.

„Was ist das?", flüsterte der Mann, der einmal Fischhändler gewesen war. „Carolus, spürst du das auch?"

Das Fell des Katers sträubte sich. Mit einem Mal hatte es jeden Glanz verloren. Der Fischhändler streckte dem Tier seinen Arm entgegen. Mit zwei Sätzen hatte der Kater die Schulter des Kommandanten erreicht und ließ sich dort nieder. Eilig trat der Kommandant ins Freie und sah zum Himmel auf.

„Bei allen Winden!", keuchte er.

Innerhalb weniger Augenblicke war der Himmel beinahe schwarz geworden. Düstere Wolken ballten sich über dem Talkessel zusammen. Ein Donnern war mit einem Mal in der Luft, und dann sah der Kommandant, wie sich ein Trichter oder Rüssel aus brodelndem Gewölk auf die Hänge senkte, keine Meile von den vordersten seiner Männer entfernt.

„Was bei allen Winden …“, flüsterte er.

Unruhe entstand im Heerzug der Barbarescen. Das war beileibe kein Wunder. Der Trichter des Sturms hatte jetzt die Talsohle erreicht. Erste Blitze zuckten, und im nächsten Augenblick war die Luft erfüllt von Hagel, von wirbelnden Schneeflocken.

„Das geht nicht mit rechten Dingen zu!“

Er sah, wie seine Männer langsam zurückwichen, den Hang hinauf, wo ihr Kommandant und ihr König warteten. Sie konnten ihre Verstecke ohne Gefahr verlassen – das Unwetter unten im Tal ließ sie für die Barbarescen unsichtbar werden. Es war, als wäre Boreas selbst vom Himmel gestiegen, um die Angreifer zu strafen.

Am Grunde des Talkessels brach die Hölle los. Die Geräusche, die schrecklichen Laute, die zu ihnen hinaufschollen, sollten den Kommandanten sein Leben lang verfolgen. Die Barbarescen waren schreckliche Gegner – aber sie waren doch Menschen. Was dort unten geschah: Er betrachtete es mit Entsetzen, doch er konnte den Blick nicht abwenden.

Das Grauen währte kaum eine halbe Stunde.

Dann verzogen sich die Wolken – und als wäre nichts gewesen, kam die Sonne zum Vorschein. Sie beschien eine geschlossene Schneedecke: mitten im Sommer, im Zeichen des Berglöwen.

Am Grunde des Tales regte sich keine Seele.

Boreas selbst hatte die Vorhut der barbarescischen Angreifer vernichtet.

***

„Der Sommer … muss enden …“

Die Hitze war unerträglich. Sie nahm Darek den Atem.

Der Junge warf sich hin und her, strampelte die Decken fort.

Unsichtbare Hände zogen sie vorsichtig wieder über ihn.

Er hörte Stimmen, vertraute Stimmen. Doch vertraut woher? Er konnte die Worte nicht verstehen. Alles war wie hinter einem Schleier verborgen.

Ich bin krank, dachte der Junge. Die Hitze des Südens hat mich krank gemacht.

„Und wieder fährt des Fiebers Fluch voll Feuer durch des Knaben Glieder." Das war Bartholf. Darek erinnerte sich. Bartholf. Einer seiner Gefährten. Ein Zwerg.

Mühsam zwang er seine Augen auf. Er sah nur verschwommene Lichtflecken. Gesichter, die sich über ihn beugten.

„Wir sind in Sicherheit, Junge", sagte eine Stimme. Auch diese Stimme kannte er. Das Bild eines schlaksigen jungen Mannes in einer verzierten Robe trat vor seine Augen, doch er konnte sich an den Namen nicht erinnern. „Wir sind in Sicherheit. Die schlimmste Kälte liegt hinter uns."

Kälte, dachte der Junge. Kälte? Ich verbrenne!

Dann kam die Kälte. Von einem Augenblick zum nächsten kam sie. Sie schien sogar gleichzeitig mit der Hitze da zu sein.

Fühlt sich so Sterben an?

Dann legte sich eine Hand auf seine Stirn, und eine neue Stimme sprach. Die Stimme eines alten Mannes, und diese Stimme kannte er nicht.

„Dies ist Wasser aus der Heiligen Quelle des Kreuzes. Es wird dir helfen. Helfen zu schlafen."

Quelle des Kreuzes? Darek bäumte sich auf. Die Kreuzbrüder! Engelbertus' Gefolgsleute!

„Nicht das Kreuz!“, keuchte er, doch schon wurde der Rand eines Bechers an seine Lippen gesetzt und kühles Wasser drang in seinen Mund. „Nicht das Kreuz!“

Dann schlief er wieder ein.

***

Das Fieber wich nur langsam von Darek. Immer wenn er es am wenigsten gebrauchen konnte, kehrte es zurück. Als er sich das erste Mal wieder einigermaßen bei Verstand fühlte, bestand er darauf aufzustehen, doch die Krankheit warf ihn nieder, bevor er sich auch nur vollständig angekleidet hatte.

So vergingen insgesamt vier Tage, wie er später von seinen Freunden erfuhr. Dazu kamen zwei weitere Tage, die sie gebraucht hatten, um das Reich des Boreas hinter sich zu lassen und die kleine Gemeinschaft der Kreuzbrüder zu erreichen, hier an der Quelle des Großen Stromes. Diese Quelle markierte die Grenze zwischen der Eiswüste des Nordens und der Sandwüste des Ostens. Keines von beiden war ein besonders angenehmer Aufenthaltsort, und entsprechend verirrten sich nur selten Wanderer hierher. Die Kreuzbrüder waren ganz aus dem Häuschen, endlich einmal Reisende beherbergen zu dürfen, die sie mit ihrer Gastfreundschaft verwöhnen konnten.

Der Norden lag jetzt hinter den Freunden. Libius trug Dareks kleine Ledertasche um den Gürtel. Am dritten Tag ihres Aufenthalts bei den Brüdern öffnete er sie grinsend und präsentierte dem Jungen ihre Beute.

Mit einer merkwürdigen Scheu nahm Darek das in schneeweißes Eisbärenfell gewickelte Päckchen entgegen, doch als er den Schatz betrachtete, um den sie ihr Leben aufs Spiel gesetzt hatten, war er fast ein wenig enttäuscht. Er sah aus wie jeder andere Eissplitter auch – nur schmolz er eben nicht.

„Boreas hat sich zuerst noch ein wenig geziert", sagte der ältere Schüler. „Er meinte, du hättest ihn ja eigentlich gar nicht darum gebeten. Aber schließlich lagst du mehr tot als lebendig am Boden, und wir wollten weg. Egal wohin. Überall auf der Welt ist es wärmer als in diesem Thronsaal. Trotzdem: Ein bisschen hatte ich das Gefühl …"

„Er wollte nicht, dass wir gehen", murmelte Darek.

Libius nickte: „Ich hatte das Gefühl, er hätte uns gerne noch ein wenig dort behalten. Vielleicht für eine weitere Runde von seinem grauenhaften Spiel. Oder einfach zum Plaudern."

„Er ist einsam", sagte Darek. „Schrecklich einsam. Er ist der Nordwind. Er ist kalt und grausam, das weiß jedes Kind. Und deshalb hält sich jeder von ihm fern. Aber das macht ihn nur noch grausamer."

„Wer einigermaßen bei Verstand ist, schließt Fenster und Türen, wenn der Nordwind kommt", sagte Libius. „Einsam oder nicht: Das kann man wohl niemandem verdenken."

„Und doch hat er uns den Splitter gegeben", beharrte Darek.

„Für ihn ist es nur ein Eissplitter. Ein Stück Eis, streng und kalt wie er selbst."

„Strenge und Kälte sind alles, was er zu geben hat", widersprach der Junge. „Sie sind das Beste, was er zu geben hat."

Libius nickte nachdenklich: „Ich frage mich … wäre er weniger streng gewesen und hätte ich nicht wirklich geglaubt, all dieser Glanz und Gloria aus Eis stürzt gleich über uns zusammen mit, äh, Donner und Doria … ob ich dann diesen Spruch …"

Er verstummte und schüttelte den Kopf.

„Ich weiß es nicht", murmelte er schließlich.

Den Rest des Tages verbrachte der Junge auf seinem Lager. Die frommen Brüder hatten ihm ihre Krankenstube angewiesen. „Weit ab von Lärm und Trubel“, hatte Ylvia ihm ernst berichtet, und Darek fragte sich, welche Art von Trubel es an einem so einsamen Ort überhaupt geben sollte.

So hatten die Freunde viel Zeit zum Erzählen. Mit großen Augen lauschten Bartholf, Libius und das Mädchen, als der Junge ihnen in knappen Worten von der Schlacht im Gebirgstal berichtete, deren Zeuge er so überraschend geworden war. Täuschte er sich, oder wechselte Ylvia einen kurzen Blick mit dem Zwerg, als er auf den Fischverkäufer zu sprechen kam? Er war sich nicht sicher. Die Krankheit machte ihm noch immer zu schaffen. Jedenfalls grinste das Mädchen übers ganze Gesicht. Ihrem Onkel ging es gut.

„So hat unsere Reise bereits einen hilfreichen Zweck erfüllt“, murmelte der Zauberlehrling schließlich. „Wenn auch ganz anders als erwartet.“

Seine Gefährten hatten den frommen Männern nichts über den Zweck ihrer Reise berichtet – und die Kreuzbrüder fragten auch nicht danach. Sie waren tatsächlich fromme Männer, erkannte Darek nach einer Weile. Diese Diener des Kreuzes waren von ganz anderer Art als der Hofdomestikus. Sicher, sie verehrten nicht die Winde, sondern das Kreuz ihres eigenen Glaubens, doch dem heiligen Quellwasser des Stromes brachten sie eine ganz ähnliche Achtung entgegen wie jene, mit der die Albâine alles betrachteten, was nicht gerade Elodim war.

Astaril hatte sich als Einzige der Gefährten geweigert, die schilfgedeckten Unterkünfte ihrer Gastgeber zu betreten. Sie sei draußen, verriet Ylvia dem Jungen, unter dem freien Himmel der Winde. Sobald Darek kräftig genug war, um wieder auf seinen eigenen Füßen zu laufen, machte er sich auf die Suche und fand sie schließlich unter den Bäumen an der Quelle des Stromes.

„Ah, da bist du!“, freute sich das Mädchen vom Alten Volk. Ihre Augen blitzten. „Und die anderen dachten schon wieder, sie müssten dich eingraben. Ich habe ihnen gleich gesagt, dass das Unsinn ist. Was hätten sie machen wollen? Ein Loch ins Eis schlagen?“

„Es ist, äh, nett, dass du es nicht so weit hast kommen lassen“, sagte er. Etwas wackelig fühlt er sich doch noch auf den Beinen.

„Komm, setz dich hin, tauch die Beine ins Wasser“, riet sie ihm. „Das treibt die Hitze aus. Es ist herrlich! Stell dir vor, das hier ist derselbe Fluss, der uns durch die Eherne Klamm getragen hat!“

„Kaum zu glauben“, murmelte der Junge und ließ sich auf dem weichen Moos nieder. „Hier sieht er ganz harmlos aus. Gar nicht gefährlich.“

„Siehst du: Genauso ist es mit allen Dingen. Auch mit Boreas. Der Nordwind kann vernichtend sein, grausam und gefährlich, aber er kann auch ein Freund sein.“

Darek schüttelte zweifelnd den Kopf: „Zu den Barbarescen war er nicht sehr freundlich“, sagte er leise. Seine Erinnerungen waren undeutlich. Es hatte sich angefühlt, als sei er tatsächlich dort gewesen, hätte an der Seite des Fischhändlers gestanden, als der Schneesturm über die Angreifer aus dem Süden kam. Und was er gesehen hatte, war ein Albtraum gewesen. Sah so der Krieg aus?

„Die Barbarescen sind Elodim“, sagte Astaril, und ein Hauch von Strenge trat in ihre Stimme. „Schlimmer noch als die meisten anderen eurer Leute. Ein bisschen wie früher … die Drachen." Sie schüttelte kurz den Kopf. „Sie ehren die Winde nicht, die ihrer Welt das Leben schenken, und sie ehren auch die Welt selbst nicht. Sie wollen sie nur beherrschen, und dabei ist es ihnen gleichgültig, ob überhaupt noch was zum Beherrschen da ist. Ziemlich dumm, nicht wahr?"

„Aber sie sind Menschen", widersprach Darek. „Man darf sie nicht …"

„Das haben wir aber", sagte sie. „Mein Volk spricht zu mir, durch diese Bäume, dieses Wasser. Ich weiß, was in diesem Tal geschehen ist. Und bei deinen Leuten weiß man es auch inzwischen. Überall erzählt man von den Reitern vom Schwarzen Kater, denen es gelungen ist, den Vormarsch der Barbarescen zu verzögern. Auch wenn es in Wahrheit Boreas war. Auch wenn in Wahrheit wir es waren."

„Wir haben nicht einfach ihren Vormarsch verzögert", sagte Darek mit rauer Stimme. „Sie sind tot! Tausende von ihnen sind tot, Astaril!"

Die Albâine seufzte: „Für die Winde sind wir nur ein Augenblick, Menschen, Zwerge, Albâine, alle gleichermaßen. Nicht mehr als ein Halm in einem Getreidefeld, den ein Luftzug abknickt. Mit dem Unterschied, dass die Halme im Getreidefeld die Macht der Winde kennen. Sie verpesten die Welt nicht mit stinkendem Elodim."

„Für die Winde vielleicht", sagte Darek. „Aber nicht für mich." Er zog seine Füße aus dem Wasser. „Wenn wir sie töten, sind wir nicht besser als sie!"

Der Junge wandte sich ab und kehrte zurück in seine Unterkunft. Zum ersten Mal hatte er das Gefühl, dass die Albâine nicht recht hatte.

Kopfschüttelnd sah Astaril ihm nach.

„Glaubt mir, es ist wirklich bequem, wenn man sich daran gewöhnt hat“, versuchte Libius die Gefährten zu überzeugen. „Das ist ein kostbares Abschiedsgeschenk, das uns die Kreuzbrüder hier machen. Die Tiere gehen in einem gemächlichen, wiegenden Rhythmus. Wenn ihr nicht Acht gebt, werdet ihr im Sattel einschlafen.“

„Einschlafen?“, fragte Darek. „So, wie die mich anstarrt, tu ich doch kein Auge zu.“

„Es ist ein Er“, verbesserte der Zauberlehrling streng und tätschelte dem Kamylion den vordersten seiner drei Höcker. „Das sieht man doch.“

„Woran?“, fragte Ylvia und bückte sich neugierig.

„Äh“, ein Anflug von Röte schoss in Libius' Wangen. „An seinem … seinem herrischen Auftreten.“

Das Mädchen kicherte.

„Jedenfalls sind sie absolut zuverlässig“, sagte der Zauberlehrling rasch. „Der Hof meines Vaters liegt nur eine Tagesreise vom Rande des Öden Meeres entfernt. Wir hatten immer einige Kamylien, obwohl diese Gegend den Tieren eigentlich noch zu fruchtbar ist. Sie mögen lieber den Sand und die Weite des Landes, und davon gibt es im Osten genug. Und sie kommen wochenlang ohne Wasser aus – anders als wir."

„Kamylien?", fragte Darek. „Das ist die Mehrzahl?"

Libius nickte: „Ein seltsames Wort, ich weiß. Es stammt aus der Sprache von Yarmuz. Dort und bei den Barbarescen sind Kamylien häufiger anzutreffen als bei uns die Pferde. Sie sind wie geschaffen für dieses Land. Glaubt mir, Ihr werdet begeistert sein."

„Und leckt' die Waberlohe selbst mir feurig flackernd an den Füßen", schwor ihr zwergischer Wegbegleiter. „Ein Bartholf aus der Zwergensipp' wird nimmermehr ein schwankend Schiff besteigen. Und sei's ein Schiff der Wüste auch."

Astaril war die Einzige von ihnen, die sich auf den Ritt zu freuen schien. Die Albâine weigerte sich allerdings, einen Sattel zu benutzen. Sie saß recht behaglich zwischen dem vorderen und dem mittleren Höcker der hässlichen Kreatur.

„Dies hier ist jedenfalls eine ganz reizende Kamyliendame. Wir sollten sie einfach ‚Dame' nennen. Ihren richtigen Namen könntet ihr nicht aussprechen. Die Sprache ist wirklich ziemlich kompliziert."

Der Zauberlehrling nickte: „Wenn mein Vater mit den Männern aus Yarmuz sprach, hörte sich das immer an, als würde er sich gleich die Zunge abbeißen."

„Yarmuz?" Die Albâine schüttelte den Kopf. „Sie hat keinen Namen in der Sprache von Yarmuz. Ich rede von der Sprache der Kamylien."

„Sie … sprechen?", fragte Libius.

Darek hob die Schultern: „Wenn schon Bäume und Flüsse sprechen, warum dann nicht ein Kamylion? – Wohl ist mir trotzdem nicht bei der ganzen Sache."

„Wir haben mindestens vier Tage verloren, während du krank warst“, sagte Libius. „Selbst wenn die Barbarescen eine Weile gebraucht haben, um ihren Heereszug wieder zu ordnen, werden sie inzwischen schon wieder auf dem Vormarsch sein. Und das Tal der Schlacht ist kaum noch eine Tagesreise vom Rand der Alten Berge entfernt. Kamylien sind sehr viel schneller, als wir zu Fuß vorankämen – und sie können Wasser auf eine Tagesreise Entfernung wittern.“

„Mir wäre es lieber, sie könnten Muschelkameen wittern“, murmelte der Junge.

Libius hob die Schultern: „Wenn du bedenkst, wie wir die Perle des Zephyrus bekommen haben und den Eissplitter des Boreas: Ich denke nicht, dass wir eins von beiden so schnell gefunden hätten, wenn die Winde uns nicht helfen würden.“

„Da seid euch mal bei Euros nicht so sicher“, warnte Astaril. „Der ist auf eure Leute nun wirklich nicht gut zu sprechen seit der Sache mit dem Fluchzeug.“

„Fluchzeug?“ Darek sah sie fragend an.

„Dieses stinkende Metallding, das die Menschen im Osten gebaut hatten – mit nicht geringer Hilfe zwergischer Tüftler aus der Ehernen Kette.“ Sie warf einen düsteren Seitenblick auf Bartholf, als sei der persönlich dafür verantwortlich. „Es konnte fliegen – und zwar gegen den Wind. Wenn das nicht Elodim ist!“

Der Junge nickte: „Davon hast du schon erzählt. Euros sandte eine Krankheit, die der Wind über den Osten brachte. Seitdem ist das Öde Meer, na ja, öde. Ein schrecklicher Fluch.“

„Täuscht euch nicht!“, sagte die Albâine. „Unterschätzt nicht das Gedächtnis des Euros! Das war nur ein Teil seiner Rache. Gewaltige Stürme kamen über das Land, wieder und wieder, jahrhundertelang! Doch die Fürsten des Ostens, die den Befehl zum Bau der Fluchzeuge gegeben hatten, fühlten sich sicher. Sie hatten eine Stadt erbaut, wie es noch keine gegeben hatte, mit Wällen aus Stein und Metall und Ungetümen auf den Mauern, die Blitze und Feuer spuckten. Gut, es gab keine Bäume mehr, doch das war ihnen gleichgültig. Die waren ihnen ja doch nur als Brennholz gut gewesen. In ihrer Stadt glaubten sie, dem Angriff des Windes trotzen zu können."

„Doch sie täuschten sich?", fragte Darek ahnungsvoll.

„Das taten sie", erwiderte Astaril. „Euros versammelte seine Getreuen um sich: die Wüstlinge. Das waren jene Menschen, die im Osten geblieben waren, als die Bäume starben. Sie hatten sich in Euros veränderter, neuer Welt eingerichtet, einer Welt ohne Bäume, ohne Schatten und fast ohne Wasser. Übrigens auch ohne Städte. Mit Herden von Kamylien zogen sie von einer Oase zur anderen, stets bereit, dem Wort ihres Herrn und Meisters zu gehorchen. Dem Wort des Euros, den sie wie einen Gott verehrten. All das hat sich bis heute nicht geändert."

„Welch wirre Wahl des Wüstenvolks", grummelte Bartholf. „Als Herrn zu huld'gen dem, der's Heim ihm nahm."

„Ihr Heim ist die Wüste", widersprach die Albâine. „Ihr Heim sind ihre Zeltstädte, die sie an den Wasserstellen aufschlagen, wenn sie sich eine Weile niederlassen, bevor sie zur nächsten weiterziehen. Die Zelte führen sie mit, auf den Rücken der Kamylien."

„Und das ist nicht Elodim?", fragte Darek.

„Doch", nickte Astaril. „Aber Euros scheint das nicht zu stören. Die Wüstlinge sind ihm treu ergeben – und so sandte er ihre Streitmacht gegen die Fürsten des Ostens und ihre unbotmäßige Stadt. Es war ..." Sie seufzte. „Was du in jenem Tal gesehen hast, Darek, die Vernichtung der barbarescischen Vorhut, das war ein Nichts gegen diese Schlacht! Das war, als wenn junge Rehböcke im Spiel ihre Kräfte messen. Hat einer von euch schon einmal gesehen, wie junge Rehböcke miteinander spielen?“

„Sieht sicher putzig aus“, meinte Ylvia.

„Diese Schlacht war jedenfalls nicht putzig“, sagte die Albâine. „Die Belagerung der Fürstenstadt währte mehr als zwanzig Jahre, doch die Fürsten des Ostens waren nicht bereit, sich der Macht des Euros zu beugen. Schließlich gingen die Vorräte an Trinkwasser zur Neige. In der Stadt hob man neue Brunnen aus, Hunderte von Fuß tief, doch auch sie versiegten schließlich. Die Leute von eurem Volk litten schreckliche Not, bis die Wüstlinge schließlich durch einen der Brunnenschächte ...“

Darek schluckte: „Sie drangen in die Stadt ein?“ Sofort musste er an die unterirdischen Gänge unter der Königsstadt denken, durch die ihn Ylvia geführt hatte. Er sah die Nichte des Fischhändlers an und wusste, dass sie dasselbe dachte.

„Sie drangen ein“, bestätigte Astaril. „Und was folgte, war ein Gemetzel, wie es die Welt noch nie gesehen hatte. Und seitdem, Dank sei allen Winden, auch nie wieder. Fast niemand entkam an jenem schrecklichen Tag.“

„Fast niemand?“

„Der Fürst selbst bestieg mit seiner Sippe das letzte seiner Fluchzeuge. Sie flohen gen Westen, wo der Fürst am Rande der Alten Berge eine kleine Grafschaft und eine Burg besaß. Dort leben seine Nachfahren noch heute.“

„Gewiss des Grafen Grass, des Grimmen, gar gänzlich grauenvoll’ Geschlecht“, grummelte der Zwerg.

Doch Astaril schüttelte den Kopf: „Ganz und gar nicht. Graf Roland, der Kommandant der königlichen Garde, ist ein direkter Nachfahre jener Fürsten."

Ylvia zuckte zusammen.

Darek nickte finster. Er wusste, wie sehr die Menschen in der Königsstadt den tapferen Grafen verehrten. Der Junge versuchte, sich zu erinnern: Hatten die Tavernengäste nicht davon gesprochen, Graf Roland sammele insgeheim seine Männer um sich, um den Barbarescen doch noch entgegenzutreten? Wenn das die Wahrheit war, musste er sich beeilen. An seiner Stelle führte jetzt ein Fischhändler den Kampf gegen die Eindringlinge an. Es war eine seltsame Welt. Doch ausgerechnet der tapfere Graf sollte der Abkömmling jener Fürsten sein, die zuerst ein fliegendes Ungeheuer aus Metall erschaffen und dann die Menschen ihrer Stadt im Stich gelassen hatten?

„Bis heute herrscht Feindschaft zwischen den Wüstlingen und den Menschen des Inneren Reiches", beendete Astaril ihre Geschichte. „Solange die Erben der Fürsten ihre Schuld nicht bezahlt haben, wird das Volk der Wüste nicht ruhen."

„Bezahlt wird dort vermutlich mit Blut", sagte Darek beklommen.

„Vermutlich", nickte Libius. „Doch das ist Graf Rolands Problem, nicht unseres. Wir müssen nun den Fuß ins Reich des Euros setzen, und wir werden dort besser zurechtkommen, wenn es nicht unsere eigenen Füße sind, sondern die der Kamylien."

Zögernd nickte Darek: „Solange sie nicht beißen ..." Der Kamylion, auf dem er reiten sollte, hatte sehr große, wenn auch sehr schlechte Zähne.

„Solange du nicht zuerst beißt und sie auch sonst gut behandelst, besteht da keine Gefahr", erwiderte der Zauberlehrling.

Auch Ylvia war bereit, ihr Glück zu versuchen, wenn die Geschichte der Albâine das Mädchen auch sichtbar mitgenommen hatte. Der Zwerg dagegen blickte noch immer finster drein. Bei Bartholf musste man eigentlich immer zweimal hinsehen: Allzu viel von ihm schaute unter dem Bart nicht heraus. Mit den Kamylien war es ihm auf jeden Fall ernst.

„In keinem Traume, kühner Knab', hast auf dem Rücken eines höck'rig Herdentiers du mich erblickt, deucht mir. Gar unermüdlich schreitet aus des Zwergen Fuß und hält gar wacker Schritt dem tumben Trab der schwankend Kreatur."

„Die können aber mehr als nur traben", warnte Astaril.

Darek sah den Zwerg nachdenklich an. Nein, Bartholf hatte seine Entscheidung getroffen, und der Junge wusste von ihrer Wanderung durch die Alten Berge her, dass dem alten Freund seines Vaters das Wort Erschöpfung tatsächlich fremd war.

***

Als roter Ball stieg die Sonne über den sanft gewellten Horizont. Schon hier glich das Land einem bewegten Meer. Es war seltsam, fand Darek: Von den Gipfeln der Alten Berge aus hatte der Wald ihn an ein Meer erinnert, dann waren sie über das gefrorene Meer des Nordens gewandert, und nun reisten sie einem Meer aus Sand entgegen. Doch das eigentliche Meer mit seinen endlosen Wassern und Wellen hatte er auf seiner Reise nicht zu sehen bekommen, und er würde es auch nicht sehen: Sie hatten das Reich des Euros erreicht, und dahinter wartete nur noch der Süden auf sie, die Heimat der Barbarescen. Dann konnten sie in die Königsstadt zurückkehren.

Wenn es noch eine Königsstadt gibt, dachte er.

Libius stieß ihn an: „Schau! Dort drüben!"

Der Zauberlehrling deutete nach rechts. Der Junge kniff die Augen zusammen. Dort war etwas, ein fernes, weißes Schimmern über der Ebene. Ein Schimmern von Eis.

Er fröstelte: „Ich dachte, Boreas Heimat liegt weit hinter uns."

„Das ist nicht Boreas Heimat", lächelte Libius. „Das sind die Alten Berge. Die Osthänge. Wenn du ganz genau hinsiehst, erkennst du dort hinten die Doppelspitze, die wir von der Pforte der Akademie aus sehen konnten."

Darek strengte seine Augen an. Ja, der ältere Junge sprach die Wahrheit. Zwei Gipfel, fast wie Zwillinge, weit, weit entfernt. Doch noch während er hinsah, wurde das Bild undeutlich.

Er stutzte. Tränen. Er weinte und hatte es überhaupt nicht gemerkt.

„Die Akademie", flüsterte er. Es kam ihm vor, als hätte er Bruder Lund, den ewig verschlafenen Peppin und all die anderen niemals so sehr vermisst wie gerade in diesem Augenblick.

Wir haben sie vergessen, dachte der Junge. Wir sind auf diese seltsame Reise ausgezogen. Ich bin der Sohn des Königs und der König ist ein Kater und Engelbertus der Herr des Reiches, und das Reich wird von den Barbarescen bedroht. Jetzt ziehen wir durch die Lande und sollen den Winden irgendwelche Schätze abschwatzen, von denen die Herrin allein weiß, warum sie so wertvoll sind.

Und dabei haben wir Meister Lund und die anderen völlig vergessen. Hält man sie in den Trümmern der Akademie gefangen? Oder hat Engelbertus sie längst in die Königsstadt schaffen lassen? Schmachten sie in irgendeinem Kerker, einer finsteren Höhle in den Bergen dort drüben vielleicht? Sind sie überhaupt noch am Leben?

Die Tränen kamen, und sie wollten nicht versiegen. Er weinte um das ungewisse Schicksal seiner Freunde ebenso wie um sich selbst. Die ganze Welt bekam er zu sehen, die Reiche aller Winde der Welt, und hatte doch keine Heimat mehr.

„Es gibt ein altes Sprichwort unter den Menschen der Wüste", sagte eine leise Stimme. Darek blinzelte. Astaril hatte „Dame", ihr Kamylion, an seine Seite gebracht. „Du kannst einem Freund keine größere Freundschaft zeigen, als dein Wasser für ihn zu vergießen. – Ich verstehe nicht so recht, warum ihr Menschen weint, doch es muss eine große Freundschaft sein."

Das ist sie, dachte Darek. Bei allen Winden, das ist sie.

Als die Sonne höher stieg, schien sich ein seltsamer Dunst über das Land zu legen. Darek hatte nicht den Eindruck, dass sie sich von den Alten Bergen entfernten. Eher ritten sie in gleichmäßigem, weitem Abstand an der fernen Gipfellinie entlang. Dennoch wurde der Blick ihnen nach und nach genommen.

Die sandige Hügellandschaft um sie herum war einigermaßen trostlos. In den Senken wuchs niedriges Stachelgras und hin und wieder verkrüppeltes Strauchwerk, doch das war beinahe schon alles. Nun, nach der Wanderung durch das Eis des Nordens war es hier fast schon abwechslungsreich.

Mit jeder Meile aber, die sie nun nach Süden und Osten vorankamen, wurde die Gegend eintöniger. Büsche gab es bald gar nicht mehr, und selbst das trockene Gras schien seine Mühe zu haben, gegen den lockeren Sand anzukämpfen.

Mit verbissener Miene stapfte der Zwerg neben den Reitern her. Bei jedem Schritt wurden seine Beine bis zu den Knien unsichtbar. Bartholf hielt sich tapfer, das musste man ihm lassen. Auch die Hufe der Kamylien versanken jedes Mal mehrere Zoll tief im sandigen Boden, doch die ruhigen Tiere schien das nicht weiter zu stören. Libius hatte recht gehabt: Der Vater Abt hatte an der Akademie Pferde gehalten, denn die Kreuzbrüder mussten oft weite Reisen unternehmen, und deshalb sollten sich die Jungen im Reiten üben. Doch Darek hatte nie rechte Freude daran gehabt. Nach einem Tag im Sattel hatte er jedes Mal das Gefühl gehabt, wochenlang nicht sitzen zu können. Die Kamylien waren ganz anders. Er fühlte sich tatsächlich an das Floß erinnert, das sie im Reich des Zephyrus gemächlich dem Großen Strom entgegengetrieben hatte. Es war ein sanftes Schaukeln, als liege man in den Armen einer ziemlich großen Amme. Einer Amme mit sehr schlechten Zähnen, struppig-stinkendem Fell – und drei Höckern. Trotzdem war es ein angenehmes Gefühl, und mehrfach ertappte er sich dabei, dass er kurz davor war, ins Land der Träume davonzutreiben.

Was mochte sie in der Wüste erwarten, wenn Euros den Menschen so feindlich gesonnen war? Würde der Wind begreifen, dass nicht alle Menschen so waren wie die fernen Vorfahren des Grafen Roland? Vermutlich war es nicht besonders sinnvoll, wenn sie ihm erzählten, dass der Kommandant der königlichen Garde im Inneren Reich ein hochgeachteter Mann war. Doch würde der Wind das nicht ohnehin wissen, so wie auch Zephyrus und Boreas jeden ihrer Schritte beinahe im Voraus gekannt hatten? Diese Vorstellung war noch immer unglaublich, wie ein fremdartiger, ferner Traum.

Und jetzt träumte Darek tatsächlich. Die Gänge und Kammern im Turm der Herrin waren ihm inzwischen bereits vertraut. Als er gemeinsam mit Ylvia die verlassenen Flure durchstreift hatte, hatte er weniger von ihnen zu sehen bekommen als nun in seinen Träumen.

Schemenhafte Gestalten schritten an ihm vorüber, und immer wieder hörte er verhaltenes Flüstern oder Kichern, während er die verwinkelten Treppen hinaufstieg, die ihn schließlich in die Kammer der Monate und über die letzten Stufen bis zum Kuppelraum der Herrin führten.

Verlassen stand das Spinnrad an seinem Platz. Vom versponnenen Garn, dem Faden der Zeit, war nichts zu sehen. Im Traum gibt es keine Zeit, dachte Darek.

Was würde er diesmal zu sehen bekommen? In der wirklichen Welt blickten die Fenster des Raumes hinab auf den Palast seines Vaters und das Häusermeer der Königsstadt, im Traum aber hatte er dort Augenblicke der Zukunft erhaschen können. Ihr Floß auf dem Unterlauf des Großen Stromes, der Fischhändler und seine flehende Bitte, der Sommer möge enden …

Darek sah kurz zum Westfenster, zum Nordfenster, dann drehte er sich weiter. Der Osten.

Als Erstes fiel ihm das rötliche Glühen auf. Es war wie ein Abglanz des Sonnenaufgangs über der Wüste, den sie an diesem Morgen bewundert hatten. Und doch war es anders, bewegter …

Unruhe überfiel ihn. Mit raschen Schritten trat er näher.

Dort lag die Stadt unter ihm.

Sie stand in Flammen.

Es war unmöglich, doch bis hier oben glaubte er, die Schreie aus der Tiefe zu vernehmen: Das raue Triumphgeheul der Barbarescen, die Rufe des Entsetzens, wenn sie die Türen der Häuser aufbrachen und über die wehrlosen Menschen herfielen, die sich dorthin geflüchtet hatten. Das Klirren von Schwertern. Noch regte sich Widerstand. Flammende Geschosse zogen am Himmel ihre Bahn. In den Stadtteilen, die die Angreifer noch nicht erreicht hatten, stürzten sie zwischen den Häusern nieder. Darek sah Gestalten, die sich wie winzige Insekten auf den Mauern Kämpfe lieferten. Die Barbarescen hatten mächtige hölzerne Türme gegen die Mauern geschoben. Wie sie den breiten Stadtgraben überwunden hatten, konnte er nicht erkennen. Noch wurde gekämpft, doch es war ein Todeskampf. Er war nicht mehr zu gewinnen. Die Stadt seiner Väter war gefallen.

„Warum zeigt Ihr mir das?", flüsterte er in seinem Traum. „Warum zeigt Ihr mir diese Vernichtung? Nur um mir zu sagen, dass unsere Reise sinnlos ist?"

Falls ihn die Herrin hören konnte, antwortete sie ihm doch nicht.

Darek konnte seinen Blick nicht lösen.

Und da fielen ihm die Unterschiede auf.

Er sah die mächtigen Türme, die den Mauerring überragten. Es war nur ein einziger Mauerring, doch er wirkte noch mächtiger als die Befestigungen, die die Residenzstadt seiner Familie umgaben, und die Türme aus Stein, verstärkt mit schimmerndem Metall, hatte er dort auch nicht gesehen. Seltsame bunte Punkte pulsierten an ihren Fassaden, und dann und wann löste sich ein greller Lichtstoß und fuhr hinab in die Scharen der Angreifer, die weiter gegen die Mauern andrängten.

Das ist nicht unsere Hauptstadt, begriff er, und auf einmal wusste er, was er hier sah: Dies war die alte Stadt am Ufer des Öden Meeres, in der die Fürsten des Ostens geherrscht hatten, Graf Rolands Vorfahren. Er wurde Zeuge jenes schrecklichen Tages, an dem die Wüstlinge in die ausgetrockneten Schächte der Brunnen eingedrungen waren und sich unter der Erde den Weg ins Herz der Stadt gebahnt hatten.

Warum die Vergangenheit, grübelte er. Warum sehe ich diesmal nicht die Zukunft. Warum sehe ich die Vergangenheit?

„Warum?“, murmelte er, und er spürte, dass er im Begriff war, zu erwachen. „Warum?“

„Na, weil es sich ganz so bequem doch nicht im Sattel schlummert, Schlafmütze“, sagte Libius gut gelaunt. „Deine Kehrseite wird dir das morgen schon deutlich machen. Den halben Nachmittag hast du verschlafen, und jetzt wird es bald Abend.“

Der Junge blinzelte. In seinem Kopf drehte es sich wirr.

Er blickte nach Westen. Der Himmel über der Wüste hatte eine tiefblaue Färbung angenommen, die zum Horizont schon ins Rötliche spielte. Auch die Grate der Alten Berge waren nun wieder in der Ferne zu erkennen.

Irgendwo zwischen ihnen und uns liegt das, was von der Akademie übrig geblieben ist, dachte er. Es war eine merkwürdige Vorstellung. Die Herrin hatte ihm gerade eine ferne Vergangenheit gezeigt – warum auch immer. Doch seine eigene Vergangenheit war unerreichbar.

Darek war erstaunt, wie rasch sich die Nacht über die Wüste legte. Eben war da die erste Andeutung der Dämmerung gewesen, und im nächsten Augenblick, wie ihm schien, hob sich die ferne Gipfellinie scharf gegen den Horizont ab. Jetzt waren die Zwillingsgipfel ganz deutlich erkennbar. Ein bisschen, fand Darek, sah es aus wie …

„Ein Drache mit Zahnausfall“, kicherte Ylvia. „Was Drachen dann wohl machen? Glaubst du, es gibt einen Bader, der Drachen behandeln würde?“

Sie hatte seine Gedanken gelesen. Vermutlich hatte das Mädchen es nicht einmal gemerkt, sondern glaubte, er habe laut gesprochen. Er beschloss, sich nichts anmerken zu lassen. Und er musste unbedingt mit Libius sprechen. Ob Frauen nun zaubern konnten oder nicht: Ylvia musste bei einem Zauberer in die Lehre gehen, allein schon, um ihre außergewöhnliche Gabe in den Griff zu bekommen. Ein ungeschicktes Wort zur falschen Zeit konnte sie gewaltig in Schwierigkeiten bringen. Nicht jeder war begeistert, wenn man ihm auf etwas antwortete, das er gar nicht gesagt hatte.

„Ich kann mir vorstellen, dass ein Drache mit Zahnschmerzen noch schlechter gelaunt wäre als gewöhnlich", lächelte Darek. „Als Bader wäre ich jedenfalls vorsichtig. Ich würde weder einen Drachen behandeln – noch ein Kamylion."

Das Mädchen gluckste vergnügt. „Ich kann die Zähne von meinem nicht sehen, aber die von deinem sehen zum Fürchten aus. Aber eigentlich sind es doch ganz nette Tiere. Und sie riechen auch nicht schlimmer als die Fische von meinem Onkel."

Darek nickte: „Außerdem sind sie nicht tot. Sonst könnten wir nicht mehr auf ihnen reiten. Doch wo du von deinem Onkel sprichst …"

„Sein Lob werden lieblich die Lauten ihm leiern", fiel der Zwerg ein. Überrascht blickte Darek nach unten. Bartholf hielt die Geschwindigkeit der Kamylien unbeirrt mit. „Der Fischlein Verkäufer ließ Recken verrecken, die fern aus dem Süden gen Mittag gezogen, im Inneren Reich sich mit Ruhm zu bekleckern. Da trat in die Schranken die Streitmacht vom Kater, erstickte den Sturm jener Streiter und Reiter in eisigem Schnee dort im Tal …" Er hüstelte. „Und so weiter."

„Wer Euch an seiner Seite hat, Bartholf vom Kleinen Volk", sagte Darek staunend, „der braucht gar keinen Barden mehr."

„Es ehren die Zwerge die Zwiesprach' der Skalden", erwiderte Bartholf bescheiden. „Doch bin ich nichts mehr als ein lausiger Laie, vergleicht ihr die Meister des metrischen Maßes, voll Wunder und Weisheit zur Zeit der Altvord'ren."

Damit begann er eine langatmige Erzählung über die Skalden und Barden aus zwergischer Vorzeit. Darek war zu höflich, ihn zu unterbrechen, doch eigentlich hatte er die Gelegenheit nutzen wollen, Ylvia ein wenig über ihren Onkel zu befragen. Wie kam ein Fischhändler an die Spitze der Reiter vom Schwarzen Kater? Die Frage beschäftigte ihn immer stärker.

Doch die Gelegenheit würde sich schon noch ergeben.

***

Den Tag hindurch hatte die Sonne mit einer solchen Kraft gebrannt, als wollte sie ihnen einen Vorgeschmack auf die Gluthitze des Südens geben, der noch vor ihnen lag. Mit der Nacht aber war eine Kälte gekommen, dass sich Darek in Boreas' Reich zurückversetzt fühlte.

Er konnte nicht schlafen, und die Kälte war nicht der einzige Grund.

Ruhelos erhob er sich und entfernte sich ein Stück von den anderen, die sich um die glimmenden Reste ihres Feuers zusammengerollt hatten. Der Himmel war vollkommen sternenklar, Wolken gab es nicht über der Wüste. Geisterhaft lag das Licht des Mondes auf dem Fell der Kamylien und verwandelte sie in zottige Ungeheuer.

Sie sind zottige Ungeheuer, dachte der Junge. Allerdings zottige Ungeheuer, auf denen man bequem reiten konnte.

Möglichst leise ging Darek an den Tieren vorbei. Eines von ihnen – der Junge hielt es für sein eigenes Reittier – hob kurz den Kopf und schnaubte unterdrückt. Darek legte die Hand auf den Hals des Kamylions und flüsterte einige beruhigende Worte. Das schien zu funktionieren. Das Tier war jetzt still.

Darek wandte sich ab und kletterte den Hang einer der Sanddünen empor, in deren Schutz sie ihr Lager aufgeschlagen hatten. Das war schwerer, als er geglaubt hatte. Bis weit über die Knöchel versanken seine Füße bei jedem Schritt im Sand. Schlagartig wuchs seine Hochachtung vor Bartholf: Die Beine des Zwerges waren sehr viel kürzer als die des Jungen.

Außer Atem erreichte Darek den höchsten Punkt der Düne und hielt inne. Eine verzauberte Welt lag vor ihm. Sanft schimmerte das Licht des zunehmenden Mondes auf der Wüste. An einigen Stellen funkelte es im Sand wie von winzigen Kristallen. Eine ganz sachte Brise säuselte von Osten heran und mit ihr ein seltsamer Hauch wie der träumende Atem des Euros. Und über all dem wölbte sich der nächtliche Himmel mit Tausenden von Sternen. Es war ein Bild von solcher Schönheit – Darek spürte, wie ihm Tränen in die Augen traten.

Das Licht war magisch. Fast gegen seinen Willen setzten sich die Füße des Jungen von Neuem in Bewegung, und er stieg am jenseitigen Hang der Düne wieder hinab, erreichte ein neues Tal, eine neue Düne. Er konnte den Blick nicht vom Mond, den Sternen nehmen und von ihren Abbildern, die am Boden leuchteten.

Die Stille war so vollständig, dass sein Kopf beinahe bersten wollte.

Dann aber zerbrach etwas das Schweigen. Es dauerte einige Augenblicke, bis diese Erkenntnis in Dareks Verstand ankam und noch einmal so lange, bis seine Füße ihm gehorchen wollten und stehen blieben.

Die Geräusche kamen aus der Richtung ihres Lagers.

Der Junge holte tief Atem, versuchte seinen Kopf wieder klar zu bekommen. Es war Magie. Etwas hatte ihn verzaubert. Die Wüste hatte ihn verzaubert. Der Atem des Euros, begriff er, hatte ihn verzaubert und fortgelockt.

Darek fuhr herum, und im selben Moment zuckte ein Stück entfernt ein greller Blitz auf. Er war nicht von oben her gekommen und im Boden eingeschlagen wie bei einem Gewitter. Der Nachthimmel war noch immer klar.

Ein neues Aufblitzen. Er hatte so etwas schon einmal gesehen, und im nächsten Augenblick wusste er auch, wo. Die Stadt der Fürsten! Die Schlacht gegen die Wüstlinge vor Hunderten von Jahren, die uralten Waffen, die Euros Zorn geweckt hatten!

Einen Atemzug später donnerte ein unsichtbarer Mehlsack gegen die Brust des Jungen und warf ihn zu Boden. Benommen stürzte er in den weichen Sand, doch er war nicht ernsthaft verletzt. Umständlich kam er wieder auf die Beine. Neue Lichtblitze zuckten über dem Dünental, in dem sich ihr Lager befand.

Taumelnd wankte Darek die Anhöhe hinab, stolperte und fiel. Er kugelte hinab bis in die nächste Senke, raffte sich wieder auf, kroch auf Händen und Knien den Hang hinauf. Noch immer war das Blitzen in der Luft, die verängstigten Schreie der Kamylien, eine dröhnende Stimme – Bartholf –, die den Angreifern mit allem drohte, was ein Zwergenhirn nur ersinnen konnte.

Wieder eine Senke vor ihm. Noch eine letzte Düne, dann würde das Lager vor ihm liegen. Doch die Geräusche hatten sich verändert. Lautes Rascheln, Rufe in einer fremden Sprache. Sie entfernten sich. In Panik klomm Darek empor, blickte hinab auf ihre Lagerstelle.

Ein stechender Gestank lag in der Luft. Das Glimmen der zerstampften Glut war alles, was geblieben war.

Das Lager war verlassen.

***

Wie betäubt saß Darek am Boden und starrte in die Reste der Glut, bis sie allmählich zu Asche zerfiel, eben als der Himmel im Osten ihr Rot aufzugreifen schien. Der Tag erwachte über der Wüste, und in Kürze würde die Hitze kommen.

Der Junge war allein. Seine Gefährten waren fort. Er hatte kaum Zweifel, wem sie in die Hände gefallen waren. Die Wüstlinge würden sie kaum auf der Stelle töten – das hätten sie gleich hier erledigen können. Doch ihr weiteres Schicksal war ungewiss.

Anders als das seine, denn mit seinen Freunden waren auch die Kamylien verschwunden und mit den Kamylien alles Trinkwasser. Darek hatte keine Ahnung, in welche Richtung er sich wenden sollte. Sie hatten ihre Tiere einfach immer weiter in die Wüste hineinlaufen lassen und gewartet, dass Euros ihnen ein Zeichen geben würde.

Nun, wenn dies ein Zeichen war, dann war es deutlich: Sein Weg war hier zu Ende. Er konnte losstapfen durch die Wüste, egal in welche Richtung, oder neben dem Haufen kalter Asche sitzenbleiben. Das Ergebnis blieb dasselbe. Er würde langsam verdursten.

Sehnsüchtig betrachtete er die gezackte Linie der Alten Berge. Die aufgehende Sonne färbte sie rot. Er wusste, dass die Gipfel und die ihnen vorgelagerte Ebene rund um die Ruinen der Akademie viele Tagesreisen entfernt waren.

Keine Chance, dachte er.

Doch war das tatsächlich so?

Die erste Wärme der Sonne legte sich auf seinen Nacken, wohltuend nach der eisigen Nacht. Doch nur zu bald würde er sie verfluchen, das wusste er.

Darek wandte sich um und blinzelte nach Osten. Der Sand rund um die Feuerstelle war aufgewühlt und zerstampft: Spuren des Kampfes. Die Sonne tauchte auch ihn in einen roten Schimmer, doch es waren keine Blutspuren zu sehen.

Deutlich waren die Abdrücke der Hufe zu erkennen. Viele Hufe. Sehr viel mehr als jene, die von Nordwesten, von wo die Gefährten am Vorabend gekommen waren, in die kleine Senke hineinführten. Euros hatte keine Brise gesandt, die sie hätte verwischen können.

Was, wenn auch das ein Zeichen war?

Alles war besser, als hier zu sitzen und auf den Tod zu warten.

Der Junge raffte sich auf. Seine Gelenke waren steif nach den langen Stunden, die er reglos in die ersterbende Glut gestarrt hatte.

Ja, die Spuren waren deutlich. Er machte den ersten Schritt. Egal, wie lang der Weg ist, dachte er, egal, wohin er führt. Immer beginnt er mit dem ersten Schritt. Und oft ist das der schwierigste von allen.

Und zunächst schien es auch so. Darek hielt den Blick geradeaus gerichtet. Schnurgerade führten die Spuren nach Osten. Das Rot wich zusehends, und gelb stieg die Sonne höher und höher in einen tiefblauen Himmel. Die Wärme nahm zu – und mit ihr der Durst.

Doch der Junge war nun auf dem Weg. Solange er am Boden gesessen hatte, war es als selbstverständliche, naheliegende

Sache erschienen, dort sitzen zu bleiben. Nun gab es nur das Gehen, einen Schritt vor den anderen. Und jedes Mal schien es etwas schwieriger, den Fuß wieder zu heben, herauszureißen aus dem Sand, der ihn zu verschlingen suchte.

Seine Lippen waren trocken. Die Haut brannte auf seinem Gesicht, vor allem rund um die Augen, wo das Salz seiner Tränen getrocknet war, solange er noch Tränen hatte. Schwindel war über ihn gekommen und verstärkte sich. Und weiter zerrte der Sand an seinen Füßen.

Noch ein Schritt. Und noch einer.

Er stolperte, versuchte sich zu fangen, doch die Wüste gab seinen Fuß nicht frei.

Der Junge fiel vornüber und musste sich mit den Händen abstützen.

Darek spürte, wie ein neues Gefühl in ihm erwachte. Das war nicht mehr Verzweiflung, nein, auch keine Angst vor dem Verdursten, das ihm bevorstand.

Es war Trotz.

Mühsam richtete er sich auf die Knie auf. Er blickte hinauf zur Sonne. Das Bild verschwamm vor seinen Augen.

„Das Wasser des Großen Stroms hat uns nicht verschlungen im Reich des Zephyrus", flüsterte er mit rauer Stimme. „Und auch nicht das Eis in Boreas Land." Er musste ein, zwei Mal tief durchatmen, bevor er die Kraft zum Weitersprechen fand. „Und auch der Sand Eurer Wüste wird mich nicht begraben, Euros! Nicht bevor wir miteinander gesprochen haben und Ihr Euch angehört habt, was ich Euch zu sagen habe!"

Darek erschrak. Hatte er das eben wirklich gesagt? Er war ein Bittsteller, mehr nicht. Wie konnte er es wagen, so herrische Worte an einen der allmächtigen Herrscher der Welt zu richten?

„Weil jede Sache zwei Seiten hat“, sagte eine Stimme. „Deine eigene – und die andere. Und wenn Euros dermaßen übertreibt …“

Fast klang es wie eine Entschuldigung.

Ein Wasserschlauch. Jemand hielt ihm einen Wasserschlauch hin. Der Schwindel war nun beinahe unerträglich, doch die Hand des Jungen griff zu, ohne dass er es ihr bewusst befohlen hatte, und führte den Schlauch an die Lippen.

Er spürte, wie jemand ein Tuch um seine Stirn wickelte. Es fühlte sich feucht an. Gleich darauf wurde ihm kühler Stoff um die Schultern gelegt.

„Sei froh, dass du kein Baum bist“, sagte die Albâine aufmunternd. „Ich möchte nicht wissen, wie viele Blätter du jetzt noch hättest. Ihr Menschen seid zwar sonst ziemlich empfindlich, aber wenigstens fällt euch so schnell nichts ab.“

„Astaril!“, flüsterte der Junge. „Du bist nicht … Sie haben dich nicht …“

Das Mädchen vom Alten Volk schüttelte den Kopf: „So, wie die sich gegenseitig auf die Füße getreten sind! Sogar den Kamylien sind sie auf die Hufe getrampelt! Wenn da eins zurückgetrampelt hätte, ich sag dir … Und wenn eine Albâine nicht gesehen werden will, dann wird sie auch nicht gesehen.“

Der Schwindel in seinem Kopf hatte sich um eine Winzigkeit beruhigt. Dafür wurde ihm jetzt übel. Er ließ sich in den Sand zurücksinken, doch er hatte nicht mehr das Gefühl, gleich ohnmächtig zu werden.

„Aber du warst fort! Ich dachte … Warum hast du nicht auf mich gewartet?“

Sie seufzte: „Na, du musstest doch gegossen werden, oder wie ihr das nennt. Und weiter geht’s. Nur ohne Kamylion ist das hier ja nicht ganz einfach. Also habe ich uns welche besorgt."

Tatsächlich. Er sah es erst jetzt. Zwanzig Fuß entfernt warteten artig zwei besonders hässliche Kamylien und musterten ihn ohne besonderes Interesse.

„Und ich glaube, ich weiß auch, wo wir eine Muschelkamee finden", fuhr die Albâine fort. „Am Ufer des Öden Meeres liegen die haufenweise rum. Hätte mir auch früher einfallen können."

Sie streckte ihm die Hand entgegen und half ihm auf die Beine.

Er strich den weiten, hellen Mantel zurecht, den sie ihm um die Schultern gelegt hatte. Mochten die Winde wissen, wo sie das alles her geholt hatte.

„Am Ufer des Öden Meeres?", fragte er.

Sie nickte. „Ein Stück südlich von hier", sagte sie und deutete in die betreffende Richtung. „Das bringt uns dann auch gleich ein Stück weiter an das Reich des Notos heran."

„Notos?" Er kniff die Augen zusammen, blinzelte. „Süden?"

Er sah in die Richtung, die sie ihm gewiesen hatte, drehte sich dann und blickte nach Osten. „Und Bartholf? Und Libius, Ylvia?"

Bekümmert sah das Mädchen vom Alten Volk ihn an. „Sie sind so weit mit dir gegangen, wie sie nur konnten. Die Winde haben es so gewollt, dass sich eure Pfade jetzt getrennt haben. Für sie kannst du nichts mehr tun – aber du hast eine Aufgabe. Und die ist wichtiger als drei einzelne Leute."

Darek starrte sie an: „Das ist nicht dein Ernst."

Sie erwiderte traurig seinen Blick, doch sie sprach kein Wort.

„Nein", sagte er mit fester Stimme. „Nein. Sie haben ihr Leben für mich aufs Spiel gesetzt. Auf keinen Fall lasse ich sie hier zurück. Auf gar keinen Fall!"

Noch immer lag die Trauer auf ihrem Gesicht. Es war, als wollte sie sich sogar noch verstärken, bis ihre Züge zu zerfließen schienen. Nein, nicht allein ihre Gesichtszüge. Die gesamte Gestalt. Darek spürte, wie ein leichter Windhauch über seine Haut strich, und er strich auch durch die Gestalt der Albâine … Sie löste sich auf wie ein Trugbild.

Im nächsten Augenblick war Astaril verschwunden. Nicht einmal Fußspuren waren geblieben, die bewiesen, dass sie da gewesen war. Doch die Albâine hatte schon im Eis des Boreas keine Spuren hinterlassen. Das bedeutete nichts. Überhaupt nichts.

Und der kühle Mantel war noch da. Der Lederschlauch mit Wasser in seiner Hand, die beiden Kamylien, eines von ihnen schwer beladen mit Proviant.

„Astaril!", rief der Junge laut. „Astaril!" Doch er wusste, dass er keine Antwort bekommen würde.

War sie wirklich da gewesen?

Nachdenklich blickte Darek auf die Kamylien: „Und wenn Euros dermaßen übertreibt …", murmelte er.

Er würde später darüber nachdenken.

Der Junge stapfte hinüber zu den Kamylien.

Wenn er die Wüstlinge einholen wollte, durfte er keine Zeit mehr verlieren.

***

Staunend betrachtete Darek die zerklüfteten Felsen. Das Gestein selbst war grau, doch deutlich zogen sich farbige Adern durch den Fels, schimmernd in Silber und Kupfer. Wenn Bartholf das zu sehen bekommen hatte: Das Herz des Zwerges musste gehüpft sein vor Aufregung.

Als Darek die Gesteinsformationen aus der Ferne erspäht hatte, hatte er zuerst an eine Sinnestäuschung geglaubt. Libius hatte den Gefährten gestern sonderbare Geschichten erzählt: Ganze Karawanen mit Hunderten von Kamylien, die in Wahrheit gar nicht da waren und deren Abbilder Reisende in die Irre führten. Nichts als Spiegelungen in der Luft, als wollte Euros sich einen Scherz erlauben.

Doch die Felsen waren Wirklichkeit. Abrupt stießen sie auf einer Breite von mehreren Meilen aus dem Boden der Wüste. Es gab keinen Übergang. Ein unwirkliches Bild, noch sonderbarer als die Eisskulpturen, die der Atem des Boreas geformt hatte. Diese Formen waren ... Er hatte kein besseres Wort: Sie waren Elodim durch und durch.

Jetzt, als sein Reittier näher herankam, erkannte der Junge, dass er sich nicht getäuscht hatte. Die Felsen waren in der Tat Elodim. Es waren nämlich gar keine Felsen.

Er zügelte sein Kamylion und brachte auch das Packtier zum Stehen.

Es gab keinen Zweifel: Vor ihm erhoben sich die Ruinen der uralten Stadt, über die einst die Fürsten des Ostens geherrscht hatten. Und er glaubte nicht, dass sie gänzlich unbewohnt waren.

Jedenfalls führten die Hufspuren der Wüstlinge durch die geschwärzten Reste eines Torbogens direkt ins Innere der Stadt.

Ich sollte vorsichtig sein, dachte der Junge. Hier draußen in der freien Wüste bin ich so unsichtbar wie ein Mahmût auf dem Eis des Boreas.

Doch er wusste, dass das überflüssig war. Er spürte Augen auf sich, die ihn von den Ruinen her beobachteten. Gut möglich, dass es nur die Raubvögel waren, die zwischen den Trümmern nisteten und sich hin und wieder mit rauem Krächzen in die Luft erhoben. Bewundernd folgte sein Blick ihrem schwerelosen Flug.

Aber nein, es waren nicht allein die Vögel. Da war noch mehr.

Noch in der Zerstörung wirkten die Befestigungen einschüchternd. Er rief sich seinen Traum ins Gedächtnis, stellte sich vor, wie sie damals ausgesehen hatten, während der jahrhundertelangen Belagerung: Verkleidet mit Mänteln aus blitzendem Metall, bemannt mit Tausenden schwer bewaffneter Verteidiger, die über magische Waffen verfügten, welche Blitze und Feuer verschossen. War es ein Wunder, dass die Fürsten dieser Stadt geglaubt hatten, sie könnten selbst dem mächtigen Ostwind die Stirn bieten?

Ohne zu zögern, folgte Darek der Fährte durch den zerbröckelnden Bogen des einstigen Stadttores. Sein Reittier wieherte unruhig, als sie in den Schatten der Ruinen eintauchten. Eigentlich war es kein Wiehern, sondern eher ein Blöken. Beruhigend legte er die Hand auf den Hals des Tieres. Widerstrebend ging das Kamylion weiter voran, und das Packtier folgte gehorsam seiner Führung.

Die Hufabdrücke am Boden waren noch immer deutlich zu erkennen, wenn sich der Sand hier auch nicht so hoch türmte wie draußen in der freien Wüste. In geschützten Winkeln entdeckte Darek Reste von Straßenpflaster, makellos eben, glänzend wie Marmor. Welch gewaltige Macht mussten die Herren dieser Stadt besessen haben. Welcher Reichtum, welche Pracht musste hier in alter Zeit geherrscht haben.

Steil ragten die zerstörten Fassaden zu beiden Seiten der Straße auf. Die Raubvögel – der Junge hielt sie für eine Falkenart – tauchten kühn in die Häuserschluchten und flogen ihm voran wie Kundschafter, die ihren Herren seine Ankunft melden wollten.

So viel zu ‚unsichtbar', dachte der Junge.

Die Fährte wand sich durch das Labyrinth der Trümmer. Ihm blieb nichts, als ihr zu folgen. Noch immer fühlte er sich beobachtet. Der Eindruck wurde sogar deutlicher. Er nahm es hin. Ein Zurück gab es längst nicht mehr, und er wollte auch nicht zurück. Dies war der richtige Weg, er spürte es. Nicht allein der richtige Weg zum Lager der Entführer, sondern auch der richtige Weg für ihn. Angst fühlte er nicht.

Unvermittelt wichen die Häuserfassaden zu beiden Seiten zurück, und Darek staunte. Vor ihm dehnte sich ein Acker: ein bestelltes Getreidefeld inmitten der Ruinen der Wüstenstadt. Gewiss, die einzelnen Pflanzen sahen kümmerlich aus, gelblich und dem Verdursten nahe, doch zwischen den Reihen der Ähren zogen sich schmale Gräben. Auf ihrem Grund glaubte er Spuren von Feuchtigkeit zu erkennen.

Wo kam dieses Wasser her? Die Fährte der Entführer zog sich am Rand des Feldes entlang. Dort war ausreichend Raum, dass zwei Kamylien mitsamt ihrer Reiter einander bequem passieren konnten. Gegen diesen Reitweg war der Acker mit einer steinernen Einfassung abgegrenzt. Kein Tropfen der kostbaren Flüssigkeit sollte verloren gehen.

Als Darek das Feld beinahe hinter sich hatte, gelangte er an eine Brücke aus roh behauenem Stein. Es war deutlich zu erkennen, dass dies keine Arbeit der längst verstorbenen Erbauer der Stadt war. Das Mauerwerk war mit weit weniger Kunstfertigkeit ausgeführt als die fugenlos glatten Wände der Ruinen, doch es erfüllte seinen Zweck: Der Weg führte hier über einen ausgemauerten Kanal. Eine tiefe steinerne Rinne kam aus den Ruinen hervor und mündete jenseits der Brücke in die Bewässerungsgräben ein. An ihrem Boden glitzerte Wasser im Zwielicht. Es stand vielleicht zwei Finger hoch. Neugierig spähte der Junge in die Dunkelheit zwischen den Trümmern der Häuser. Eine Vielzahl kleinerer Rinnen und Zuflüsse speiste den Kanal. Die meisten von ihnen sahen trocken aus, doch in der Ferne hörte der Junge ein verhaltenes Tröpfeln und Plätschern.

Sie haben Zisternen, dachte er. Wenn sich tatsächlich einmal eine Wolke hierher verirrt, fangen sie den Regen zwischen den Ruinen auf und führen alles hier zusammen. Sie vergeuden keinen Tropfen.

Doch wie kläglich war der Lohn für solch gewaltige Anstrengungen. Am jenseitigen Rand des Feldes entdeckte er jetzt sogar eine lange Reihe niedriger Bäume, an denen fremdartige Früchte wuchsen. Auch diese Bäume wirkten verkrüppelt und krank. Dennoch war das Bild eindrucksvoll. Ein Feld inmitten der Wüste. Die Menschen, die hier lebten, hatten nicht klein beigegeben. Hartnäckig kämpften sie ums Überleben, wer weiß, wie lange schon.

Die Hufspuren führten jetzt durch einen niedrigen Torbogen. Hier türmte sich der Sand so hoch, dass Darek sich unwillkürlich duckte, um nicht mit dem Kopf am Mauerwerk anzuschlagen. Als er sich wieder aufrichtete, lag die Heimstatt der Entführer vor ihm. Offenbar wurden hier die unteren Geschosse einiger Ruinen weiterhin bewohnt. Der Junge sah, dass man sie ausgebessert hatte, auf die gleiche Weise, in der auch die

Brücke gemauert war. Glas gab es in den Fensterhöhlen schon längst nicht mehr. Die einst weiten und großzügigen Öffnungen hatte man zu schmalen Schlitzen verengt. Im Innern ihrer Behausungen mussten die Menschen es angenehm kühl haben. Zusätzlich aber erhob sich auf einer freien Fläche eine Zeltstadt von beträchtlichen Ausmaßen. Auch diese Behausungen wirkten durchaus solide – und gar nicht so, wie Astaril berichtet hatte. Diese Menschen hatten sich auf Dauer in den Ruinen eingerichtet. Nichts deutete darauf hin, dass sie womöglich von heute auf morgen ihren Hausrat auf die Höcker ihrer Kamylien laden wollten und zu einem anderen Ort in den Weiten der Wüste weiterziehen wollten.

In der Zeit der alten Fürsten mochte die große freie Fläche ein Marktplatz gewesen sein. Jedenfalls erkannte der Junge an ihrer Rückseite die Reste eines Gebäudes, das einst von gigantischer Größe gewesen sein musste. Beinahe war es eine zweite Festung innerhalb der ummauerten Stadt, fast wie der Palast von Dareks Familie, der die Königsstadt überragte. Mit leerem Blick sahen die Fensterhöhlen auf den Jungen herab.

Zu Dutzenden flogen die Falken von den Trümmern auf, als er sich näherte und die Menschen auf ihn aufmerksam wurden. Darek hatte den Rand des Lagers fast erreicht und beobachtete noch einmal den eleganten Flug, mit dem eines der Tiere von den Ruinen des Palastes herab zwischen die schneeweißen Zelte tauchte und einen Augenblick später wieder zum Vorschein kam – mit Beute zwischen den Fängen.

„Dreimal verfluchter Enkel einer Aaskrähe!“ Das war die Stimme einer Frau, und im gleichen Augenblick stolperte ein bis unter die Nasenspitze vermummtes, nahezu kugelförmiges Bündel auf die Lagergasse. Darek konnte sein Kamylion eben noch zum Stehen bringen. „Das war Pastete für den Tisch der Fürstin, verdammter Geier! – Oh!"

In dem dunklen Tuch, das den gesamten rundlichen Leib der Frau umhüllte, war gerade mal ein schmaler Schlitz für die Augen freigelassen. Staunend starrten sie den Jungen an.

„Der Verheißene!", flüsterte sie. „Wahrhaftig!"

Zu Dareks grenzenloser Überraschung ging die Frau mit ungeschickten Bewegungen zunächst in die Knie und streckte sich dann flach auf dem Boden aus.

„Preiset die Propheten!", hörte er ihre Stimme. „Lob sei der Macht des Windes!"

Auf einmal waren überall Menschen. Darek sah dunkle Gesichter, die Augen vor Staunen aufgerissen. Die Frauen waren allesamt ähnlich vermummt wie die Dicke, die Männer trugen ebenfalls weite Gewänder, die bis zum Boden reichten, doch bei ihnen blieben die Gesichter frei. Lediglich die Haare waren von Schichten eng gewickelten Tuches bedeckt.

„Preiset die Propheten!", nahmen sie die Worte auf. „Preiset jene, deren Wort sich erfüllt!"

Sie stürmten auf Darek los. Er sah keine Feindseligkeit in ihren Augen, trotzdem bekam er Angst. Eine Menschenmenge drängte sich plötzlich um ihn und seine Kamylien. Hände streckten sich aus, versuchten, ihn zu berühren, sein Gewand zu berühren – oder auch nur eines der hässlichen Reittiere.

„Der Verheißene! Der Verheißene ist gekommen!"

Ein lautes Donnern. Von einem Augenblick zum anderen waren die Menschen still.

Ein alter Mann in einer schneeweißen Robe kam zwischen den Zelten hervor. In der Hand hielt er einen schwarzen Knüppel, von dessen Spitze Rauch aufstieg.

„Verheißener!“, rief er mit brüchiger Stimme. „Wahrhaftig, Ihr seid gekommen. Steigt herab von Eurem edlen Tiere! Seit drei Mal dreihundert Jahren hat meine Sippe diesen Tag herbeigesehnt! Folgt mir! Folgt mir vor das Angesicht der Fürstin!“

Darek zögerte einen Augenblick. Wer weiß, was diese Leute mit ihm anstellten, wenn er erst die Sicherheit seines Sattels verließ. Doch schon sah er, wie sie respektvoll zurückwichen und eine Gasse bildeten.

Er glitt vom Rücken des Kamylions und schritt unter ihren staunenden Blicken auf den Alten zu. Der Mann im weißen Gewand verneigte sich tief.

„Gepriesen sei diese Stunde“, murmelte der alte Mann. „Folgt mir, Verheißener! Folgt mir!“

Der Weg war nur kurz. Es ging durch einige Lagergassen, dann erreichten sie einen freien Platz inmitten der Zeltstadt. Vor den Ruinen des Palastes war ein Tisch aufgebaut, rund um den Tisch vier niedrige Stühle und am jenseitigen Ende ein erhöhter, geschnitzter Thron.

„Edle Fürstin!“, sagte der Alte mit einer neuen, tiefen Verneigung. „Niemals wäre es einem von uns in den Sinn gekommen, an Euren Worten zu zweifeln. Der Verheißene ist eingetroffen!“

„Dann können wir ja endlich mit dem Essen beginnen“, sagte Ylvia und winkte dem Jungen von ihrem Thron her zu. Sie wies auf den freien Stuhl zwischen Bartholf und Libius. „Die Datteln sind wirklich lecker. Aber warm schmecken sie einfach am besten.“

***

„Das gleißend-grelle Taggestirn muss seines Knabenkörpers Kraft dahingeschmolzen haben gleich der …“

„Ach was!“ Das war Libius. Im nächsten Augenblick traf ein kalter Wasserschwall Dareks Gesicht. Die Schwärze, die unvermittelt vor seine Augen getreten war, schwand, und er blickte in die besorgten Augen des Zauberlehrlings. „Tut mir leid um das Wasser“, sagte Libius und blickte kurz über die Schulter. „Ich weiß, es ist kostbar hier.“

„Nicht so kostbar wie Eure Ankunft, Gefährte unserer Fürstin!“ Der Alte in der weißen Robe vollführte eine neue Verbeugung.

„Fürstin“, wiederholte Darek. Und noch einmal: „Fürstin.“

„Das muss alles etwas überraschend für dich kommen …“, begann der Zauberlehrling.

„Aber nicht doch“, murmelte Darek. „Was hätte ich sonst erwarten sollen, als dass ihr als geehrte Gäste an einem gedeckten Tisch sitzt und auf mich wartet. Es ist wirklich sehr nett, dass ihr auf mich gewartet habt.“

„Es geht dir ganz bestimmt gut?“, fragte Libius besorgt.

„Ich glaube, mir ist übel“, sagte der Junge mit ruhiger Stimme. Dann drehte er sich auf die Seite und gab den Reiseproviant, den er in den Taschen des Packtieres gefunden hatte von sich.

Betreten warteten seine Gefährten, dass Dareks Magen sich beruhigte. Dann hievte ihn Libius vorsichtig auf seinen Stuhl. „Warte besser ein wenig, bevor du wieder was isst“, riet er dem Jungen.

Noch immer drehte sich alles um Darek. Schließlich blieb sein Blick an Ylvia hängen, die auf ihrem Thron saß und ihn schuldbewusst ansah. „Fürstin“, sagte er.

Das Mädchen nickte: „Ja. Ich bin ihre Fürstin. Aber noch nicht lange … erst ein paar Stunden."

„Aber wie …" Der Junge spürte eine neue Welle der Übelkeit. Er schluckte. „Warum? Wie kommst du … Wer … wer sind diese Leute."

„Sie sind die Überlebenden dieser Stadt, Darek", sagte Libius. „Also ihre Nachkommen. Dies sind die Ruinen der großen Stadt, über die die Fürsten des Ostens geherrscht haben, bis Euros sie … na ja …"

„So weit hatte ich mir das schon gedacht", erwiderte der Junge. Die Datteln auf seinem Teller sahen verlockend aus, doch sein Magen rumorte noch immer dermaßen, dass er es noch nicht wagte zuzugreifen.

„Offenbar gibt es bei ihnen eine Weissagung", erklärte der Zauberlehrling. „Eine Prophezeiung. Die Erbin ihrer Fürsten würde zu ihnen zurückkehren … irgendwann. Und, na ja …"

„Jetzt bin ich hier", sagte das Mädchen.

Darek starrte sie an: „Die Erbin der Fürsten?" Er drehte sich zu der Albâine, die ihn ihrerseits betrachtete. In ihrer Miene lag vor allem Neugier. Er musste sie unbedingt auf sein Erlebnis an diesem Vormittag ansprechen, aber das hatte Zeit. „Astaril? Die Erben der Fürsten, das sind doch … Graf Roland und sein Geschlecht." Die Albâine nickte stumm. Dareks Blick ging wieder zu Ylvia: „Du bist die Nichte eines Fischhändlers", stellte er fest.

„Graf Roland", sagte das Mädchen. „Früher mal Kommandant der königlichen Leibgarde. Dann Fischhändler. Jetzt wieder … na ja, die Reiter vom Schwarzen Kater eben."

Darek spürte, wie sein Unterkiefer herunterklappte, und für den Augenblick vergaß er, wie man das anstellte: den Mund wieder zu schließen. Der Laut, den er von sich gab, konnte alles bedeuten.

„Ich war genauso überrascht wie du“, verteidigte sich Libius, den der Junge gar nicht mehr angesehen hatte. „Aber ich war wohl auch der Einzige“, fügte der Zauberlehrling murmelnd hinzu.

„Du hast mich nie gefragt“, sagte jetzt das Mädchen. „Du hast nicht einmal gefragt, wie er heißt.“ Unvermittelt trat ein wütendes Funkeln in ihre Augen. „Und was ist mit dem Kater, hm? Mit Castro? Hast du mir etwa verraten, dass er dein Vater ist? Dass er der König ist? Das musste ich aus seinem Kopf …“ Sie wies auf Libius.

Der Zauberlehrling starrte sie an.

Ich sehe wahrscheinlich so ähnlich aus wie er im Augenblick, dachte Darek. Jetzt gelang es ihm, die Kiefer wieder zuzuklappen.

„Dein Onkel ist Graf Roland?“, fragte er. „Und das …“ Ganz langsam drehte er sich zu Bartholf um. „Der Atem des Meeres, hm? Der Grüne Stern? Ihr wusstet nicht rein zufällig, wer dort in Wahrheit wohnte, edler Bartholf?“

Der Blick des Zwerges war unergründlich: „Gar weite Wege, Königsknab, sind jenem auferlegt, den Huld und Handlung der Hohen Herrin auf die Reise senden. Wie dürft ein bied’rer Zwerg die Kreise stören, die Vorsehung Euch hält bereit?“

„Vorsehung?“ Darek spürte, wie seine Wangen heiß wurden. „Vorsehung? Erst erzählt Ihr mir, wir reisen in die Königsstadt, um Engelbertus das Handwerk zu legen – stattdessen wartet die Herrin der Winde auf mich. Dann begegne ich, der Erbe des Thrones, dem wichtigsten Heerführer unseres Reiches und ältesten Freund meines Vaters, und anstatt mich über den Krieg gegen die Barbarescen mit ihm zu beraten, spreche ich mit ihm über Fische!"

„Du schworst mir, Knabe, Stein und Bein, dass Arbeit es für meine Axt in kalter Klamm zuhauf würd geben!", polterte jetzt der Zwerg. „Stattdessen ward ein stolzer Zwerg zur schnöden Schreckgestalt als eines Schiffes Steuermann!"

„Ihr habt mir nur nicht genau zugehört!", verteidigte sich Darek.

Libius hüstelte: „Junge, schau mal … So ganz recht und so ganz unrecht hat keiner von euch. So richtig gelogen hat niemand. Nur halt nicht die ganze Wahrheit gesagt."

„Und das war jedes Mal gut gemeint!", mischte sich Ylvia ein. „Wenn ich nach Astarils Geschichte gesagt hätte, wer mein Onkel wirklich ist, hättest du Angst um mich bekommen, und wir wären vielleicht gar nicht in die Wüste geritten!"

Der Zauberlehrling nickte: „Darek, und wenn du selbst Bartholf die Wahrheit gesagt hättest, hätte er sich doch so in die Hosen gemacht, dass er gar nicht bis in die Klamm …"

„Verstumm, Verweg'ner!", brüllte der Zwerg. Doch er wurde sofort leiser. „Hätt ich dem kühnen Knaben offenbart, was mit Bedacht verborgen blieb, hätt er dann diese Reise je gewagt? Hätt er sich nicht mit Graf und Garde zu Händeln hart dem Heer gestellt?"

Darek öffnete den Mund – und schloss ihn wieder. Er war froh, dass er es auf Anhieb hinbekam.

Irgendwie hat er ja recht, dachte er. Irgendwie … haben wir alle Recht.

„Und jetzt gibt's Datteln?", fragte Astaril.

Sie spürte die Blicke ihrer Freunde auf sich.

„Sie sind Elodim, ich weiß. Aber sie sehen einfach lecker aus."

***

Dumpf dröhnten die Trommeln durch die Nacht. Mit gewaltigen Keulen schlugen die Männer aus dem Süden auf die straff gespannten Felle der Pauken, alle zugleich, im ewig gleichen, monotonen Takt. Tiefer Donner hallte von den Bergwänden und den Mauern der Festung wider, und jeder Trommelschlag, so schien es Graf Roland, ließ die Fundamente der Befestigung von Neuem erbeben.

„Sie werden ihre Katapulte gar nicht mehr brauchen", murmelte der Kommandant der Reiter vom Schwarzen Kater. Seine Finger glitten über einen Riss im Mauerwerk der Brustwehr. Vor einer Stunde war er noch nicht da gewesen. Dabei war an dieser Stelle noch gar keines der barbarescischen Geschosse eingeschlagen.

Das mächtige Kastell der Alten Könige versperrte den Zugang über den Südpass, der hinüber ins Herz des Reiches führte. Die alten Herrscher hatten es für die Ewigkeit errichtet. Doch nach ganzen fünf Tagen des ständigen Beschusses kamen Rolands Männer kaum nach mit dem Ausbessern der Befestigungen.

Mit verkniffener Miene trat der Kommandant zwischen die Zinnen und blickte hinab in die Tiefe. Warum nur tue ich mir das an, grübelte der einstige Fischhändler. Wegzuschauen wäre so viel einfacher gewesen.

Doch er wusste, dass das keine Lösung war.

Zum hundertsten Mal glitten seine Augen über das Meer der Feuer, die das Heer aus dem Süden entlang des Passweges entzündet hatte. Sie erhellten die schroffen Hänge des Gebirgstals und zogen sich an der Südstraße entlang, bis der Heerweg – Wegstunden entfernt – hinter einer Bergflanke verschwand. Widerstand gegen ein solches Aufgebot war aussichtlos.

Graf Roland betrachtete die monströsen Belagerungsmaschinen, die die Barbarescen zu Füßen der Passfestung aufgestellt hatten. Sie waren zu weit entfernt, um Genaueres zu erkennen, doch bei Tageslicht hatte er gesehen, dass die Mannschaften, die sie bedienten, nicht aus Menschen bestanden. Alles, was nur Hass auf die Menschen des Inneren Reiches hatte, war dabei. Trolle, Oger, affenartige Wesen mit gewaltigen Hauern, deren Namen er nicht einmal kannte. Er fragte sich, wie die Barbarescen es hinbekamen, dass sich ihre unmenschlichen Verbündeten nicht gegenseitig verspeisten, doch tief im Herzen kannte er die Antwort: Die Gier dieser Wesen auf Menschenblut war größer als ihr Hass aufeinander. Wenn es gegen den gemeinsamen Feind ging, konnten sie zusammenstehen.

„Da sind sie weiter als wir", murmelte er.

Es war jetzt zwei Tage her, dass ein Bote aus der Hauptstadt bei ihm eingetroffen war. Er war halb tot gewesen vor Erschöpfung, genauso sein Ross, denn beide hatten sich keinen Augenblick der Ruhe gegönnt, seitdem sie das Herz des Reiches hinter sich gelassen hatten. Und das alles nur, um dem Kommandanten die eine, schlimme Nachricht zu bringen:

Die Söldner des Hofdomestikus hatten die Stadt der Könige vollständig unter ihre Kontrolle gebracht. Palast und Stadt und mit ihnen das umliegende Land, das Herz des Reiches, alles befand sich in Engelbertus' Händen. Zwei Stunden von der Festung der Reiter vom Schwarzen Kater hatten Engelbertus' Verbündete haltgemacht. Und dort warteten sie.

Vor uns die Barbarescen, dachte Graf Roland, hinter uns die Söldner. Wir werden zwischen zwei Feuern geröstet. Und wenn der Junge es tatsächlich schaffen sollte …

Er nickte grimmig. Das war die einzig gute Nachricht, wenn er sich die Dinge recht zusammenreimte: Wenn Engelbertus seinen Schergen Befehl gab, das Herz der Reiches und die Straßen, die dorthin führten, zu besetzen, war das ein Hinweis, dass sie die Spur Dareks und seiner Begleiter verloren hatten. Wenn sie das Umland kontrollierten, konnten sie die Gefährten an der Rückkehr in die Königsstadt hindern.

„Kommandant?" Er blickte auf. Dem Gesichtsausdruck des Kriegers nach musste er den Grafen schon einmal angesprochen haben. Krieger? Das war ein halbes Kind! Die Rüstung mit dem schweren Helm musste dem Vater des Jungen gehört haben. Aber haben wir eine Wahl?!, dachte Graf Roland. Wir müssen jeden nehmen, der bereit ist, das Schwert gegen die Barbarescen zu heben.

„Kommandant, es ist jemand am … am Nordtor. Leute aus … aus der Hauptstadt. Die Söldner haben sie durchgelassen. Sie sagen, sie sind Gesandte vom Regenten."

„Von wem?", fragte Graf Roland scharf.

Der Junge schluckte: „Von Bruder Engelbertus, Kommandant. Verzeiht, ich hatte vergessen …"

„Das Reich braucht keinen Regenten", sagte Roland nachdrücklich. „Das Reich hat einen rechtmäßigen Herrn … einen rechtmäßigen Kater. Und? Was hat Engelbertus mit uns zu verhandeln?"

Der Junge hob die Schultern: „Ich weiß es nicht. Am Tor stehen zwanzig Söldner. Sie haben Speere und Schwerter und Bögen und Pfeile – und eine weiße Fahne. Sie sagen, sie wollen verhandeln."

„Bewaffnete Gesandte? Und dazu braucht es auch keine zwanzig Männer“, erwiderte Roland stirnrunzelnd.

„Und zwei Männer in Kutten“, sagte der junge Krieger. „Kreuzbrüder. Die haben keine Waffen. Glaub ich.“

„Klingt besser“, brummte der Graf. „Die beiden werden eingelassen. Aber zuerst durchsucht ihr sie nach Waffen. Dann bringt sie in die Halle. Die anderen schickt zurück zu Engelbertus. Und gebt ihnen ein Ehrengeleit von …“ Er zögerte. „Vierzig Reitern.“

„Aber wir haben kaum genug …“

„Tut, was ich gesagt habe!“ Er war hart zu dem Jungen, doch das hier war Krieg, und ohne Härte hatten sie gar keine Chance. Die vierzig Männer würden ihnen fehlen, ja, doch das durfte der Hofdomestikus nicht erfahren. Außerdem hatten seine Söldner in Spuckweite dieser Festung nichts verloren.

Der Junge entfernte sich mit einer Verneigung. Ein letztes Mal trat der Kommandant an die Brustwehr und blickte hinab. Dumpfes Grölen. Die Barbarescen spannten eines ihrer Katapulte. Die Verteidiger konnten sie nicht daran hindern.

Brennende Ladung wurde auf den Wurfarm der Schleuder geladen, dann zog die Mannschaft den Hebel. Gespenstisch stieg das lodernde Geschoss in den Nachthimmel auf und zog eine Spur aus Feuer hinter sich her. Rolands Blicke folgten ihm, bis es rechter Hand hinter einem der Türme des Kastells außer Sicht geriet.

Einen Augenblick später warf die Erschütterung ihn beinahe von den Füßen. Mörtel rieselte aus den Fugen des Risses, den er vorhin entdeckt hatte. Die Festung ächzte und bebte in ihren Grundfesten.

Noch ein, zwei solche Treffer, dachte der Kommandant düster.

Er wandte sich ab und stieg hinab zur Festhalle. Doch festlich sah hier nichts aus. Rußende Fackeln hingen in den endlosen Gängen der Befestigungsanlage. War es möglich, dass sie mehr Schatten als Licht verbreiteten, oder war das nur seine eigene, finstere Stimmung?

Roland begegnete keinem Menschen. Wer nicht gerade schlief – sechs Stunden gewährte er seinen Männern, Tag und Nacht zusammengerechnet – stand auf den Mauern. Erst an einer Nebenpforte der Halle hielten zwei seiner Gardisten Wache und nahmen sofort Haltung an, als sie ihren Kommandanten erblickten. Hier taten seine zuverlässigsten Männer Dienst. Jetzt traten sie beiseite und ließen Roland passieren.

Der Graf trat ein und musterte den beinahe leeren Saal. Entlang der kahlen Wände standen Reihen roh gezimmerter Bänke, auf denen Gardisten schliefen, die gerade Wachpause hatten. Am Ende des Saales führten steinerne Stufen zu einer erhöhten Fläche, auf der sonst ein Thron aufgestellt war. Roland hatte ihn fortschaffen lassen. Stattdessen war dort ein Turm weicher Stoffdecken und Kissen aufgeschichtet. Auf dem höchsten Punkt thronte der schwarze Kater und musterte den eintretenden Kommandanten mit funkelndem Blick.

„Wir bekommen Besuch", brummte Roland seinem alten Freund entgegen, während er die Stufen hinaufstieg. „Gesandte von deinem geliebten Engelbertus."

Der Junge, der ihm die Nachricht gebracht hatte, wartete jetzt an der Innenseite eines mächtigen Portals. Der Kommandant nickte ihm zu, und der junge Gardist öffnete zwei massive Flügeltüren.

Draußen im Flur ahnte der Graf zwei in dunkle Kutten gehüllte Gestalten, die eine groß und hager, die andere klein und stämmig.

„Alle Winde", murmelte Roland. „Was schickt der uns denn für Figuren."

Ein Dutzend Gardisten, auf deren Helmen die Figur des Schwarzen Katers angebracht war, eskortierten die Kreuzbrüder durch den Saal. Seine Männer sahen eindrucksvoll aus, stellte der Graf zufrieden fest. Das war wichtig. Mit Sicherheit würde der Hofdomestikus seine Gesandten eingehend befragen, wenn sie zu ihm zurückkehrten.

Mit schlurfenden Schritten kamen die Kreuzbrüder näher. Der Graf widerstand der Versuchung, allzu offensichtlich unter die Kapuzen zu spähen. Um bei dem kleineren der beiden etwas zu erkennen, hätte er sich auf den Boden werfen müssen.

„Ein Gruß im Namen des Kreuzes", sagte der größere der beiden. Seine Stimme war rau und brüchig. Sie klang, als hätte er Mühe, sich auf den Beinen zu halten.

Was für einen hinfälligen Menschen hatte sich Engelbertus da ausgesucht? Unauffällig legte sich Rolands Hand auf den Knauf seines Schwertes, das er um die Hüfte trug. Er trat einen halben Schritt vor, sodass er den Kater mit seinem Leib schützte. Was, wenn das irgendeine Teufelei war? Eine Falle der Kreuzschergen?

„Ein Gruß zurück den Gesandten des Hofdomestikus", erwiderte Roland. „Seid willkommen in der Halle des Schwarzen Katers."

„Sind wir allein?", krächzte die Stimme des Hageren.

Rolands Stirn legte sich in Falten. „Ein Dutzend meiner Gardisten sind hier, mit Schwert und Schild", sagte er. „Euer Ehrengeleit", fügte er höflich hinzu.

Der Hagere nickte und hob seine Hände an die Kapuze. Der Graf sah, wie sehr seine Finger zitterten.

Der Mann schlug seine Kapuze zurück.

Roland starrte ihn an. „Lund!“, flüsterte er. „Bei allen Winden! Meister Lund!“

***

Ehe der Graf noch die oberste Stufe erreicht hatte, sank der alte Zauberer in sich zusammen. Der kleinere Kreuzbruder, der an seiner Seite eingetreten war, schien es erwartet zu haben und fing den greisen Botaniker auf. Zumindest versuchte er es.

Als Roland heran war, lagen beide am Boden. Dem Kleineren der beiden war nun ebenfalls die Kapuze aus dem Gesicht gerutscht. Ein pausbäckiges Jungengesicht blickte den Kommandanten an.

„Was bei allen Winden …“

Meister Lund stöhnte. Rolands Gardisten hoben ihn bereits auf.

Der Graf hörte ein Geräusch in seinem Rücken und streckte rasch den Arm aus, damit der König des Inneren Reiches auf seine Schulter hüpfen konnte. Besorgt musterten die Katzenaugen den Gestürzten.

Auf Rolands Anweisung trugen seine Männer den Zauberer in eine Kammer, die direkt an die Halle grenzte. Hier hatte sich der Graf für die Dauer der Belagerung eingerichtet. Wie die meisten Räume der Festung war sie seit vielen Jahren unbewohnt gewesen. Seit Menschengedenken hatten die Kastelle entlang der Passstraßen keinen Angriff zu fürchten gehabt. In Friedenszeiten lebten hier nur eine Handvoll Menschen – und diese hatten noch vor der Ankunft der Reiter vom Schwarzen Kater die Flucht in die Königsstadt angetreten.

„Es ist nicht sehr aufgeräumt", murmelte Roland, da wurde ihm bewusst, dass er drauf und dran war, sich bei einem Dreikäsehoch für die Unordnung in seiner Kammer zu entschuldigen.

Die Gardisten betteten den noch immer halb besinnungslosen Zauberer auf Rolands Lager.

„Wie heißt du?", stellte der Kommandant Lunds Begleiter zur Rede. „Was fehlt deinem Meister?"

„Ich bin Peppin", erwiderte der Junge. „Habt ihr etwas zu essen hier?"

„Verhungert siehst du nicht aus", knurrte der Graf. „Der Zauberer schon eher."

Er nickte einem seiner Gardisten zu. In der Vorratskammer gab es genug Proviant. Wenigstens dafür war das Kastell gerüstet gewesen, als die Männer vom Schwarzen Kater es in Besitz nahmen.

„Er will nichts essen." Dem Jungen Peppin standen Tränen in den Augen. „Er wollte einfach nur hierher. Zu Euch. Ihr seid doch Graf Roland? Und zu dem Kater." Er kniff die Augen zusammen. „Ich kenne diesen Kater."

Roland hielt den Atem an. „Du kennst diesen Kater? Ganz sicher diesen hier?"

Peppin nickte gehorsam. „Ich habe ihn gesehen … an dem Tag, als die Akademie …" Er schluckte.

„Du bist – du warst – ein Schüler der Akademie?"

Wieder nickte der Junge. „Ja. – Wolltet Ihr nicht etwas zu essen holen?"

„Sobald du meine Fragen beantwortet hast." Roland ließ sich auf einem Schemel nieder, von dem aus er sowohl den auf dem Lager ausgestreckten Lund als auch den Jungen im Blick hatte. Die Gardisten hatten sich entfernt und warteten vor der Tür. Es gab nur die eine Sitzgelegenheit im Raum, Peppin musste stehen. So schnell würde er nicht vom Fleische fallen.

Der Junge hatte die Hände auf dem Rücken verschränkt, als erwarte er eine Strafpredigt.

Übertreib es nicht, mahnte sich Roland. Er ist kein Gefangener, nur ein Junge von der Akademie.

„Antworte auf meine Fragen!“, sagte er streng.

„Ihr stellt ja keine mehr!“, maulte Peppin.

Roland schloss die Augen. Er würde langsam bis zehn zählen, bevor er antwortete. Er war bis sieben gekommen, als ein heftiges Krachen ertönte. Der Boden erzitterte. Kalk rieselte von der Decke.

„Seht nach, was das war!“, befahl Roland mit einem Blick auf seine Gardisten.

Peppin war kreidebleich geworden: „Sind das … die Barbarescen?“, hauchte er.

„Die Zahnfee ist es nicht“, erwiderte der Kommandant finster. „Woher wusstet ihr, wo der Kater sich befindet?“

„Davon spricht man überall“, sagte der Junge verschüchtert. „Sogar in der Königsstadt. Da sind schrecklich viele Flüchtlinge. Und es gibt kaum was zu essen.“

„Da werden sie froh gewesen sein, dass ihr wieder verschwunden seid“, brummte der Graf.

Ernst schüttelte Peppin den Kopf: „Sie passen auf. Sie suchen nach einem Jungen … und einem Kater. Freiwillig lassen sie niemanden gehen, doch Meister Lund …“ Der Junge senkte die Stimme. „Mein Vater sagt, nur die größten Zauberer haben die Macht, anderen Menschen ihren Willen aufzuzwingen.“

„Dann ist er ein kluger Mann, dein Vater.“ Sie kamen der Sache näher.

„Und das hat Meister Lund getan? Er hat anderen seinen Willen aufgezwungen?“

Peppin nickte eifrig: „Schon als wir aus der Akademie geflohen sind. Das war vor über einer Woche. Und dann bei den Söldnern. Die sehen nur das, was sie sehen wollen, sagt Meister Lund. Er hat ihnen gesagt, wir sind Gesandte – und das haben sie geglaubt. Und uns hierhergebracht. Aber es muss sehr anstrengend gewesen sein für ihn. Er meinte, er muss sie ständig unter seiner Kontrolle halten. Das geht auch nur, weil Krieger nicht viel im Kopf haben.“

Roland tätschelte seinen Schwertknauf. „So“, murmelte er. „Sagt er das?“

Peppin nickte. „Ich dachte, wir schaffen es nicht bis hierher. Aber er …“ Plötzlich standen ihm Tränen in den Augen. „Er sagte: Wir müssen zu Graf Roland kommen. Und wenn es das Letzte ist, was ich tue.“

Der Zauberer stöhnte auf seinem Lager und richtete sich mühsam auf. Er öffnete die Augen.

„Roland!“, krächzte er. „Dank sei allen Winden.“

Der Graf nickte düster. Sein alter Freund Lund. Er selbst, Lund, sogar der König, auch wenn er ein Kater war. Fehlte nur noch Bartholf, dann waren sie alle beisammen, sie alle, die jenen verzweifelten Plan ersonnen hatten, der nun einen Jungen durch die Reiche aller Winde jagte. Einen Jungen, der durch nichts auf seine Aufgabe vorbereitet worden war.

„Gleich gibt es etwas zu essen“, sprach Peppin seinem Meister aufmunternd zu.

Es hätte schlimmer kommen können, dachte Roland. Es hätte dieser Junge sein können.

Ein neuer Einschlag erschütterte das alte Gemäuer der Festung.

Lund ist hier, dachte Roland. Wir haben einen Zauberer. Wir werden alle seine Kräfte brauchen, wenn wir durchhalten wollen.

***

Die Datteln waren in der Tat hervorragend. Überhaupt hatten die Gefährten keinen Grund, sich über die Gastfreundschaft des Ruinenvolkes zu beklagen. Wenn Darek auch mit allem gerechnet hatte, aber bestimmt nicht mit einem solchen Empfang.

Überrascht stellte er fest, wie gut Ylvia in ihrer neuen Rolle zurechtkam. Huldvoll winkte sie von ihrem Thron aus den Männern und Frauen des Zeltlagers zu, die sich jetzt, nach der Ankunft des Verheißenen um die Tafel versammelt hatten, an der die junge Fürstin mit ihren Gefolgsleuten speiste.

Wird es mir einmal genauso gehen, wenn ich im Palast hoch über der Königsstadt auf dem Stuhl meines Vaters sitze?, fragte sich der Junge. Es schien viel zu früh, darüber nachzudenken. Zuerst einmal musste König Carolus selbst auf den Thron zurückkehren. Und wenn sie nicht den Thronsaal in eine Katzenhöhle verwandeln wollten, war es noch ein weiter Weg dorthin.

Ferner Donner grollte.

Verwirrt sah Darek zum Himmel. Es war keine Wolke zu sehen.

Bartholf räusperte sich. „Verzeiht, Verehrte", bat der Zwerg und verneigte sich vor Ylvia. „Der Datteln Druck dräut dumpf in meinem Eingeweide."

Es gab Augenblicke, da machte er dem Jungen Angst.

„Wirklich, das war lecker", sagte Ylvia und blickte in die Runde. „Also ich bin jedenfalls satt."

Die Gefährten nickten. Selbst Astaril machte einen zufriedenen Eindruck. Nach den Mengen an Datteln und Feigen, die die Albâine in sich hineingestopft hatte, hätte sich sogar ein Kamylion in Krämpfen am Boden gewälzt, doch die Gefährten hatten ja nun zur Genüge mitbekommen, dass das Alte Volk sich von anderen Völkern unterschied. Warum sollte der Magen da eine Ausnahme machen?

Der alte Mann, der Darek in Empfang genommen hatte, trat nun vor seine Fürstin. Er stützte sich auf den Donnerstab, mit dem er bei Dareks Ankunft die Menge auseinandergetrieben hatte und verneigte sich fast bis zum Boden:

„Der Dank Eures Volkes, junge Herrin, kennt keine Grenzen. Ein solches Lob aus Eurem Munde erquickt die Herzen Eurer Untertanen gleich kühlem Wasser am glutheißen Mittag."

„Das war doch selbstverständlich", sagte Ylvia höflich. Offenbar wusste sie nicht so recht, was jetzt von ihr erwartet wurde.

Noch einmal verneigte sich der Alte: „So seid Ihr gestärkt, auch der Verheißene, und könnt mit dem Werke beginnen?"

„Mit dem Werke?", fragte das Mädchen überrascht.

„Mit dem Werke, um dessentwillen Ihr zu uns gekommen seid, junge Herrin." Er deutete in die Runde. „Ihr und Eure Gefolgsleute, der Verheißene zumal. Die Erfüllung der Prophezeiung. Der Erlösung unseres Volkes."

Ylvia sah Hilfe suchend zu Darek. Der Junge bekam eine Gänsehaut. Irgendwie war auch alles zu schön gewesen, um wahr zu sein. Was erwartete man von ihnen? Wie sollten sie sich jetzt verhalten?

Bisher waren diese Menschen freundlich zu ihnen gewesen – doch das bedeutete nicht, dass das so bleiben musste, wenn ihre Erwartungen enttäuscht wurden. Unauffällig sah der Junge sich um. Die Männer – und sogar die Frauen – des Ruinenvolkes trugen über ihren langen Gewändern breite Gürtel um die Hüften, und in diesen Gürteln steckten Waffen. Er sah kleine Dolche und längere, gebogene Klingen – ähnlich jenen, die die Söldner von Yarmuz trugen. Ganz zu schweigen von dem donnernden und knallenden Höllenstab, den der alte Mann bei sich trug. Mit Sicherheit konnten sie mit all diesen Waffen auch umgehen – und die Gefährten befanden sich jetzt in der Höhle des Löwen.

Zu Dareks Überraschung erhob sich Libius und räusperte sich:

„Wie Ihr seht, edler … wie war Euer Name noch gleich?"

„Aldafant der Alte, oh Gefährte der Herrin", erwiderte der Mann in der weißen Robe. „Der Sohn des Aldafant und Enkel des Aldafant, der selbst ein Sohn des Aldafant war und …"

„Ah ja", unterbrach Libius ihn. Er nickte verstehend. „Dann weiß ich Bescheid. Die ehrwürdige Sippe der Aldafänte ist mir natürlich bekannt."

„Aldafanten, Herr", korrigierte der Alte.

„Gewiss", nickte Libius. „Gewiss."

Darek staunte. Selbst auf ihn machte Libius einen kundigen Eindruck. Dabei hätte der Junge wetten können, dass er keine Ahnung hatte, wovon er gerade sprach.

„Nur leider", sagte der Zauberlehrling bekümmert, „nun … Ihr seht es selbst: Unsere junge Fürstin ist kaum den Kinderschuhen entwachsen. Obwohl sie bereits voll der Weisheit ist, bin ich als ihr Hauslehrer" – Astaril konnte ein Glucksen nicht unterdrücken. Libius warf ihr einen scharfen Blick zu. Zum Glück bemerkte Aldafant nichts davon. – „… bin ich als ihr

Hauslehrer noch nicht dazu gekommen, sie in den Feinheiten ihrer großen Aufgabe zu unterweisen. Mit scheint, es ist der Wille der Winde, dass diese ganz besondere Ehre einem aus dem Hause der Aldafanten zukommt.“

Der alte Mann betrachtete ihn zweifelnd: „Wie Ihr es sagt, edler Gefährte der Herrin, scheint das tatsächlich so zu sein.“ Er blickte in die Menge, und Darek sah, wie die Männer und Frauen vom Ruinenvolk zustimmend nickten.

„So hört denn, junge Herrin!“, begann Aldafant. „Vor so vielen Jahren wie am Himmel Sterne stehen, trug es sich zu, dass Eure edlen Vorfahren sich in ihrem Stolz gegen den Wind des Ostens erhoben. Euros zürnte ihnen und sandte seine Verbündeten gegen sie, die Wüstlinge, die das Land ringsum beherrschten und bis heute beherrschen.“

„Des Lehrers wohl beles’ner Mund hatt hier die Lehrstund’ schon gehalten“, warf Bartholf ein.

Der Alte legte die Stirn in Falten. Anscheinend wurde er nicht gern unterbrochen. „Recht so“, sagte er. „Nun, junge Herrin, so wisst Ihr auch, dass Eure fernen Vorfahren damals mit dem letzten ihrer Fluchzeuge in den Westen entflohen, sodass Euros seine Rache nicht vollenden konnte. Und so belegte er jene, die die Zerstörung dieser stolzen Stadt überlebt hatten, mit einem Fluch: In Elend und Ruinen sollten sie ihr Dasein fristen, verbrannt von der unbarmherzigen Hitze der Sonne, darbend unter der Trockenheit der Wüste, bedrängt von den Horden der Wüstlinge.“

„Das Herz Eurer edlen Fürstin ist voller Trauer über das Schicksal ihres geliebten Volkes“, bemerkte Libius verständnisvoll. Er sah zu Ylvia.

Sie nickte rasch: „Das klingt wirklich traurig.“

„Bis“, verkündete Aldafant und betonte das Wort, „bis wir den Stern sahen. Den geschweiften Kometen, von dem die Schriften der Propheten berichten. Er leuchtete am nächtlichen Himmel in der vergangenen Nacht, und wir wussten, endlich, endlich ist die Stunde gekommen. So ritten wir hinaus in die Nacht, wagten uns hervor aus unserer Zuflucht, die Euros unseren Vorvätern vor so vielen Jahren angewiesen hat – und fanden alles so, wie die Propheten es verkündet hatten: unsere kleine Herrin und ihre Gefolgsleute. Einzig der Verheißene fehlte, jener, der unsere Erlösung mit sich führt, die Gaben der Winde.“

Darek keuchte. Selbst Libius starrte den Alten jetzt an. Woher konnte Aldafant von den Gaben wissen, von der Perle des Zephyrus, vom Eissplitter des Boreas?

„Die Gaben der Winde“, sagte Libius langsam.

„So ist es“, sprach der Alte. „Eine weite, gefahrvolle Reise liegt hinter euch, doch nun seid Ihr am Ziel. Die Prophezeiung erfüllt sich. Das Geschenk des Zephyrus wird unseren Feldern den Regen, die Gabe des Boreas den kühlen Schatten bringen.“

***

Darek hatte sich erhoben. Er merkte es selbst erst, als er bereits stand. Seine Hand lag auf der Gürteltasche, die ihre Schätze barg, die Gaben der Winde. Er öffnete den Mund.

„Nun denn“, sagte Libius rasch. „Wie ich sehe, ist in Eurem Volk gar manches vom Wissen über diese geheimen Dinge bekannt.“

Der Junge starrte ihn an.

„Manches“, betonte der Zauberlehrling. „Doch nicht alles. Bevor sich die Herrin und der … Verheißene an ihre Werke begeben können, sind noch gewisse Vorkehrungen zu treffen.“

Ein Murmeln erhob sich in der Menge. Aldafant zog misstrauisch die Brauen zusammen: „Vorkehrungen?“

Der Zauberlehrling nickte. Darek sah, dass ihm Schweißperlen auf der Stirn standen. Aldafant war weiter weg und auch nicht mehr der Jüngste. Der Junge hoffte, dass er es nicht bemerkte.

Doch zugleich hörte er, dass Libius' Stimme etwas von ihrer Sicherheit verloren hatte, als der Zauberlehrling antwortete: „Bestimmte … Dinge. Geheime Dinge, über die ich zu niemandem reden darf.“

„Von solchen Dingen habe ich nie gehört“, sagte der Alte. „Die Propheten berichten nichts von ihnen.“

„Eben“, erwiderte Libius. Seine Stimme war wieder fester. „Deshalb sind sie ja geheim.“

„Die Propheten berichten auch nichts von einem Hauslehrer!“, rief eine Frau aus der Menge. „Warum sollte er diese geheimen Dinge wissen?“

Libius' Blick flackerte. Er sah kurz zu Darek. „Ihr Vater hat sie mir anvertraut“, sagte der Zauberlehrling würdevoll. „Ehe seine Seele mit dem Wind ging.“

Das Gemurmel in der Menge legte sich nicht. Es schien sogar lauter zu werden.

„Wir müssen uns vorbereiten!“, sagte Darek mit lauter Stimme in das Gemurmel hinein. „Ihr wisst, dass ich der Verheißene bin! Von mir sprechen die Propheten, richtig?“

„Das tun sie“, setzte Aldafant an.

Darek unterbrach ihn: „Und der Verheißene muss sich nun gemeinsam mit Eurer Fürstin und ihren Gefolgsleuten zurückziehen, um sich auf die Werke vorzubereiten.“

Er sah zu seinen Gefährten. Zum Glück verstanden sie den Wink und erhoben sich ebenfalls.

Rasch traten sie hinüber zu Ylvia, die aufrecht vor ihrem Stuhl stand.

„Wir werden nun einen Ort der Einkehr aufsuchen", verkündete Darek.

Er trat einen Schritt auf die Menge zu und betete zu allen Winden, dass seine Angst nicht aus seinem Blick zu lesen war.

Tretet zurück, flüsterte er lautlos. Macht mir Platz! Es war wie eine wortlose Beschwörung, und er spürte, dass in diesem Augenblick eine Macht von ihm ausging, die er noch nie in sich gespürt hat. War es die alte Macht der Könige? Die Macht seiner Vorfahren? War es eine Form von Magie, anders als die Magie der Zauberer, die Magie der Albâine? War es die Magie der Herrin der Winde? Er spürte ein Prickeln an seinem rechten Handgelenk, dort, wo sich im Turm der Herrin das Garn der Zeit in seine Haut gesenkt hatte.

Doch was es nun auch war, das war jetzt nicht wichtig. Er sah, wie die Männer und Frauen in der ersten Reihe zögernd Platz machten, unmerklich zur Seite wichen. Mit festen Schritten trat Darek in die entstandene Gasse. Er durfte sich nicht umsehen, ob seine Gefährten ihm folgten. Sie mussten ihm einfach folgen.

Noch immer wichen die Menschen des Wüstenvolks vor ihm zurück. Wie auch immer er das fertigbrachte: Der Junge spürte, dass die ungeheure Anspannung ihn Kraft kostete.

Jetzt hatte er die Menge fast vollständig durchquert. Hinter den letzten Reihen des Volkes wurden die Lagergassen sichtbar und dahinter die Ruinen und hinter ihnen …

„S'Adutscharen!" Die Stimme des Alten kam schneidend. Darek stolperte, doch er fing sich, ging weiter. Die Menge regte sich.

„S'Adutscharen!", befahl der Alte. „Geleitet die Herrin und ihre Begleiter in die Halle der Erwartung."

Ein, zwei Dutzend hochgewachsene Männer lösten sich aus der Menge. Sie waren in schneeweiße Gewänder gehüllt, ähnlich dem, das Aldafant trug. In ihren Gürteln steckten gekrümmte Klingen, wie Darek sie bereits gesehen hatte.

Die S'Adutscharen blickten streng, aber nicht feindselig – noch nicht. Sie nahmen zu beiden Seiten der Gefährten Aufstellung.

Darek sah, wie Bartholfs Hand sich fast unmerklich an seine Schulter bewegte, zum Griff der mächtigen Axt. Unmerklich schüttelte der Junge den Kopf. Er bezweifelte nicht, dass der Zwerg ein tapferer Mann war, doch gegen eine solche Übermacht hatten sie keine Chance.

„Die Halle der Erwartung birgt das Erbe unserer Ahnen", wandte sich Aldafant an Ylvia. „Sie ist der Ort, an dem Ihr die Verheißung erfüllen werdet. Und dort mögt Ihr Euch bis zum Sonnenuntergang vorbereiten. Die S'Adutscharen werden vor den Toren Wache stehen, damit Euch niemand in Eurer Zwiesprache stört!"

***

„Das war ziemlich eindrucksvoll, was du da gerade gemacht hast, Junge", sagte Libius, als die Gefährten allein waren.

Bartholf brummte zustimmend: „Selbst Euer Vater, kühner Knab, hätt schwerlich Größeres vollbracht."

„Mein Vater ist ein Kater", sagte Darek bitter. „Und ein Kater hätte genauso viel oder genauso wenig Erfolg gehabt wie ich. Wir sitzen fest. Hier kommen wir nicht raus."

„Aber du hast es versucht", meinte Ylvia. „Und es hätte fast geklappt. Libius hat recht! Das war wirklich eindrucksvoll. Wer weiß, beim nächsten Mal …"

Darek wandte sich ab. Er spürte, dass ihm Tränen in die Augen traten. Tränen der Wut, der Verzweiflung. „Was für ein nächstes Mal? Das ist das Ende! Ihr glaubt doch nicht, dass sie uns wieder fortlassen, wenn wir mit ihren Werken fertig sind! Und selbst, wenn sie das tun! Glaubt Ihr etwa, Zephyrus gibt uns eine zweite Perle? Boreas gibt uns einen zweiten Eissplitter?"

„Wir haben Zeit, Darek", sagte Libius. „Und die verdanken wir dir."

„Zeit", grummelte der Junge und merkte, dass er sich schon fast anhörte wie Bartholf. Er wandte sich zu dem Zauberlehrling um. „Du warst aber auch nicht schlecht", sagte er. „Das mit dem Hauslehrer war ein guter Einfall."

Libius hob die Schultern: „Wer weiß, wann sie hier zuletzt Menschen zu sehen bekommen haben, die nicht zu ihrem Volk gehörten. Das ist eines der wichtigsten Gesetze der Zauberei: überzeugend sein in der Täuschung. Die meisten Leute sehen das, was sie sehen wollen. Bei Nacht sind alle Katzen grau." Er hielt inne. „Tut mir leid, das war jetzt nicht auf deinen Vater …" Kopfschüttelnd sah er sich in der Halle um. „Ich wünschte mir nur, ich wüsste tatsächlich irgendetwas von diesen Prophezeiungen und der ganzen Geschichte. Dann könnten wir möglicherweise etwas anfangen mit diesem ganzen Zeug hier."

Vor mehreren Jahren war Darek einmal mit Bruder Lund auf den Speichern und Dachböden der Akademie gewesen, um mit seinem Lehrer nach einem speziellen Apparat zur Destillation des Blauen Zwergampfers zu suchen. Er hatte sich gefragt, wie sich irgendjemand dort zurechtfinden sollte: eine Ansammlung uralter und teilweise verbeulter Gerätschaften, überzogen von dichten Netzen von Spinnweben.

Doch verglichen mit der Halle, in der sie sich jetzt befanden, waren die Speicher ein Muster an Ordnung gewesen.

Libius trat an einen Stapel metallisch schimmernder Platten und nahm eine davon auf. An ihrer Rückseite war ein Wirrwarr winziger Drähte befestigt, die in unübersichtlichen Knoten hin und her führten.

„Vielleicht ein Wandschmuck?“, fragte er in die Runde. „Wenn ihre Häuser von innen so kahl aussahen wie von außen …“

Darek hob die Schultern und trat ebenfalls an einen Berg sonderbarer Metallteile. Die Halle war voll davon – und es war eine gewaltige Halle. Sie nahm den größten Teil der Grundfläche des Fürstenpalastes ein. An den Rändern standen metallene Konstruktionen, die die Größe von Mâhmut erreichten. Sie konnten nur vermuten, wozu sie einmal gedient hatten. Einige von ihnen besaßen Räder, doch es waren keine Vorrichtungen zu erkennen, an denen man Pferde oder Kamylien hätte vorspannen können. Weiter zur Mitte hin wurden die Gegenstände kleiner, winzig klein zum Teil, und das Erstaunlichste an der Sache war, dass sie über all die Jahrhunderte, die sie hier bereits lagern mussten, keine Spur von Rost angesetzt hatten. Doch Darek hatte bereits festgestellt, dass keineswegs alles, was wie Metall aussah, auch Metall war. Einige der Gegenstände waren sehr viel leichter. Sie besaßen auch nicht die Kälte von Metall, sondern fühlten sich eher an wie sehr glattes Holz, doch dann auch wieder anders.

„Das muss irgendein Stoff sein, den wir nicht kennen“, sagte er und nahm einen neuen Gegenstand auf, der von oben aussah wie eine glänzende rote Kugel. „Das ist ein Helm!“, stellte er überrascht fest und klopfte dagegen. „Aber so leicht, wie er ist, wird er nicht viel aushalten.“ Er legte den Helm wieder ab und trat an den nächsten Stapel.

In seinem Rücken hörte er ein Schaben. Bartholf stieß ein Brummen aus, und im nächsten Augenblick gab es einen gewaltigen Knall, ein lautes Poltern und Scheppern.

Der Zwerg saß mit verdutztem Gesicht am Boden und starrte auf den abgebrochenen Stiel seiner Axt, den er in der Hand hielt. Das metallene Blatt der Waffe lag ein Stück entfernt in einem der seltsamen Müllhaufen. Der leuchtend rote Helm stand vor dem Zwerg am Boden und hatte keinen Kratzer.

„Meinertreu!“, murmelte der Zwerg. „Machtvoll Machwerk, das die Menschen ehedem aus Erz erschufen.“

„Elodim“, nickte Darek. „Ich glaube nicht einmal, dass das Erz ist. Astaril, wird dir nicht übel davon?“

Ihm war aufgefallen, dass die Albâine kaum ein Wort gesprochen hatte, seitdem Aldafant verkündet hatte, sie hätten jetzt die Werke der Verheißung zu erfüllen.

Das Mädchen vom Alten Volk schüttelte stumm den Kopf.

Es muss hier grauenhaft sein für sie, dachte er.

Im Mittelpunkt der Halle befand sich auf einem niedrigen Podest eine Art Altar. Drei breite Stufen führten empor, und Darek stieg sie nun hinauf. Zwei flache Vertiefungen waren in den Altar eingelassen, und dahinter erhob sich eine hohe Tafel voller Hebel, Zeiger und seltsamer Beschriftungen in einer Sprache, die er nicht kannte.

„Die Perle und der Eissplitter“, murmelte er. „Und hiermit wird das Ganze irgendwie in Gang gesetzt.“

Ylvia gesellte sich zu ihm. Sie musste sich auf die Zehenspitzen stellen, um etwas erkennen zu können. Staunend betrachtete sie die Apparatur und streckte die Hand nach einem der Hebel aus.

„Nein!“

Das kleine Mädchen zuckte zurück.

Astaril hatte gesprochen, nein: geschrien. Die Albâine huschte die Stufen hinauf.

„Fass nichts davon an!“, sagte sie. In ihrer Stimme lag jener Ton, den Darek bisher nur einmal gehört hatte, in der Ehernen Klamm, als sie Libius angewiesen hatte, wie er das Floß zu steuern hatte. Es war ein Ton, bei dem es keinen Widerspruch geben konnte.

„Diese Dinge schlafen nur“, flüsterte Astaril. Aus ihren Worten sprach die blanke Angst. Mehr als das. Mehr als Angst. In ihren Augen lag ein Ausdruck, als stände der Metall gewordene Tod vor ihnen. „Eine falsche Bewegung, und du könntest sie wecken.“

Darek sah sie an: „Du meinst, wenn wir einen dieser Hebel ziehen, setzen wir diese Apparate in Gang? Nach all den Jahrhunderten?“

„Nein.“ Die Albâine schüttelte den Kopf. „Nein. Nicht wir. – Aber sie.“ Sie deutete mit dem Kinn auf das Mädchen. „Diese Maschinen werden sie erkennen. Die Baumeister der Fürsten haben es so eingerichtet, dass sie einem von ihrem Blut gehorchen werden, wenn jemals einer von ihnen zurückkehrt. Deshalb …“ Sie sog den Atem ein. „Deshalb die Prophezeiung. Sie mussten warten, bis die Erbin der Fürsten zurückkehrt. Der Verheißene, der die Gaben der Winde mit sich führt, die Fürstin, um sie einzusetzen.“

Dem Jungen stand der Mund offen: „Du … du weißt von den Prophezeiungen? Warum hast du uns nichts davon gesagt?“

„Habt ihr gefragt?“ Darek hatte das Gefühl, als schimmere etwas in ihren Augen. Konnten Albâine weinen? Gewiss, das konnten sie. Astaril hatte geweint, bei ihrer Ankunft im Westen, als sie feststellte, dass die Bäume am Ufer des Flusses krank waren. Doch dies waren andere Tränen. Tränen der Angst. „Diese Dinge sind Elodim, Darek“, flüsterte sie. „Schlimmer als ihr euch das auch nur vorstellen könntet. Mein Volk glaubte, all dies sei vernichtet, seit langer, langer Zeit. Aber diese schrecklichen Götzen leben noch. Sie haben nur geschlafen, und Ylvia … Ylvia …“

Sie sah das Mädchen an. In ihrem Blick lag ein Ausdruck der … Abscheu, dachte Darek. Es ist Abscheu. Mehr als Hass.

„Sie ist ein kleines Mädchen“, sagte er so leise, dass nur Astaril ihn hören konnte. „Mehr nicht. Ein kleines Mädchen.“

„Sie ist die Erbin der Fürsten“, sagte die Albâine mit zitternder Stimme, doch sie streckte die Hand aus und legte sie Ylvia auf den Kopf. Darek glaubte nicht, dass das Mädchen mitbekommen hatte, wie Astaril sie angesehen hatte.

„Du meinst, ich könnte diese Maschinen aufwecken?“, fragte Ylvia mit großen Augen. „Nicht nur den Altar hier, sondern sie alle?“

Astaril nickte. Darek erkannte, welche Überwindung diese Bewegung sie kostete.

Ylvia sah sich über die Schulter um. Dort hinten in den Schatten waren die großen Tore, durch die die S'Adutscharen sie eingelassen hatten und vor denen sie nun warteten. Ein, zwei Stunden, dann würde die Sonne sinken und ihre Zeit war abgelaufen. Die Verheißung würde sich erfüllen. Das Mädchen würde den Altar in Gang setzen, und die Gaben der Winde würden verloren sein.

„Und du kennst die Prophezeiung?“, fragte Ylvia weiter. „Du kennst diese Elodim-Apparate? Du weißt, wie sie funktionieren.“

Astarils Blick lag auf der Kleinen. Zögernder noch als beim ersten Mal, ruckartig nickte sie.

Ylvia grinste.

„Dann kommen wir hier auch raus. – Ich glaube, ich habe dort drüben ein Fluchzeug gesehen!"

***

„Das da soll fliegen können?"

Darek starrte den metallenen Koloss an. Immerhin hatte er Flügel, und dazu einen spitzen Eisenschnabel, der an eine Schwalbe erinnerte. Doch er mochte sich gar nicht vorstellen, was dieses Monstrum wiegen musste. Wie groß musste die Magie sein, die ein solches Ungeheuer in die Luft hob. Aber selbst wenn das funktionieren sollte …

„Selbst wenn es fliegt", sagte Libius und legte den Kopf in den Nacken, „kommen wir damit höchstens etwa fünfzig Fuß hoch." Er deutete nach oben. „Nämlich genau bis an die Gewölbe. Aber ich bezweifle, dass es fliegt. Es gibt keine Magie auf der Welt, die Dinge zum Fliegen bringen kann, die nicht fliegen können. Höchstens wenn man die Gestalt einer Kreatur verändert, indem man sie in einen Vogel verwandelt", fügte er mit einem Blick auf Darek an.

„Warum hat die Herrin Castro eigentlich gerade in einen Kater verwandelt?", fragte Ylvia neugierig. Das Fluchzeug schien ihr jedenfalls keine Angst zu machen. Dem Jungen kam sie vor allem aufgeregt vor, angesichts des neuen Abenteuers, das ihnen bevorstand. „Ich meine, den König. Warum hat sie den König in einen Kater verwandelt? Warum nicht in eine Schwalbe? Oder in einen Falken, schnell wie der Wind?"

„Es gleiten Greifen gar geschwind vom Horst zum hohen Himmel hin", brummte Bartholf. „Doch keinen Zwerg wird Zauberzwang in Himmelshöhen je erheben."

Libius nickte: „Noch schlimmer als Wasser, alter Knabe, hm?"

Weil dann zwar der König hätte fliegen können, dachte Darek, aber Bartholf hätte ihn nicht in die Akademie begleiten können. Und Bartholf sollte mitkommen. Es ging nicht um meinen Vater allein. Von Anfang an ging es auch um Bartholf. Von Anfang an ging es auch um mich!

Bis zu welchem Punkt hatten der König und seine Ratgeber die Ereignisse geplant?

Jedenfalls hatten sie nicht vorhergesehen, dass Darek und seine Begleiter irgendwann gezwungen sein würden, ein Fluchzeug zu besteigen.

„Im Innern des Fluchzeugs gibt es eine Maschine, die ein besonderes Öl verbrennt", erklärte Astaril. „Das hebt sie in die Höhe. Ein Lärm und ein Gestank – das wollt ihr euch gar nicht vorstellen."

„Schlimmer, als wenn er singt?", fragte Libius und deutete auf den Zwerg.

Die Albâine lächelte schwach: „Sehr viel schlimmer. Den Gesang der Zwerge haben die Winde so gewollt, auch wenn das schwer verständlich ist, aber das hier …" Astaril fröstelte. Sie schlang die Arme um sich.

„Aber du weißt, wie man es bedient?", fragte Ylvia. „Was ich tun muss?"

Die Albâine nickte mit zusammengebissenen Zähnen.

„Dort vorne gibt es eine Tür, die ins Innere des Fluchzeugs führt. Du kannst sie nur an dem schmalen Spalt erkennen, der rundherum verläuft. Wenn du die Handfläche auf die Tür legst, erkennt das Fluchzeug, dass du vom Blut seiner Erbauer bist, und wird uns einlassen."

Darek sah sich um und zog dann eine auf Rollen gelagerte Metallleiter herbei, damit Ylvia überhaupt an die Tür herankam.

„Wohl eher wird die Sonn' im Westen steil aus dem Schlummer wohl entsteigen, als dass ein Zwerg sich in die Luft erhöbe. Solang ich Axt und Arm nur heb in wack'rer Wehr, so werd' ich wohl …"

Ein dumpfer Laut. Ein Poltern. Darek fuhr herum.

Bartholf lag reglos am Boden.

Libius stand über ihm. In der Hand hielt er einen metallenen Prügel. Es musste eines der Werkzeuge sein, mit denen die Erbauer des Fluchzeugs jene Magie bewirkt hatten, die das Monstrum zum Fliegen brachte.

„Was bei allen Winden soll das?", flüsterte Darek.

Der Zauberlehrling hob die Schultern. „Haben wir die Zeit, ihn zu überreden, stur wie er ist?"

Darek sah hinauf zu den Fenstern, hoch oben in den Wänden der Halle. Gelblich fiel das Licht des Nachmittags herein. Die Stunde, da ihre Bedenkzeit abgelaufen war, war beinahe gekommen. Hörte er nicht bereits Geräusche von den Toren her? Die S'Adutscharen ließen Aldafant und die Männer und Frauen des Wüstenvolkes ein.

„Komm, hilf mir!", wies Libius ihn an.

Gemeinsam wuchteten sie den schweren Leib des Zwerges in die Höhe. Er hatte so viel Blech am Leibe, dass er fast so viel zu wiegen schien wie die Höllenmaschinen der Fürsten.

Ylvia kletterte rasch auf die Leiter und legte die Hand auf das Metall der Tür.

Darek hielt den Atem an. Ja, da waren Geräusche in der Ferne. Die S'Adutscharen hatten die Tore der Halle geöffnet.

Ein leises Klicken ertönte. Die Tür des Fluchzeugs regte sich, doch sie schwang nicht auf, sondern schob sich mit einem leisen Summen beiseite. Ylvia schlüpfte sofort ins Innere, Astaril folgte ihr, Grauen und Abscheu im Blick. Dann stemmten die beiden Schüler von der Akademie den Zwerg in die Höhe. Astaril und Ylvia ergriffen seine Arme und zogen, während Darek und Libius die Schultern unter Bartholfs beachtliches Hinterteil schoben.

Der Junge schwor sich, in Zukunft genau Acht zu geben, wie viel der Zwerg beim Mahl in sich hineinstopfte.

Vernehmliches Murmeln in ihrem Rücken. Das Geräusch rascher Schritte.

„Verrat! Verrat!" Aldafants Stimme überschlug sich. „Bei den Propheten, S'Adutscharen, haltet sie auf! Man verrät uns!"

Endlich befand sich der Zwerg vollständig im Innern des Fluchzeugs. Libius schubste den Jungen nach vorn, und Darek kletterte hinterher. In seinem Rücken polterten die Schritte der S'Adutscharen heran.

„Libius!" Darek streckte die Hand aus. Der Zauberlehrling griff zu und ließ sich ins Innere ziehen. Als er bereits in der Tür war, spürte Darek, wie Libius sich auf einmal anspannte. Der Zauberlehrling stieß einen Schrei aus und stolperte vor.

Entsetzt starrte der Junge auf einen kurzen Dolch, der sich neben dem Schulterblatt in Libius' Rücken gebohrt hatte.

„Ylvia, schließ die Tür!", schrie Darek.

Astaril murmelte etwas, und das Mädchen drückte auf ein kleines rötliches Licht – eines von Hunderten bunter Lichter, die im Innenraum des Fluchzeugs angebracht waren. Mit einem leisen Summen schloss sich die Tür. Im letzten Augenblick flog noch ein Dolch durch die Öffnung, doch er fiel vor Astarils Füßen zu Boden, ohne Schaden anzurichten.

Einen Augenblick später hatten die S'Adutscharen das Fluchzeug erreicht. Darek hörte, wie sie gegen die Haut des Höllenapparats trommelten, das Metall mit ihren Waffen bearbeiteten. Zwischen den Tafeln mit den bunten Lichtern gingen Fenster auf den Schnabel des Fluchzeugs hinaus. Entsetzt sah Darek, wie zwei der S'Adutscharen begannen, am Flugapparat ihrer Vorfahren emporzuklettern.

„Sie werden die Scheiben einschlagen!", rief er. „Astaril!"

„Das schaffen sie nicht so schnell", murmelte die Albâine. Ihre Augen glitten über die bunten Knöpfe. „Das ist sehr verwirrend hier. Es ist so lange her, dass wir ..."

Vermutlich hatte das Mädchen vom Alten Volk niemals ein Fluchzeug mit eigenen Augen gesehen. Der Junge wusste, dass Astaril in diesen Augenblicken im gemeinsamen Gedächtnis ihrer Sippe nach halb vergessenen Erinnerungen forschte. Was auch immer die Albâine damals mit dem Volk von Ylvias Vorfahren zu schaffen hatten: Die Gefährten konnten nur hoffen, dass sie ganz genau aufgepasst hatten.

Darek ließ sich neben Libius auf den Boden gleiten.

Der Zauberlehrling war bei Bewusstsein, doch er keuchte und stöhnte bei jedem Atemzug.

„Zieh – das – Ding – da – raus!", brachte er hervor.

Darek streckte die Hand aus.

„Nein!" Astaril sah ihn nicht an. Ihre Augen glitten weiter über die kleinen Hebel und die leuchtenden Lichter. „Der Dolch steckt in der Lunge. Wenn du ihn herausziehst, verblutet er."

Der Zauberlehrling erstarrte: „Ich sterbe?", flüsterte er.

„Vielleicht ja, vielleicht auch nicht“, sagte die Albâine knapp. „Seid jetzt still. – Ylvia! Setz dich auf diesen Stuhl, damit du an die Geräte kommst. Ja, genau. Jetzt den großen Knopf dort vorne!“

„Den ganz großen?“, fragte das Mädchen mit zitternder Stimme. Sie sah zu Libius. „Bitte, Astaril, kannst du nichts für ihn tun?“

Einer der S'Adutscharen saß nun rittlings auf dem Schnabel des Fluchzeugs und zog sich an die Fenster heran. Drohend hob er seinen Speer und zielte nach den Fenstern.

„Drück den Knopf!“, befahl die Albâine, und wieder war es jene Stimme, die sie nur sehr selten, in Augenblicken höchster Not einsetzte.

Ylvia gehorchte.

Das Fluchzeug begann, sich zu schütteln. Ein ohrenbetäubender Knall. Das Ungeheuer der alten Fürsten bockte. Darek wurde gegen die metallene Wand geschleudert, Libius mit ihm. Der Zauberlehrling schrie vor Schmerzen. Neuer Lärm. Qualm vor den Fenstern. Der S'Adutschar war nicht mehr zu sehen.

„Was ist passiert?“, keuchte Darek.

„Wir haben geschossen“, sagte Astaril leise.

Auch von draußen ertönten laute Schreie. Ob es Schreie der Wut oder des Schmerzes waren, ließ sich nicht sagen.

„Das hier ist das Steuer“, erklärte die Albâine und deutete auf eine merkwürdige Konstruktion, die aus zwei etwas auseinanderstehenden Haltegriffen zu bestehen schien. „Du drückst jetzt diesen Knopf hier, den blinkenden Grünen. Sobald wir anfangen, uns zu bewegen, ziehst du das Steuer zu dir heran. Das sollte uns aus der Halle bringen.“

„Aber“, flüsterte das Mädchen verwirrt. „… aber die Wand.“

„Da ist keine Wand mehr“, sagte die Albâine. „Wir können es nicht sehen, wegen des Rauchs, aber der Schuss hat nichts davon übrig gelassen. – Mögen die Winde uns vergeben“, murmelte sie.

Ein lautes Donnern ertönte von draußen, und irgendetwas stieß heftig gegen die Hülle ihres Fluchzeugs.

„Der Alte mit seinem vermaledeiten Stab“, zischte Astaril. „Oder sie haben noch andere Waffen. Drück den Knopf!“

Mit zitternden Fingern drückte das Mädchen auf das unruhig blinkende Licht.

Das Fluchzeug gehorchte sofort und ruckte an.

„Zieh das Steuer zu dir“, befahl Astaril. „Mit aller Kraft! – Darek, halt dich fest, und schau, dass die beiden …“

Darek kam eben noch dazu, sich an Ylvias Stuhl festzuklammern, der auf einer Metallsäule fest im Boden der Flugmaschine verankert war. Etwas presste den Jungen nach hinten. Der Schnabel des Fluchzeugs hob sich.

Draußen war noch immer dichter Rauch, nein: kein Rauch mehr. Gezackte Umrisse direkt vor ihnen. Sie rasten direkt auf die Trümmer der Palastfassade zu. Der Schnabel hob sich steiler, hob sich, doch zu langsam. Nein. Eine Winzigkeit noch. Ein kurzes Rucken. Dann war blauer Himmel vor ihnen.

Noch einmal ging eine Erschütterung durch das Fluchzeug. Aldafant sandte ihnen ein Geschoss nach. Dann waren sie außer Reichweite.

„Halte das Steuer gerade“, murmelte Astaril. „Es trägt uns auf die Wüste hinaus.“ Erschöpft sank sie an Dareks Seite zusammen. „Was tun wir hier nur?“, flüsterte sie. „Was haben wir getan?“

***

„Wie geht es ihm? Astaril? Bitte sag doch etwas!“

Die Albâine hatte Ylvia streng verboten, den Sitz hinter den Hebeln und Lichtern zu verlassen, mit denen sie den Kurs des Fluchzeugs steuerte. Ylvia war unruhig, und Darek verstand sie nur zu gut. Ständig blinkten neue Lichter auf, andere verloschen wieder. Seltsame Geräusche, ein schrilles Piepen hier, ein Summen dort. Astaril hatte dem Mädchen nur eine Handvoll der bunten Leuchten erklärt, die sie „Knöpfe“ nannte, obwohl sie keine große Ähnlichkeit mit Knöpfen besaßen. Was sollte man damit zuknöpfen? Jedenfalls hatte es Auswirkungen auf den Flug des Höllenapparates, wenn das Mädchen auf einen davon drückte.

„Was ist mit ihm?“ Ylvias Stimme wurde schriller.

Astaril murmelte etwas. Anders als das Mädchen konnte Darek das Gesicht der Albâine erkennen. Astarils Züge waren angespannt, und tiefe Besorgnis war darin zu lesen.

„Ich kann den Dolch nicht herausziehen“, sagte sie so leise, dass nur Darek sie hören konnte. „Wenn ich das tue, öffnet das die Wunde erst richtig … und er ertrinkt an seinem eigenen Blut.“

Der Junge schluckte. „Aber wir können ihn doch nicht einfach stecken lassen.“

Die Albâine schüttelte den Kopf: „Nein. Das Blut fließt jetzt zwar langsamer, aber es wird nicht zum Stillstand kommen. Wir gewinnen Zeit auf diese Weise, doch wozu …“

„Kannst du nichts …“ Er sah sie an. „Mit der Magie deines Volkes?“

„Leider nein“, murmelte das Mädchen vom Alten Volk. „Wenn ein Quell in der Nähe wäre. Mit aller Macht des Zephyrus … Und auch dann wäre es nicht mehr als: vielleicht.“

„Das darf doch nicht wahr sein!“, flüsterte Darek. „Wir sitzen hier alle zusammen in diesem fliegenden Ding, dessen Magie Wände zum Einsturz bringt, wenn Ylvia nur mit dem Finger schnippt – und Libius können wir nicht helfen?“

Graf Rolands Nichte begann zu weinen.

„Hm.“ Astaril sah den Zauberlehrling an. Als das Fluchzeug in den Himmel gestiegen war, war er in eine tiefe Bewusstlosigkeit gefallen. Wenigstens spürt er keine Schmerzen, dachte Darek.

„Hm“, sagte die Albâine noch einmal, und jetzt sah sie auf. Suchend blickte sie sich im metallenen Innern des Flugapparates um.

Direkt neben Ylvia gab es einen zweiten Metallstuhl, ähnlich dem, auf dem das Mädchen saß. Drei oder vier Fuß dahinter waren zwei weitere Reihen mit jeweils drei Sitzen angebracht. Auf die vordere von ihnen hatten sie den Zwerg gelegt. Er war noch immer ohnmächtig, wobei Darek vermutete, dass Astaril da mit ihrer Magie ein wenig nachgeholfen hatte. Darüber war er eigentlich ganz froh. Einen Bartholf, der anfing zu toben, weil er sich gegen seinen Willen über den Wolken befand, konnten sie nicht auch noch gebrauchen.

Astaril stand auf und ging an den beiden Stuhlreihen vorbei in den hintersten Winkel des Raumes. Darek hörte ein Rumpeln, ein leises Schaben, dann ein Rascheln.

„Tatsächlich“, murmelte die Albâine.

Sie kam wieder nach vorne und legte eine kleine Schatulle auf den Boden, die anscheinend aus dem Darek unbekannten, holzähnlichen Material geschnitzt war. Sie war schneeweiß. Auf den Deckel war ein rotes Kreuz gemalt.

„Ihre Heilkunst war so Elodim wie der ganze Rest“, sagte Astaril. „Aber sie war zu erstaunlichen Dingen fähig. Man erzählte damals, dass sie einem Menschen das Herz eines anderen einsetzen konnten."

Der Junge keuchte: „Warum sollte man das tun?"

Die Albâine hob die Schultern: „Wenn das Herz des einen Menschen krank ist …"

„Aber der andere braucht doch sein Herz!"

„Was weiß denn ich!", sagte Astaril verärgert. „Frag doch nicht gerade mich! Das Ganze ist so was von Elodim! Du hast zwei Mal dein Essen ausgespuckt, seitdem wir uns kennen. Glaub mir, mir wär jetzt auch danach, aber Albâine können so etwas nicht."

Sie öffnete die kleine Schatulle. In ihrem Innern befanden sich seltsame Dinge. Kleine Glasphiolen, eine winzige Schere, aufgerollte Streifen feinen Leinens.

„Das sind Verbände!", sagte der Junge.

Astaril nickte: „In den Glasfläschchen sind Heiltränke. Sehr starke Heiltränke, fast magisch. Und man trinkt sie nicht, sondern man spritzt sie in den Körper."

Darek sah den Verletzten an: „Er ist ohne Besinnung, Astaril. Auch wenn wir sie ihm in den Mund spritzen, kann er sie nicht schlucken."

Die Albâine schüttelte den Kopf: „Man spritzt sie nicht in den Mund. Man spritzt sie in den Körper … hiermit."

Sie kramte in der Schatulle und holte einen feinen Glaszylinder hervor, an dessen Spitze eine Nadel befestigt war.

„Damit sollen wir ihn stechen?", fragte Darek stirnrunzelnd. „Er wird es nicht merken. Er ist ja ohnmächtig. Aber davon ist der Heiltrank doch nicht in seinem Magen."

„Das ist keine Nadel", murmelte Astaril. „Das ist eine winzige Röhre. Man füllt den Heiltrank in diesen Zylinder, sticht mit der Röhre durch die Haut des Kranken und schiebt … hier …"

Darek konnte nicht genau sehen, was sie anstellte, doch nach kurzer Zeit befand sich der Trank aus einer der Phiolen in dem Glaszylinder.

„Und den willst du ihm jetzt einfach in den Körper spritzen?"

„Weißt du etwas Besseres?" Sie beugte sich mit dem Zylinder über Libius und zögerte.

„Was überlegst du?"

„Ich weiß nicht, an welcher Stelle ich am besten ..."

Darek streifte Libius Robe hoch und entblößte das Hinterteil des Besinnungslosen. „Da merkt er es am wenigsten, wenn er wieder aufwacht." Falls er wieder aufwacht, dachte er.

Die Albâine nickte und setzte die Nadel an. Sie zögerte noch einen Augenblick, dann drückte sie gegen den Zylinder und spritzte dem Zauberlehrling den Trank in die Hinterbacke.

„Und jetzt?"

Astaril hob die Schultern: „Jetzt warten wir ab, was passiert. – Ich glaube, das Schlimmste ist überstanden."

„Ach ja? Glaubt ihr das?" Ein dröhnendes Lachen füllte den metallenen Raum. Es hörte sich an, als wenn sich jemand gerade vor Lachen schüttelte – und es fühlte sich auch so an. Das Fluchzeug ruckte und rüttelte hin und her, als hätte es von einem Augenblick zum anderen jene unglaubliche Magie verloren, die es bis eben sicher vorangetragen hatte.

Das Herz des Jungen hüpfte mit dem Vermächtnis der alten Fürsten um die Wette. Er klammerte sich an das Erstbeste, was er zu fassen bekam – Astarils Oberschenkel. Sein Blick jagte über die metallenen Wände.

Von woher kam diese Stimme? Wer außer den Gefährten befand sich noch im Fluchzeug? Wo sollte er hergekommen sein, mitten in der Luft? Oder gab es noch einen zweiten, verborgenen Raum an Bord?

„Ihr könnt mich nicht sehen", lachte die Stimme, und das Schlingern des Flugapparates verstärkte sich.

Wir stürzen, dachte Darek. Wir werden wie ein Stein zu Boden fallen. Eine Welle der Übelkeit brach über ihn herein.

Er schwor sich: Was auch immer geschah, er würde sich kein drittes Mal vor den Augen der Albâine übergeben.

„Aber ich sehe euch!", dröhnte die Stimme. Sie klang blechern, als spräche das Fluchzeug selbst zu ihnen. War das möglich? Ein Teil der teuflischen Magie der Fürsten des Ostens?

„Ich sehe euch!", hallte es von den Wänden wider. Ylvia kämpfte darum, das seltsame Steuerruder des Flugapparates in den Händen zu behalten, doch es bebte und bockte. Das Mädchen hatte keine Chance. „Ihr seid zu mir gekommen! Ihr seid in Zephyrus Wasser nicht ertrunken! Ihr seid in Boreas Eis nicht erfroren! Und jetzt glaubtet ihr, ihr hättet auch mich überwunden?"

„Das ist Euros!", keuchte Darek. „Er spricht in unseren Köpfen."

„Er spricht durch etwas, das die alten Fürsten ein Funkgerät nannten", erwiderte Astaril mit zusammengebissenen Zähnen. „Lass sofort mein Bein los! Denkst du, Albâine kennen keine Schmerzen?"

Darek gehorchte und krallte sich stattdessen wieder an Ylvias Sitz fest.

Noch immer wurden sie durchgeschüttelt. Der Wind trieb seinen boshaften Schabernack mit ihnen, und es schien ihm einen Riesenspaß zu machen.

„Ich sehe euch! Ich sehe das Knäblein, über dem jetzt schon die Geier kreisen würden, wenn ich ihm nicht die Zügel der

Kamylien in die Hand gedrückt hätte! Ich sehe die Albâine, die bereit ist, alles zu verraten, das dem Alten Volk heilig ist – für ein Leben, das nicht mehr wert ist als das einer Maus."

„Mäuse sind sehr nützliche Tiere!", entgegnete Astaril tapfer. „Fragt einfach seinen Vater, den Kater. Der könnte euch was erzählen!"

„Ich sehe den Zwerg, den ihr niedergeschlagen habt! Den Einzigen von euch, der etwas Mumm in den Knochen hatte! Ich sehe das Zaubermäuschen! Ach, hat jemand euer Mäuslein gestochen? Und ihr wollt es heilen – mit einem neuen Stich!" Euros lachte so laut, dass die Knöpfe in ihren Metalltafeln schepperten.

„Ich sehe die Erbin jener, die es wagten, meine Macht herauszufordern! Ihr glaubt, mich doch noch besiegen zu können! Ihr glaubt, ihr könntet den Krieg doch noch gewinnen, obwohl die Stadt dieser schändlichen Rebellen in Trümmern liegt, seit mehr Jahrhunderten als ein Mondumlauf Nächte zählt!"

„Wir wollen keinen Krieg gewinnen!", rief Darek. „Wir wollen gar keinen Krieg führen!"

„Ach ja? Dann habt ihr aber eine seltsame Art, keinen Krieg zu führen, wenn ich mir ansehe, was ihr von der Heimstatt der Wüstenbewohner übrig gelassen habt."

Das Fluchzeug sackte in die Tiefe. Darek prallte schmerzhaft gegen die eiserne Lehne des Sitzes. „Wir mussten …", keuchte er. „Es blieb uns nichts anderes übrig."

„Ach, ihr hättet sie nicht fragen können? Ihr hättet nicht erklären können?"

„Sie wollten die Gaben des Zephyrus und des Boreas!" Der Junge zog sich an der Lehne empor. Er hatte zwei metallene Kästen entdeckt, die unter der Decke befestigt waren. Von dort kam die Stimme. „Diese Gaben standen ihnen nicht zu! Wir brauchen sie, um das Innere Reich zu retten – und mit ihm auch alle anderen Völker! Die Winde kennen keine Grenzen!"

Das Lachen verebbte: „Das hast du also tatsächlich erkannt? Und trotzdem hast du Boreas auf die Barbarescen losgelassen. Das wird Notos aber gar nicht freuen. Mein lieber Bruder im Süden ist fürchterlich empfindlich, wenn es um seine Leute geht."

„Die Barbarescen sind die Angreifer! Sie haben das Reich meines Vaters überfallen und brennen alles nieder!"

„Und du glaubst, das haben sie aus reiner Mordgier getan?", wollte Euros wissen. „Nicht vielleicht, weil auch ihre Ernte verdorrt auf den Feldern des Südens? Weil in ihrem Land Hungersnot herrscht? Die Winde kennen keine Grenzen."

Das Fluchzeug hatte aufgehört zu schwanken und zu bocken. Vorsichtig ließ der Junge die Lehne los und stand ohne Hilfe.

„Das wusste ich nicht", sagte er leise. „Aber es ist keine Lösung, mit dem Schwert in der Hand ..."

„Auch mit diesem Höllenapparat nicht, in dem ihr sitzt", erwiderte der Ostwind streng. „Die alten Fürsten dachten nur an sich allein, an ihre Macht. Die Barbarescen denken nur an ihr Überleben, und selbst euer geliebter Graf Roland ..." Er zögerte. „Boreas erzählte mir, dass Roland Tränen in den Augen hatte, als die Barbarescen starben." Die Stimme verstummte.

„Euros?", fragte der Junge. „Ihr wisst, warum wir in Euer Reich gekommen sind. Ihr könnt uns töten. Ihr habt die Macht dazu, wie auch Zephyrus die Macht besaß und Boreas. Ich möchte Euch bitten ..."

„Warum hast du dich nicht nach Süden gewandt?", unterbrach ihn der Ostwind. „Warum hast du dir nicht die Kamee geholt und hast die Reise fortgesetzt, wie ich es dir sagte, als ich in der Gestalt der Albâine zu dir kam? War das nicht mehr als großzügig von mir?“

Darek schluckte: „Das war es.“ Er holte Atem. „Doch es war das Opfer nicht wert. Selbst dafür ...“ Seine Stimme war rau. „Wenn Ihr uns jetzt tötet, war alles vergebens, und doch konnte ich nichts anderes tun, als ich getan habe. Und ich würde es wieder tun. Bitte.“ Beschwörend blickte er auf die metallenen Kästen. „Bitte, gebt uns die Kamee!“

„Die Fürsten sind geflohen, das weißt du? Sie stiegen in ihr Fluchzeug, während ihre Stadt in Trümmer fiel und ihre Leute starben.“

„Sie hatten Angst ...“, murmelte Darek.

„Du nicht?“

„Doch“, sagte der Junge leise. „Große Angst. Aber irgendwann spielte sie keine Rolle mehr.“ Er atmete tief ein, wieder aus. „Bitte ... Eure Gabe ...“

„Schaut euch eure Zaubermaus mal ganz genau an.“ Euros Lachen war rau wie ein Sturm über der Wüste. „Weißt du, manchmal übertreibe ich einfach ein wenig.“

Das Lachen wurde leiser – und dann war es fort.

„Euros?“, fragte der Junge. „Euros?“

Er ließ sich auf die Knie nieder und beugte sich über Libius. Der Zauberlehrling schlug eben die Augen auf.

„Ich hatte einen grauenhaften Traum“, murmelte er. „Ich hatte ...“ Er fasste nach seinem Rücken. „Oh.“ Überrascht blickte er auf den Dolch, den er zum Vorschein gebracht hatte. „Das tat gerade weh“, stellte er fest.

„Libius!“ Entsetzt starrte Darek ihn an. „Du darfst nicht ...“

„Der Trank wirkt“, sagte Astaril. „Oder Euros hat irgendetwas getan.“

Erleichterung machte sich auf ihren Zügen breit.

„Darek." Aus der Stimme des Zauberlehrlings klang Verblüffung. „Schau dir den Dolch mal an! Den Griff!"

Der Junge nahm die Waffe entgegen. An der Klinge klebte vertrocknetes Blut, aber im verzierten Heft leuchtete ein Schmuckstück.

„Eine Kamee", flüsterte Darek. „Eine Kamee mit dem Abbild des Ostwinds!" Er sah hinauf zu den dunklen Kästen: „Euros, in der Tat! Manchmal übertreibt Ihr gewaltig!"

„Du bist dir ganz sicher, dass keine Berge in der Nähe sind?", fragte Darek zum vierten oder fünften Mal.

„Wenn du mir nicht glaubst, sag's bloß", versetzte die Albâine. „Ich hab Bergen noch nie beim Wachsen zugeschaut, aber ich bin mir ziemlich sicher, dass sie nicht von heute auf morgen aus dem Boden kommen. Bei der Ehernen Kette hat es tausend mal tausend Jahre gedauert. Die Alten Berge sind noch …"

„Ich kann's mir denken bei dem Namen", murmelte der Junge.

„Das Gelände ist nahezu eben, nachdem wir jetzt die Steige von Styga hinter uns haben", sagte Astaril nachdrücklich. „Es gibt öfter mal Wald zwischendurch, das ist alles. Und Seen. Eine hübsche Gegend eigentlich. Diese Yarmuz-Söldner könnten den ganzen Tag fischen, anstatt in anderer Leute Länder mit ihren Schwertern rumzufuchteln. Aber ihre Wohnstätten haben wir jetzt auch fast hinter uns, und danach gibt es erstmal nichts. Jedenfalls nichts, mit dem wir zusammenstoßen könnten – höchstens ein Pelikan vielleicht. Die sind nicht besonders helle."

„Da draußen ist es insgesamt nicht besonders helle“, bemerkte Libius. „Es ist sogar ausgesprochen finster, würde ich sagen.“ Darek spürte, dass auch dem Zauberlehrling mulmig war. Er sollte froh sein, dachte der Junge. Mir kommt vielleicht ab und an das Essen hoch – ihn trifft es schlimmer. Mit dem Fieber ging es los, kaum dass wir die Akademie hinter uns hatten, dann die Sache in der Ehernen Klamm und jetzt auch noch der Dolch.

Und wenn er sich den Zwerg ansah und dessen Blicke, die den Zauberlehrling durchbohrten, wollte er auch jetzt nicht in Libius' Haut stecken. Bartholf war nicht erbaut gewesen, als er ein paar Tausend Fuß über dem Boden erwacht war und sich zusammengereimt hatte, wie er an Bord des Fluchzeugs gekommen war. Libius sollte froh sein, dass er lebte.

„Natürlich ist es finster“, sagte Astaril. „Das hat die Nacht so an sich. Aber zum letzten Mal: Es kann nichts passieren. Hier könnten wir blind fliegen …“

„Wir fliegen blind“, entgegnete Libius.

„Macht das irgendeinen Unterschied?“, seufzte die Albâine. „Wir sitzen in diesem Klumpen Elodim – und wir fliegen. Ein paar Fuß hinter uns verbrennt fässerweise ein Öl, von dem ein paar Tropfen genügen würden, um eine von euren Städten in Flammen zu setzen. Das hält dieses stinkende Ding in der Luft. Und eure größte Sorge ist, dass es draußen dunkel wird?“

Widerwillig musste Darek ihr zustimmen. Bei Lichte betrachtet hatte sie ja recht. Er hätte sich nur gewünscht, die ganze Sache, die Gegend zu ihren Füßen, tatsächlich bei Lichte betrachten zu können.

Noch lieber wäre ihm allerdings gewesen, Ylvia hätte diesen seltsamen stählernen Vogel bei der ersten Gelegenheit zu

Boden gebracht, damit sie ihren Weg zu Fuß hätten fortsetzen können.

Doch ihnen blieb keine Zeit. Astaril hatte mit den Angehörigen ihres Volkes Zwiesprache gehalten, und die Nachrichten, die aus den Alten Bergen kamen, waren schlecht. Sehr schlecht sogar. Die Getreuen des Schwarzen Katers hatten sich in der Festung verschanzt, die den Südpass und den Weg zur Königsstadt versperrte. Die gesamte Streitmacht der Barbarescen drängte gegen ihre Wälle, und unablässig hämmerten die Katapulte und Steinschleudern gegen das längst brüchige Mauerwerk.

„Sie können froh sein, wenn sie diese Nacht überstehen", hatte Astaril finster verkündet.

Und wenn die Festung fiel, hielt nichts mehr die Angreifer auf. Sie hatten das Reich nicht aus Mordgier überfallen, das wusste Darek jetzt. Sie flohen vor der Hungersnot, die in ihren Ländern herrschte. Nur machte das für die Menschen des Inneren Reiches, für die Bürger der Hauptstadt und die Flüchtlinge, die nie ein Schwert in der Hand gehabt hatten, keinen Unterschied. An die Trolle und Oger im Gefolge des barbarescischen Heeres mochte er gar nicht denken.

Nein, ihnen blieb keine Zeit – und keine Wahl. Das Fluchzeug flog schneller als das schnellste Pferd hätte galoppieren können. Der Höllenapparat der alten Fürsten musste sie in den Süden bringen.

Unruhig tat Darek es seinen Gefährten gleich und streckte sich auf den harten Sitzen aus. Einzig Astaril blieb an Ylvias Seite wach und gab dem Mädchen dann und wann mit halblauter Stimme Anweisungen.

Der Junge zweifelte daran, dass er überhaupt würde einschlafen können, doch der Tag, der für ihn inmitten der Wüste begonnen hatte, den Tod durch Verdursten vor Augen, dieser Tag war hart gewesen. Fast auf der Stelle griff der Schlummer nach ihm.

Mit dem Gedanken, dass die Herrin ihm neue Träume senden würde, Träume vom Süden, schlief er ein.

Im nächsten Augenblick – so kam es ihm vor – schreckte er auf.

Zu seiner Überraschung sah er helles Morgenlicht durch die Fenster. Er musste geschlafen haben wie ein Toter. Gähnend streckte er sich.

„Astaril?"

Das Mädchen vom Alten Volk saß kerzengerade im Sitz an Ylvias Seite und starrte reglos durch das Fenster, über den Schnabel des Fluchzeugs hinweg.

„Was ist denn da draußen?" Er stand auf. Libius und Bartholf hatten sich bereits erhoben.

Sie flogen über ein waldiges Gebiet dahin. Berge gab es tatsächlich nicht, lediglich niedrige Hügel. Vielleicht war rechter Hand ein ferner Schatten der Alten Berge erkennbar, doch da war der Junge sich nicht sicher. Inmitten des Waldes lagen kleine Siedlungen und Felder eingestreut. Sie sahen friedlich aus. Ob die Felder verdorrt waren, war aus dieser Höhe nicht zu erkennen. Doch die Albâine blickte auf einen Punkt, der noch weit vor ihnen lag.

Am Horizont erhoben sich die Türme einer Stadt. Darek wusste, dass viele Menschen des Südens in Städten lebten, und er war bei aller Dringlichkeit und Gefahr gespannt darauf, eine von ihnen zu Gesicht zu bekommen. Würde sie ganz anders sein als Moorholm oder die Hauptstadt seiner Vorfahren?

Doch Astaril sah nicht auf die Stadt. Ihr Blick war höher nach oben gerichtet.

Libius stieß einen Laut der Überraschung aus: „Seht! Das ist doch kein Vogel! Haben … haben die Barbarescen auch Fluchzeuge?“

Die Albâine sagte kein Wort. Die ferne Erscheinung kam näher. Noch näher.

„Was …“, flüsterte Darek.

„Das ist kein Fluchzeug“, sagte Astaril tonlos. „Das ist ein Drache.“

***

Die dunkelste Stunde der Nacht war nahe, doch auf den Wällen der Passfestung war es hell wie am Tage. Nur war dieses Licht von anderer Art als das Licht der Sonne. Zuckend und unruhig huschte der Widerschein der Flammen über die mächtigen Quader des innersten Befestigungsrings.

„Ein wahres Meisterstück, mein alter Lund!“ Ein grimmiges Lächeln war auf Graf Rolands Züge getreten.

„Eine Atempause“, murmelte der alte Zauberer. „Mehr nicht. Viel mehr bekomme ich nicht hin.“

„Wir sind dankbar für jede Atempause“, versicherte der Kommandant der Männer vom Schwarzen Kater. „Das ist mehr, als wir in den letzten Tagen hatten.“

Er betrachtete die mächtigen Belagerungstürme, vier an der Zahl, die die Barbarescen in dieser Nacht gegen die Mauern vorgeschoben hatten. Sie glichen gigantischen Fackeln. Winzig kleine Gestalten waren auf ihnen zu erkennen, die in den hölzernen Konstruktionen höher und höher kletterten, auf der Flucht vor den Flammen. Höher und höher hinauf, wo es keine Rettung gab für sie.

Sie oder wir, dachte Graf Roland. Wir oder sie. Er empfand Triumph über den Sieg, der die Festung gerettet hatte – und sei es nur für die nächsten ein oder zwei Stunden. Doch Freude empfand er nicht. Es hatte in den letzten Tagen zu viele Tote gegeben, auf beiden Seiten. Was, wenn der Junge doch noch Erfolg hatte auf seiner Reise? Was, wenn sie die Angreifer gegen alle Hoffnung aufhalten konnten, ehe sie das Herz des Reiches erreichten? Wie lange würde es dauern, bis die Wunden verheilen würden, die dieser Krieg beiden Völkern schlug?

„Sie werden um ihre Toten trauern, wenn all dies vorbei ist", murmelte er. „Genau wie wir. Und ihr Hass auf jene wird wachsen, denen all diese Toten zu verdanken sind. Genau wie bei uns."

„Dagegen wird euch keine Magie der Welt schützen", sagte der alte Zauberer mit leiser Stimme.

„Im Moment wäre ich schon glücklich über eine Magie, die uns durch diese Nacht bringt", murmelte Roland. Er wandte sich um. Hinter ihm stand der junge Mann in der viel zu großen Rüstung, der ihm die Nachricht gebracht hatte, Engelbertus hätte Gesandte geschickt. Tammo war sein Name, erinnerte er sich. Die Rüstung hatte Tammos Großvater gehört, der seit vielen Jahren tot war. Seitdem hatte die Familie sie wie einen Schatz gehütet, voller Stolz, dass einer der ihren einmal zur Garde des Königs gehört hatte. So viel hatte der Junge ihm verraten, doch Roland bezweifelte, dass das die volle Wahrheit war.

Ich fress' einen Troll samt Fell, dachte er, wenn er zu Hause Bescheid gesagt hat, dass er sich mit ihrem Erbstück auf den Weg macht. Und wenn er nicht zurückkehrt, werden sie trauern – und sie werden beginnen zu hassen.

„Ihr dürft nicht zu weit in die Zukunft sehen", sagte Meister Lund. „Die Versuchung ist groß, wenn der Augenblick so düster ist. Aber eine düstere Zukunft macht den Augenblick nicht besser. Lasst uns hoffen, auf den Jungen hoffen. Ich wünschte, ich hätte ihm mehr beibringen können in den letzten Jahren. Ihm etwas beibringen können, das ihm auf seiner Reise von Nutzen ist."

„Das habt Ihr gewiss getan", beruhigte ihn der Kommandant. „Er hat das Herz am rechten Fleck. Und hilfsbereit ist er. Mein Hinterhof hat seit Jahren nicht so sauber ausgesehen wie neulich, nachdem er mit den Fischen fertig war."

„Das hat er bei uns gelernt", nickte der Zauberer selbstzufrieden. „Und gelehrig war er schon immer. Könnt Ihr Euch vorstellen, wie begierig meine Schüler waren, immer Neues zu erfahren über den Blauen Zwergampfer?"

Graf Roland musterte den Zauberer von Kopf bis Fuß. „Nein", sagte er.

Empört öffnete der Alte den Mund, doch der Kommandant klopfte ihm lachend auf den Rücken: „Schon vergessen, dass ich auch mal euer Schüler war?"

„Ihr wärt mit Sicherheit ein lausiger Zauberer geworden", grummelte Lund. „Seid froh, dass Ihr in der Garde gelandet seid …"

„Da braucht's nicht viel im Kopf, hörte ich", erwiderte Roland und musterte den älteren Mann finster.

Ein Lächeln huschte über die faltigen Züge des Zauberers: „Ach ja? Nun, wenn man sich das so erzählt, könnte was dran sein. – Wobei mir einfällt: Habt Ihr in den letzten Stunden meinen Schüler gesehen? Ich bin mir sicher, dass ich einen dabei hatte, so einen kleinen Dicken."

„Peppin“, nickte der Kommandant. „Ein aufgeweckter Junge, wenn man ihn näher kennt. Als er mitbekam, dass die Katapulte gestern Nacht die Wälle über dem Vorratsspeicher in Mitleidenschaft gezogen haben, hat er auf der Stelle angeboten, uns zu helfen. Ihr könnt ja nicht überall sein, und natürlich sind wir dankbar über jeden Funken von Magie, der uns … Meister Lund?“

Das Gesicht des Zauberers hatte einen finsteren Ausdruck angenommen. „Gebe der Wind, dass ich mich irre“, murmelte er. „Welcher Gang führt zum Speicher?“

***

Ein wenig mulmig war ihm schon, als er zwischen den Vorratskisten saß und als Nächstes nach dem gigantischen Käselaib griff, groß wie ein Wagenrad, und ihn grinsend betrachtete. Da konnte einem aber auch das Wasser im Munde zusammenlaufen. Wenn Peppin ihn richtig hielt, hatte er das Gefühl, der Käse würde zurückgrinsen.

Den Pökelschinken, von dem er an einer unauffälligen Stelle eine fingerdicke Scheibe entfernt hatte, hatte er geschickt mit einem halben Dutzend anderer Schinken getarnt. Bis jemand bemerkte, dass an einem von ihnen etwas fehlte, war die Belagerung mit Sicherheit längst vorbei, und der Junge mit seinem Meister weit, weit fort. Wohin auch immer. Aber er hielt es ohnehin für unwahrscheinlich, dass ein Verdacht auf ihn fallen würde.

„Ich nehme mir schließlich nur, was mir zusteht“, murmelte er und musterte den Käse nachdenklich. Hier ein Stück zu entfernen, ohne dass es auf der Stelle auffiel, war weit schwieriger. „Eine Woche lang unterwegs! Meister Lund kommt vielleicht ohne Essen aus. Der kann alleine von seiner Magie leben. Doch wer denkt an mich?“

Es war nur gut und richtig, wenn er sich ein wenig stärkte, bevor er sich an den Zauber begab, der die Fundamente des Mauerwerks stützen sollte. Schließlich sollte der magische Spruch ja auch funktionieren. Das war sogar sehr wichtig für die Männer, die oben auf den Mauern ihr Leben einsetzten.

Im Grunde war Peppin sogar verpflichtet, so lange von den Vorräten zu kosten, bis er ganz sicher keinen Hunger mehr verspürte. Das war er diesen tapferen Männern einfach schuldig.

Er grübelte. Wenn er jetzt ein Stück des kreisrunden Laibes entfernte wie bei einem Kuchen, dann würde das auffallen. Aber vielleicht gab es eine andere Möglichkeit. Er zog das kleine Messer aus seinem Gürtel und schnitt den Käselaib in zwei Hälften. Dann setzte er ein zweites Mal an und trennte eine schmale Scheibe ab, weniger als fingerbreit. Wenn er jetzt die beiden Hälften zusammensetzte und sie geschickt wieder an Ort und Stelle legte, würde niemandem etwas auffallen. Es gab so viel Käse hier unten, und die Besatzung des Kastells war so klein – das reichte noch für Monate.

Peppin biss in den Käse. Er schmeckte himmlisch. Mild und sahnig und doch mit einer würzigen Note. Einen solchen Käse gab es in den Ebenen des Ostens nicht. Zu schade, dass er niemanden fragen konnte, wo er herkam. Der Junge lehnte sich zurück und kaute genüsslich. Doch trotz allem: Das unterdrückte Donnern, das hin und wieder durch die Gewölbe hallte, die dumpfen Erschütterungen, mit denen die Ladungen der Katapulte in den Mauern einschlugen – irgendwie trübte das den Genuss dann doch ein wenig.

Schließlich hatte er die gigantische Käsescheibe verzehrt. Zum ersten Mal seit jenem schrecklichen Tag, an dem Engelbertus' Männer über die Akademie hergefallen waren, fühlte er sich wieder vollkommen satt und bei Kräften. Es war ein herrliches Gefühl. Peppin erhob sich mit einem leisen Stöhnen. Er lag schwer im Magen, der Käse. Der Junge nahm die beiden Käsehälften und legte sie nebeneinander zurück ins Regal, schob sie zusammen – und runzelte die Stirn.

Das passte nicht. Die eine Hälfte war ein Stück größer als die andere, ganz eindeutig. Natürlich, dachte der Junge. Dort hatte er eine Scheibe abgeschnitten. Es gab nur eine Möglichkeit, das wieder geradezurücken. Er griff noch einmal nach seinem Messer und entfernte auch auf der anderen Seite eine schmale Scheibe. Als er die Hälften jetzt gegeneinanderschob, passten sie perfekt.

Nachdenklich betrachtete er die neue Käsescheibe in seiner Hand. Irgendwie musste sie verschwinden. Sein Magen machte bereits seltsame Geräusche, doch er wusste keinen anderen Ausweg. Wenn man hier unten eine einzelne Käsescheibe fand, konnte das unabsehbare Folgen haben: Graf Roland würde davon erfahren. Man würde Plünderer am Werk glauben, womöglich versteckte Späher der Barbarescen, die in der Festung ihr Unwesen trieben. Die Streiter des Schwarzen Katers würden in Sorge sein, ihre Aufmerksamkeit nicht mehr vollständig auf den Kampf richten können. Die gesamte Festung würde in Gefahr geraten und damit das gesamte Reich.

Das durfte Peppin nicht zulassen.

„Diese Scheibe noch“, flüsterte er und ließ sich nieder. „Dann der Zauber.“

Es wurde allmählich Zeit für den Zauber. Das Donnern wurde zusehends lauter, die Erschütterungen wurden heftiger. Außerdem schmeckte diese Scheibe irgendwie bitterer als die erste.

Die Geräusche in Peppins Magen verstärkten sich. Es war wie Brummen. Ein Knirschen und Schaben und ... Er hatte beinahe das Gefühl, als hallte es von den Gewölben hier unten wider.

In einer Ecke der unterirdischen Kammer begann Staub von der Decke zu rieseln.

Peppin kniff die Lider zusammen. Der Staub sammelte sich am Boden. Rasch türmte er sich zu einem kleinen Häufchen auf.

Mühsam erhob sich der Junge von seinem Sitzplatz auf den Kisten mit dem Pökelfleisch und trat näher. Tatsächlich. Staub von der Decke.

Ein Donnern. Heftiger als jemals zuvor. Das Gewölbe schien zu vibrieren, und gleichzeitig lösten sich nicht nur Staub, sondern auch kleine Steinchen aus der Decke.

Peppin legte die flache Hand auf die Wand. Er glaubte, etwas zu spüren. Rasch presste er das Ohr an den Stein. Kleine, scharfe Laute wie von ...

„Spitzhacken!", flüsterte er. Und das war es nicht allein. Er hörte Stimmen, tiefe Stimmen, die etwas Unverständliches murmelten, doch die Art und Weise, wie sie das taten, der monotone Singsang, das war eindeutig.

Der Junge fuhr von der Wand zurück.

„Magie!", keuchte er. Warum hatte niemand daran gedacht, selbst Meister Lund nicht? Warum waren sie nicht auf die Idee gekommen, auch ihre Gegner könnten Zauberer in ihrem Aufgebot haben?

Schritt für Schritt wich der Junge von der Wand zurück. Jetzt lösten sich bereits Brocken, groß wie seine Faust.

Der Zauber! Er musste seinen Zauber ... Doch in Wahrheit hatte er nur ein paar Brocken aufgeschnappt, als Libius, der alte

Angeber einmal mit seinem neu erworbenen Wissen geprahlt hatte. Niemals, niemals konnte er es mit einer Magie aufnehmen, die so stark war wie das, was da draußen am Werke war.

Er durfte nicht länger warten.

„Meister Lund!", schrie er und stürzte zum Ausgang der Kammer. „Meister Lund!"

***

„Lund!"

Der Zauberer taumelte. Roland packte den Arm des alten Mannes, und es war eben noch rechtzeitig. Bruder Lund sackte vornüber. Nur der eiserne Griff des Kommandanten verhinderte, dass er die steile Treppe hinabstürzte.

„Geht es Euch nicht gut?", fragte er besorgt.

Der große Botaniker murmelte etwas, das der Graf nicht verstehen konnte.

„Soll ich Euch in Eure Kammer bringen? Nach dem Jungen kann auch jemand anders sehen."

„Nein!" Die Stimme des Alten war undeutlich, doch sie war zu verstehen. „Wir müssen zu den Speichern! Auf der Stelle! Dort ist etwas im Gange! Ich kann noch nicht …"

Lund schüttelte sich. Auf seinen faltigen Zügen zeigte sich tiefe Sorge. Eine Sorge, die nicht allein dem Wohlergehen seines Zöglings gelten konnte.

„Werden wir meine Männer brauchen?", fragte Roland.

Der Alte zögerte: „Möglicherweise. Es kann nicht schaden. Doch Gardisten allein werden nicht genügen."

Auf dem Weg zu den Vorratskellern sammelte der Graf alles ein, was ihnen auch nur über den Weg lief. Die Männer waren sicher nicht glücklich darüber. Viele kamen eben erst von den

Wehrgängen zurück und wollten sich stärken. Doch das konnten sie auch unterwegs erledigen. Roland spürte die Besorgnis des Zauberers. Irgendetwas ging in den Tiefen der Festung vor. Etwas, gegen das alle Schwerter seiner Getreuen nichts würden ausrichten können. Nur mühsam passte er sich an die langsameren Schritte des alten Mannes an, gefolgt von ihrem brummelnden und schmatzenden Tross.

Die Türme vor den Mauern brannten noch immer. Die Barbarescen hatten für den Augenblick mehr als genug mit dem Chaos in ihren Reihen zu tun. Roland hatte dem jungen Tammo befohlen, die Augen offen zu halten. Jetzt war er froh darüber. Was sich in den Tiefen zusammenbraute, war womöglich eine noch tödlichere Gefahr.

„Stellen die Vorratskammern eine besondere Schwachstelle der Befestigung dar?“, fragte Lund, als sie die Treppen erreichten, die in das lichtlose Innere des Bauwerks führten.

Roland griff nach einer der Fackeln, die neben dem gedrungenen Torbogen bereitgehalten wurden. Er schüttelte den Kopf: „Diese Festung ist so alt, dass es keine verlässlichen Nachrichten über ihre Entstehung gibt. Nur Sagen und Legenden. Zwergische Steinmetze sollen sie errichtet haben, auf Befehl der Alten Könige. Ihre Mauern sind dreißig, vierzig Fuß stark. Für die Ewigkeit gebaut, so haben wir immer angenommen. Doch diesem Beschuss halten sie nicht mehr lange stand.“

„Das ist nicht der Beschuss allein“, brummte der Alte. „Diese Gänge und Kavernen sind aus den Knochen der Erde selbst geschlagen. Der Mörtel der Winde ist es, der die Mauern zusammenhält. Und die Winde haben unserem Volk ihre Gunst entzogen. Nur deshalb, Graf, erscheinen sie jetzt so brüchig.“

„Und damit hängt das, was Ihr jetzt spürt, zusammen?“, fragte er.

Doch nicht Lund allein spürte es. Auch der ehemalige Fischhändler hatte das Gefühl, als sei irgendetwas in seinem Gedärm am Wirken – ein bisschen, als hätte er eine seiner Forellen gegessen, die vielleicht doch nicht mehr ganz frisch war. Das ist der Atem der Magie, dachte er. Und es muss eine gewaltige Magie sein, wenn selbst wir ihre Anwesenheit spüren, die wir nicht eine Spur solcher Fähigkeiten besitzen. Denn den Gardisten ging es nicht anders. Er sah es ihren Gesichtern an, als einige von ihnen jetzt ebenfalls Fackeln ergriffen und der Trupp sich, der Graf und der Zauberer voran, auf den Weg in die Tiefe machte.

„Was ist das?“, flüsterte einer der Männer nach einer Weile. „Hört ihr das?“

„Klingt wie eine Katze“, murmelte Roland. „Aber Castro ist im Thronsaal in Sicherheit.“

„Eher wie ein Schwein“, meinte ein anderer. „Eine Sau, die Junge wirft.“

„Das ist der Junge!“, sagte Lund.

„Peppin?“, fragte der Graf. „Seid Ihr sicher?“

„Ich glaube, ich hatte nur den einen dabei“, murmelte der Zauberer. „Hatte ich doch, oder?“

„Meister Luuuuuuuuu-uuuuuuuu-uuuuuuu-uuuuuuuund!“

Die verzweifelten Schreie brachen sich an den Wänden des Ganges. Dem Grafen stellten sich die Nackenhaare auf. Er wollte sich nicht ausmalen, was dort unten vor sich ging. Die Geräusche klangen, als wären sie der Dämonenwelt entsprungen.

„Dort vorne ist etwas!“, sagte er leise.

Sie hatten eben eine Biegung der abwärtsführenden Treppe hinter sich gelassen. Die Vorratskeller mussten nun beinahe vor ihnen liegen, doch sie waren nicht zu sehen. Der Gang war verstopft.

„Peppin!“, sagte der Zauberer mit tonloser Stimme und starrte seinen Schüler an. „Was tust du da!“

„Ich tue gar nichts!“, kreischte der Junge. „Ich stecke fest!“

***

Lund öffnete die Augen. Er war schweigend vor dem Jungen stehengeblieben und hatte mit einem Murmeln die Hand gehoben. Sofort waren Peppins Schreie verstummt. Mit geschlossenen Augen hatte er dann einige weitere Worte gemurmelt. Roland spürte ein leichtes Prickeln und wusste, dass Magie in der Luft war. Der Geist des Magiers begab sich in den Raum hinter dem Rücken des Jungen – und jetzt kehrte er zurück.

„Sie sind direkt hinter ihm“, murmelte der alte Zauberer. „Sie kommen nicht an ihm vorbei. Doch sie sind sehr stark.“

„Warum …“, begann Roland.

„Käse“, sagte der Zauberer.

„Käse?“ Der Graf starrte ihn an.

„Dämonen haben Angst davor. Die Weisen wissen nicht genau, warum. Vermutlich, weil er aus Milch gemacht wird, und Milch spendet Leben. Oder es ist ganz etwas anderes. Jedenfalls haben sie Angst davor.“

Roland nickte: „Wir haben einiges an Käse eingelagert. Wenn das so einfach ist, hätte ich ihn entlang der gesamten Mauern verteilen lassen.“

Der Zauberer schüttelte den Kopf: „Um Eure Vorräte können sie einen Bogen machen, um den Jungen nicht.“ Er wandte sich an Peppin. „Du hast ziemliche Angst, hm?“

„Bitte, Meister, helft mir!“

„Dir ist ein Leibeswind entfahren, richtig?“ Der Alte musterte ihn.

Peppin starrte seinen Meister an: „Was? Kann schon sein. Ich habe Angst. Bitte helft mir!“

Lund stieß ein zufriedenes Grunzen aus. „Das ist die Erklärung.“

Roland musste sich verhört haben: „Er hält die Angreifer auf mit seinen … seinen …“

„Er hält sie auf“, sagte Lund knapp. „Der Rest ist doch unwichtig! Junge, schau, ob du das noch einmal hinbekommst. Diese Art von … Winden … verfliegt sehr schnell.“

„Das ist nicht euer Ernst!“ Der Graf schüttelte den Kopf. „Das kann nicht euer Ernst sein.“

„Und Ihr haltet Euch bereit mit Euren Männern“, wies ihn der Zauberer an. „Sie werden durchbrechen, sobald der Junge aus dem Weg ist. Dann kommt es auf Euch an. Es sind Zauberer dabei, aber mit denen werde ich mich befassen. Doch sie haben auch Krieger. Barbarescen und andere … Ich kann nicht genau erkennen, was für welche. Jedenfalls keine Menschen.“

Roland nickte ernst. Er zog sein Schwert und betrachtete es für einen Augenblick nachdenklich. Ein wenig duftete es noch immer nach Fisch – das war das beste Versteck gewesen in den vergangenen Jahren. Wie lange war es her, dass er geschworen hatte, die Waffe nie wieder im Namen des Königs zu führen? Nun, er hatte sein Wort gehalten. Er führte sie für Castro, den schwarzen Kater.

Meister Lund hatte die Handflächen an die Schläfen gelegt und zu murmeln begonnen. Die Männer des Grafen lauschten. Die Worte sagten keinem von ihnen etwas: Dies war die uralte Sprache der Zauberer, die heute kein Mensch mehr sprach, der nicht in die alten Geheimnisse eingeweiht war. Wenn sie überhaupt einmal außerhalb der magischen Zirkel gesprochen worden war, und daran hatte Roland seine Zweifel: Diese Menschen mussten ganz besondere Zungen gehabt haben. Mit Sicherheit scheiterten viele Zauberschüler schon daran, diese sonderbaren Laute hervorzubringen, für die die menschliche Zunge nicht geschaffen schien.

Doch das war nicht seine Sache. Seine Sache war der Kampf gegen welche Bestie auch immer, sobald der Zauberer …

Im nächsten Augenblick geschah alles auf einmal: Lund stieß ein einzelnes Wort mit einer solchen Lautstärke aus, dass dem Grafen die Ohren klingelten. Peppin schrie ebenfalls, vor Schreck, vor Überraschung – und schoss im nächsten Augenblick auf Roland und seine Gardisten zu, als hätten die Barbarescen die Verriegelung an einem ihrer Katapulte gelöst. Nur dass die Katapulte nicht in der Lage waren, Felsbrocken von der Größe des Jungen zu verschleudern.

Roland wich zur Seite, doch zwei der Gardisten waren nicht so schnell. Mitsamt dem Jungen gingen sie in der Biegung des Ganges zu Boden. Lund schob sich am Grafen vorbei ebenfalls nach hinten. Eigentlich war das gar nicht möglich. Es gab viel zu wenig Platz dazu. Mit Sicherheit war Magie im Spiel.

Und auch vor sich spürte Roland jetzt Magie. Es war ein Gefühl wie ein Hitzestoß, der die Haut seines Gesichts verbrannte. Als schlügen ihm Flammen entgegen. Dann gewahrte er das Blitzen gebogener Klingen im Widerschein der Fackeln. Schattenhaft huschten die barbarescischen Streiter heran, und hinter ihnen, noch halb unsichtbar, füllte eine zottige Kreatur den Gang zur Gänze aus.

„Trollwölfe", brummte er. „Das hätte ich mir denken können."

***

„Ein Drache? Wirklich?"

Ylvia war so aufgeregt, dass sie für einen Augenblick das Steuer des Fluchzeugs losließ und sich neugierig reckte. Die Gefährten hatten im hinteren Teil des Raumes Kissen mit einer fremdartig knisternden Füllung gefunden, mit denen sie den Sitz des Mädchens aufgepolstert hatten – doch selbst so konnte Ylvia eben über die Unterkante der großen Sichtfenster spähen.

„Der ist ja riesig", flüsterte sie andächtig. „Aber ich dachte, es gibt schon lange keine Drachen mehr!"

„Das dachte ich auch", hauchte Astaril. „Das dachten ..."

Das dachten alle Albâine, begriff Darek. So, wie in diesem Augenblick hatte er Astaril noch nie erlebt. Wie gelähmt starrte die Albâine auf die geflügelte Kreatur, die mit wenigen, mächtigen Schlägen ihrer ledrigen Schwingen einen weiten Halbkreis über der Stadt der Barbarescen beschrieb – und Kurs auf das Fluchzeug nahm.

„Nimmer noch seit Hammer hallt in der Minen dräuend Dunkel hätt ein Zwergenaug' erspähet Drachenschwingen hoch am Himmel", murmelte Bartholf. Er hatte wenig gesprochen, seitdem er aus seiner Ohnmacht erwacht war. Und noch viel weniger hatte er freundlich gesprochen.

Freundlich klang das noch immer nicht, dachte Darek. Aber es war ein Anfang. Der Zwerg war ebenso gefangen von dem sonderbaren Anblick wie sie alle.

Das unvermittelte Auftauchen des Drachen ließ kostbare Zeit verstreichen. Jetzt erst begriffen die Gefährten, in welcher

Gefahr sie schwebten. Eben noch war die geflügelte Kreatur Meilen entfernt gewesen, doch sie schoss direkt auf ihr Fluchzeug zu. Immer gewaltiger wurde der dunkle Umriss.

„Ylvia!", schrie der Zauberlehrling. „Ausweichen!"

Das Mädchen gehorchte, ohne zu überlegen – und das rettete ihnen das Leben.

Graf Rolands Nichte warf sich in das seltsam geformte Steuer. Der Flugapparat der alten Fürsten kippte zur Seite. Keiner der Gefährten konnte sich so schnell festhalten. Sie purzelten in dem stählerneren Raum durcheinander. Aus dem Augenwinkel sah Darek, wie ein Feuerstoß an genau der Stelle durch die Luft schoss, an der sie sich eben noch befunden hatten.

„Der will uns umbringen!", stieß der Junge hervor.

„So sieht das aus", presste Libius durch die Zähne. „Doch jetzt muss er erst einmal wenden. Ylvia, halte das Fluchzeug nahe über dem Boden, dann kann er uns schlechter sehen."

„Denkst du, er ist kurzsichtig?", fragte Darek.

„Ich weiß genauso viel über Drachen wie du", gab der Zauberlehrling zurück. „Oder genauso wenig. Verdammt!"

Mühsam rappelten die Gefährten sich auf.

„Verdammt!", wiederholte Libius. „Ich habe noch nie gehört, dass sie im Süden Drachen haben – oder irgendwo anders."

„Das haben sie auch nicht", sagte Astaril. Ihre Stimme war kaum mehr als ein Flüstern. „Es gibt keine Drachen mehr."

„Den da gibt es jedenfalls", entgegnete der Zauberlehrling. „Aber es müsste doch bekannt sein, wenn die Barbarescen Drachen haben. Es sei denn …" Er verstummte.

„Vielleicht ist er nicht echt?", schlug Ylvia vor. Sie hielt den Flugapparat so tief, dass er beinahe die Wipfel der Bäume streifte und veränderte den Kurs um eine Winzigkeit, sodass er nicht direkt auf die barbarescische Stadt zuführte. „Vielleicht ist das eine magische Täuschung oder so was."

„Ich kann mir nicht vorstellen, dass es so eine mächtige Magie gibt", sagte Libius. „Doch bis eben konnte ich mir auch nicht vorstellen, dass es Drachen gibt. – Was wäre, wenn er ... nur unseretwegen hier ist?"

„Unseretwegen?" Darek sah ihn fragend an. „Woher soll er wissen, dass wir hier sind? Du meinst, Notos hat ihn geweckt, um uns ..."

Er musste an die Worte des Euros denken: Mein lieber Bruder im Süden ist fürchterlich empfindlich, wenn es um seine Leute geht.

„Notos", grübelte der Zauberlehrling, „oder diese Höllenmaschine hier. Seit Jahrtausenden gibt es keine Drachen mehr – und seit Jahrtausenden ist kein Fluchzeug mehr am Himmel gewesen. Ist das nicht ein seltsamer Zufall?"

Darek nickte. Das ergab einen Sinn.

Ein Stück rechts von ihnen fuhr ein Feuerstoß vom Himmel.

„Kurzsichtig ist er jedenfalls nichts", rief Darek und duckte sich, als könnte er auf diese Weise ausweichen, wenn der feurige Atem die Höllenmaschine der Altvorderen erwischte.

„Er kann uns nicht übersehen", sagte Astaril. Sie sprach wie im Schlaf. „Er wittert uns."

Wie zur Antwort schoss ein neuer Feuerstoß auf sie zu, diesmal hart links an ihrem Fluchzeug vorbei, sehr viel näher als der letzte.

„Hattest du viel mit Drachen zu tun damals?", fragte Darek. Er klammerte sich jetzt wieder an die Lehne von Ylvias Sitz.

Libius verrenkte sich den Kopf und versuchte, durch das Fenster nach dem Drachen zu spähen.

„Verdammt, ich kann ihn nicht sehen! Er ist hinter uns!“

„Der blaue Knopf, Ylvia“, murmelte die Albâine. „Rechts unten vom Steuer.“

Das Mädchen drückte auf das blaue Licht, ohne das Steuer loszulassen. Gleichzeitig brachte sie das Fluchzeug in eine enge Linkskurve und gleichzeitig ein wenig höher.

Der nächste Feuerstoß schoss scharf unter ihnen weg. Der Flugapparat bockte.

„Wir sind getroffen!“ Darek klammerte sich fester an Ylvias Sitz.

„Das ist nur die Druckwelle“, sagte Astaril.

Gleichzeitig begann ein Bereich der metallenen Wand rechts von den Fenstern, hell zu flackern, und im nächsten Augenblick wurde dort ein bewegtes Bild sichtbar.

Wie in der Kammer der Winde, dachte Darek. Doch dieses Bild war hektischer – und es gab keine Farbe darin, nur unterschiedliche Schattierungen von Grau.

„Das würden wir sehen, wenn wir hinten Fenster hätten!“, murmelte das Mädchen vom Alten Volk.

Tatsächlich! Dort war der Drache! Er war hinter ihnen und ein Stück über ihnen. Das geschuppte Untier musste mit seinen Schwingen ausholen, um in der Luft zu bleiben, deswegen konnte es nicht näher an die Bäume heran. Dennoch schloss der Drache zu seinen Opfern auf.

Die Gefährten konnten ihn jetzt zum ersten Mal genauer erkennen, und Darek musste zugeben, dass die tödliche Kreatur auf ihre ganz eigene Weise ein herrlicher Anblick war, selbst hier, auf dem bewegten Bild, in dem ihr die Farben fehlten. Der Kopf erinnerte an eine Feuerechse. Nur dass die geschuppten kleinen Wesen, die sich an heißen Tagen in den Ebenen rund um die Akademie auf den sonnenverwöhnten Felsen sonnten, im Höchstfall zwei Fuß lang wurden. Der Drache war ungefähr hundert Mal so groß und hatte Flügel. Jeder der unzähligen Hauer in seinem Rachen war länger als Dareks Unterarm. Die Augen hingegen waren vergleichsweise winzig. Mit gierigen Blicken stierten sie nach der Beute.

„Er ist wunderschön“, bewunderte Ylvia das bewegte Bild, bevor sie den Kurs noch einmal veränderte, um dem nächsten Feuerstoß zu entgehen. „Und er sieht irgendwie hungrig aus.“

„Kein Wunder, wenn er ein paar Tausend Jahre lang nichts gegessen hat“, murmelte Darek.

„Wirklich sehr verständnisvoll von euch“, giftete Libius. „Ladet ihn doch zum Essen ein. Wen er sich als Hauptspeise ausgesucht hat, wissen wir ja schon.“

Ylvia versuchte, mit dem Fluchzeug Haken zu schlagen wie ein Hase auf der Flucht. Doch auf solche Manöver war der Apparat der alten Fürsten offensichtlich nicht ausgerichtet, und das Mädchen konnte noch immer nur einen Bruchteil der Knöpfe bedienen. Wer weiß, wozu die anderen dienen, dachte Darek. Ständig begann es an neuen, unvermuteten Stellen zu blinken und zu fiepen. Ein neuer Angriff der Bestie. Das Fluchzeug machte einen Satz, raste auf die Bäume nieder. Jemand schrie – im nächsten Augenblick fing sich die Maschine. Ganz kurz wurde die Stelle, an der sich das bewegte Bild befand, matt und schwarz, dann wurde es wieder sichtbar, doch ein seltsamer, waagerechter Balken bewegte sich über die Szene.

„Was ist das?“, fragte Darek.

„Es ist beschädigt“, erwiderte die Albâine. „Wir sind getroffen.“

Doch noch gehorchte das Fluchzeug Ylvias Anweisungen.

„Wir haben eine Art … unsichtbaren magischen Schild“, sagte sie leise. „Er fängt das Feuer ab. Aber er wird schwächer.“

„Astaril“, fragte der Junge noch einmal. „Hattest du viel mit Drachen zu tun damals? Können wir ihn irgendwie ablenken? Ihn überlisten?“

„Das kann kein Drache sein“, murmelte die Albâine. Ihre Gestalt schien zu schwanken, als stände das Mädchen vom Alten Volk kurz vor einer Ohnmacht.

„Was dann?“, fragte Libius. Seine Stimme war schrill. „Ein Murmeltier?“

„Es ist unmöglich.“ Astaril schüttelte den Kopf. „Vollkommen unmöglich. Das ist kein Drache.“

Ein neuer Feuerstoß. Für einen Augenblick füllte rote Glut die Fenster. Die Gefährten fuhren zurück.

„Das kann kein Drache sein“, sagte Astaril noch einmal.

„Verdammt, warum nicht?“, fauchte Libius.

„Weil es keine Drachen mehr gibt“, flüsterte die Albâine. „Wir haben sie getötet. Alle.“

***

Für einige Atemzüge war es mucksmäuschenstill im Innern des Fluchzeugs. Dann hörte man Bartholfs schweres Atmen: „Mit meuchelnd Mord verdarb der Feen Volk die hehren Herrn des Himmels? Oh weiser Ratschluss der Altvord’ren, der warnt vor Trug und Tücke der Albâine!“

„Es war kein Meuchelmord“, sagte Astaril leise. Ihre Miene war unbewegt. „Es war ein offener Krieg. Der letzte Krieg in der Geschichte meines Volkes. Ein Krieg, der unseren Namen auf ewig befleckt hat … Seit jenem Tag will die Trauer in den Herzen meines Volkes nicht enden. Niemals wieder werden wir …“

„Sie aber auch nicht“, wandte Libius ein. Er konnte seine Abscheu nicht ganz verbergen. „Und sie sind tot. Es ist nicht einmal jemand zum Trauern übrig. Ihr lebt. – Ihr habt ein ganzes … ein ganzes Volk vernichtet?“

„Das haben wir.“ Ihre Stimme war kaum zu verstehen. „Es hieß wir oder sie. Sie oder wir. Und das hätte beinahe …“ Sie schloss die Augen. „Dies ist eine sehr lange Geschichte …“

Ein heftiger Schlag traf den Flugapparat. Das Fluchzeug sackte ab. Entsetzt schrie Darek auf. Ylvia versuchte, das Steuer herumzureißen, doch der beschädigte Apparat wollte nicht mehr richtig gehorchen.

Die Baumwipfel kamen auf sie zu. Darek schlug die Hände vor die Augen. Das also ist das Ende, dachte er.

Dann, ganz allmählich, fing sich das Fluchzeug. Doch sie hörten, dass das leise Surren, das die ganze Zeit um sie herum war, anders klang. Überall blinkten neue Lichter, und es war mehr Rot dabei als je zuvor.

Astaril trat an eine Lichtertafel rechts von Ylvia und betrachtete sie. „Es hält sich“, sagte sie leise. „Doch die Schilde sind beinahe erschöpft.“

„Glaubst du jetzt endlich, dass es ein Drache ist?“, schimpfte der Zauberlehrling. „Anscheinend wart ihr in eurer Blutgier doch nicht so gründlich, wie ihr dachtet!“

„Du verstehst noch immer nicht“, sagte Astaril. „Es war ein Krieg, wie ihr ihn euch nicht vorstellen könnt! Es war ein Krieg der Winde! Notos gegen Zephyrus! Feuer gegen Wasser! Die Herrschaft über die Welt und die Felder der Düfte! Und er endete erst, konnte erst enden, als die Streitmacht des Notos, die Drachen, vollständig vernichtet war! Das kann kein Drache sein!“

„Es fliegt!“ Libius war mit seiner Geduld am Ende. „Es spuckt Feuer! Es ist ewig alt! Bei allen verdammten Winden, was soll es sonst sein?“

„Kein Drache“, beharrte Astaril. Ihre Stimme brach. „Es kann kein Drache sein.“

Darek hatte bei den Worten des Zauberlehrlings aufgehorcht. Seine Gedanken wirbelten im Kreis.

Ein Flammenstoß rechts von ihnen. Gleich darauf ein zweiter. Auf dem bewegten Bild sahen sie, dass er das Heck des Fluchzeugs nur um eine Winzigkeit verfehlte.

„Nach Norden!“, keuchte der Junge. „Ylvia, Kurs nach Norden! Auf die Alten Berge! Auf die Königsstadt!“

Libius starrte ihn an, als hätte er einen Wahnsinnigen vor sich: „Hast du den Verstand verloren? Du willst dieses Ungeheuer in die Hauptstadt locken? Wir können gar nichts machen, solange wir nicht die Gabe des Notos haben! Dieses Biest wird die Stadt deiner Väter rösten, dass wir keine Barbarescen mehr brauchen!“

„Nach Norden!“, wiederholte Darek. Er war kurz davor, Ylvia in den Arm zu fallen. „Die Perle des Zephyrus. Das Eis des Boreas. Die Muschelkamee des Euros – und die ewige Flamme des Notos. Das da …“ Er wies auf das bewegte Bild, wo der Drache sich zu einem neuen Feuerstoß bereitmachte. „Das da ist die ewige Flamme. Ich glaube, das ist Notos selbst!“

***

Die Trollwölfe waren wunderschöne Tiere. Voller Bewunderung betrachtete Roland das Spiel der mächtigen Muskeln unter dem struppigen, grauen Fell. Drei, vier der nächtlichen Jäger durchschritten nacheinander die engste Stelle des Ganges und kamen bedrohlichen Schrittes auf den Kommandanten und seine Männer zu.

Graf Roland war seit mehr als dreißig Jahren ein Krieger. Selbst im Grünen Stern hatte er seine Übung an der Waffe nicht völlig einrosten lassen. Jede Woche, an seinem freien Tag, hatte er in der Morgendämmerung sein Schwert unter dem Fischhaufen hervorgeholt. Dann hatte er sich in die Gewölbe tief unter dem Fischladen begeben, wo er sich eigens zu diesem Zwecke einen Übungsraum eingerichtet hatte. Leibhaftige Gegner aber hatte er erst in den letzten Wochen wieder vor sich gehabt, seitdem er an der Spitze der Streiter vom Schwarzen Kater stand. Und die Trollwölfe waren von einem ganz anderen Kaliber als die Lanzenreiter der Barbarescen.

Er ließ die Wölfe nicht aus den Augen. Stetig verlagerte er sein Gewicht von einem Bein auf das andere, jeden Augenblick auf den Angriff gefasst.

Doch die Biester ließen sich Zeit. Sie schoben sich an ihren menschlichen Verbündeten vorbei. Roland erkannte jetzt, dass die Männer aus dem Süden nicht allein mit ihren krummen Schwertern bewaffnet waren, sondern kurze Bögen von ihren Schultern lösten und in aller Seelenruhe Pfeile einlegten.

„Zurück!", befahl er seinen Gardisten. „Hinter die Biegung!"

An den Geräuschen in seinem Rücken erkannte er, dass die Männer gehorchten. Er wartete einige Atemzüge, während sich die Barbarescen schussbereit machten. Die Wölfe griffen noch immer nicht an. Kaum verwunderlich, dachte Roland. Ihre menschlichen Verbündeten brauchten freies Schussfeld, und das war in den engen Gewölben schwierig genug.

Als die Schritte seiner eigenen Männer verstummt waren, begann Roland selbst langsam rückwärtszugehen, ohne die

Gegner aus den Augen zu lassen. Die Wölfe folgten ihm sofort mit langsamen Schritten. Die Barbarescen spannten ihre Waffen ... Ein halblauter Befehl in der Sprache des Südens.

Blitzartig duckte sich Roland zur Seite. Er spürte den Luftzug, mit dem eines der Geschosse knapp an seinem Ohr vorbeiglitt. Die übrigen zersplitterten ein Stück entfernt an den Tunnelwänden. Doch schon hatten die Gegner neue Pfeile eingelegt.

Roland wandte sich um. Vier Schritte bis zur Biegung des Ganges. Er warf sich nach vorn. Die Hände seiner Männer halfen ihm. Ein dumpfer Schlag gegen seine Wade, dann war er für den Augenblick in Sicherheit.

Lautes Knurren. Die Barbarescen ließen ihre Verbündeten los. Ein Wunder, dass die Wölfe so lange ruhig geblieben waren. Oder kein Wunder, dachte der Graf. Magie.

Er warf einen kurzen Blick auf seine Beine. Ein gefiederter Pfeil steckte im Leder seines rechten Stiefels. Drei Zoll höher, und er hätte sich durch Rolands Wade gebohrt.

Erwartungsvoll sahen die Gardisten ihn an. Den Zauberer und seinen Schüler konnte er nirgendwo entdecken.

„Die Treppe hinauf!“, gab er Anweisung. „Wir müssen die Tür verschließen!“

Schritt um Schritt wichen die Männer zurück, während Roland sich wieder zu den Gegnern umwandte.

Knurrend sprang der erste Wolf um die Biegung. Der Graf stieß ihm die Waffe entgegen. Mit einem widerwärtigen Geräusch glitt die graue Bestie direkt auf die Klinge, bevor sie gegen Roland prallte. Der Aufprall sandte Schmerzen durch seine Schulter, doch unter Aufbietung aller Kräfte schob er den röchelnden Wolf beiseite und bekam seine Waffe frei, eben als der nächste Gegner heran war.

Es kam, wie der Graf gehofft hatte. Die Blutgier der Biester war entfesselt. Jetzt konnte auch Magie sie nicht mehr zügeln. Der Gang führte an diesem Punkt durch eine neue Engstelle, sodass sich die Tiere gegenseitig behinderten. Ihre Bogenschützen konnten die Barbarescen nun gar nicht mehr einsetzen.

Doch auch Roland selbst hatte Schwierigkeiten, mit seiner Waffe auszuholen. So sehr er sich auch bemühte, keiner der Wölfe schien gewillt, wie der erste in die offene Klinge zu springen. Geifernd und knurrend rückten sie heran, suchten ihn mit ihren Reißzähnen zu packen. Rolands Schwert hielt sie auf Abstand, doch er merkte, dass er unmerklich, Schritt um Schritt, zurückwich.

Er hörte, wie sich die Schritte seiner Männer auf der Treppe entfernten. Wenn auch er sie erreicht hatte, würden die Wölfe zusätzliche Höhe überwinden müssen, um ihn anzugreifen. Ein Vorteil für ihn – doch wurde der Gang nicht am Fuß der Treppe breiter? Roland versuchte, sich zu erinnern. Er wagte es nicht, sich umzublicken, um sich zu überzeugen.

Der größte der verbliebenen Wölfe drückte sich an den anderen beiden Tieren vorbei und stürzte sich auf Roland. Sein stinkender Atem stieg dem Grafen in die Nase. Roland bekam sein Schwert so schnell nicht herum. Mit aller Kraft ließ er den Knauf auf die Nase des Untiers sausen. Winselnd fiel der Wolf zurück, doch in der Bewegung noch schlug seine Pranke nach Rolands Schulter. Die Brust des Grafen schützte der Panzer, doch wie Feuer rissen die Klauen der Bestie an seinem Oberarm.

Mit dem Fuß stieß Roland das Ungetüm beiseite. Mühsam hielt er sich auf den Beinen. Sein linker Arm brannte wie in heißes Blei getaucht. Die Hand fühlte sich taub an.

Der verletzte Wolf zog sich zurück. Die beiden anderen Biester waren etwas kleiner. Seite an Seite drängten sie voran. Zähnestarrende Kiefer schnappten nach dem Kommandanten.

Roland holte mit der Waffe aus, doch er kam nicht weit. Schmerzhaft schlug sein Handrücken gegen den Stein. Um ein Haar hätte er das Schwert fallen lassen.

Doch jetzt war es zu spät. Die Wölfe sprangen.

„Zurück!“, brüllte eine Stimme in seinem Rücken.

Der Graf dachte nicht nach. Er machte drei, vier ungeschickte Schritte zurück, stolperte, kämpfte um sein Gleichgewicht. Vergeblich. Der schwere Panzer zog ihn nach hinten.

Die Wölfe setzten nach.

Worte. Worte in einer fremden Sprache, die in seinem Kopf widerhallten.

Die grauen Jäger hatten ihn fast erreicht

Der Gang erbebte. Staub rieselte, und im selben Augenblick lösten sich die ersten Felsbrocken. Roland schrie. Gleichzeitig heulte einer der Wölfe auf, den ein Trümmerstück getroffen hatte. Wie durch einen Schleier konnte Roland das andere, zögernde Tier erkennen, dann war es vorbei. Mit einem mächtigen Donnern brach der Gang ein. Schmerzhaft traf etwas das Schienbein des Grafen, doch wieder schützte ihn das Leder seiner Stiefel.

Sobald ich wieder in der Königsstadt bin, gehe ich zum Schuhmacher und sage ihm Dank, dachte er.

Stille um ihn her.

Dann rief jemand seinen Namen.

Lund! „Ich bin hier!“, krächzte Roland. Der Staub stieg ihm in die Lungen.

„Seid Ihr verletzt?“ Schon humpelte der Alte heran, gefolgt von Peppin.

„Ihr solltet die Treppe …“, setzte der Graf an.

„Dann hätten die Graupelze jetzt eine Mahlzeit wie seit Wochen nicht“, brummte der Zauberer. „Könnt Ihr aufstehen? Es gibt keinen Zauber auf der Welt, der sich nicht mit einem Gegenzauber beseitigen lässt. Dieser ist eine harte Nuss für sie, weil die Fundamente jetzt erschüttert sind und die halbe Festung in sich zusammenstürzt, wenn sie nicht aufpassen. Doch ich bin mir nicht sicher, ob sie darauf Rücksicht nehmen.“

„Sollten sie?“, fragte der Graf benommen.

„Wenn sie nicht selbst von den Trümmern begraben werden wollen, sollten sie“, brummte der Alte. „Peppin, hilf dem Kommandanten auf.“

Der Junge kam heran und streckte Roland die Hand entgegen, wobei er einen furchtsamen Blick auf die Trümmerbarriere warf. „Hört ihr das?“, flüsterte er. „Sie graben sich durch!“

„Das wird dauern“, sagte der Graf und kam ächzend hoch. „Wir müssen hinauf zur Tür. Es gibt eine Vorrichtung, sie zu verriegeln.“

„Kommandant! Kommandant-dant-dant!“

Eine hohle Stimme hallte die Treppe hinab. Gleich darauf hörten sie das Poltern eiliger Schritte.

„Was ist denn nun wieder los“, murmelte Roland.

„Kommandant!“

Tammo stolperte die letzten Stufen hinunter, der junge Gardist, den er auf dem Wehrgang zurückgelassen hatte. Er rannte den Grafen fast über den Haufen, bevor er erkannte, dass es hier nicht weiterging.

„Geht es hier nicht zum Vorratskeller?", fragte der junge Mann verwirrt.

„Es ging", sagte Roland knapp. „Solltest du nicht auf der Mauer bleiben?"

„Herr!" Tammo japste. „Sie greifen an! Sie haben neue Belagerungstürme! Ein ... ein ganzes Dutzend! Sie haben sie ... hinter den Bergen ..."

„Eine List!", keuchte Roland. „Das hier war nur ein Ablenkungsangriff! – Hinauf auf die Wälle!"

***

Ylvia weinte, und auch Darek steckte ein Kloß im Hals. Auf Astarils Anweisung hin hatte das Mädchen weitere blinkende Knöpfe gedrückt, woraufhin sich im Innern des Fluchzeugs mehrere Abschnitte der metallenen Wände in bewegte Bilder verwandelt hatten.

Diese Bilder zeigten den Blick, den man haben musste, wenn man aus dem Flugapparat geradewegs in die Tiefe sah. Eines der Bilder zeigte das gesamte Panorama des Landes unter ihnen – in einem Winkel, den das Auge eines Menschen überhaupt nicht hätte erfassen können. Die anderen Ansichten hingegen waren Ausschnitte, auf denen Einzelheiten zu erkennen waren, als befände sich der Betrachter nur wenige Fuß über dem Boden – wie auch immer die Magie der alten Fürsten das anstellte.

Das Fluchzeug jagte rasch am Himmel dahin, so dass diese Bilder lediglich vorbeihuschten – und Darek war dankbar dafür, denn er vermochte den Blick nicht abzuwenden.

Die Felder der Düfte hatten einmal zu den wohlhabendsten Gegenden des Reiches gehört, dicht bevölkert, voller saftiger Äcker und Weiden: Gesegnet vom Widerstreit des Zephyrus und des Notos hatte sanfter Regen im Frühjahr das Saatgut sprießen lassen, bevor die Sonne des Sommers goldenes Korn reifen ließ. Dörfer voll fleißiger Bauern und Winzer, kleine Städtchen, bevölkert von wackeren Handwerkern und geschäftstüchtigen Kaufleuten, die den Reichtum dieser Gegend weiter gemehrt hatten. Armut und Not hatten die Felder der Düfte seit Menschengedenken nicht gekannt.

Und nun war dies alles dahin.

Vor ein oder zwei Stunden hatte das Fluchzeug einen mächtigen Wall überquert, der sich quer durch das hügelige Land zog. In regelmäßigen Abständen ragten wuchtige Türme aus den Mauern auf – auf einigen von ihnen wehte noch das Banner des Inneren Reiches. Vielleicht hatten sich die restlichen Verteidiger dorthin zurückgezogen. Das war die große Südmauer des Inneren Reiches, das Werk von König Cordelius, Dareks Vorfahren. Zwei Jahrhunderte lang hatten die Barbarescen sie nicht zu durchbrechen vermocht – und nun war diese gewaltige Anlage gefallen. Dahinter, wo das Reich von Dareks Familie begann, dehnte sich jetzt ödes, menschenleeres Land.

Der Qualm über den Ruinen der Gehöfte hatte sich noch nicht verzogen. Gleich einem Leichentuch bedeckte er die Gegend, doch durch ihn hindurch waren die Spuren der Zerstörung nur zu deutlich sichtbar. Kein strohgedecktes Dach, das nicht Raub der Flammen geworden war, keine Scheune, an die die Männer aus dem Süden nicht die Fackel gelegt hatten, nachdem sie sie ausgeplündert hatten. Die Kadaver des Viehs lagen auf den Weiden. Was die Angreifer nicht mit sich geführt hatten, hatten sie an Ort und Stelle abgeschlachtet.

Doch wo waren die Menschen? Wo waren die Krieger, die Bürger und Bauern und ihre Familien? Darek erinnerte sich an die Gespräche, die sie in der Herberge in Moorholm belauscht hatten – ein ganzes Leben schien das her. Sie sind nicht alle tot, dachte er erleichtert. Man hat sie in den Süden geführt, als Sklaven und Leibeigene. Doch ob ein solches Schicksal wirklich besser war als der Tod? Er spürte, wie sich dumpfe Wut in ihm regte. Wut, ja: Hass.

Die Worte des Euros klangen ihm in den Ohren: „Und du glaubst, das haben sie aus reiner Mordgier getan? Nicht vielleicht, weil auch ihre Ernte verdorrt auf den Feldern des Südens? Weil in ihrem Land Hungersnot herrscht?"

Auch in unserem eigenen Land ist die Dürre eingekehrt, dachte der Junge. Er erinnerte sich an die verwelkenden Felder und Weiden, durch die sie ganz am Beginn ihrer Reise gekommen waren, ehe sie am Quell des Zephyrus auf Astaril getroffen waren. Was, wenn der Hunger zuerst das Innere Reich mit voller Gewalt getroffen hätte? Hätte König Carolus Befehl gegeben, die Nachbarn zu überfallen, damit das eigene Volk am Leben blieb? Hätten auch die Heere des Inneren Reiches solch sinnlose Zerstörungen angerichtet …

Eine Hand legte sich auf seine Schulter: „Es ist niemals die eine Seite oder die andere, die so etwas anrichtet", sagte Astaril leise. „Immer glauben sich beide Seiten im Recht. Sie kämpfen für ihre Freiheit oder für Recht und Ordnung … für den richtigen Glauben oder gegen die Ungerechtigkeit – manchmal auch nur für das Überleben ihrer Familien. Und meist ist das nicht die ganze Wahrheit. Doch das macht keinen eigentlichen Unterschied. Ein Krieg gleicht dem anderen. Ganz gleich, welche Seite gewinnt – am Ende sind alle Verlierer."

„Dann muss der Krieg aufhören!", sagte der Junge. „Wenn wir alles zerstören, ist noch weniger zu essen da."

„Es gibt nur einen Weg dorthin", erwiderte sie. „Und nur du kannst ihn gehen. Oder fliegen im Augenblick."

Seitdem sie die Südmauer hinter sich gelassen hatten, war das Land zunehmend bergiger geworden. Für die Verfolgten erwies sich das als Vorteil: Immer wieder ließ Ylvia das Fluchzeug in schmale Täler tauchen, wo der Drache ihnen nicht folgen konnte. Gleichzeitig wurde aber auch deutlich, dass der Flugapparat durch die Angriffe bereits in Mitleidenschaft gezogen war. Mehr als einmal hielten die Gefährten den Atem an, wenn das Fluchzeug den Anweisungen des Mädchens nicht auf Anhieb folgte.

Schließlich erreichten sie ein Tal, das Darek seltsam bekannt vorkam. Als sie näher herankamen, erkannte er auch den Grund: In den Tiefen der Senke erhoben sich verkohlte Ruinen wie in anderen Tälern auch, doch hier war der Boden übersät mit Toten, mit Menschen, Tieren und fremdartigen Kreaturen gleichermaßen. Die Sonne stand noch immer im Zeichen des Berglöwen. Mitleidlos stach sie auf die Leiber der Gefallenen herab.

„Das ist Boreas Werk", flüsterte der Junge. „Das ist unser Werk. Mein Werk."

„Vor allem meines", sagte Libius rau. „Ich war es, der den Sturm hierher gelenkt hat."

„Du wusstest nicht …", begann Darek.

„Und auch du wusstest nicht", unterbrach ihn der Zauberlehrling. „Du wusstest noch viel weniger. Boreas wusste. Und die Herrin wusste, wenn sie dir tatsächlich einen Traum gesandt hat, der dir Graf Roland gezeigt hat, der mit seinen Streitern hier im Hinterhalt lag."

„Du meinst …" Darek zögerte. „Du meinst, es musste so kommen? Wir hatten gar keine Wahl?"

„Man hat immer eine Wahl!", sagte die Albâine streng. „Du hättest Euros Angebot annehmen können, als er in meiner Gestalt zu dir kam. – Sah er mir wirklich so ähnlich?"

„Ich denke schon." Der Junge hob die Schultern. „Er sah eben aus wie du. Ich weiß nicht, ob alle Albâine so aussehen."

„Dann würde ich gerne mehr von ihnen kennenlernen", murmelte Libius verträumt.

Astaril zupfte an dem schmalen Stoffstreifen um ihre Brust. „Wir sind uns schon recht ähnlich", sagte sie. „Wenn wir wollen. Ich kann auch ganz anders aussehen." Ein Grinsen huschte über ihre Züge. „Doch das wollt ihr nicht sehen."

Ein Schaudern kam über Darek. Er war sich sicher: Da hatte sie recht.

„Eisigen Tod fanden tückische Trolle, mordgier'ge Menschen und mächtige Mâhmut", sagte der Zwerg mit ernster Stimme. „Feinde fürwahr, aber tapfere Feinde. Schweiget in Andacht, die Toten zu ehren!"

Darek nickte. Wieder musste er daran denken, dass nicht die Freude an der Zerstörung die Barbarescen trieb, sondern blanke Not. Der Kampfgeist der Zwerge ehrte die Gefallenen – auch die gefallenen Gegner. Wir können noch einiges lernen von den Zwergen, dachte der Junge.

„Treffliche Wappnung erspähet mein Auge", durchbrach der Zwerg das Schweigen, das er soeben angeordnet hatte. „Äxte und Rüstung aus härtestem Stahle. Auf hüpft das Herz hier dem kampflust'gen Krieger. Heiß brennt Begier, all dies an sich zu nehmen."

Einiges, setzte Darek seinen Gedanken fort. Nicht alles.

Über dem Schlachtfeld hatte der Drache wieder zu ihnen aufschließen können. Ein heftiger Feuerstoß schoss knapp über dem rechten Flügel des Fluchzeugs vorbei.

„Geht dem denn nie die Puste aus?", schimpfte Libius.

„Nicht, wenn es wirklich Notos selbst ist", murmelte Darek. Doch er hatte einen Gedanken, schon eine ganze Zeit. Noch wollte er ihn nicht aussprechen.

Er sah auf das Bild, das ihnen den Blick vom Heck des Fluchzeugs zeigte. Der Talkessel wand sich nun um eine Bergflanke herum. Schon fiel der Drache wieder zurück. Doch er blieb ihnen auf den Fersen – falls man das so nennen konnte, wenn man in der Luft unterwegs war. Er wartete auf die Gelegenheit zum alles entscheidenden, tödlichen Angriff.

Wartet er tatsächlich?, fragte sich Darek.

Oder verfolgte Notos ganz andere Pläne?

Seine Zweifel wuchsen.

War es wirklich ein kluger Einfall gewesen, die Flamme des Südens zur Königsstadt und zum Turm der Winde zu locken?

***

Die Mauern des Kastells bröckelten.

In ohnmächtiger Wut starrte der Kommandant auf die mächtigen Kriegsmaschinen, die sich an den Fundamenten der Festung zu schaffen machten. Ein ganzes Leben hatte er auf Kriegszügen verbracht, doch so etwas hatte er noch nie zu Gesicht bekommen.

Auf einer dreißig Fuß hohen, fahrbaren Konstruktion waren gigantische Schaufelräder montiert. Im Innern dieser Räder bewegten sich stampfend die ungeschlachten Gestalten haariger Trolle, die unermüdlich auf der Stelle trampelten. Auf diese

Weise trieben sie die Räder mit ihren eisenbeschlagenen Schaufeln an, während ihre Artgenossen die Maschinen unter rohen Gesängen gegen die Mauern pressten. Unaufhaltsam fraßen sich die Räder durch das mürbe Mauerwerk – wie ein Messer, das durch weichen Käse schneidet.

„Tammo!“

Der junge Gardist war sofort an Rolands Seite.

„Sind die Kessel so weit?“

„Nur noch Augenblicke, Herr. – Seht!“

Der junge Mann deutete hinüber zum Wehrgang oberhalb der Stelle, an der sich die Maschinen zu schaffen machten. Roland sah die tiefen Risse, die sich dort bereits durch die Mauer zogen. Vielleicht war es schon zu spät.

Er beobachtete, wie seine Männer schwere, dampfende Kessel über die Wälle schoben. Bedrohlich ächzte das Mauerwerk.

„Alle, die nicht kämpfen können, verlassen die Festung!“, befahl Roland. „Vor allem aber nehmt Ihr den schwarzen Kater mit! Und den Zauberer – mitsamt dem kleinen Dicken.“ Er zögerte. „Wenn Lund sich widersetzt, schlägst du ihn nieder. Lass ihn nur nicht zu Wort kommen, dann kann nichts passieren. Ihr macht euch auf den Weg in die Königsstadt. Auf der Stelle!“

„Der Hofdomestikus …“

„Ist mir gleich!“, brüllte der Graf. „Die Festung fällt! Noch in dieser Stunde! Engelbertus wird keine Flüchtlinge abschlachten.“ Jedenfalls hoffte Roland das. Sicher war er sich nicht. Die Königsstadt war nicht auf eine Belagerung eingerichtet. Wie lange würden die Vorräte noch reichen, wenn die Stadt übervoll war mit Menschen? Und auf was für Einfälle würde der Hofdomestikus kommen, wenn sie zur Neige gingen? „Geht! Auf der Stelle! Du stehst mit deinem Leben für diese Menschen ein!“

Tammo nahm Haltung an: „Das werde ich, Herr!"

Roland gab dem Jungen einen Schubs und beobachtete, wie er die Treppen ins Innere des Kastells hinabeilte. Es waren nur eine Hand voll Unbewaffnete in der Festung, der Rest war längst geflohen. Ihm ging es um Tammos Leben ebenso wie um das der anderen.

Er ist zu jung zum Sterben, dachte der Graf. Wir anderen …

Die Gardisten hatten jetzt den Mauerabschnitt erreicht, der angegriffen wurde. Sie blickten hinüber zum Kommandanten. Roland hob den Arm und ließ ihn niederfahren.

Die Männer wuchteten ihre Kessel in die Höhe, setzten sie zwischen den Zinnen auf die Brustwehr und kippten sie vornüber. Siedendes Öl ergoss sich auf die Kriegsmaschinen der Angreifer. Schmerzerfülltes Brüllen erscholl aus der Tiefe.

„Jetzt die Pfeile!", rief der Kommandant.

Zwei der Gardisten legten Pfeile auf ihre Bögen und visierten die hölzernen Schaufelradkonstruktionen an. Die Spitzen der Pfeile waren mit Pech bestrichen. Zwei andere Männer traten hinzu und entzündeten das Pech. Die Bogenschützen zielten noch einmal, und die feurigen Pfeile sausten in die Tiefe.

Einer von ihnen traf.

Das siedende Öl entzündete sich auf der Stelle. Binnen Augenblicken stand die Kriegsmaschine in Flammen. Der Troll in ihrem Innern schrie. Roland wandte den Blick ab.

Doch noch besaßen die Barbarescen fünf weitere dieser Konstruktionen. Die Gardisten bereiteten den nächsten Kessel vor. Roland gab den Befehl zum Einsatz …

Diese noch, dachte er. Und vielleicht eine der anderen. Drei kommen durch. Vielleicht vier. Im selben Augenblick vernahm er ein durchdringendes Knirschen. Mit schreckgeweiteten Augen sah er, wie der Riss in der Mauer auseinanderklaffte. Die Zinnen wankten wie betrunken. Die Männer auf den Mauern ruderten verzweifelt mit den Armen.

Mit einem ohrenbetäubenden Donnern sackte der gesamte Abschnitt der Wälle in die Tiefe und begrub Freund und Feind unter sich. Eine gewaltige Staubwolke erhob sich und verhüllte das Bild.

Roland sog tief den Atem ein und wandte noch einmal den Blick zur Sonne. Es war Mittag, und sie stand im Süden hoch am Himmel. Zwei große Vögel kreisten in der Ferne dahin.

Die Unbewaffneten sind unterwegs in die Königsstadt, dachte er. Carolus. Er ist ein Kater. Was bleibt ihm anderes übrig. Sie müssen unterwegs sein. Wenn Tammo schnell war …

Er durfte nicht darüber nachdenken.

Der Graf zog sein Schwert. „Für den Schwarzen Kater!“, brüllte er. Überall, wo noch Gardisten auf den Mauern standen, nahmen sie den Ruf auf. „Für den Schwarzen Kater!“ Die Männer eilten herbei, um sich ihrem Kommandanten anzuschließen.

Wir werden ihnen einen Kampf liefern, dachte Roland, der es wert wäre, dass man davon singt.

An der Spitze seiner Männer stieg er die Treppen hinab in die menschenleeren Höfe der Festung. Gespenstisch hallten ihre Schritte wider. Der Staub über der geborstenen Mauer begann, sich allmählich zu legen. Aus dem Augenwinkel sah Roland den reglosen Leib eines seiner Männer. Nur der Oberkörper schaute aus den Trümmern hervor.

Er kletterte die Schutthalde empor, gefolgt von seinen schweigenden Gardisten. Sie waren eben noch genug, um eine ununterbrochene Kette über die Länge der Bresche hinweg zu bilden.

Die Barbarescen waren ein Heer von Leibern, von Lanzen, die daraus hervorsahen, von blutroten Fahnen. Dazwischen ragten die Mâhmut auf wie lebende Felsen, und die zehn Fuß hohen Gestalten der Trolle trotteten dahin. Auch Trollwölfe entdeckte der Graf, Oger und Geschöpfe, deren Namen er nicht kannte.

Keine Festung der Welt wird diesem Ansturm standhalten, hatte die Herrin zu Darek gesagt. Roland erinnerte sich genau an die Worte des Jungen kurz vor dessen Aufbruch aus der Königsstadt. Keine Mauern aus Stein und nicht der stählerne Arm oder der flinke Bogen eines Kriegers.

Nun, sie hatte recht gehabt.

So geht der Stolz des Inneren Reiches dahin, dachte er. Bald gibt es nur noch die Barbarescen – und die Diener des Kreuzes.

Sollten sie doch die Welt unter sich aufteilen. Es würde ohnehin keine besonders schöne Welt mehr sein, die sich dem Glauben an die Macht der Winde verschloss.

Die Streitmacht der Barbarescen verharrte knapp außerhalb der Pfeilschussweite. Roland konnte die Gesichter seiner Gegner deutlich erkennen. Es waren ganz gewöhnliche Gesichter. Natürlich waren diese Männer Krieger, und sie wollten töten – darum waren sie hier. Doch sie hatten nichts Dämonisches an sich. Mit den Trollen sah das anders aus. Die Mâhmut hatten schwerlich genug Hirn, um darüber nachzudenken, was sie taten.

Langsam setzte sich die Heeresmacht der Barbarescen in Bewegung. Roland sah sie näher kommen, mit gemessenen Schritten, als wollten sie die Bedeutung des Augenblicks würdigen.

Sein Blick glitt über die Reihen seiner Männer. Er nickte ihnen grimmig zu. Dann setzte er sein Horn an die Lippen, um das Zeichen zum Angriff zu geben.

„Was ist das?"

Der Mann rechts neben ihm zeigte in den Himmel. Verwirrt folgte Roland der Richtung.

Zwei Vögel, die sich aus Richtung Süden näherten. Er hatte sie vorhin schon gesehen. Die sind ja riesig, dachte er.

Und dann stockte ihm der Atem.

„Was bei allen Winden …"

Der vordere Vogel schimmerte wie Metall. Pfeilschnell glitt er durch die Luft, obwohl seine Flügel steif waren wie ein Brett. Sein Verfolger dagegen schlug deutlich mit den Flügeln. Doch das war gar kein Vogel. Die ledrigen Schwingen waren mit Schuppen bedeckt, und sein Schädel …

Jetzt hatte das metallene Was-auch-Immer die Festung erreicht.

Der … der Drache folgte und …

Ein Schrei. Ein Schrei aus Tausenden von Kehlen. Die Barbarescen deuteten in den Himmel. Alles schrie und zeterte durcheinander. Die Streitmacht der Angreifer wogte wie das Meer in einem heftigen Sturm.

Hätte ich bloß noch alle meine Männer beisammen, dachte Roland. Das wäre die Gelegenheit zum Angriff.

Der Drache kreiste über den Belagerern. Das metallen schimmernde Etwas war währenddessen ins Trudeln geraten. Offenbar suchte es nach einer Stelle, an der es zu Boden kommen konnte.

Die Barbarescen schrien noch immer, und dann – begann einer nach dem anderen, in die Knie zu sinken. Glotzend standen die Trolle weiterhin aufrecht, dann zogen die menschlichen Krieger sie ebenfalls auf die Knie.

Der große Drache, dachte Roland. Notos. Der Gebieter der ewigen Flamme.

Seine Augen suchten nach dem metallenen Flugapparat. Auf einmal hatte er eine Ahnung. Eine sehr deutliche Ahnung.

Da entdeckte er das seltsam silbrige Ungetüm! Es flog niedrig, noch niedriger als zuvor. Jetzt geriet es hinter den inneren Wällen des Kastells außer Sicht und …

Ein dumpfer Knall. Ein lang anhaltendes Donnern.

Aus dem Pass stieg pechschwarzer Rauch auf.

***

Das Fluchzeug ruckte, dann ein heftiger Schlag, und von einem Augenblick zum anderen wurde alles dunkel.

Dareks Kopf schlug gegen etwas Hartes. Für einen Moment füllte grelles Licht sein Bewusstsein, dann wieder Schwärze. Beißender Qualm drang in seine Lungen und ließ ihn husten, würgen. Jemand stieß ihn an.

„Sofort hier raus!“, keuchte Libius’ Stimme. Sehen konnte Darek ihn nicht. Da waren nur undeutliche Formen im Qualm, der immer dichter zu werden schien.

Jemand zerrte an dem Jungen, zog ihn mit sich. Schmerzhaft stieß er mit dem Knie irgendwo an, dann spürte er eine unebene Fläche unter seinen Händen. Geisterhaft flackerten Lichter zwischen seinen Fingern. Die Knöpfe waren jetzt alle rot.

„Hier lang! Die Fenster sind geborsten!“

Jemand griff nach seiner Hand, und der Junge ließ sich ziehen. Er stützte sich ab und stieß einen Schrei aus. „Das ist ja kochendheiß!“

„Wenn das Ding hochgeht, wird es gleich noch heißer!“, schrie Astaril. „Kommt! Nur weg hier!“

Wieso hochgehen, fragte sich Darek. Es ist doch gerade runter gekommen. Doch jetzt war keine Zeit, darüber nachzudenken. Vor ihm war Tageslicht. Der Junge rutschte am metallenen, heißen Leib des Fluchzeugs hinab. Unsanft kam er auf und hielt sich mit Mühe auf den Beinen.

Libius und Ylvia waren schon ein Stück entfernt. Bartholf erkämpfte sich noch fluchend den Weg durch die geborstenen Fenster. Doch er kam nicht voran. Zuerst konnte der Junge den Grund nicht erkennen, dann sah er, dass der Bart des Zwerges sich verfangen hatte. Mit beiden Händen zerrte Dareks Gefährte an seinem verfilzten Stolz – vergeblich.

Ein Schwall von Funken regnete aus dem Innern des Fluchzeugs.

„Verderblich' Frevel der Altvord'ren!", schimpfte der Zwerg. „Bedroht vom Brand der Bartbewuchs!"

„Nimm deine Axt!", schrie Darek. „Schlag den Bart durch!"

„Der grimme Feind kann Zwergen Leib und Leben nehmen", keuchte Bartholf. „Doch nimmer uns're zünft'ge Zier!"

Plötzlich schoss eine grelle Flamme aus dem Innern des Fluchzeugs. Der Zwerg brüllte auf: Die Spitze seines Bartes hatte Feuer gefangen. Bartholf riss und zerrte, während die Flammen in der haarigen Pracht Nahrung suchten. Mit einem Mal gab es einen Ruck – der Bart kam frei. Bartholf ruderte mit den Armen – rücklings stürzte er vom stählernen Leib des Flugapparats.

„Bartholf!"

Schwankend erhob sich der Zwerg, nickte grimmig. Er war in Ordnung.

Seine Pranke griff nach dem Jungen und zog ihn mit sich.

Astaril war vor ihnen. Immer wieder sah sie sich über die Schulter um. Gehetzt ging ihr Blick zum qualmenden Wrack des Fluchzeugs. Darek erinnerte sich an ihre Worte. Ein paar Tropfen von dem Öl im Innern der Höllenmaschine genügten, um eine ganze Stadt in Brand zu setzen.

Bartholf zerrte den Jungen hinter sich her, und er stolperte vorwärts. Sein Kopf brummte, als wäre er der Schwengel im Innern einer gigantischen Glocke, die in schrillem Misston rief: „Feuer! Feuer! Aus den Häusern! Feuer! Feuer!"

Alles drehte sich um ihn. Da waren ein stahlblauer Himmel über ihnen und graue Bergflanken. Sie befanden sich in einem felsigen Gebirgstal. Verkrüppeltes Gesträuch klammerte sich an die Hänge. Ein Stück voran stieß ein Felssporn vor. Er würde ihnen Schutz gewähren, falls das Fluchzeug …

„Feuer! Feuer!"

Der Junge begriff, dass die Schreie Wirklichkeit waren. Doch sie waren ein Stück entfernt. Astaril bog um den Felsen, hinter dem die anderen bereits verschwunden waren. Nun hatten auch Bartholf und Darek die Zuflucht erreicht. Der Boden war uneben. Der Zwerg ließ die Hand des Jungen los. Darek stolperte über Geröll. Nur weg, weg! Weg von dem Feuer!

Auf der Flucht vor dem Feuer des Drachen, schoss es durch seinen Kopf. Und jetzt droht uns die Vernichtung von unserem eigenen Fluchzeug.

Der Drache!

Der Junge kam zum Stehen. Etwas schlug schmerzhaft gegen seine Waden. Steine, die sich unter ihm gelöst hatten.

Der Drache!

Hinter dem Felsvorsprung waren Dareks Gefährten reglos stehen geblieben.

Dreihundert Fuß hoch, in seiner Rüstung aus matten Schuppen sah der Drache selbst beinahe aus wie ein Felsen. Nur war er eben grün, besaß boshaft funkelnde Augen – und mehr Zähne, als Darek je zuvor an einem einzelnen Wesen gesehen hatte.

„Wirklich: Er sieht irgendwie hungrig aus“, flüsterte Ylvia. „Findet ihr nicht auch?“

***

„Ihr seid … Notos?“, fragte Darek. Seine Stimme klang ganz genau so winzig, wie er sich fühlte.

Der Drache rührte sich nicht.

„Vielleicht ist er doch einfach nur ein Drache“, sagte Libius leise. „Vielleicht kann er nicht sprechen.“

„Was heißt da ‚nur‘?“, flüsterte Ylvia.

„Sie konnten sprechen“, murmelte die Albâine. „Sie waren keine dummen Wesen.“

„Wenn wenigstens ihre Mörder sich ihrer erinnern, sind sie wohl doch nicht ganz vergessen“, erklang eine Stimme. Es war eine raue und zugleich überraschend sanfte Stimme.

Es war die Stimme des Drachen.

Darek spürte, wie die Gefährten näher zusammenrückten. Näher an ihn heranrückten. Nur die Albâine bewegte sich nicht. Astaril betrachtete den Drachen.

„Das Alte Volk erinnert sich“, sagte sie. „Die Drachen waren Wesen voller Weisheit. Sie konnten sprechen, doch sie sprachen selten. Sie sangen – und ihre Lieder brauchten keine Worte. Lieder voller Trauer über den Untergang ihres Volkes. Sie waren Wesen, die den Frieden liebten.“

„Was Euch nicht daran gehindert hat, sie zu töten.“

„Sie liebten den Frieden.“ Unverwandt sah sie den Drachen an. „Ihr liebtet ihn nicht.“

„Ich liebte den Frieden!" Notos brüllte mit einer Lautstärke, dass sich weiter oben in den Felsen neues Geröll löste. Die Gefährten drängten sich noch etwas näher an den Jungen.

Astaril blieb unbewegt.

„Es hätte Frieden gegeben!", röhrte der Drache. „Es hätte Frieden gegeben, wenn wir gesiegt hätten! Das Land wäre mein gewesen, und ich hätte ihm den Frieden gebracht! Kein Regen und Hagel mehr, der über das Land kommt! Keine Hochwasser, die die Gefilde überschwemmen!"

„Kein Regen, dessen Kühle die Wälder und Felder erquickt", erwiderte die Albâine. „Es wäre ein Frieden gewesen, ja. Versengtes, lebloses Land, in dem vielleicht Eure Drachen überlebt hätten – eine Zeitlang. Sonst niemand."

„Wenn sie so weise waren, wie Ihr sagt, warum hätten sich die Drachen dann für so etwas hergeben sollen?"

„Sie waren deine Geschöpfe, Notos." Darek konnte die Augen nicht von Astaril nehmen. Es war eine Veränderung mit der Albâine vorgegangen. Nicht allein, dass sie mit der Stimme der Macht sprach, die er bereits erlebt hatte. Dies war mehr: Sie schien mehr zu sein als ein einziges Wesen ... Die Albâine waren mehr als viele einzelne Wesen. Sie waren eine Gesamtheit. Und hier sprachen die Albâine mit dem schrecklichsten Gegner, dem dieses Volk jemals gegenübergestanden hatte.

Oder war es noch etwas ganz anderes? Astarils nächste Worte verschafften ihm Gewissheit.

„Die Drachen waren deine Geschöpfe, wie die Albâine die meinen sind."

„Da spricht nicht Astaril", flüsterte Libius. „Das ist Zephyrus."

Darek nickte. Er hatte sich nicht getäuscht. Notos und Zephyrus, die Hitze des Südens und die Wasser des Westens, in deren Namen Albâine und Drachen ihren blutigen Krieg geführt hatten: Hier standen sie sich gegenüber.

„Sie verehrten dich und folgten deinen Befehlen blind", sprach Zephyrus durch den Mund des Mädchens. „Sie folgten ihnen, wie die Albâine den meinen folgten – obwohl sie wussten, spürten und erkannten, dass es nicht gut war, was sie taten. Sie haben vertraut, auf unsere höhere Weisheit vertraut. Und wir haben sie enttäuscht."

„Wir haben sie enttäuscht?", brüllte der Drache. „Sie haben uns enttäuscht! Sie alle! Drachen, Albâine und die Menschen sowieso – sie alle!"

Bartholf öffnete den Mund, doch Darek stieß ihm in die Rippen, dass das Metall an seinem Leibe schepperte. Und der Zwerg hatte ein Einsehen. Es stand kaum zu erwarten, dass der Südwind beim Kleinen Volk eine Ausnahme machen würde.

„Sie haben nicht unser Wissen, Bruder", sprach Zephyrus. „Ihr Leben ist kurz – nicht länger als ein Atemzug. Doch sie lernen. Sieh sie dir an: Sie lernen. Wir, die wir so viel älter sind, und so viel weiser, glaubst du nicht, dass wir das auch können? Ob es Regen und Hagel ist oder Dürre und Hitze, oder ein Übermaß von allem, ein unendlicher Krieg … ist das Weisheit, Bruder?"

„Es ist das, was wir sind", erwiderte der Drache.

„Und einer allein sind wir nichts", sagte Zephyrus. „Einer allein sind wir von Übel. Gegeneinander sind wir von Übel. Nur alle gemeinsam … genau wie sie … nur alle gemeinsam sind wir ein Segen für diese Welt. Ich möchte …"

Die Stimme verstummte. Darek sah, wie Astaril zu zittern begann. Das Mädchen vom Alten Volk fröstelte, zwinkerte. Einen Augenblick schwankte die Albâine.

„Nein", sagte sie. Ihre Stimme war verändert. „Nein", wiederholte das Mädchen. „Ich möchte." Sie sah den großen Drachen an, und der Junge sah, wie unterschiedliche Gefühle in ihr miteinander kämpften. Angst und Ehrfurcht und Abscheu, und etwas anderes. Etwas, das stärker war.

„Ich möchte mich entschuldigen", sagte Astaril. „Die Drachen waren ein weises und ein edles Volk, und wir haben sie vernichtet. Obwohl wir wussten, dass es falsch war. Weil wir überleben wollten. Und weil uns die Weisheit fehlte. Und der Mut – unter anderem. Wenn wir es gewagt hätten, uns Zephyrus zu widersetzen … wenn sie es gewagt hätten, sich Euch zu widersetzen."

„Auch ich möchte um Verzeihung bitten", sagte Darek rasch. Es war eine Eingebung. Vielleicht kam sie von Zephyrus, vielleicht auch von der Herrin. Aber vielleicht, ja, vielleicht auch aus ihm, aus Darek, selbst. Er spürte, wie der Faden um sein Handgelenk, der Faden, der sich in seine Haut gesenkt hatte, brannte. „Wir allerdings haben uns widersetzt – wider besseres Wissen. Wir hielten uns für klüger, als Ihr es seid, aber das sind wir nicht."

Astaril nickte: „Niemand ist so richtig klug – irgendwie."

„Wie großzügig von euch, dass ihr das zugebt", erwiderte Notos. Er klang jetzt wieder vollkommen beherrscht.

„Aber wir können klüger werden", sagte Darek. „Nicht richtig klug. Nicht wirklich klug. Aber klüger, als wir es jetzt sind. Bitte helft uns, Notos, wie Eure Brüder uns geholfen haben. Wir können nur lernen, wenn Ihr uns die Möglichkeit dazu gebt. Bitte helft uns!"

„Einen Thron hätte ich mir bequemer vorgestellt“, sagte Darek und rutschte auf dem viel zu großen, hölzernen Stuhl hin und her. „Wenn ich wenigstens mit den Füßen auf den Boden käme … Haben wir nicht irgendwo einen Hocker, den ich mir da hinstellen könnte?“

Graf Rolands Stirn legte sich in Falten: „Das würde die Wirkung gewaltig verderben! Der Thron soll doch deine Macht betonen.“

„Und wenn sich ihm jemand zu Füßen legt?“, schlug Libius vor. „Der Zwerg vielleicht? Der hätte die richtige Größe.“

Der funkelnde Blick des Zwerges traf ihn wie ein Blitz.

„Darek könnte die Füße auf dir abstellen“, erklärte der Zauberlehrling. „Das sähe sicher sehr mächtig aus.“

„Es sähe maßlos übertrieben aus“, erwiderte der Graf. „Aber wie deine Füße da baumeln …“ Nachdenklich betrachtete er den Jungen. „Nein, das ist wirklich nicht sehr überzeugend. Also, pass auf: Sobald die Gesandtschaft eintritt, stehst du auf und …“

„Es tritt ein Ardaschir, der siebzehnte Sohn der Sonne, Herr der Barbarescen, Gebieter aller Lande von der großen Mauer bis an die Grenzen der bewohnten Welt!“

Die großen Türen wurden geöffnet. Rolands Gardisten nahmen Haltung an und bildeten mit aufgepflanzten Lanzen eine Gasse quer durch die Halle. Draußen auf dem Flur regte sich etwas. Als Erstes kamen zwei Männer mit roten Bannern, die sich im Innern der Halle zu beiden Seiten der Türen postierten. Dann folgte ein halbes Dutzend barbarescischer Krieger und als Nächstes mehrere Würdenträger von König Ardaschirs Hof, gehüllt in goldbestickte Gewänder, deren lange Schleppen über den Boden schleiften. Nun noch eine lange Reihe bewaffnete Krieger in glänzenden Rüstungen …

Darek war beeindruckt von der Pracht, mit der der Herr der südlichen Lande im Saal der Passfestung Einzug hielt. Doch er war darauf vorbereitet: Den ganzen Morgen waren Boten zwischen dem barbarescischen Lager und der Festung hin- und hergeeilt und hatten dieses Zeremoniell bis in alle Einzelheiten abgesprochen. Am Ende würden sich ebenso viele Menschen aus dem Süden wie Menschen aus dem Inneren Reich im Saal aufhalten.

Jetzt war auch die zweite Reihe der barbarescischen Krieger eingetreten. Die Männer aus dem Süden reihten sich in die Formation von Graf Rolands Gardisten ein, sodass jetzt immer abwechselnd ein Barbaresce und ein Streiter vom Schwarzen Kater den Weg von den Flügeltüren zum Thron flankierte.

In der Türöffnung wurde nun ein mit bunten Stoffen verhängtes Ungetüm sichtbar, eine Sänfte. Darek drängte die Erinnerung beiseite, die auf der Stelle in ihm erwachte: Engelbertus’ Ankunft an den Pforten der Akademie. Der Augenblick, in dem all dies seinen Anfang genommen hatte. Der Tod des Vater Abtes, Meister Lunds grausame Besucher …

Sobald nach der Ankunft des Fluchzeugs und des großen Drachen ansatzweise wieder Ruhe eingekehrt war, hatte Graf Roland den Flüchtlingen Boten nachgesandt, doch noch waren sie nicht zurückgekehrt. Mit allem hatte Darek gerechnet, aber nicht damit, dass er seinen alten Lehrer nun so bald wiedersehen sollte. Er würde Meister Lund unglaublich viel zu erzählen haben.

Doch das musste warten.

Der Junge sah, dass die Sänftenträger unter dem Torbogen ein wenig in die Knie gingen. Hoffentlich tief genug, dachte er. Unfreiwillig stellte sich in seinem Kopf ein Bild ein, wie die königliche Sänfte gegen den Bogen stieß und abstürzte. Wie der edle Ardaschir hinauspurzelte und …

„Nein, das möchte ich auch nicht wissen“, kicherte Ylvia. „Was der Sohn der Sonne für Leibwäsche unter seinen Roben trägt.“

Libius stieß sie an: „Du begrüßt den König“, zischte er. „‚Euer Hochwohlgeboren‘ ist sein Titel. Und ansonsten schweigst du! Wenn Ardaschir etwas sagt, sprichst du kein Wort! Und wenn du dir noch so sicher bist, dass er es wirklich gesagt hat!“

„Oh“, murmelte das Mädchen.

Die Sänftenträger hatten die Türen mit Erfolg hinter sich gebracht. In vollkommenem Gleichschritt trugen sie ihre Last die Gasse entlang. Das müssen sie lange geübt haben, dachte Darek.

In der Mitte der Halle setzten die Männer die Sänfte ab. Hinter den Vorhängen regte sich etwas.

Darek erhob sich.

„Noch nicht“, flüsterte Roland. „Ihr müsst warten, bis er …“

„Ich möchte meinen Gast begrüßen", sagte Darek laut. „Es ist so ein weiter Weg aus dem Süden. Da kann ich ja wohl ein paar Schritte gehen."

Roland nickte brummend. „Nicht ungeschickt. Das Kompliment wird er zu schätzen wissen. Das gibt uns in den Verhandlungen …"

„Jetzt lasst mich aber endlich raus aus dieser Mottenkiste!" Der Vorhang der Sänfte wurde beiseitegezogen, als Darek eben die unterste Stufe des Thronpodestes erreicht hatte. „Man kriegt ja keine Luft in dem Ding." Ein Bein streckte sich heraus, ein zweites, und dann stand ihm der gewaltige Ardaschir gegenüber, der siebzehnte Sohn der Sonne, Herr der Barbarescen und Gebieter aller Lande von der großen Mauer bis an die Grenzen der bewohnten Welt.

Darek sah in ein pausbäckiges, fröhliches Gesicht.

Der König der Barbarescen war nicht älter als er selbst.

***

„Darek heißt du?", fragte der junge König. „Das ist aber ein seltsamer Name."

Darek konnte die Augen nicht von dem anderen Jungen nehmen. „Verzeiht", murmelte er. „Ich hätte nicht gedacht, dass Ihr so … so jung …"

Ardaschir nickte: „Alte Tradition bei uns. Der König ist immer der siebzehnte Sohn eines siebzehnten Sohnes."

Darek nickte. Ganz sicher war er sich nicht, ob er wirklich verstand, aber im Grunde war das auch gleichgültig. Über die Schulter des anderen Jungen hatte Darek die prächtig gekleideten Herren des barbarescischen Hofstaats im Auge. Für Männer, die aus dem Süden kamen, sahen sie auffällig blass um die Nase aus, fast ungesund.

„Weißt du, was wir Dar-Rek nennen im Süden?“ Ardaschir grinste verschwörerisch. „Wenn die Mâhmut gut gegessen haben und dann …“

Einer der Würdenträger hüstelte. Er sprach einige Worte in einer Sprache, die Darek nicht kannte. Sie klangen untertänig – aber auch besorgt.

„Wirklich?“, fragte Ardaschir. „Nein, das glaube ich nicht. Das ist doch eigentlich lustig.“ Er sah Darek an. „Jedenfalls werde ich dich nicht Darek nennen. Da müsste ich immer an die Mâhmut denken. Wie gefällt dir …“ Er überlegte.

„Nenn ihn Castro“, rief Ylvia vom Podest herüber. „Das ist ein alter Name in seiner Familie!“

Darek hörte ein Keuchen. Ohne Zweifel, das war Graf Roland.

„Castro!“, wiederholte Ardaschir. „Castro. Das gefällt mir. Aber dann musst du mich auch Archie nennen.“

„Archie“, sagte Darek. „Das klingt aber auch seltsam.“ Er grinste. Gerade hatte er festgestellt, dass er diesen Jungen mochte. „Aber es klingt lustig.“

„Nicht wahr?“ Archie sah sich im Saal um. „Sieht ja ziemlich düster aus bei euch“, murmelte er. „So wohnt ihr im Inneren Reich? Wenn ich wieder zu Hause bin, lasse ich dir ein paar Stoffe und Teppiche schicken. Du wirst sehen, das wird viel gemütlicher.“

Darek schüttelte den Kopf: „Für gewöhnlich wohne ich nicht hier, sondern …“ Er brach ab. Ja, wo wohnte er für gewöhnlich? Die Akademie gab es nicht mehr. Im Palast seiner Väter hatte sich Bruder Engelbertus breit gemacht.

„Wer ist das?“ Archies Stimme war ein Flüstern. Darek wandte sich um. Der junge König der Barbarescen starrte auf die

Albâine. Astaril starrte neugierig zurück. Archie zeigte auf das Mädchen vom Alten Volk und flüsterte noch einmal: „Wer ist das, Castro? Was soll sie kosten? Ich will sie kaufen."

„Kaufen?" Darek erkannte seine eigene Stimme nicht. Gerade hatte er noch geglaubt, diese „Verhandlungen" würden sich sehr viel besser entwickeln, als er – geschweige denn Graf Roland – sich hätte träumen lassen.

„Man kann sie nicht kaufen", sagte er und bemühte sich, so etwas wie Bedauern aus seiner Stimme klingen zu lassen. „Ich glaube …" Er schüttelte den Kopf. „Glaub mir, Archie, du willst sie nicht kaufen. Sie ist ziemlich … anstrengend."

„Anstrengend?" Astaril funkelte den Jungen an. „Anstrengend? Was erlaubst du dir? Und dieser … dieser …"

„Das sind meine Freunde", sagte Darek rasch. „Komm mit, ich stelle sie dir vor."

„Ich habe auch …", begann Archie und warf einen Blick auf die prachtvoll ausstaffierten Herren seines Gefolges. Er hob die Schultern. „Aber die sind ziemlich langweilig."

Er folgte Darek hinüber zum Podest und betrachtete die Gefährten des Jungen neugierig, während Darek sie der Reihe nach vorstellte.

„Also, das hier ist Astaril. Sie ist eine Albâine. Sie gehört nicht zu meinem Volk, und deshalb kann ich sie natürlich auch nicht verkaufen."

Archie nickte ernst. Das leuchtete ihm offenbar ein.

„Und das hier ist Ylvia, die … äh, die Fürstin des Ostens. Meine Verbündete."

Das Mädchen machte einen Knicks. „Willkommen, Euer Ausgeburt", sagte sie leise.

„Oh“, sagte Archie. „Vom Osten habe ich viel gelesen. Sie haben mächtige Waffen dort. Kam da der Eisenvogel her?“

Darek nickte. „Und das hier ist Libius, mein Hofmagier.“

Archie betrachtete ihn: „Ihr müsst sehr mächtig sein“, sagte er. „Unsere Zauberer waren ganz aus dem Häuschen, als sie merkten, dass sie nicht unter den Mauern durchkamen. Ihr habt ihnen dort unten ganz schön Angst eingejagt, Libius.“

Libius öffnete den Mund, um zu widersprechen, da fing er Dareks beschwörenden Blick ein.

„Nun“, Libius hüstelte. „Es ist nicht meine Art, mit meinen Gaben zu protzen …“

Astaril kicherte, doch der junge König des Südens musterte bereits Bartholf. Seine Augen waren vor Staunen weit aufgerissen. „Ist das ein Zwerg?“, fragte er. „Ist der echt?“

Bevor Darek es verhindern konnte, zupfte Archie am Bart des Zwerges. Bartholf japste.

„Tatsächlich“, murmelte Archie. „Ich habe noch nie einen gesehen. Auch nicht zu verkaufen, hm?“

Der Zwerg japste noch immer. Darek war froh, dass Bartholf im Augenblick die Worte fehlten.

„Und das hier ist Graf Roland“, sagte Darek. „Der Kommandant der Garde meines königlichen Vaters.“

„Das bin ich nicht“, widersprach Roland scharf. „Ich habe geschworen, nie wieder mein Schwert für den König zu ziehen!“ Er sah Darek ernst an. „Bitte nennt mich nicht so. Ich werde mein Wort nicht brechen. Ich bin …“ Er dachte einen Augenblick nach, dann verneigte er sich knapp vor dem jungen König des Südens. „Wenn Ihr beim Mahle Fisch wünscht, junger Herr: Ihr werdet nirgendwo besseren finden als im Grünen Stern.“

„Von einem Gardekommandanten Roland habe ich Übles gehört“, sagte Archie unbehaglich. „Meine Männer hassen ihn. Und die Trolle sowieso.“ Er beugte sich zu Darek und flüsterte: „Mein Rat: Lass dich nie mit Trollen ein. Es ist ein Stück Arbeit, ihnen zu erklären, dass sie die Gefangenen nicht fressen dürfen.“

Der Sohn der Sonne musterte den Grafen eingehend, dann schnupperte er. „Jedenfalls spricht er die Wahrheit mit den Fischen.“

„Junger Herr!“

Darek blickte auf. Er war selbst überrascht, wie schnell er sich an die Anrede gewöhnt hatte.

Ein Gardist im Waffenrock vom Schwarzen Kater stand im Türbogen.

Fragend sah der Junge ihn an.

„Eine Gesandtschaft möchte vorgelassen werden“, sagte der Mann.

„Eine Gesandtschaft?“ Der Junge sah Archie an, seine Begleiter, das Gefolge aus dem Süden. „Die Gesandtschaft ist doch schon da.“

„Eine Gesandtschaft aus der Hauptstadt“, erwiderte der Gardist. „Sie wollen verhandeln … Der Hofdomestikus fordert euch auf, ihm die Gaben der Winde auszuliefern.“

Graf Roland stieß ein Lachen aus. „Eher bringt Notos Schnee, und Boreas straft die Felder mit sengender Sonne. Daran glaubt er doch im Traum nicht.“

„Im Gegenzug …“ Die Stimme des Gardisten war so leise, dass sie kaum zu verstehen war. „Im Gegenzug bietet er euch das Leben seiner Gefangenen: den Zauberer Lund, seinen Schüler Peppin – und den schwarzen Kater.“

***

„Aber nein doch, meine Lieben!“ Graf Grass hielt seinen Helm mit dem gewaltigen Federbusch unter dem Arm und tätschelte ihn wie ein Schoßhündchen. „Aber nein! Wer wird sich denn Sorgen machen? Meister Lund und ich sind doch alte Freunde. Was haben wir beide nicht für anregende Unterhaltungen miteinander geführt in der Akademie!“ Ein höhnisches Lächeln verzog seine Lippen. „Hat er Euch nicht davon erzählt, Roland? Sie sollten ihm eigentlich im Gedächtnis geblieben sein. Sonst wäre ich doch ein wenig enttäuscht.“

Roland erwiderte kein Wort. Er starrte Grass mit einem Ausdruck an, der keine Worte brauchte.

„Meister Lund ist Eure Geisel“, sagte Darek. Der Gedanke daran, dass sein alter Lehrer sich von Neuem in den Händen seiner Todfeinde befand, schnürte ihm die Kehle zu. „Und Ihr wisst …“

„Aber nein, aber nein!“ Bruder Engelbertus' Gesandter schüttelte missbilligend den Kopf. Er hatte ein halbes Dutzend seiner Männer dabei, die mit ausdruckslosen Gesichtern geradeaus starrten. „Ihr missversteht mich noch immer, meine Lieben. Meister Lund ist der geehrte Gast des Regenten und Hofdomestikus. Ihr könnt mir glauben, dass es ihm an nichts fehlt in seiner … Unterkunft.“ Bei der Art und Weise, wie er das Wort „Unterkunft“ betonte, drehte sich Darek der Magen um. „Für seine Kurzweil, seine Unterhaltung ist bestens gesorgt. Der Regent des Inneren Reiches ist voller Aufmerksamkeit und Sorge um seinen Gast. Glaubt mir, Ihr werde ihn nicht wiedererkennen, wenn Ihr …“

„Haltet Euer Schandmaul, verfluchter Höllenhund!“, fuhr Roland ihn an. „Seht Ihr mein Schwert? Ich schwöre …“

Der Gesandte machte eine wegwerfende Bewegung: „Ihr schwört mal dies, mal das auf Euer Schwert, Roland, das weiß doch die ganze Welt. Wie war das: Ihr wolltet es nie wieder ziehen für dieses Königreich?"

„Ich habe es nicht für den König gezogen!", zischte der Kommandant. „Ich habe es für den Kater gezogen."

Graf Grass hob die Schultern: „Kater oder König. Sie sind jetzt beide in unserer Hand. Ihr habt nichts mehr."

„Wir haben den Erben des Thrones!", entgegnete Roland. „Prinz Darek hat die Regentschaft über das Innere Reich übernommen."

„Prinz Darek?", fragte der Gesandte in geheuchelter Überraschung. „Das kann doch kaum möglich sein. König Carolus hatte einen Sohn, gewiss. Doch wie wir alle wissen, starb dieses Kind, bevor es von der Brust seiner Mutter entwöhnt war. Das Reich hat keinen König, der fähig wäre, auf seinem Thron zu sitzen – und es hat keinen Erben. Aber das muss nicht Eure Sorge sein. Darum wird der Kronrat sich Gedanken machen. Von Euch fordern wir die Gaben der Winde."

„Woher …", begann Darek.

„Nicht jeder in der Akademie war so verstockt wie Euer blauer Zwergampferfreund", erwiderte der Graf knapp. „Ihr erinnert Euch? Der Vater Abt?"

Der Vater Abt, dachte Darek. Er starb, bevor wir in die Königsstadt aufbrachen. Das war der endgültige Beweis, dass der König und seine Vertrauten, Meister Lund, Bartholf, Roland und eben der Abt, alle diese Dinge, Dareks Reise, schon seit langer Zeit geplant haben mussten – gemeinsam mit der Herrin.

„Und wenn wir Euch die Gaben übergeben würden?", fragte Darek leise. „Dann würden wir dafür unsere Freunde zurückbekommen? Meister Lund, Peppin, den schwarzen Kater und ihre Begleiter? Und auch meinen Vater ... und meine Mutter?"

„Das ist das Angebot des Hofdomestikus", nickte der Graf. „Ihr habt keine Wahl. Ihr werdet zwischen zwei Feuern geröstet. Auf der einen Seite die Heere des Südens, auf der anderen Seite stehen wir, Regent Engelbertus und seine Getreuen."

„Söldnerseelen, goldgedungen!", schimpfte Bartholf. „Welchen Wert haben Schwert und Schildarm, die um leuchtend' Münzen feil?"

„Wir hatten ja zuerst bei den Zwergen gefragt", erwiderte Grass. „Aber Eure Leute waren unverhältnismäßig teuer."

Brüllend vor Wut griff Bartholf nach seiner Axt.

„Nein!", sagte Darek laut. „Graf Grass ist ein Gesandter. Ihm wird kein Haar gekrümmt, solange er sich in meinem ... in ..." Er suchte nach Worten. „Solange er sich hier befindet", sagte er schließlich.

„Äh, Castro, entschuldige ..." Der junge Herrscher der Barbarescen hüstelte.

Alle Augen wandten sich ihm zu.

„Castro?", fragte Graf Grass ungläubig. „Hat er Euch Castro genannt?"

„So heißt er für Freunde", sagte Libius. „Also wagt es nicht, ihn so anzusprechen."

„Castro", begann Archie noch einmal. „Ich verstehe ja, dass bei euch manches anders ist als bei uns. Also bei mir zu Hause würden wir diesen Mann den Tod der tausend Messer sterben lassen. Wenn du willst, also meine Lanzenträger ..."

Die Männer aus dem Süden nahmen sofort Haltung an. Sie musterten den Grafen mit finsterer Miene.

„Danke, Archie", murmelte Darek. „Das wird nicht nötig sein."

„Hm, dachte ich mir schon", nickte der Sohn der Sonne bedauernd. „Aber was ich nicht verstehe, ist die Stelle mit den zwei Feuern." Hochmütig sah er den Grafen an: „Ihr könnt eurem Hofdingsbums ausrichten, dass Ardaschir, der siebzehnte Sohn der Sonne, Herr der Barbarescen, Gebieter aller Lande von der großen Mauer bis an die Grenzen der bewohnten Welt, und Cas… äh, Dar-Rek, der Thronfolger des Inneren Reiches Frieden geschlossen haben."

Darek sah ihn an: „Frieden? Einfach so?"

Archie hob die Schultern: „Wozu bin ich König? Sie müssen mir ja gehorchen." Er sah zu seinen Würdenträgern. „Müsst ihr doch, oder?"

Die Männer in ihren prachtvollen Roben nickten. Nicht eben begeistert, doch sie nickten.

„Na also." Er beugte sich zu Darek und sagte leise: „Die Trolle gehen mir schon längst auf den Geist – und die sind meine Leibgarde, wenn wir unterwegs sind. So viele auf einem Haufen: Die stinken, sag ich dir. Also, wir ziehen uns zurück, einverstanden?"

„Das … das ist …", stotterte der Gesandte.

„Einverstanden", sagte Darek rasch. „Ihr zieht Euch zurück. Ich werde Anweisung geben, dass Euch niemand behelligt auf Eurem … Rückzug."

Das ist Wahnsinn, dachte er. Sie sind uns zigfach überlegen. Die Festung ist eigentlich schon gefallen, und auf der anderen Seite warten Grass' Männer, um sich auf uns zu stürzen – und er zieht sich zurück.

„Wir würden auch eure Südmauer wieder aufbauen", fuhr Archie fort. „Meine Männer haben sie leider kaputt gemacht.

Also wenn du mir als Gegenleistung vielleicht doch Astaril … Nein?“ Er seufzte. „Nein. Aber gut. Wir ziehen uns zurück.“

„Graf Grass, wie Ihr seht, kann nicht die Rede davon sein, dass wir zwischen zwei Feuern geröstet werden“, sagte Darek und beobachtete, wie der Graf ungläubig zwischen ihm und dem jungen König der Barbarescen hin- und herblickte. „Und dies richtet dem Hofdomestikus aus: Er wird die Gaben der Winde nicht bekommen. Der Thronerbe des Inneren Reiches wird in die Königsstadt seiner Familie zurückkehren und seinen Auftrag vollenden.“

Hasserfüllt starrte Grass ihn an: „Eure Entscheidung!“, fauchte er, machte auf dem Absatz kehrt und stapfte hinaus.

„Dem Mann wird kein Haar gekrümmt!“, sagte Darek noch einmal und nickte einigen Gardisten zu, den Grafen und seine Begleiter aus der Burg zu eskortieren.

„Ob das eine kluge Entscheidung war?“, fragte Libius leise, als der Graf den Saal verlassen hatte.

„Jedenfalls ist die Luft jetzt besser“, sagte Astaril. „Der stinkt ja schlimmer als ein Troll.“

Archie hob die Augenbrauen: „Dann seid Ihr aber noch keinem Troll nahe gekommen“, sagte er. „Die stinken wie …“

„Er stinkt nach Elodim“, erklärte Astaril. „Das ist …“ Sie musterte den siebzehnten Sohn der Sonne von Kopf bis Fuß, betrachtete seine kostbaren Gewänder, die goldenen Ketten und kostbar geschliffenen Steine, die den Turban auf seinem Kopf verzierten. „Ach, vergesst es“, murmelte sie.

„Euch ist klar, dass wir nun um das Leben des Königs und der anderen fürchten müssen“, sagte Roland an Darek gewandt. „Es ist Eure Entscheidung, mein Prinz, da hat Grass sogar recht. Doch auch ich hätte sie nicht anders treffen können als Ihr. Die

Gaben der Winde sind unsere einzige Hoffnung, und sie sind mehr wert als das Leben einzelner Menschen … und Kater."

Der Junge sah, wie blass der Kommandant geworden war.

„Es geht nicht darum, dass irgendjemand oder irgendetwas mehr oder weniger wert ist als das andere", sagte Darek leise. „Als Euros in Astarils Gestalt zu mir kam, hätte ich mir die Kamee holen können. Ich wäre einen Schritt weiter gewesen auf der Reise, doch dafür hätte ich …" Er betrachtete seine Weggefährten. „Das konnte ich nicht tun. Und wenn ich eines gelernt habe, dann ist es, dass es immer einen anderen Weg gibt, auch wenn es manchmal nicht der Kürzeste ist. Die Herrin hat uns auf diesen Weg geschickt, einmal im Kreis, und nun sind wir fast wieder am Ausgangspunkt."

„Aber dahin kommen wir nicht zurück", sagte Ylvia. „Das Fluchzeug ist nur noch ein Klumpen Elodim. Wir können froh sein, dass wir da lebendig rausgekommen sind."

„Ich weiß", murmelte Darek. „Ich weiß. Und die geheimen Gänge?"

„Ganz so geheim sind die auch nicht", sagte der Kommandant. „Es gibt schon einige Leute, die sie kennen – überleg einmal, wo die Gänge überall herauskommen."

„Nicht jeder ist so blind wie der Zuckerbäcker", stimmte Ylvia ihrem Onkel zu.

„Als ihr beide euch auf den Weg zur Herrin machtet", sagte Roland, „mussten wir uns noch keine großen Sorgen machen. Da waren ja auch nur ein paar Gardisten in den Straßen unterwegs, die nach einem Jungen mit seinem Kater suchten. Jetzt, mit den Söldnern in der Stadt …"

Astaril hüstelte. „Also sagt mal, ich verstehe ja nun wirklich wenig von Städten, aber lassen sie nicht immer Löcher in den

Mauern, damit man da durchkommt? Tore? Warum nehmt Ihr nicht einfach eins davon?“

„Weil die Söldner von Yarmuz darauf nur warten“, entgegnete Roland ungeduldig. „Stellt Euch das vor: Ein paar Tausend Bogenschützen … Wenn wir uns da blicken lassen, werden sie uns mit Pfeilen spicken, dass wir aussehen wie die Igel.“

„Aber in der Stadt sind doch nicht nur die Söldner, oder? Da gibt es doch noch viele andere Leute, die da einfach so wohnen. Die … wie heißen die?“

„Bürger“, sagte Darek. „Man nennt sie Bürger.“

„Eure Sprache ist seltsam“, meinte Astaril. „Warum heißen sie Bürger, wenn sie nicht auf einer Burg wohnen, sondern in der Stadt? Na ja. Muss ich nicht verstehen. Aber würden die euch nicht einlassen?“

„Es sind eine Menge Flüchtlinge in der Stadt“, sagte jetzt auch Libius. „Sie sind da jetzt seit einer ganzen Weile am Hungern. Und Engelbertus wird die Vorräte erst einmal an seine Söldner verfüttern. Das wird ihn nicht beliebter machen.“

Roland pfiff durch die Zähne: „Ein Aufstand. Ich weiß nicht so recht, ob ich das den Leuten zutrauen soll, aber wie es aussieht …“ Er blickte zu Darek.

Der Junge seufzte: „Das wird nicht ohne Blutvergießen abgehen. Doch wisst Ihr eine bessere Möglichkeit?“

***

War es Tag oder Nacht? Peppin wusste es nicht. Ein schwacher Schimmer von rötlichem Licht fiel durch die Ritzen der roh gezimmerten Tür, das war alles.

Es roch nicht gut. Das entlang der Wand ausgebreitete Stroh, auf dem sie sich zum Schlaf legten, war mit Sicherheit seit Monaten nicht ausgewechselt worden. Es war eben eine Kerkerzelle. Hin und wieder bekamen sie zu essen: Knarrend öffnete sich dann die Tür, wortlos schob man ihnen zwei dampfende Schüsseln herein, die eigentlich auch nicht viel besser rochen als die Zelle, dann schloss die Tür sich wieder.

Angenommen, das Essen kam morgens und abends, dann waren Peppin und sein Meister jetzt seit vier Tagen hier gefangen. Vier Tage, in denen sonst was geschehen sein konnte: Als sie die Passfestung verlassen hatten, hatte sie kurz vor dem Fall gestanden.

Graf Roland hatte jede Hoffnung verloren, dass sie sich länger halten konnte. Inzwischen war der Kampf mit Sicherheit vorbei – und beinahe mit Sicherheit war der tapfere Graf jetzt tot und begraben. Vorausgesetzt, die Barbarescen hatten dem Kommandanten ein Grab gegönnt, was Peppin allerdings bezweifelte.

Was aber würde als Nächstes geschehen – oder war bereits geschehen? Wenn die Passfestung gefallen war, würden die Barbarescen dann nicht weiter ins Herz des Reiches vordringen? Standen sie vielleicht längst vor den Mauern der Hauptstadt, kaum eine Meile entfernt, ohne dass die Gefangenen in ihrem Kerker etwas davon ahnten?

Immer wieder hatte der Junge versucht, mit Lund über seine Befürchtungen zu sprechen, doch der alte Zauberer war wieder brummelig und wortkarg geworden, nicht anders als er es bis zu ihrer Ankunft in der Passfestung gewesen war. Immerhin hatte man ihn diesmal nicht gefoltert.

Sie brauchen uns lebendig, dachte Peppin. Sie brauchen uns als Geiseln. Und das bedeutete, sie rechneten damit, dass Darek noch am Leben war.

In der Passfestung hatte sich zwar niemand die Mühe gemacht, ihm zu erklären, was es mit Darek und seiner geheimnisvollen Reise auf sich hatte, doch Peppin reimte sich die Dinge wohl schon richtig zusammen. Nur wenn es Darek gelang, in die Königsstadt zurückzukehren, dann hatten sie eine Chance. Ausgerechnet Darek, mit dem in der Akademie kaum einer von den Schülern etwas hatte zu tun haben wollen. Darek, der nicht einmal eine Familie hatte. Darek, der anscheinend auch keine Spur von magischer Begabung besaß. Jedenfalls hatte er nie davon erzählt, dass die Meister begonnen hätten, ihn in ihre Geheimnisse einzuweihen. Peppin selbst hatte zu Darek von diesem Teil seiner Ausbildung geschwiegen – das hatte er Meister Lund versprechen müssen.

Doch was nützte ihnen jetzt alle Zauberei? Sie waren gefangen, und selbst Lund, der zweifellos einer der mächtigsten der Alten Zauberer war, konnte ihnen nicht helfen.

Angestrengt spähte Peppin in die Dunkelheit. Der Zauberer schlief, den Rücken gegen die Wand der Zelle gelehnt. Der Kater lag in seinen Schoß geschmiegt und schlief ebenfalls, den Kopf unter den Pfoten verborgen.

Peppin konnte nicht schlafen. Dieses Warten, dachte er. Nichts ist schlimmer als dieses Warten – und nichts tun zu können.

In diesem Augenblick hörte er Schritte. Nein, es konnte noch nicht Zeit für ihre Mahlzeit sein – und es war auch nicht der Wächter, der sonst zu ihnen kam. Wenn es denn immer der gleiche war. Das waren die schweren Stiefel vieler Männer.

Jemand machte sich am Schloss zu schaffen. Langsam wich Peppin von der Tür zurück. In seinem Rücken regte sich der Zauberer. Gleich darauf fiel Licht in die Zelle. Eine Gestalt in schwerer Rüstung, dahinter weitere. Jemand streckte eine Fackel vor. Der Junge blinzelte. So hell war es seit Tagen nicht gewesen.

„Der Feind steht vor den Toren, und unsere Gäste machen ein Schläfchen", sagte eine höhnische Stimme. Peppin kannte sie. Graf Grass, der Anführer der Männer, die die Akademie überfallen hatten.

Meister Lund setzte den Kater vorsichtig ab und erhob sich. Ohne Furcht sah er seinem Folterer entgegen: „Braucht ihr so viele Männer, um einen wehrlosen alten Mann und einen Jungen zu erschlagen, die längst Eure Gefangenen sind?"

„Haltet den Mund!", fuhr der Graf ihn an. „Ihr kommt mit! Vielleicht könnt Ihr uns endlich von Nutzen sein!"

Gardisten schoben sich in die Zelle. Peppin fiel auf, dass alle diese Männer die Panzer der Garde trugen – es waren keine Söldner aus Yarmuz dabei. Wahrscheinlich waren es jene Gefolgsleute, die dem Grafen auch beim Überfall auf die Akademie gefolgt waren. Gnade hatten die Gefangenen von diesen Männern jedenfalls nicht zu erwarten.

Mit roher Gewalt griffen die Gardisten zunächst den Jungen, dann seinen Meister. Einer der Männer fasste nach dem Kater, fuhr aber sofort fluchend zurück, als Castro fauchend mit den Krallen nach ihm hieb. Doch dann packte der Soldat umso fester zu.

Die Gefangenen wurden durch ein Labyrinth von Gängen gezerrt, mehrere Treppen empor. Peppin wusste, dass sie sich in den Kellern des Palastes befanden – dorthin hatte man sie vor vier Tagen geführt, mit genau derselben Rücksichtslosigkeit. Schließlich sah der Junge Tageslicht. Sie traten hinaus in die Gärten des Palastes. Ein grauer Himmel spannte sich über ihnen. Rasch jagten die Wolken dahin. Es war kühl für die Jahreszeit.

Und es war totenstill. Die Gärten waren menschenleer.

„Wo sind denn die …“

Einer der Gardisten, die ihn gepackt hatten, versetzte ihm einen Schlag in den Magen. Peppin stöhnte und schwieg.

Die Männer schleiften sie über den Kies der Gartenwege. Der Junge hörte das wütende Fauchen des Katers. Er konnte es nicht sehen, aber mit Castro ging man anscheinend auch nicht zartfühlender um.

Der kleine Zug passierte ein Torhaus, kam in einen neuen Innenhof. Weitere kiesgestreute Wege, schweigende, weiß gekalkte Gebäude ringsum. Graf Grass schritt eilig vorweg, sah sich immer wieder über die Schulter um. Ein seltsamer Ausdruck lag auf seinem Gesicht.

Es ist Angst, dachte Peppin. Warum hat er Angst?

Ausgerechnet jetzt fing sein Magen an zu knurren. Sie hatten wenig genug zu essen gehabt in den letzten Tagen, dabei hatte Meister Lund schon kaum einen Bissen genommen und stattdessen dem Jungen den größten Teil seiner Mahlzeiten überlassen.

Gibt es hier nicht mal eine Henkersmahlzeit?, dachte der Junge grimmig. Doch nein. Es ging nicht zur Hinrichtung. Sie sollten ja irgendwie von Nutzen sein, hatte der Graf gesagt. Was immer das bedeuten mochte.

Ein neuer Torbogen. Und dahinter endete der Palast.

Sie befanden sich zu Füßen einer sanft ansteigenden Wiese. Peppin blickte den Hang empor und entdeckte am höchsten Punkt des Hügels einen Turm. Das Gebäude war kaum mehr als eine Ruine. Jetzt erinnerte er sich, dass er diesen Turm aus der Ferne gesehen hatte, als sein Meister und er auf der Suche nach den Reitern vom Schwarzen Kater die Königsstadt passiert hatten. Eine seltsame Konstruktion, die nicht recht zur gepflegten Palastanlage passen wollte. Doch genau auf diesen Turm hielt Graf Grass zu.

Meister Lund blieb unvermittelt stehen.

„Der Turm der Herrin", murmelte er. Er sah den Grafen an: „Was hat das zu bedeuten? Was wollt Ihr dort?"

„Ich habe Euch nicht aus dem Kerker geholt, damit Ihr Fragen stellt!", gab Grass zurück.

„Ich stelle sie aber!", erwiderte der Zauberer ruhig.

Drohend kam der Graf auf ihn zu.

„Was könnt Ihr mehr tun, als mich zu töten", sagte Lund. Seine Stimme war noch immer ruhig. „Und habt Ihr das nicht sowieso vor – früher oder später?"

„Früher oder später", nickte der Vertraute des Hofdomestikus. „Oder auch nicht. Doch man kann auf höchst verschiedene Weise sterben, verehrter Lund. Und es geht hier nicht allein um Euer Leben." Nachdenklich blickte er zuerst auf Peppin, dann auf den Kater.

Peppin lief es eiskalt den Rücken herunter. In den Augen des Grafen lag eine solche Bosheit – er musste den Blick abwenden.

„Ihr habt dem König Treue geschworen!", hörte Peppin den Zauberer. Aus seiner Stimme klang Abscheu.

„Das ist nicht der König", erwiderte Grass. „Das ist ein Kater. Und kein besonders hübscher."

„Wagt es nicht, diesen Kater zu beleidigen!", entgegnete Lund.

Der Junge sah hinaus über die Dächer der Königsstadt. Er hatte den Palast und die Ebene hoch über dem Herzen des Reiches nie zuvor betreten. Es war ein Ehrfurcht einflößender Anblick. Dunkles Gewölk fing sich zwischen den Gipfeln der Alten Berge und jenseits der Stadtmauern …

Wo war das Heer der Barbarescen?

Unauffällig spähte der Junge in die andere Richtung. Auch dort war nichts zu sehen. In der Tiefe erkannte er nur verlassene Dörfer. Sicher, die Gebäude des Palastes und der Hügel mit dem Turm der Winde schränkten seinen Blick ein, doch eine Streitmacht, die so groß war wie jene der Barbarescen unter dem mächtigen Ardaschir, vor dem die ganze Welt erbebte? Mit Grauen hatte er die endlosen Reihen der Barbarescen und ihrer Verbündeten beobachtet, die gegen die Passfestung andrängten. Es war undenkbar, dass sie von hier aus nicht zu sehen waren.

Hatten sie die Hauptstadt noch gar nicht erreicht? War das überhaupt denkbar? Peppin grübelte fieberhaft. Warum hatte man sie dann aus dem Kerker geholt? Was wollte Grass von ihnen?

***

Der helle Schall der Trompeten hallte durch das Herz des Reiches.

Die Trompeter mit ihren vergoldeten Instrumenten waren Archies Abschiedsgeschenk gewesen – und Darek hatte im Tausch keinen seiner Gefährten dafür hergeben müssen. Eine Schattenseite gab es trotzdem an diesem Geschäft: Der junge König des Südens hatte seine Trolle dagelassen. Sie sollten die Passfestung wieder aufbauen, deren Wälle sie mit ihren Kriegsmaschinen zerstört hatten.

Darek konnte nicht behaupten, dass ihm das behagte, doch er wollte Archies Geduld nicht weiter auf die Probe stellen.

Zweifellos hatte der Sohn der Sonne bei diesem Geschäft den Kürzeren gezogen, auch wenn seine Berater sich noch einmal mit Darek und Roland zusammengesetzt hatten, um die Einzelheiten der Verträge auszuhandeln: Sobald die Menschen des Inneren Reiches in die Felder der Düfte zurückkehrten, würde ein Handelsverkehr mit dem Land der Barbarescen anheben, wie es ihn seit den Tagen der Alten Könige nicht gegeben hatte. Beide Völker hungerten, doch beide Seiten hatten festgestellt, dass es jedem von ihnen an anderen Dingen mangelte: Himmelsbeeren besaß das Innere Reich noch immer im Überfluss, im Süden dagegen wurden hohe Preise für sie gezahlt. Demgegenüber gab es in den Wäldern tief in Archies Reich sonderbare Früchte, die man in Dareks Heimat kaum vom Hörensagen kannte. Vielleicht konnte man sogar die Menschen des Ostens in diesen Handel einbeziehen. Darek hatte selten etwas Köstlicheres gegessen als die Dattelspeisen, die Aldafants Volk ihnen vorgesetzt hatten.

Jedenfalls waren die Barbarescen nun auf dem Rückmarsch, während Darek und seine Gefährten in die entgegengesetzte Richtung aufgebrochen waren, über die Pässe der Alten Berge hinweg, der Königsstadt entgegen.

Und da waren sie nun, am Fuße der Mauern, eben außerhalb der Pfeilschussweite. Jedenfalls behauptete Graf Roland, dass die Pfeile der Söldner so weit nicht reichten. Allerdings waren auch gar keine Söldner zu sehen – überhaupt ließ sich kein Mensch auf den Brustwehren blicken, die das große Tor und den äußeren der drei Mauerringe um die Königsstadt überragten.

Darek und seine Begleiter saßen hoch zu Ross. Nach längerer Suche hatte der Kommandant ein Tier gefunden, mit dem

Darek einigermaßen zurechtkam. Ein großer Reiter würde er trotzdem nicht werden. Zu seiner Linken saß Graf Roland im Sattel eines Rappen, zu seiner Rechten thronte Bartholf in einer Konstruktion, für die die Männer des Grafen die Steigbügel hatten verkürzen müssen. Libius, Astaril und Ylvia hatten ihre Pferde ebenfalls in die erste Reihe gebracht. Hinter ihnen folgten drei Dutzend von Rolands Reitern – die übrigen hatte der Graf in der Passfestung zurückgelassen, um ein Auge auf die Trolle zu haben. Ob sie nun mit drei, vier oder fünf Dutzend Kriegern vor der Königsstadt auftauchten, machte keinen großen Unterschied. Eine Streitmacht war das ohnehin nicht – eher ein Ehrengeleit.

Roland hatte gehofft, dass die Trompeter Eindruck auf die Menschen der Hauptstadt machen würden. Die Männer aus dem Süden gaben ihr Bestes und ließen ein um das andere Mal die königliche Fanfare erklingen. Wenn sie innehielten, verkündete der Zwerg mit lauter Stimme:

„Darek, kühnen Königs Knabe, dieses Reiches künft'ger Herrscher, heischt mit seinen Heeresscharen seine Stadt nun zu betreten!"

Doch die Trompeter spielten sich die Seele aus dem Leib, und die Heeresscharen konnten heischen, solange sie wollten: Die Tore blieben verschlossen und die Mauerkrone leer.

„Die Fanfaren scheinen sie wirklich nicht zu beeindrucken", sagte Roland. Darek musste genau hinhören, um ihn zu verstehen. Der Kommandant brüllte zwar aus Leibeskräften, doch die Trompetenklänge übertönten alles.

„Nicht einmal der Drache", murmelte Darek.

„Hä?"

„Draaa-che!", schrie der Junge.

„Ja“, nickte der Graf. „Nach Rache dürstet es mich auch. Doch wenn sie die Tore nicht öffnen ...“

Seufzend sah sich Darek um. Notos war ihr Trumpf in diesem Spiel gewesen. Drei Dutzend Reiter vom Schwarzen Kater, barbarescische Trompeter – und schließlich der Südwind in seiner Drachengestalt. Notos hatte sich vielleicht eine Viertelmeile hinter dem Aufgebot des Thronfolgers niedergelassen. Wie er da saß, die Vorderfüße zwischen den Hinterfüßen, den Hinterleib am Boden, sah er fast wie ein Schoßhündchen aus – ein dreihundert Fuß großes, giftgrünes Schoßhündchen mit messerscharfen Reißzähnen.

Roland gab den Trompetern ein Zeichen, mit den Fanfaren aufzuhören.

„Wenn sie das nicht gehört haben, sind sie taub!“, brüllte der Kommandant.

„Also, ich bin nicht taub“, sagte Astaril an seiner Seite. „Ihr müsst nicht so schreien.“

„Verzeiht, Holde“, sagte der Graf und deutete aus dem Sattel heraus eine Verbeugung an. Auch Roland war nicht blind gegenüber den Reizen der Albâine, hatte Darek festgestellt.

„Und jetzt?“, fragte der ehemalige Fischhändler an Darek gewandt. „Wir können ja kaum einen Sturmangriff ...“

„Still!“, flüsterte Astaril. „Hört ihr das?“

Die Gefährten hielten inne, spitzten die Ohren. Es herrschte eine seltsame Stimmung an diesem späten Vormittag, an dem sie die Tore der Hauptstadt erreicht hatten. Das fruchtbare Herz des Reiches war menschenleer, doch anders als im Süden gab es keine verwüsteten Felder, kein abgeschlachtetes Vieh, keine niedergebrannten Höfe. Alles schien bestens in Ordnung – höchstens, dass in den Gärten seit einer Weile kein

Unkraut gezupft worden war. Die Sonne hatte sich den ganzen Morgen nicht blicken lassen. Boreas sandte ihnen einen kühlen Wind entgegen. In der Nacht hatten sie beobachtet, dass in den letzten Tagen die Schwertmaid den Berglöwen am Himmel abgelöst hatte. Der Sommer war beinahe vorüber, und eine erste Ahnung von herbstlicher Kühle lag in der Luft.

Gespenstisch wehten oben auf den Zinnen die Banner im Wind. Sie leuchteten silbern wie eh und je, doch sie hatten sich verändert: Da war nicht länger der vierzackige Stern, die Windrose, die von einem Kreis umschlossen wurde, sondern mächtig und einschüchternd füllte das Kreuz des Hofdomestikus das Feld. Darek sah hinauf zum ursprünglichen Banner des Reiches, das Roland in die Höhe hielt. Er fand es wesentlich hübscher.

Das Merkwürdigste aber war die Stille. Keine Stimmen von Menschen, kein Blöken von Vieh. Die Flüchtlinge mussten doch ihre Herden hinter den Mauern in Sicherheit gebracht haben. Nicht einmal Vögel sangen. Aber das lag vielleicht an der Anwesenheit des Drachen.

In der Ferne bellte ein Hund, der durch die verlassenen Dörfer streunte, und ein Stück näher murmelte ein Bächlein. Das war alles.

„Du musst dich getäuscht haben“, sagte Darek, doch im selben Augenblick war ihm, als hätte er doch etwas gehört. Wieder schwieg er, und sie alle schwiegen, lauschten. Eines ihrer Pferde wieherte schrill. Die Tiere spürten die Unruhe ihrer Reiter.

„Ich höre Stimmen“, flüsterte Ylvia. „Stimmen von Menschen. Aus der Stadt.“

Darek nickte. Ja, da war etwas. Er sah in die Runde. Die anderen hörten es auch.

„Das klingt nicht feindselig“, sagte Libius. „Eher wie …“

„Sie singen“, stellte Astaril fest. „Und wenn ihr mich fragt, singen sie dasselbe, was Archies Männer eben auf ihren Blechröhren gespielt haben.“

„Holla, schaut!“ Bartholf deutete voran. „Uns’res Schicksals Stund’ ist nah. In dem Walle, wähne ich, öffnen sich der Pforte Flügel!“

Tatsächlich. Sofort rückten die Gardisten näher an den Prinzen und seine Begleiter heran.

Wenn da gleich ein paar hundert berittene Söldner herauskommen, können uns Rolands Männer auch nicht mehr helfen, dachte der Junge. Er spürte, wie seine Lippen eiskalt wurden. Jetzt würde es sich entscheiden.

Zoll um Zoll öffneten sich die mächtigen Torflügel – und was im Schatten des Torhauses sichtbar wurde, waren nicht die Söldner aus Yarmuz, sondern einfach Menschen, Männer, Frauen und Kinder. Sie drängten, eilten hinaus auf die Brücke und über den Graben zu Füßen der Wälle. Darek erkannte einfach gekleidete Tagelöhner, mit kostbaren Pelzen ausstaffierte Ratsherren, Bauersleute mit ihren Familien und hier und da sogar die Waffenröcke der königlichen Garde. Und alle, alle diese Menschen trugen das Königslied des Inneren Reiches auf den Lippen:

„Wo im Osten
Euros übers Ödland streicht.
Wo vom Meere
Zephyrus das Land erreicht.

Wo der Hagel
von Boreas ausgesandt

trifft auf Hitze,
Notos' Atem, sonn' verbrannt.

Vier der Winde,
eine Herrin auf dem Turm
und ein König,
Herrscher über jeden Sturm.

Und ein König,
Herrscher über jeden Sturm."

Die Menschen strömten aus dem Tor hervor, jubelnd vor Begeisterung.

„Ihr Thronfolger, der junge Sohn ihres Königs, ist gekommen", sagte Ylvia. „Es ist …" Sie konnte nicht weitersprechen. Mit dem Ärmel ihres Gewandes wischte sie sich die Tränen ab, dann schnäuzte sie sich lautstark hinein. Es war noch immer das edle Gewand, das ihr die Menschen in der Ruinenstadt gegeben hatten, und eine junge Dame tat so etwas nicht – schon gar keine Fürstin. Doch das war Darek im Augenblick gleichgültig. Er selbst konnte mit Ausnahme des Königsliedes kaum einzelne Wortfetzen verstehen, Ylvia dagegen las in den Gedanken und Gefühlen der Menschen.

„Was ist mit den Söldnern?", fragte Darek. „Haben sie sie …"

„Es ist Blut geflossen", nickte Ylvia. „Aber den Söldnern ist die Sache rasch über den Kopf gewachsen, und sie haben sich wieder in den Palast zurückgezogen."

„Der Palast", murmelte Darek. Er reckte den Kopf und blickte an den steilen Wänden des Felsens empor, auf dem sich die weitläufige Anlage des Palastes erhob und, an seiner höchsten

Spitze, der Turm der Winde. Deutlich standen seine Umrisse vor dem wolkenverhangenen Himmel. Darek sah all die Unvollkommenheiten und Schäden, den abgeblätterten Putz: All das, was er schon bei seinem ersten Besuch aus der Ferne gesehen hatte. Und doch war es diesmal anders. Er wusste, er spürte, dass dieser Turm mehr war, sehr viel mehr.

***

Wieder sah Grass sich über die Schulter um, diesmal nach dem Turm, dessen schäbige Fassade in seinem Rücken aufragte.

„Ihr seid ein Zauberer", stellte er fest und funkelte Lund dabei an. „Ihr könnt dafür sorgen, dass die alte Hexe da oben uns einlässt."

Peppins Lehrer kniff die Augen zusammen: „Was wollt Ihr von der Herrin? Seid Ihr nicht ein Diener des Wahren Kreuzes?"

„Ich bin niemandes Diener!", schnauzte der Graf. „Ich bin der Herr dieser Stadt und dieses Reiches und weder Euch noch sonst wem Rechenschaft schuldig!"

Meister Lund nickte versonnen. Peppin konnte seinen Meister nur bewundern. Auf den faltigen Zügen zeigte sich keine Spur von Angst. „Es ist heute Morgen auffallend ruhig im Palast", bemerkte der Zauberer ohne Eile. „Keine Söldner zu sehen … keine Kreuzbrüder … Sollte sich Euer Herr und Meister womöglich davongemacht haben – mitsamt seinen Söldnern und Verbündeten?"

Der Schlag kam so rasch, dass Lund ihm nicht ausweichen konnte. Peppin hatte das Gefühl, dass der alte Mann sich auch gar keine Mühe gab. Der Zauberer taumelte zurück, doch er hielt sich auf den Beinen. Ein Blutfaden sickerte aus der Wunde, die der protzige Siegelring des Grafen in seine Wange gerissen hatte.

„Wer den Turm beherrscht, beherrscht die Stadt“, sagte Grass. „Und wer die Stadt beherrscht, beherrscht das Reich. Entweder ich – oder die Barbarescen. Ihr könnt es Euch aussuchen.“

Welch eine Wahl, dachte Peppin niedergeschlagen.

Da sah er, dass mit dem Grafen eine Veränderung vorging. Grass riss die Augen auf. Er starrte auf etwas, das sich hinter dem Jungen und seinem Meister befinden musste. Langsam drehte Peppin sich um …

… und sah einen Drachen. Das Ungetüm kreiste über den Gipfeln und schwebte jetzt mit majestätischen Flügelschlägen hinab ins verborgene Tal. Der Hügel mit dem Turm der Winde entzog die Kreatur Peppins Blick.

„Sie sind schon da“, murmelte der Graf. Seine Stimme war rau.

Der Zauberer hatte sich ebenfalls umgewandt und starrte jetzt mit offenem Mund auf die Stelle, an der der Drache verschwunden war.

„Entscheidet Euch!“, sagte Grass mit zitternder Stimme. In diesem Moment verstand Peppin ihn nur zu gut. Der Drache sah wahrhaftig zum Fürchten aus. „Entscheidet Euch“, wiederholte der Graf. „Entweder die Barbarescen und ihre fürchterlichen Verbündeten oder ein Mann aus uraltem Adel auf dem Thron des Reiches. Mit eiserner Hand werde ich diese Pest aus dem Süden …“

Peppin lauschte. Da waren Geräusche, Klänge. Die Flügelschläge des Drachen mussten sie herbeigeweht haben. Es klang wie … Nein, es waren keine Hörner, dafür war der Klang zu hell, fremdartig, doch er hatte diese Klänge schon einmal gehört.

„Das sind Ardaschirs Männer“, flüsterte er.

„Öffnet mir den Zugang zum Turm!“, befahl der Graf und zog mit drohender Gebärde sein Schwert ein, zwei Zoll aus der Scheide.

Nachdenklich legte der Zauberer den Kopf auf die Seite. Ganz langsam nickte er: „Es ist das kleinere Übel“, murmelte er. Seine Augen funkelten.

Grass stieß den Atem aus. Er wirkte erleichtert.

„Dann tut Euer Werk“, forderte er. „Und tut es rasch.“

„Gebt mir einen Augenblick Zeit“, bat Meister Lund. „Ich brauche einige …“ Er machte sich an seiner Gürteltasche zu schaffen, öffnete sie. Die knöchrigen Finger des Alten begannen, in dem Säcklein aus weichem Leder zu kramen. Peppin fiel auf, dass der Arm fast bis zum Ellenbogen verschwand, obwohl das Täschlein nur wenige Zoll tief sein konnte. Das war eben Magie.

Doch er konnte nicht fassen, dass sein Meister dem Grafen tatsächlich den Zugang zum Turm öffnen wollte. Dieser Turm war das größte Heiligtum überhaupt. Der Ort, an dem alle Hoffnungen jener ruhten, die sich dem Kreuz und seinen Dienern noch nicht unterworfen hatten. In der Akademie wusste das jeder Schüler, der auch nur in die einfachsten Anfangsgründe der Zauberei eingeweiht wurde.

„Mein Vater sagt …“, begann der Junge.

„Halt den Mund!“, fuhr Grass ihn an und hob drohend die Faust.

Einer seiner Gefolgsleute hielt den Kater umklammert. Mit gesträubtem Fell versuchte Castro, sich freizukämpfen. Sein Kopf fuhr unruhig vor und zurück, vor und zurück. Angst hing in der Luft.

„Für diesen ganz besonderen Zauber“, erklärte Meister Lund mit Nachdruck, „sind ganz besondere Zutaten notwendig. Der Turm der Herrin ist ein Bollwerk, wie es auf der Welt kein zweites gibt. Es gibt nur eine Möglichkeit, das zu vollbringen, was ich vollbringen werde, und dazu brauche ich … das hier …“

Endlich holte er seine Hände aus dem Säcklein hervor. Zwischen den Fingern hielt er eine unscheinbare Pflanze.

„Der Blaue Zwergampfer“, sagte der Alte. „Das wundertätigste aller wundertätigen Kräuter. Ich könnte Euch …“

Peppin verdrehte die Augen. Es waren nur noch Augenblicke, bis entweder die mörderischen Barbarescen oder Graf Grass die Macht über das Innere Reich an sich rissen, doch das Allerletzte, was er im Augenblick hören wollte, war eine neue Geschichte über den Blauen Zwergampfer.

„Redet nicht!“, unterbrach Grass den Zauberer barsch. „Handelt! Tut Euer Werk!“

Meister Lund deutete eine Verneigung an: „Wenn es Euer Wunsch ist.“

Mit einer fast beiläufigen Geste warf der Zauberer den Zwergampfer in die Luft und begann gleichzeitig, unterdrückt zu murmeln. Das Pflänzlein drehte sich dreimal um die eigene Achse und blieb dann in der Luft stehen. Gleichzeitig veränderte sich etwas. Im ersten Augenblick wusste der Junge nicht, was es war, doch dann wurde es ihm klar: Der Wind schwieg. Boreas hielt den Atem an. Nicht die leichteste Brise bewegte die Luft.

Wieder im unpassendsten Augenblick hörte Peppin, wie sein Magen sich vernehmlich zu regen begann. Es war ein dumpfes Grollen, und es war so laut, dass sogar Grass und seine Männer es hörten. Verwirrt blickten sie um sich. Nur Lund ließ sich nicht stören. Er fuhr in seinem Gemurmel fort ohne zu stocken. Seine Stimme hob sich, und gleichzeitig verstärkte sich das Grollen.

Das ist gar nicht mein Magen, begriff der Junge. Das ist … der Turm …

Der Turm erbebte. Er wackelte. Putz begann von der Fassade zu bröckeln – dort, wo überhaupt noch Putz vorhanden war.

„Was beim verdammten Kreuz der Brüder …“, fluchte der Graf.

Der Boden unter ihren Füßen begann zu zittern.

„Was ist das für eine höllische Dämonenbeschwörung?“, schimpfte Grass. Schwankend machte er einen Schritt auf den Zauberer zu, dann einen zweiten.

Lund hielt in seinen Worten nicht inne. Peppin verstand sie nicht, doch die Stimme des Zauberers wurde immer lauter, drängender. Risse zeigten sich im Mauerwerk des Turmes, setzten sich fort, in den Hang des Hügels hinein.

Meister Lund brüllte zwei, drei letzte Silben, dann schwieg er und betrachtete mit grimmiger Miene sein Werk: „Das kleinere Übel“, sagte er mit genau derselben Betonung wie zuvor. „Niemals, niemals werdet Ihr diesen Turm betreten!“

Der Turm erbebte, wankte hin und her. Die Risse im Hügel verbreiterten sich, klafften auf, fraßen sich auf den Grafen und seine Männer, auf Peppin und seinen Meister zu. Der Gardist, der Castro umklammert hielt, ließ den Kater los und ruderte mit den Armen, als der gähnende Abgrund nach ihm griff. Mit einem panischen Sprung rettete sich Castro hinüber zu Lund und ließ sich auf seiner Schulter nieder.

Der Berg ruckte hin und her wie ein lebendiges Wesen, das ein lästiges Ungeziefer abschütteln will.

„Ungeziefer“, murmelte Lund. „Nichts anderes seid Ihr. Wir alle, wenn man es bedenkt. Recht geschieht es Euch, Grass.“

Die blanke Angst stand in den Augen des Grafen. Direkt hinter ihm tat sich ein neuer Abgrund auf. Grass sah es nicht. Er machte einen Schritt zurück, sein Fuß trat ins Leere. Der Graf versuchte noch, sich nach vorn zu werfen, doch das Gewicht seiner schweren Rüstung hinderte ihn. Mit einem grauenhaften Schrei glitt er in die Tiefe.

„Recht geschieht es uns allen“, sagte der Zauberer leise. Die Risse, die tödliche Tiefe, waren jetzt überall.

Peppin schloss die Augen. Niemals würde Grass den Turm betreten – doch um welchen Preis?

Dies war das Ende.

***

Dareks Pferd begann unvermittelt zu tänzeln. Auch die Tiere der anderen waren unruhig geworden. Neues, nervöses Wiehern.

„Haben sie Angst vor den vielen Menschen?“, fragte der Junge an Roland gewandt.

Der Kommandant schüttelte den Kopf, und eine senkrechte Falte entstand auf seiner Stirn: „Sie sind Menschen gewohnt.“

Da war ein neues Geräusch. Ein Geräusch wie ein fernes Donnern. Darek betrachtete den Himmel. Es war bewölkt, stürmisch, ungemütlich, doch nach Gewitter sah es eigentlich nicht aus. Trotzdem: Das Donnern wurde stärker.

„Bei allen Winden!“ Astaril streckte den Arm aus und deutete … Darek folgte der Richtung … deutete auf den Turm. Der Turm! Der Turm der Herrin! Er wankte, er bog sich hin und her wie ein Grashalm im Wind.

Dareks Kehle war wie zugeschnürt.

Qualm. Qualm und Feuer! Feuer, das rings um den Turm aufloderte. Ganz langsam, Zoll um Zoll, sank der Turm der Winde in sich zusammen. Atemzüge später erst, wie es bei Dingen geschieht, die sich in weiter Entfernung zutragen, trug Boreas den Laut des Berstens, des Krachens und des mächtigen Donners an ihre Ohren.

Der Turm!

Die Menschen aus der Stadt hatten ebenfalls innegehalten und starrten entsetzt auf das, was sich an der Spitze des Palastes abspielte.

„Engelbertus", flüsterte Roland. „Oh bei allen Göttern und Winden! Was habt Ihr getan?"

***

In all der Verwirrung, all der Zerstörung, all der Verzweiflung ringsumher begann Darek an diesem Nachmittag doch zugleich zu begreifen, was den Grafen Roland zu einem so besonderen Mann machte. Es war nicht seine Tapferkeit, obwohl die dem Vernehmen nach groß war, es war nicht seine besondere Begabung als Heerführer, obwohl er die Barbarescen in vergangenen Scharmützeln wieder und wieder geschlagen hatte, wo andere versagt hatten.

Es war seine Fähigkeit, auch im größten Chaos einen kühlen Kopf zu bewahren. Kaum dass sie im Grünen Stern ihr Quartier aufgeschlagen hatten, begann er Boten auszusenden, in alle Winkel der Stadt, hinauf in den Palast, in die Umgebung, das Herz des Reiches und darüber hinaus. Während der Junge wie betäubt in einem Stuhl saß, einen Becher Milch vor sich, die irgendwann einmal heiß gewesen war und die er bis zum Abend nicht einmal angerührt hatte, empfing der Graf die zurückkehrenden Boten und verschaffte sich nach und nach einen Überblick über die Dinge, die geschehen waren – und noch immer geschahen.

Als sich der Abend über die Königsstadt senkte, kehrte Bartholf mit einer Gruppe von zwanzig Männern und Frauen aus dem Palast zurück, um zu berichten.

Der Zusammenbruch des Turmes war erst der Anfang gewesen. Die Erschütterungen in den Felsen hatten unvorstellbare Vorgänge in Gang gesetzt. Ständig brachen dort oben neue Feuer aus, Risse entstanden im Gestein, Gebäude stürzten in sich zusammen. In ein oder zwei Tagen würde von der königlichen Residenz nichts mehr übrig sein. Dem Zwerg und seinen Begleitern war es gelungen, die Schriftrollen des königlichen Archives zu bergen. Vor allem aber waren sie mit Hunderten von Höflingen, Damen der Königin, Dienern zurückgekehrt, die im Palast eingeschlossen gewesen waren.

Die großen Brücken, die die Residenz des Königs mit den Alten Bergen verbanden, waren nicht mehr sicher: Eine nach der anderen stürzten die mächtigen Konstruktionen in die Tiefe. Der Bogen des Euros hatte kurz nach dem Mittag den Anfang gemacht. Als die Nacht anbrach, lagen sie alle in Trümmern.

An der Spitze der Reiter vom Schwarzen Kater hatte Libius sämtliche Viertel der Stadt durchkämmt und all die Bereiche, die hier in Gefahr gerieten, von Menschen geräumt. Ylvia war ihm dabei eine große Hilfe gewesen, denn sie kannte buchstäblich jeden Winkel der ausgedehnten Königsstadt.

Nun senkte sich die Dunkelheit über die Stadt, die an ein und demselben Tage ihren Thronfolger zurückerhalten und ihre größte Heimsuchung erlebt hatte. Und diese Heimsuchung war noch immer im Gange.

Das flackernde Licht von Öllampen erhellte den Verkaufsraum des Grünen Sterns. Als Graf Roland vor einigen Wochen seine Fischschürze ab- und seine Rüstung angelegt hatte, hatte er den Fischladen zuvor von seiner schuppigen Handelsware befreit, sodass man sogar atmen konnte, ohne das Gefühl zu haben, gleich ersticken zu müssen. Es wäre ein fast behagliches Bild gewesen, als sich die Gefährten um einen großen Tisch versammelten, um zu überlegen, was jetzt zu tun war – wäre da nicht die Angst und Verzweiflung gewesen, die sie alle ergriffen hatte. Auch, wie sie wussten, die Menschen draußen in der Stadt.

„Zerspellt ist's feste Felsgestein", sagte Bartholf düster. „Zerbrochen sind der Erde Knochen, und nimmer wird der Berg sich halten."

„Das bedeutet, dass auch die Stadt in Gefahr ist?", fragte Roland ruhig. Ein Stapel Pergamente lag auf dem Tisch vor ihm, Karten mit Plänen der Palastanlage und der Königsstadt. Auflistungen von Tausend Dingen. Während er sprach, brachte der Graf neue Notizen an.

„Es sieht nicht gut aus", nickte Libius grimmig. „Im innersten Ring der Stadt haben wir in einigen Häusern Risse entdeckt …"

„Die waren vorher nicht da", sagte Ylvia. „Aber der Zuckerbäcker ist noch in Ordnung. Wir sollten ihm helfen, dass er seine Ware in Sicherheit bringen kann."

„Wir sollten den Menschen helfen", nickte ihr Onkel. „Doch wo sollen sie bleiben? Wisst Ihr, wie viele Tausend Menschen in dieser Stadt leben? Von den Flüchtlingen mal ganz zu schweigen. Ich kann einfach nicht glauben, dass dieser verfluchte Hofdomestikus mit einer einzigen Schandtat ..."

„Mich drängt's, den Bös'wicht zu befragen", murmelte der Zwerg. „Doch wo der schurkisch' Schelm verschwand, konnt uns nicht Spur noch Späher künden. Der Boden hat sich aufgetan, doch schwant mir, schwerlich hat er ihn verschlungen."

„Nein", schüttelte Roland den Kopf. „Schwerlich. Er hat sich davongemacht, und seine Gefangenen hat er mitgenommen. Wenn nicht ..."

Er brauchte den Satz nicht zu vollenden. Meister Lund. Peppin. Der schwarze Kater. Auch Dareks schöne, traurige Mutter war verschwunden. Hatte Engelbertus sie mit sich genommen? Natürlich: Als Geiseln besaßen sie noch immer Wert für ihn. Darek wollte, Darek konnte nicht darüber nachdenken. Er konnte nicht denken. Nicht sprechen. Er schwieg, während seine Gefährten sich die Köpfe heiß redeten.

„Vielleicht ist Engelbertus zu den Söldnern geflohen", vermutete Libius. „Der königliche Schatz ist auch verschwunden, nicht wahr?"

Bartholf nickte finster.

„Er wird sich ihre treuen Dienste eine Weile leisten können", stellte der Zauberlehrling fest.

„Es gibt keine Sicherheit in Yarmuz", sagte Astaril leise. „Nicht für ihn, noch für irgendjemanden. Nirgendwo gibt es mehr Sicherheit auf der Welt."

Fragend sahen die Gefährten sie an.

„Der Turm der Winde ist zerstört. Der Ort, an dem der Faden der Zeit gesponnen wurde. Der Faden ist zerrissen: So alt die Welt ist, das ist noch niemals geschehen."

„Kann man ihn nicht wieder zusammenknoten?“, fragte Ylvia. „Wir haben doch jetzt die Gaben.“

„Und wer soll das machen?“, fragte Astaril. „Und wo? Es gibt keine Herrin mehr. Sie ist …“ Das Mädchen vom Alten Volk verstummte, schüttelte dann den Kopf. „In der Vergangenheit haben die Winde den Menschen hin und wieder gezürnt, doch das war nichts, was man nicht mal eben wieder in Ordnung bringen konnte – also nach ein paar Hundert Jahren. Das ist nicht viel, wenn man so alt ist wie die Winde. Sie sind nicht sehr nachtragend … eigentlich. Aber der Turm …“ Sie schüttelte den Kopf.

Die Albâine sah eigentlich nicht anders aus als sonst, dachte Darek, als er sie müde betrachtete. Noch immer wie ein schlankes junges Mädchen mit weniger Stoff am Leibe, als gesund war. Und doch wirkte sie auf einmal uralt.

„Ihr könnt euch nicht vorstellen, welch einen Zorn die Winde hegen“, murmelte sie. „Der Turm! Stellt euch nur vor: der Turm! Der Sitz der Herrin. Jener Ort, der ihnen, den Winden, geweiht war wie kein zweiter. Ein Wunder, dass sie eure Stadt nicht gleich in Schutt und Asche gelegt haben! Doch dass sie das nicht getan haben, beweist nur, wie wütend sie tatsächlich sind. Das wäre ihnen nicht genug gewesen. Was ist schon eine einzelne Stadt, und sei es auch die größte der Welt?“

„Aber sie müssen doch unterscheiden!“ Es war das erste Mal, dass Darek an diesem Abend sprach. Er hörte seine Stimme, und es war die Stimme eines Fremden. „Wir haben diese Reise gemacht, diese weite Reise, und das soll nun alles vergebens gewesen sein? Das kann nicht die Wahrheit sein.“ Er erhob sich von seinem Stuhl. „Nein“, sagte er. „Das kann nicht die Wahrheit sein.“

***

Der Junge erwachte ein oder zwei Stunden vor der Morgendämmerung und kannte die Antwort. Er konnte sich nicht erinnern, dass ihm ein Traum gesandt worden war, wie ihm auf seiner Reise immer wieder Träume geholfen hatten, den richtigen Weg zu gehen. Nein, diesmal war die Antwort ganz einfach da.

Leise stand er auf und schlich durch die Stube, wo seine Gefährten auf einfachen Lagern schliefen. Durch den offenen Türrahmen sah er, dass im ehemaligen Verkaufsraum noch immer Licht flackerte. Graf Roland war über seinen Pergamenten eingeschlafen.

Mit einem Lächeln trat Darek hinaus in den Hinterhof, wo vor der Mauer der große Fischberg gelegen hatte. Er war jetzt verschwunden – mochten die Winde wissen, wo Roland damit abgeblieben war. Ein Stück entfernt wuchsen in einem Winkel des Hofes einige Obstbäume. Für einen Augenblick dachte er, er hätte sich geirrt und müsste sich anderswo auf die Suche machen, dann entdeckte er die Albâine, die in einer Astgabel schlummerte. Irgendwie sah das sogar ganz bequem aus. Astaril schnarchte heute Nacht nicht, deshalb hatte er sie zunächst nicht bemerkt.

Leise rief er ihren Namen.

Das Mädchen vom Alten Volk war sofort wach. Astaril hatte einen leichten Schlaf. Er wusste nicht, ob das auf alle Albaîne zutraf.

„Darek?“, fragte sie.

„Astaril, wir müssen noch einmal aufbrechen.“

„Was? Mitten in der Nacht?“ Sie ließ sich aus den Ästen gleiten und kam zehn Fuß tiefer, direkt vor ihm, leichtfüßig auf den Boden. „Nicht dass mich das stören würde. Doch was soll das für einen Sinn haben? Und den anderen wird es nicht gefallen, so mitten in der Nacht."

Über ihnen rumorte es in der Dunkelheit. Ein verhaltenes Grummeln und Donnern. Die Zerstörung des Palastes setzte sich fort.

Er schüttelte den Kopf: „Nein, nicht die anderen. Nur du und ich. Du musst mich noch einmal auf den Pfaden der Albâine führen! Ich bin mir nicht sicher, wo Engelbertus mit seinen Männern ist, aber ich will ihnen nicht zufällig in die Arme laufen."

Das Mädchen hob die Schultern: „Wenn es dein Wunsch ist."

***

Die Ruinen der Akademie kamen viel zu langsam näher. Darek erinnerte sich, wie er gemeinsam mit Bartholf und dem fiebernden Zauberlehrling diesen Weg in umgekehrter Richtung gegangen war. Damals war es ihm ganz ähnlich vorgekommen: Die Berge schienen immer weiter zurückzuweichen, je näher sie ihnen kamen.

Doch heute Morgen hatten der Junge und die Albâine ihre Wasserschläuche am Quell des Zephyrus gefüllt, und so litten sie keinen Durst. Heute trugen sie auch keinen Verletzten, und Darek war sich sicher, dass sie die Strecke, für die sie damals zwei Tage gebraucht hatten, diesmal an einem einzigen Tag schaffen konnten.

Die Landschaft hatte sich kaum verändert. Sie war menschenleer und schien noch ein wenig trockener geworden zu sein. Euros Reich, das irgendwo am Horizont begann, schien seine Finger nach der Ebene auszustrecken.

Mit der Dämmerung erreichten sie den Rand der Ansiedlung vor den Pforten der Akademie.

Der größte Teil dessen, was die Schule der Kreuzbrüder zum Leben brauchte, war zwar in den Dörfern der Umgebung angebaut worden, doch einige kleinere Felder hatte es auch hier gegeben. Die Knechte des Vaters Abt hatten sich nebenher um sie gekümmert.

Als sie herankamen, richtete sich zu Dareks Überraschung auf einem der Felder im rötlichen Schatten des Abends ein Mann auf. Also waren nicht alle Knechte geflohen. Der Bauer zog ein Tuch aus einer Tasche seines Kittels und wischte sich den Schweiß ab, während er wartete, dass die Wanderer ihn erreichten. Lächelnd blickte er ihnen entgegen.

„Ah, Besucher“, sagte der Mann. „Das ist selten in diesen Tagen.“

Der Junge nickte: „Seid gegrüßt.“ Der Bauer war kaum mittelgroß und nicht mehr jung. Über der Stirn zog sich eine schneeweiße Strähne durch sein ansonsten pechschwarzes Haar. Ein Netz von Fältchen lag um seine Augen, das von einem harten Leben sprach. Doch er wirkte nicht unglücklich. Darek konnte sich an den Namen des Mannes nicht erinnern, aber er hatte das Gesicht schon einmal gesehen.

Auf einmal spürte er, wie sein Herz heftig zu pochen begann, als er den nächsten Satz sprach. „Wir möchten zu Meister Lund.“

Der Mann nickte. „Er ist in seiner Studierstube“, sagte er. Es klang, als sei das die selbstverständlichste Sache der Welt.

„Wie?“ Astaril starrte den Bauern an, dann den Jungen. „Woher …“

Darek lächelte. „Komm einfach mit.“

In einem kleinen Haus ein Stück entfernt öffnete sich die Tür: „Es wird dunkel, Liebster!“, rief eine Frau. „Das Abendessen ist fertig!“

Der Bauer grinste: „Dann werde ich auch mal.“

Mit einem Nicken verschwand er. Darek und Astaril grüßten die Bäuerin im Vorbeigehen und traten durch die Pforten der Akademie.

Im Hof huschte eine Katze an ihnen vorbei. Eine schwarze Katze. Darek wusste, dass es nicht irgendeine Katze war.

„Guten Abend, Vater“, sagte er leise.

Die Katzenaugen musterten ihn einen Augenblick, dann trollte der Kater sich weiter.

Der Gestank nach Rauch und Asche war beinahe verflogen, doch wenn der Junge sich Mühe gab, spürte er ihn noch in der Nase. Ringsumher wucherte bereits Gras und Moos auf den Ruinen. Das Schulgebäude war bis auf die Grundmauern niedergebrannt, und von der großen Kirche der Kreuzbrüder ragten nur noch Trümmer in den Abendhimmel. Einige der Nebengebäude im Schatten der Kirche hatten mehr Glück gehabt.

„Hier hinten ist es“, sagte Darek zu Astaril. „Direkt hinter der Mauer fließt ein Bach. Bei Meister Lunds Experimenten ist das ein großer Vorteil.“

Er öffnete die Tür des Gebäudes, die ein herzzerreißendes Quietschen von sich gab. Dann stieg er die Stufen der steilen Treppe hinauf, gefolgt von der Albâine.

Vor Meister Lunds Studierstube verharrte er und holte tief Atem, bevor er anklopfte. Er konnte sich an das geheime Signal, das Libius benutzt hatte, nicht mehr erinnern, doch er glaubte auch nicht, dass es nötig war.

Ein zustimmendes Brummen von der anderen Seite.

Die beiden Besucher traten ein.

Die Studierstube hatte sich eigentlich nicht sehr verändert. Lund hatte die Bank etwas weiter in den Raum geschoben. So hatte er es bequemer, wenn die Herrin wie jetzt ihr Garn um seine Hände wickelte, die er in vielleicht einem Fuß Abstand vor sich ausgestreckt hatte.

„Ah, Darek“, sagte die alte Frau und lächelte ihn an. „Da bist du ja. Und jemand vom Alten Volk. Du bist Astaril, nehme ich an? – Lund, rückt doch bitte ein Stück, damit Eure Gäste auf der Bank Platz haben.“

Grummelnd gehorchte der Zauberer, und die beiden ließen sich nieder.

Die Albâine bekam den Mund nicht wieder zu. Das erlebte Darek zum ersten Mal bei ihr, und es gefiel ihm außerordentlich.

„Ihr beiden wisst nicht zufällig, wo ich hier in der Nähe ein Spinnrad herbekomme?“, fragte die Herrin. „Das hier ist immer so mühsam.“

„Ja, bitte!“ Meister Lund klang beinahe flehend. „Ich habe Tausend Dinge zu erledigen! Der Blaue Zwergampfer … Und ich komme nicht dazu, weil ich ständig …“

„Ihr wackelt schon wieder“, beschwerte sich die Herrin.

„Verzeihung“, murmelte der Zauberer und hielt die Hände ein Stück höher.

„Warum …“ Die Albâine sah zwischen der Herrin, dem Zauberer und dem Jungen hin und her. „Woher wusstest du …“

„Jeder Weg führt an den Anfang zurück“, sagte Darek, und die Herrin lächelte ihn an. Seidig und glatt lief das Garn durch ihre Hand.

„Hübsche Farben, nicht wahr?“, fragte sie.

Staunend betrachtete Darek den Faden, der weich wie Wasser durch ihre Finger lief. Es waren wunderschöne Farben ... und es waren Farben darunter, die er noch nie gesehen hatte. Farben, die es in der wirklichen Welt gar nicht gab.

„Nein“, nickte sie. „Nicht in der Welt, die du gekannt hast. Doch die Welt hat sich verändert, oder du hast dich verändert ... welches von beidem, das bleibt sich gleich. Jedenfalls bist du wieder hier.“

„Hier war der Anfang“, sagte der Junge. „Deshalb musste hier auch das Ende sein. Auf einmal war ich mir sicher, dass ich Euch genau hier finden würde.“

„Aber Euer Turm ist zerstört!“, platzte Astaril heraus. „Ihr wisst selbst, dass wir vom Alten Volk nicht für solche Sachen sind. Aber er war doch ein heiliger Turm, er war Euer Heim!“

„Stimmt.“ Die Herrin nickte noch einmal, und sie sah betrübt aus. „Ich habe dort eine ganze Weile gelebt – und er war ein heiliger Ort. Bis die Leute auf die Idee kamen, eine Stadt drumherum zu bauen, mit ihren Werkstätten und ihrem Handel und ihren Schwertern, mit denen sie sich die Köpfe einschlagen um den Besitz von diesem ganzen Zeug. Würdet Ihr gerne inmitten von so was leben?“

Die Albâine schüttelte den Kopf: „Ganz bestimmt nicht. – Also seid Ihr gar nicht traurig, dass es den Turm nicht mehr gibt?“

„Natürlich bin ich traurig. – Die Hände noch etwas höher, junger Mann.“ Lund gehorchte ohne Widerspruch. „Doch der Turm war eben auch nur ein Ort. Was heißt da schon heilig? Ich dachte, die Albâine wüssten das besser. Die ganze Welt ist heilig. Nur solchen Leuten wie Engelbertus sind Orte immer fürchterlich wichtig. Nun, da es den Turm nicht mehr gibt, kann ich sein, wo ich will – die Winde sind sowieso überall. Und jetzt bin ich eben an diesem Ort. Ein Einfall Eures jungen Meisters hier; den habe ich dann auch gleich mitgenommen, mitsamt seinem Schüler, diesem kleinen Dicken. Hier ist es doch auch sehr hübsch. Und nicht so überlaufen."

„Aber die Winde …" Verwirrt blickte Astaril auf den Faden. „Sind sie nicht zornig? Notos … Der Drache ist einfach fortgeflogen."

„Natürlich ist er fortgeflogen. Seine Aufgabe war doch erfüllt. Darek hat die Gaben der Winde zusammengeführt und zur Königsstadt gebracht. Trotzdem wäre es nett, wenn ich sie bekommen könnte. Die Kamee würde sich sehr hübsch an der Mantelschließe machen. Und ich glaube …" Sie wiegte den Kopf ein wenig hin und her. „Ich glaube, ich werde auch irgendwo ein Kreuz einweben. Schließlich gehören sie irgendwie ja auch dazu, die Kreuzbrüder – und nicht alle sind üble Kerle."

„Mantelschließe?"

„Natürlich. Ich arbeite am Mantel, damit er für die Krönung fertig wird."

„Krönung?" Darek zwinkerte überrascht. „Wessen Krönung? Mein Vater ist doch längst gekrönt. Ich habe ihn draußen im Hof gesehen, aber die Mäuse waren ihm wohl wichtiger."

Die Herrin kicherte. Darek musste feststellen, dass auch sie sich sehr verändert hatte, jetzt, da die große Sorge von ihr abgefallen war. „Ach, du hast Castro gesehen?"

„Ja, Castro", nickte er. „Meinen Vater."

Sie schüttelte den Kopf: „Nein. Castro. Der Kater ist wieder, was er immer war. Wir haben einige wirklich hübsche Katzendamen hier."

„Und mein Vater?" Darek erstarrte. Er schluckte.

Auf einmal wurde ihm klar, woher er das Gesicht des Bauern kannte, der ihnen den Weg zu Bruder Lund gewiesen hatte. Du siehst ihm wirklich sehr ähnlich, hatte Roland einmal zu ihm gesagt. Das Gesicht seines Vaters hatte ihn an sein eigenes Gesicht erinnert!

Ein Klopfen an der Tür. Zweimal kurz, dann dreimal, dann noch einmal.

„Kommt herein!"

Es war der Bauer.

Dareks Vater.

Der König.

Und die Frau, die nach ihm gerufen hatte, war an seiner Seite. Jetzt, im Licht der Studierstube, erkannte Darek sie wieder, obwohl sie kein Schwarz mehr trug. Es war die Frau, deren bewegtes Bild ihm die Herrin in der Kuppel der Winde gezeigt hatte.

Es war seine Mutter.

Beide grinsten den Jungen an.

Seine Eltern. Er, der niemals jemanden gehabt hatte, auf einmal hatte er Eltern. Doch es war ein so merkwürdiges Gefühl. Diese Menschen waren seine Eltern, doch auf der anderen Seite waren sie eben doch Wildfremde. Darek würde eine Zeit brauchen, bis er sich daran gewöhnt hatte.

Und er wusste, dass die beiden – seine Eltern – das verstehen würden.

„Hier sind Besucher für dich, mein Sohn", lächelte der König des Inneren Reiches.

Dem dicken Mann, der als Erster eintrat, klopfte er freundschaftlich auf die Schulter, dann trat er beiseite, um hinter Roland auch Bartholf, Libius und Ylvia einzulassen.

„Sich einfach zu verdrücken!“, sagte der Zauberlehrling vorwurfsvoll, doch er grinste den Jungen dabei an. „Verehrter Meister“, fügte er mit einer Verneigung zu Lund an. Er grinste noch breiter, als sein Blick auf die erhobenen Hände Bruder Lunds fiel. „Warum nehmt Ihr nicht eine Stuhllehne?“, fragte er. „Die Mägde meiner Mutter haben das immer so gemacht.“

„Ich wusste doch, da gibt es was“, murmelte die Herrin.

Lund warf ihr einen bösen Blick zu.

„Du hast das Beste verpasst“, sprudelte Ylvia heraus. „Der große Felsen, Darek! Der Felsen mit dem Palast! Der ist einfach in sich zusammengefallen! Pfffft! Als wenn der Zuckerbäcker seinen Kuchen zu früh aus dem Ofen holt.“

„Und die Stadt?“, fragte der Junge besorgt.

„Alles bestens“, beruhigte ihn Roland.

„Beendet ist das Bersten, Beben, Berserken des bedrängten Bodens“, stimmte Bartholf zu. „Und hilflos hängt in uns’rer Hand der Kreuzkriecher, der Oberüble.“

„Engelbertus?“, fragte Darek überrascht. „Er hat sich nicht mit den Söldnern nach Yarmuz davongemacht?“

„Nun …“ Roland grinste. „Er hat es versucht. Aber wie es aussieht, sind sie unterwegs auf Archies Streitmacht gestoßen. Der siebzehnte Sohn der Sonne hat sie vor die Wahl gestellt, sich entweder mit seinem Aufgebot, das dem ihren fünf- oder sechsmal überlegen war, im Kampf zu messen, oder aber den Hofdomestikus auszuliefern und sich unseren Handelsverträgen anzuschließen. Sie haben die zweite Möglichkeit gewählt.“

„Und jetzt?“ Darek sah den Grafen an, dann seinen Vater. „Was machen wir mit ihm?“

„Im Moment sitzt er im Keller des Grünen Sterns in Haft. Es fehlt ihm an nichts. Ich hoffe nur, er mag Fisch.“ Er sah den

Jungen an. „Wenn Ihr damit einverstanden seid, würde ich ihn in die Verbannung schicken, an die Grenze zwischen der Eiswüste des Nordens und der Sandwüste des Ostens. Ihr erinnert Euch an die Kreuzbrüder dort, die Euch gepflegt haben, nach der Sache mit Boreas? Sie würden ihn sicher aufnehmen – das sollte weit genug weg sein, dass er keinen Schaden mehr anrichten kann."

„Ich hätte nichts dagegen", murmelte Darek. „Aber ich bin nicht der König." Er sah seinen Vater an. „Was haltet Ihr davon?"

Der Bauer zögerte, dann streckte er den Kopf zweimal vor. Seine Frau stieß ihm in die Seite.

„Oh", murmelte Carolus. „Ich muss mich noch ein wenig umgewöhnen. – Nein, auch ich habe nichts dagegen, aber ich bin nicht mehr der König. Ich denke, ich habe genug angerichtet auf dem Thron. Wir müssten dann ja auch auf Roland verzichten, der ja geschworen hat, mir nicht länger zu dienen."

Der Graf nickte ernst: „Geschworen ist geschworen. Und ich habe jetzt auch andere Dinge zu tun. Sehr wichtige Dinge. Wenn Engelbertus da raus ist, werde ich erst einmal den Fischkeller ausräuchern müssen, und danach wartet eine Menge Arbeit auf mich. Im Süden lassen sich vortreffliche Geschäfte machen mit frischem Fisch. Kaum vorstellbar: Sie haben dort fast alles, doch der Atem des Meeres ist ihnen fremd."

Euren Fischen aber auch, dachte Darek. Doch das sagte er nicht.

„Du sollst nun König sein", sprach Carolus und betrachtete seinen Sohn mit ernster Miene. „Du hast dir den Mantel verdient."

Darek blickte seinen Vater an, den Zwerg, Meister Lund, Graf Roland und zuletzt die Herrin.

„Das war Euer Plan“, sagte er. „Von Anfang an.“

„Wir mussten etwas herausfinden“, sagte die Herrin. „Wir alle – auch du. Ein Kreis. Und nun stehst du am Anfang. Nun beginnt etwas Neues.“

„Aber ich bin ...“ Darek schüttelte den Kopf. „Ich habe keine Ahnung, wie man das macht, als König. – Graf Roland, ich bitte Euch: Wollt Ihr mir zur Seite stehen, als mein Hofdomestikus? Wenigstens in den ersten Jahren? Sie werden Euch Eure Fische auch in ein paar Jahren noch aus der Hand reißen, dort im Süden.“ Solange es nicht mehr dieselben Fische sind wie heute, dachte er. Und da hatte er so seine Zweifel.

„Das hatte ich befürchtet“, brummte der Graf. „Ich verspreche Euch, ich werde Euch mit meinem Rat zur Seite stehen, König Darek. Doch nicht als Hofdomestikus. Das kommt nicht in Frage. Als Euer Freund will ich Euch gerne meine Meinung sagen. Die Entscheidungen aber, die müsst nun Ihr selbst treffen. Wo sich der Felsen mit dem Palast Eurer Väter erhob, haben wir jetzt eine gigantische Schutthalde. Damit beginnt es schon: Was fangen wir damit an?“

Darek überlegte, doch nicht lange. Dann fiel sein Blick auf Astaril.

„Ein Wald“, sagte er entschlossen. „Ein großer Wald. So groß, dass alle Winde in seinen Blättern spielen.“

Die Albâine strahlte: „Das wird die schönste Stadt der Welt, denkst du nicht auch? Ich meine, es wird eine Stadt – und trotzdem schön. Irgendwie.“

DANKSAGUNG

Ich danke meiner Frau Katja, die dieses Buch wie immer mit ihren Ideen begleitet hat. Deine Leidensfähigkeit beim Lauschen von Zwergenweisen sucht ihresgleichen. Meinen Betalesern danke ich für tausend wertvolle Anmerkungen und Anregungen: Matthias Fedrowitz, Ute Gebhard, Alexander Stumm, Michael Rother, Clarion Zelenka, Waltraud Rother. Danke, Alyssa Brozzo: Du bist zwar selbst ganz schön Elodim manchmal, aber sonst passt das schon. Danke, lieber Thomas Montasser: Von Dir kam die Muschel, aus der die Perle des Zephyrus erwachsen ist. Ein besonderer Dank geht an Anne Bernhardi: Ihr Gespür für Stimmungen ist auch eine Form von Magie. Und ich danke Mucki, meinem Kumpel und guten Geist unseres Hauses. Harald Kiesel vom Baumhaus Verlag und ich danken einander für die engelsgleiche Geduld.

Der Autor **Stephan M. Rother** wurde 1968 im niedersächsischen Wittingen geboren. Sein Studium der Mittleren und Neueren Geschichte, Kunstgeschichte und Deutschen Philologie absolvierte er in Göttingen. Er veröffentlichte mehrere Artikel zur Geschichte der Klöster und Ritterfamilien in der Lüneburger Heide. Von 1994 bis 2007 tourte er unter dem Namen Magister Rother als Stand-up-Historian durchs Land. 2001 gründete Rother die „Markgrafschaft Altamura“, Deutschlands erste mittelalterliche Web-Community. Neben der Arbeit an seinen eigenen Büchern hat Rother auch zahlreiche Titel aus dem Fantasy-Genre übersetzt und lektoriert. Er lebt mit seiner Frau und vier Katzen am Rande der Lüneburger Heide in Bad Bodenteich.

„... für diesen Augenblick, sagt er, ist das mehr, als du wissen darfst.“

Leonies Vater hat eines Nachts einen geheimnisvollen Gast zu Besuch: Dorian Grave, den Sänger der Gothic-Band Dead Art, Leonies Idol und das ihrer Freunde. Am nächsten Tag macht eine schreckliche Nachricht die Runde. Dorian Grave soll bei einem Autounfall ums Leben gekommen sein. Zufall – oder mehr? Dann verschwindet Dorians Leichnam und das verschollene letzte Album des Gothic-Stars taucht auf – sowie eine rätselhafte Landkarte aus dem Mittelalter. Fieberhaft forschen Leonie und ihre Freunde nach den Zusammenhängen. Bald wird ihnen klar, dass sie für Dorian Graves Geheimnis womöglich einen sehr hohen Preis zahlen müssen. Ihr Leben?

Ein MYSTERY- und GOTHIC-Thriller der Extraklasse! Meisterhaft und spannend erzählt!

Stephan M. Rother
Das Geheimnis des Dorian Grave
Was keiner wissen darf ...
13,5 x 21,5 cm, 400 Seiten,
Hardcover mit Schutzumschlag
ISBN 978-3-8339-3626-5
14,90 (D) / 15,40 (A)
Auch als Hörbuch!

BAUMHAUS VERLAG